# L'HÔTEL NANTUCKET

Elin Hilderbrand

# L'HÔTEL NANTUCKET

Traduit de l'anglais (États-Unis)
par Alice Delarbre

LES ESCALES

Titre original : *The Hotel Nantucket*

Première publication par Little, Brown and Company, New York

Édition française publiée par :

92, avenue de France
75013 Paris – France
Courriel : contact@lesescales.fr

ISBN 978-2-36569-789-7
Dépôt légal : mai 2024
Imprimé en France

Couverture : Hokus Pokus Créations
Mise en pages : Nord Compo

*Pour Mark et Gwenn Snider,*
*et pour l'ensemble des employés*
*du Nantucket Hotel,*
*avec toute mon affection*
*et ma gratitude*

# 1

# Radio Nantucket

L'île de Nantucket est connue pour ses rues pavées et ses trottoirs de briques rouges, ses maisons en bardeaux de cèdre et ses treillis de roses, ses longues étendues de sable doré et ses vents de l'Atlantique rafraîchissants... Elle est aussi connue pour ses résidents, qui n'aiment rien tant qu'un ragot bien juteux (le paysagiste sexy qui a vécu une idylle avec l'épouse d'un magnat local de l'immobilier, ce genre de chose). Et malgré tout, aucun de nous n'était vraiment prêt au tourbillon de rumeurs qui allait déferler le jour où nous avons appris que Xavier Darling, le milliardaire londonien, investissait 30 millions de dollars dans la verrue en ruine qu'est devenu l'Hôtel Nantucket.

La moitié d'entre nous s'est montrée intriguée. (Nous nous demandions depuis longtemps si quelqu'un tenterait de reprendre cet établissement.) L'autre, sceptique. (L'endroit semblait, en toute franchise, irrécupérable.)

Xavier Darling n'est pas un novice dans le secteur des loisirs. Il a possédé des bateaux de croisière, des parcs d'attractions, des circuits automobiles et même, brièvement, sa propre compagnie aérienne. Cependant, il n'a pas encore, à notre connaissance, possédé d'hôtel – et il n'a jamais mis les pieds à Nantucket.

Avec l'aide du magnat local de l'immobilier, Eddie Pancik – surnommé « Eddie l'Éclair » (et qui, précisons-le, coule à nouveau des jours heureux avec son épouse) –, Xavier a pris la décision audacieuse d'embaucher Lizbet Keaton comme directrice de son hôtel. Originaire du Minnesota, la coqueluche de l'île a emménagé ici au milieu des années 2000, et avec ses deux longues tresses blondes elle nous rappelle la plus jeune des princesses dans *La Reine des neiges.* Dès le début de son premier été à Nantucket, elle a rencontré son « prince charmant » en la personne de JJ O'Malley. Pendant quinze années, Lizbet et lui ont tenu un restaurant extrêmement couru, La Terrasse ; JJ en était le propriétaire et le chef, Lizbet la magicienne du marketing. C'est elle qui a eu l'idée de la fontaine à rosé et des verres à vin sans pied sur lesquels était gravée la date du jour, devenus un phénomène sur les réseaux sociaux. Nous ne nous intéressons pas tous à Instagram, mais nous avons adoré passer de longs dimanches après-midi à La Terrasse à boire du rosé et à savourer les fameuses huîtres à la marinière de JJ, le regard perdu en direction des ruisseaux près de la plage de Monomoy, où il nous arrivait de repérer une grande aigrette qui pêchait son dîner dans les hautes herbes.

Nous étions tous convaincus que Lizbet et JJ avaient atteint leurs #couplegoals, pour parler comme les milléniaux, c'est-à-dire leurs « objectifs de couple ». L'été ils travaillaient au restaurant, et pendant la basse saison on pouvait les voir pêcher des coquilles Saint-Jacques près de la plage de Pocomo, dévaler en luge les pentes raides du parc de Dead Horse Valley ou aller ensemble au marché de Nantucket parce qu'ils avaient décidé de faire mariner un filet de saumon façon gravlax ou de laisser mijoter une sauce bolognaise pendant douze heures. Nous les croisions dans la file d'attente à la poste, main dans la main, ou à la recyclerie, quand ils apportaient ensemble leurs déchets en carton.

Nous avons tous été soufflés d'apprendre leur séparation. Sharon la Blonde a été la première à nous annoncer la nouvelle. Elle est la turbine qui fait tourner le moulin à rumeurs de l'île, et nous avons d'abord eu un peu de mal à la croire, mais Love Robbins, une des fleuristes de Flowers on Chestnut, nous a par la suite confirmé que Lizbet avait « renvoyé » un bouquet de roses que JJ lui avait fait livrer. La vérité a fini par éclater : lors de la fête de fermeture de La Terrasse, en septembre,

Lizbet a découvert les 187 textos à caractère sexuel que JJ avait envoyés à leur représentante en vin, Christina Cross.

Depuis, Lizbet était, aux dires de certains, impatiente de « se réinventer »... et Xavier Darling lui en a fourni l'occasion. Nous lui souhaitons le meilleur, même si l'Hôtel Nantucket, cet établissement autrefois majestueux, jouit d'une réputation bien cabossée qu'il faudra réparer, en plus de son toit, de ses fenêtres, de ses sols, de ses murs et de ses fondations instables.

Pendant tout l'hiver 2021-2022, et jusqu'au début du printemps suivant, nous avons observé le ballet des entrepreneurs et architectes du coin, ainsi que les allées et venues de la décoratrice d'intérieur Jennifer Quinn. Tous les employés se sont engagés à garder le secret sur ce qui se trame dans l'enceinte du bâtiment. On raconte que notre professeur de fitness préférée, Yolanda Tolentino, a été embauchée pour diriger l'espace bien-être et que Xavier Darling cherche quelqu'un avec des « racines locales » pour tenir le bar de l'établissement. Lizbet Keaton s'affaire sans relâche, et pourtant, lorsque Sharon la Blonde la croise chez le garagiste – elles sont venues pour leur contrôle automobile (Lizbet en Mini Cooper, Sharon en Mercedes classe G) – et l'interroge sur l'avancée des travaux de l'hôtel, au lieu de répondre, celle-ci lui pose des questions sur ses enfants. (Sujet que Sharon n'a aucune envie d'aborder puisque ceux-ci viennent d'entrer dans la période bénie de l'adolescence.)

Jordan Randolph, le rédacteur en chef du *Nantucket Standard*, ignore les deux premiers appels de Lizbet Keaton, qui souhaite l'informer que l'hôtel est terminé et lui proposer une « visite privée des coulisses ». Jordan appartient à la catégorie des sceptiques. Il ne supporte pas l'idée que quelqu'un comme Xavier Darling – un magnat étranger – puisse acheter un établissement pareil, dont l'histoire est liée à celle de l'île. Et pourtant, se raisonne-t-il, si Xavier Darling n'avait pas acheté l'hôtel, qui l'aurait fait ? Le bâtiment tombait en ruines. Même la Société historique de Nantucket a jugé qu'il s'agissait d'un projet trop lourd (et trop coûteux) pour elle.

Quand Lizbet prend son téléphone pour la troisième fois, Jordan finit par décrocher et il accepte, à contrecœur, d'envoyer un membre de son équipe.

La responsable de la rubrique « Art de vivre », Jill Tananbaum nourrit une obsession pour la décoration d'intérieur – il suffit de jeter un coup d'œil à son compte Instagram pour le vérifier. Jill aimerait beaucoup que son poste au *Nantucket Standard* lui serve de tremplin et lui permette d'en décrocher un dans des publications plus prestigieuses. Ce reportage sur la rénovation de l'Hôtel Nantucket pourrait bien être l'occasion qu'elle attend depuis longtemps. Elle ne laissera pas passer le moindre détail.

Dès que Jill franchit l'importante porte d'entrée, la surprise lui arrondit la bouche. Suspendue au plafond voûté du hall, la carcasse d'un vieux baleinier a été ingénieusement convertie en lustre imposant. Les poutres apparentes, qui datent du bâtiment d'origine, apportent une patine ancienne. Le mobilier se compose de fauteuils profonds bleu hortensia – Jill ne tardera pas à apprendre qu'il s'agit de la couleur signature de l'hôtel –, d'ottomanes en velours et de tables basses sur lesquelles sont disposés avec soin des beaux livres et des jeux (backgammon, dames et quatre plateaux d'échecs en marbre). Le coin le plus éloigné de l'entrée est occupé par un quart-de-queue blanc. L'immense mur à côté de la réception est orné d'une gigantesque photographie de James Ogilvy qui représente une vue de l'Atlantique locale, ce qui accomplit l'exploit de faire entrer l'océan à l'intérieur de l'hôtel.

*Waouh !* pense Jill. Tout simplement *waouh !* Sa main la démange, elle voudrait sortir son téléphone, mais Lizbet lui a bien spécifié que, pour l'heure, les photos sont interdites.

Puis c'est au tour des chambres et des suites. L'artiste locale Tamela Cornejo a réalisé des fresques représentant le ciel nocturne de Nantucket sur les plafonds de chacune d'entre elles. Les luminaires – des sphères en verre maintenues par de fines chaînes en laiton – évoquent des bouées et des cordes. Quant aux lits – *pardon, mais les lits !* s'enthousiasme intérieurement Jill –, ils sont pourvus de colonnes faites de bois flotté et d'épaisses amarres, entre lesquelles sont suspendus des voilages blancs aériens. Tous les matelas sont de taille empereur, soit 210 sur 200 centimètres.

Les salles de bains, quant à elles, sont les plus impressionnantes que Jill a été amenée à voir de ses propres yeux. Chacune possède une douche aux parois faites de coquilles d'huîtres, une baignoire sabot dont l'extérieur est du fameux bleu hortensia et, dans un espace séparé, des toilettes suspendues.

— Le secret d'une salle de bains réussie, lui confie Lizbet, ne dépend pas de son apparence mais de celle qu'elle donne à ses utilisateurs.

Elle appuie sur un interrupteur. Sur tout le pourtour du miroir rectangulaire au-dessus du meuble à double vasque apparaît un doux halo lumineux.

— Vous voyez comme la lumière est flatteuse ?

Jill et elle observent leurs reflets telles deux adolescentes. *C'est vrai*, songe la journaliste, elle n'a jamais eu un teint aussi frais que dans la salle de bains de la suite 217.

Ensuite – car ce n'est pas tout ! –, Lizbet lui parle du minibar garni de produits offerts.

— J'ai perdu le compte du nombre de fois où, dans ma chambre d'hôtel, j'ai voulu boire un verre de vin accompagné d'un petit encas salé et me suis retenue à l'idée de payer 70 dollars une bouteille de chardonnay et 16 dollars un paquet de cacahuètes. Après avoir déboursé autant pour ma chambre, je trouvais ça scandaleux. Voilà pourquoi nous remplirons nos minibars d'une sélection de produits de l'île triés sur le volet.

Elle mentionne les bières Cisco, la vodka Triple Eight et les rillettes de poisson fumé du marché, avant d'ajouter :

— Tout sera gratuit, et il y aura un réapprovisionnement tous les trois jours.

*Minibar gratuit !* note Jill dans son carnet. *Produits locaux !* Jordan devrait lui laisser la une du journal, rien que pour cette annonce.

Lizbet l'emmène ensuite voir les piscines. Il y en a une immense, familiale, avec des cascades.

— Nous avons prévu de servir de la citronnade et des cookies tous les jours à 15 heures, précise-t-elle.

Le second bassin est un sanctuaire réservé aux adultes, un losange bleu canard entouré de panneaux de bardeaux gris destinés à être recouverts de roses grimpantes rose pâle au cœur de l'été. Cette piscine est entourée des « chaises longues les plus confortables du monde, extra-larges et facilement ajustables », ainsi que de piles de serviettes en coton turc bleu hortensia, à disposition de la clientèle.

À côté se trouve un studio de yoga. Jill n'est jamais allée à Bali, mais elle a lu *Mange, prie, aime*, et elle est donc sensible aux choix esthétiques qui ont été faits. Le plafond en teck, aux motifs sculptés sophistiqués, provient d'un temple d'Ubud. (Jill tente d'évaluer le prix du transport et de l'installation d'une telle pièce… *emoji cerveau qui explose !*) Une fontaine en pierre, qui représente le visage plutôt effrayant du dieu Brahma, se déverse en gargouillant dans une vasque remplie de galets. La lumière extérieure est filtrée par des stores en papier de riz, et de la musique de gamelan balinaise est diffusée par des enceintes. *En somme,* conclut la journaliste, *ce studio de yoga sera le lieu rêvé pour se détendre en posture de l'enfant.*

Toutefois, en ce qui la concerne, la pièce maîtresse de l'hôtel est son bar. Un véritable écrin peint dans la teinte Pitch Blue de la marque Farrow and Ball (quelque part entre le saphir et l'améthyste), avec un bar en granit bleu. Les suspensions ressemblent à des saladiers en cuivre renversés et rappellent le mur entièrement couvert de pièces cuivrées brillantes. Il y a aussi une boule à facettes dans la même teinte, qui descendra du plafond tous les soirs à 21 heures. Il n'existe pas d'équivalent sur l'île. Jill en est époustouflée. Peut-elle déjà faire une réservation, s'il vous plaît ?

Elle se hâte de regagner son bureau à la rédaction du *Nantucket Standard*. A-t-elle déjà été aussi inspirée pour écrire un papier ? Non. Elle tape à toute allure sur son clavier, n'oublie aucun détail – ni les tapis Annie Selke de toutes les couleurs de l'arc-en-ciel, ni la sélection impeccable de romans sur les étagères des chambres, ni les tabourets en velours capitonné du bar –, puis elle relit son article phrase par phrase pour s'assurer que ses tournures sont aussi élégantes et raffinées que l'hôtel lui-même.

Lorsqu'elle a apporté la toute dernière retouche à son texte, elle l'imprime pour l'apporter à Jordan Randolph, dans son bureau. Il aime relire sur papier afin d'annoter le travail de ses collaborateurs au stylo rouge, comme s'il se prenait pour Maxwell Perkins, l'éditeur de Fitzgerald et de Hemingway. Jill et ses collègues en plaisantent. A-t-il déjà entendu parler de Google Docs ?

Elle patiente sur le seuil de la pièce pendant qu'il prend connaissance de l'article, se prépare à l'habituel compliment : « Remarquable. » Pourtant, quand il a fini, il pose négligemment les feuilles sur son bureau et lâche :

— Mmh...

*Mmh ? Mais qu'est-ce que ça veut dire, mmh ?* Jill n'a jamais entendu son patron, qui apporte toujours beaucoup de soin à son expression, se contenter de cette syllabe.

— Ça ne va pas ? lui demande-t-elle. C'est... mon style ?

— Je n'ai rien à redire au style. Peut-être un poil trop lisse ? On dirait presque un publireportage au milieu d'un magazine de déco.

— Ah, d'accord, alors...

— J'attendais quelque chose d'un peu plus croustillant.

— Je ne suis pas sûre qu'il y ait matière à ça, rétorque-t-elle. L'hôtel tombait en ruines lorsque Xavier Darling l'a acheté. Il a engagé des gens du coin...

— Oui, oui, tu dis tout ça, soupire Jordan. J'aurais aimé un autre angle...

Il ne finit pas sa phrase.

— Je ne vais pas le publier cette semaine. Laissons-le un peu reposer.

Il sourit à Jill avant d'ajouter :

— Mais merci d'avoir fait « cette visite des coulisses ».

Il mime les guillemets, ce qui lui donne plus que jamais un air de *boomer*.

— Je te suis reconnaissant.

En son for intérieur, Jordan Randolph suspecte que l'Hôtel Nantucket sera comme une œuvre d'art de Banksy : après son dévoilement, il connaîtra un bref moment de gloire puis s'autodétruira. Une personne partage son avis, un résident de la maison de retraite Our Island Home, âgé de 94 ans et répondant au nom de Mint Benedict. Il est le fils unique de Jackson et Dahlia Benedict, le couple qui possédait l'hôtel entre 1910 et 1922. Mint demande d'ailleurs à son aide-soignante préférée, Charlene, de l'emmener, en fauteuil roulant, jusqu'à Easton Street, pour qu'il puisse voir la nouvelle façade épatante de l'établissement.

— Ils peuvent lui refaire une beauté si ça leur chante, ils ne rencontreront pas le succès pour autant, déclare-t-il. Je vais vous faire un aveu : cet hôtel est hanté, et c'est la faute de mon père.

*Mint débloque*, pense Charlene, *il a besoin d'une bonne sieste*. Elle fait demi-tour avec le fauteuil pour le raccompagner.

*Hanté ?* nous demandons-nous.

La moitié d'entre nous se montre sceptique. (Nous ne croyons pas aux fantômes.) L'autre, intriguée. (Nous qui craignions de ne rien avoir de croustillant à nous mettre sous la dent !)

# 2

# La cinquième clé

**LISTE DE CHANSONS DE RUPTURE**
**PAR LIZBET KEATON**

*Good 4 U,* Olivia Rodrigo
*All Too Well,* Taylor Swift
*If Looks Could Kill,* Heart
*You Oughta Know,* Alanis Morissette
*Far Behind,* Social Distortion
*Somebody That I Used to Know,* Gotye
*Marvin's Room,* Drake
*Another You,* Elle King
*Gives You Hell,* The All-American Rejects
*Kiss This,* The Struts
*Save It for a Rainy Day,* Kenny Chesney
*I Don't Wanna Be in Love,* Good Charlotte
*Best of You,* Foo Fighters
*Rehab,* Rihanna
*Better Now,* Post Malone
*Forget You,* Cee Lo Green
*Salt,* Ava Max
*Go Your Own Way,* Fleetwood Mac
*Since U Been Gone,* Kelly Clarkson
*Praying,* Kesha

Depuis sa rupture déchirante avec JJ O'Malley, Lizbet est à la recherche de réconfort. Elle a dépensé 77 dollars chez Wayfair pour acheter une citation encadrée et attribuée à Socrate : « Le secret du changement consiste à consacrer toute son énergie non pas à combattre le passé, mais à créer l'avenir. » Elle l'accroche au mur face à son lit, et c'est, ainsi, la première chose qu'elle voit au réveil, et la dernière avant d'éteindre la lumière.

*Toute ton énergie... Pas à combattre le passé... Mais à créer l'avenir... Le secret du changement...*

*Plus facile à dire qu'à faire,* observe-t-elle. Elle consacre justement toute son énergie à combattre le passé.

À revivre la journée du 30 septembre dernier, et plus exactement la Dernière Soirée de La Terrasse.

La Dernière Soirée de La Terrasse a toujours été une tradition douce-amère, car elle marque la fin de l'été. Lizbet et JJ doivent faire leurs adieux à leur équipe, à laquelle ils ont consacré beaucoup de temps, d'énergie (et d'argent). Une partie du personnel sera de retour au printemps suivant, mais pas la totalité, si bien qu'aucune saison ne peut se reproduire à l'identique. Ce qui, ils l'ont découvert avec le temps, est à la fois une bonne et une mauvaise chose. La Dernière Soirée est une sorte de bacchanale en l'honneur de leurs employés. Lizbet et JJ savent se montrer généreux, et ils ouvrent des boîtes de caviar béluga qu'ils arrosent de bouteilles de Laurent-Perrier rosé.

L'une des traditions est la photo d'équipe. Lizbet prend tout le monde adossé à la rambarde avec les ruisseaux de la plage de Monomoy derrière. Elle encadre chacun de ces portraits de groupe et les accroche dans le couloir qui conduit aux toilettes. Une sorte d'archive, d'album, de témoignage.

Le cliché de ce soir sera le quinzième. Elle a du mal à y croire.

Elle réunit tous les employés qui se concertent pour adopter une pose à la fois originale et décontractée. Les plus petits devant ! Goose, le sommelier, et Wavy, le chef de rang, soulèvent Peyton, la chouchoute du groupe – qui a l'avantage d'être menue de surcroît –, pour la tenir couchée. Christopher et Marcus se prennent par la main, et c'est la première fois qu'ils assument en public leur relation, née au cours de l'été.

Ekash, Ibo et tous les commis, plongeurs et autres petites mains prennent aussi place le long de la rambarde.

Lizbet utilise le téléphone de JJ pour prendre la photo, parce qu'il est à portée de main, juste là, sur la table 10. Elle tape le code de son compagnon – 1103, sa date de naissance à elle – et tombe directement sur l'application de messagerie. Les SMS s'affichent dans une typo grande taille qui la fait sourire (il refuse d'accepter l'idée qu'il a besoin de lunettes). Elle s'apprête à quitter l'application quand une phrase attire son regard : Terriblement envie de toi. Ce message est suivi d'un autre : Dis-moi ce que tu veux que je te fasse. Elle se pétrifie, puis se dit aussitôt qu'il ne doit pas s'agir du téléphone de JJ en réalité. Non c'est l'iPhone 13 Pro Max de quelqu'un d'autre, avec une coque bleu électrique, une photo du chef et journaliste culinaire Anthony Bourdain collée derrière et sa date d'anniversaire à elle comme mot de passe. Un quart de seconde plus tard – c'est fou à quelle vitesse le cerveau digère les informations les plus illogiques –, elle doit se rendre à l'évidence : il s'agit bien du téléphone de JJ. Elle remonte le fil de la discussion jusqu'à trouver des photos d'une poitrine féminine et du pénis en érection de JJ – elle le reconnaît. Il entretient cet échange avec Christina Cross, leur représentante en vin.

Goose lui crie :

— Prends la photo, Libby ! Peyton commence à peser une tonne !

Elle a les mains qui tremblent. C'est bien réel ? C'est vraiment en train de lui arriver ? Elle réussit, elle ne sait comment, à donner le change (plus tard, elle jugera avoir fait preuve d'une force surhumaine). Elle prend les photos. Et elles sont bonnes. Elles n'ont jamais été aussi réussies. Puis Lizbet file se réfugier dans les toilettes avec l'iPhone de JJ. Enfermée dans une des cabines, elle parcourt les textos à caractère pornographique – 187 selon ses calculs –, que JJ et Christina se sont échangés au cours des trois derniers mois, le plus récent remontant à quelques heures seulement. Elle est tentée de jeter le téléphone dans la cuvette et de tirer la chasse d'eau, mais elle se retient : elle a la présence d'esprit de réaliser des captures d'écran des messages et de se les envoyer.

Ensuite elle rejoint les autres. La fête bat son plein – Polo G chante *Martin and Gina* à fond les ballons, et Christopher, Marcus et Peyton dansent. Lizbet trouve JJ dans un coin de la salle, assis à la table 1, la plus courue du restaurant, où il partage une bière avec deux gars de la cuisine.

— Voici ma reine, dit-il en la voyant.

Il pose une main sur sa taille et tente de l'attirer vers lui pour l'embrasser, mais elle se dérobe et lui plaque son iPhone sur le torse.

— Je rentre, annonce-t-elle.

— Quoi ?

Il attrape son téléphone et les messages de Christina apparaissent aussitôt à l'écran.

— Oh, non, putain. Attends, Libby…

Elle n'attend pas. Elle s'éloigne, bouscule légèrement Wavy, qui remarque que quelque chose ne va pas et tente de la retenir.

— Ce n'est pas ce que tu crois ! crie JJ.

*Oh, mais c'est exactement ce que je crois,* pense-t-elle une fois qu'elle est rentrée dans la maison de Bear Street qu'ils ont achetée ensemble et qu'elle lit les messages qu'ils se sont échangés un par un. *C'est très précisément ce que je crois.*

L'Hôtel Nantucket est peut-être le seul endroit de l'île où Lizbet n'a pas de passé ou de souvenirs communs avec Jonathan James O'Malley, si bien que lorsqu'elle apprend que Xavier Darling a acheté l'hôtel et cherche à engager un directeur ou une directrice, elle prend aussitôt le volant pour se rendre à l'agence d'Eddie l'Éclair, Bayberry Properties.

— Qu'est-ce que je peux faire pour vous, Lizbet ? lui demande-t-il une fois qu'elle s'est assise en face de lui.

Elle a eu la chance de le trouver – il est rarement à son bureau, il préfère se balader dans l'île en faisant vrombir sa Porsche Cayenne, coiffé de son panama, à l'affût d'une transaction juteuse.

— J'espère que vous n'êtes pas venue mettre en vente votre maison ? Même si, dans ce cas, je pourrais vous en obtenir un très bon prix...

— Quoi ? Mais non ! Pourquoi ? Qu'est-ce qui vous fait penser ça ?

Il se racle la gorge d'un air inhabituellement réservé.

— J'ai entendu dire que vos chemins à JJ et vous s'étaient séparés...

— Et ?

— Et que vous aviez envie de tourner la page. Pour de bon. Alors j'ai pensé que vous envisagiez peut-être de quitter Nantucket.

— Absolument pas.

*Si quelqu'un doit partir*, songe-t-elle, *c'est JJ !* Elle n'a pourtant pas l'intention de s'en ouvrir à Eddie : tout ce qu'elle pourrait lui confier serait aussitôt déformé par Radio Nantucket.

— Je suis ici parce que j'aimerais avoir les coordonnées de Xavier Darling.

Elle se redresse sur son siège et rejette ses tresses dans son dos.

— J'aimerais postuler à la direction du nouvel hôtel.

— J'imagine que vous avez entendu parler du salaire, dit-il.

— Non. Je n'y ai même pas pensé.

— 125 000 dollars par an. Plus tous les avantages possibles.

Elle a un léger mouvement de recul. Son esprit vagabond s'arrête bizarrement sur l'idée qu'elle n'aura plus à s'inquiéter le jour où sa dentiste, Janice, lui annoncera qu'il est temps de faire une radio panoramique.

— Ah oui...

— Je vais me faire un immense plaisir de vous communiquer l'adresse mail de Xavier, reprend Eddie en claquant des doigts. Vous ne m'aviez pas dit que votre père possédait un hôtel dans le Wisconsin ?

Le père de Lizbet est le directeur d'une résidence pour seniors à Minnetonka, dans le Minnesota. Adolescente, elle se chargeait de tirer les numéros lors des parties de loto et accompagnait les résidents à leurs rendez-vous chez le coiffeur.

Une année, elle a même fait partie du jury du concours de sculptures en beurre.

— Oui, en quelque sorte.

Eddie hoche lentement la tête.

— Xavier cherche une personne avec de l'expérience dans l'hôtellerie de luxe.

Elle accuse le coup. Elle ne pourra jamais faire passer la résidence pour seniors du Soleil Levant pour un équivalent du Four Seasons.

— Mais il veut aussi quelqu'un qui se soit frotté à la commission du centre historique et aux élus locaux de Nantucket.

— Ce qui est mon cas, observe-t-elle.

— Et qui est capable de charmer la chambre de commerce.

— Ce que j'ai déjà fait.

— La réputation de l'hôtel a besoin d'un sacré coup de propre.

— Je sais bien… J'imagine que vous avez entendu les rumeurs au sujet des fantômes ?

— Je ne crois pas aux fantômes. Et je n'écoute jamais les rumeurs.

*Ha ha ha !* pense-t-elle. Une de ces deux déclarations au moins est un mensonge flagrant.

— Xavier a du pain sur la planche, poursuit Eddie. La compétition est rude dans le domaine du tourisme de luxe ici, entre le Beach Club, le White Elephant, le Wauvinet. Je lui ai dit que je n'étais pas certain qu'il y ait de la place pour un autre établissement, mais il est resté inflexible. Et il a les moyens nécessaires. L'hôtel ouvrira ses portes en juin et, d'après Xavier ce sera le plus exceptionnel de l'île. Enfin pour ça, il lui faut la bonne personne à la barre.

Lizbet se retient de bondir de son fauteuil tant elle veut ce poste.

— J'enverrai mon CV à M. Darling dès ce soir. Est-ce que vous accepteriez de… lui recommander ma candidature ?

Eddie joint les mains par le bout des doigts d'un air songeur. Elle espère qu'il est en train de repenser à toutes les fois où il a appelé La Terrasse à la dernière minute et où elle lui a trouvé une table, même lorsqu'ils avaient déjà une liste d'attente longue comme le bras. Eddie voulait évidemment la 1, et elle accédait toujours à sa requête quand c'était possible (ce n'était tout de même pas sa faute si celle-ci était occupée un soir par le joueur de baseball David Ortiz et un autre par l'écrivaine Ina Garten !).

— Je ne vais pas lui recommander votre candidature, conclut Eddie. Je vais lui dire qu'il n'y en a pas de meilleure.

La semaine suivante, Lizbet passe un entretien avec Xavier Darling sur Zoom. Même si elle pense avoir assuré – elle a réussi à glisser le nom du responsable de la commission d'urbanisme pour suggérer ses connexions avec la mairie –, le milliardaire ne laisse pas transparaître la moindre réaction. Elle se dit que quelqu'un comme lui doit avoir dans le viseur des directeurs d'établissements tels que le Wynn à Las Vegas ou le XV Beacon à Boston. Et pourtant, deux jours plus tard à peine, Xavier la contacte à nouveau, toujours sur Zoom, et lui offre le poste. Elle reste calme et posée en apprenant la nouvelle, mais à la seconde où elle clique sur l'onglet « Quitter la réunion », elle se met à faire des bonds et à lever les poings en l'air, en signe de victoire. Puis elle s'écroule sur son fauteuil de bureau et verse des larmes de gratitude.

*Le secret du changement consiste à consacrer toute son énergie non pas à combattre le passé, mais à créer l'avenir.*

Lizbet a réussi, comme on dit, à s'offrir un nouveau départ.

Le matin du 12 avril, Lizbet est malheureusement occupée à *combattre le passé* – elle est plus précisément en train de se souvenir que c'est Christina qui l'a appelée pour lui expliquer les sextos (« ça ne signifie rien, Libby, avec JJ on a fait ça pour déconner ») –, lorsqu'elle reçoit un message de Xavier Darling qui lui demande à lui parler. Il est 6 h 30 – il n'a, de toute évidence, pas songé au décalage horaire, lui qui vit en Angleterre –, et elle soupire : elle avait prévu de monter sur son vélo d'appartement. Mais elle a accepté de se tenir toujours à la disposition de Xavier, alors elle enfile une blouse sur sa brassière de sport, fait passer ses tresses à l'avant de ses épaules et redonne du volume à sa frange.

Elle clique sur « Rejoindre la réunion avec la vidéo ».

— Bonjour, Elizabeth.

(Xavier refuse de l'appeler Lizbet, alors qu'elle lui en a fait la demande à deux reprises, en lui précisant que la seule personne à avoir jamais utilisé son prénom en entier était sa défunte grand-mère.) Derrière lui, elle aperçoit Big Ben et le palais de Westminster, une vue si cliché de la capitale londonienne qu'il pourrait très bien s'agir d'un fond d'écran proposé par l'application.

— Bonjour, monsieur.

Elle a bien noté son ton sévère et elle essaie de ne pas trop s'en faire, même si elle ne peut s'empêcher de se demander si ce n'est pas le jour où le couperet va tomber, si tous les espoirs qu'elle a investis dans cet hôtel ne vont pas être réduits à néant comme si cette aventure n'était qu'un canular.

— J'appelle pour vous apporter quelques éclaircissements sur la situation, car ils pourraient se révéler nécessaires.

Elle se prépare à la suite : que va-t-il lui annoncer ?

— Vous ne m'avez jamais demandé, et d'ailleurs personne ne l'a fait, pourquoi j'avais acheté cet hôtel. Après tout, je vis à Londres et je n'ai jamais mis les pieds à Nantucket.

Il s'interrompt.

— Vous ne vous êtes posé aucune question ?

Bien sûr que Lizbet s'en est posé, mais elle y a apporté la première réponse qui vient à l'esprit quand on pense aux gens très riches : ils achètent des choses tout simplement parce qu'ils en ont la capacité.

— J'ai acquis cet établissement dans le but d'impressionner deux femmes.

*Waouh !* Lizbet se pince la cuisse pour s'empêcher de pousser un cri. Rien qu'à elle seule cette réponse mérite qu'elle ait sacrifié ses trente minutes de vélo « hip-hop ».

— Deux femmes ? rétorque-t-elle.

Elle vérifie son expression sur la petite fenêtre dans le coin inférieur de son ordinateur : elle a réussi à conserver un visage plutôt impassible. Elle a bien sûr fait une recherche en ligne sur Xavier Darling. D'après un article du *Times* – celui de Londres –, il ne s'est jamais marié et n'a pas d'enfants. Elle a trouvé des photos de lui lors de courses hippiques ou de tournois de polo, avec de belles femmes de caractère à son bras, mais pas deux fois la même. Qui sont ces chanceuses, et viendront-elles l'une et l'autre sur l'île ? Voilà qui ferait parler Radio Nantucket ! Elle se retient de lui faire remarquer qu'offrir à chacune un jet privé ou un petit Van Gogh aurait pu lui revenir moins cher.

— Oui, répond-il. Et je vais vous révéler aujourd'hui l'identité de l'une d'elles.

— Merveilleux, monsieur.

— L'une des femmes que je cherche à impressionner est Shelly Carpenter.

*Shelly Carpenter. Évidemment.*

— Vous la connaissez ? lui demande-t-il.

— « Qui choisit bien son hôtel a la vie belle ! » la cite-t-elle.

— Exactement. Elizabeth, je veux une critique à cinq clés sur *Hôtels Confidentiels*.

Une fois de plus, Lizbet vérifie son expression sur l'écran de son ordinateur. Son incrédulité transparaît-elle ? Oui, parfaitement. Comme 18 millions d'autres personnes, elle suit Shelly Carpenter sur Instagram. Son compte @hotelsconfidentielsSC est devenu un sujet d'obsession nationale. Shelly Carpenter poste à midi le dernier vendredi de chaque mois un carrousel de dix photos (la rumeur prétend qu'elle les prend avec son iPhone), et la bio de son profil contient un lien renvoyant directement à son blog *Hôtels Confidentiels,* où elle attribue aux différents établissements une note allant de une à cinq clés. Le secret de son succès tient à son écriture brillante et pleine d'esprit, à son intelligence affûtée et à son intuition aiguë de ce qui fonctionne ou pas en matière d'hôtellerie, sans oublier la part de mystère qui l'entoure. Car personne ne connaît son identité. Il n'y a qu'un seul consensus en ligne : Shelly Carpenter est un pseudonyme.

Quel que soit son véritable nom, elle arpente le globe et promène son regard critique aussi bien dans un hôtel trois étoiles de Caroline du Sud que dans un établissement cinq étoiles sur l'île d'Anguilla, dans les Caraïbes (les deux ayant reçu quatre clés sur cinq). Tout le monde sait qu'elle n'en a encore jamais décerné plus. Elle affirme être en quête de ce lieu introuvable, mais Lizbet pense qu'il s'agit d'une feinte : Shelly ne donnera jamais cinq clés, elle s'assure ainsi un moyen de pression.

— Monsieur, je peux vous garantir que nous ferons de notre mieux.

— Ça ne suffira pas, Elizabeth. Nous devons faire le nécessaire pour devenir le seul hôtel au monde que cette femme jugera digne de la cinquième clé. Il ne faut pas laisser la place au moindre doute dans son esprit. Me suis-je bien fait comprendre ?

— Tout à fait, monsieur.

— Et donc nous obtiendrons cinq clés sur *Hôtels Confidentiels* d'ici la fin de l'été ?

Un esprit de compétition que Lizbet n'a pas ressenti depuis qu'elle défiait ses frères à la nage dans le Minnesota refait surface.

*Créer l'avenir !* songe-t-elle. À cet instant précis, elle est convaincue de pouvoir réussir le (hautement) improbable, peu importent les obstacles qu'elle rencontrera.

— Nous décrocherons cette cinquième clé, lui dit-elle.

# 3

# Une histoire de fantôme

Grace tente depuis un siècle de remettre les pendules à l'heure : elle a été assassinée !

En août 1922, le *Nantucket Standard* a fait état du décès de Grace Hadley, femme de chambre de 19 ans, dans l'incendie qui a détruit le second étage et le grenier du grand Hôtel Nantucket – feu provoqué par une « cigarette mal éteinte d'origine inconnue ». C'était en un sens exact, même si l'article a tu des détails secrets et grivois qu'elle est la seule à connaître. Le propriétaire de l'hôtel, Jackson Benedict, avait installé un lit de camp pour Grace dans le débarras du grenier, juste au-dessus de son appartement, afin de pouvoir monter en douce lui « rendre visite » chaque fois qu'il était sur place. En plus de son poste de femme de chambre, Grace était aussi au service de l'épouse de Jack, Dahlia, qui qualifiait la jeune femme d'« ordinaire » (tout à fait faux) et de « petite prétentieuse » (parfois – non, souvent – vrai). Pour son tout premier jour de travail, elle avait été momentanément aveuglée par le gin que Dahlia lui avait recraché au visage – après quoi Grace avait toujours gardé une distance suffisante entre elles.

Avant le début de l'incendie à l'aube du 20 août, Jack et sa femme avaient organisé un dîner dansant dans la salle de bal de l'hôtel, comme tous les week-ends de l'été. Dahlia finissait souvent ces fêtes somptueuses en état de grande ivresse et se jetait donc au cou d'autres hommes. Les Benedict regagnaient ensuite leur suite et se hurlaient des obscénités. Une nuit, Dahlia avait jeté un candélabre en argent qui avait raté Jack mais atteint leur chat tigré, Mittens, qui avait par la suite toujours boité. Grace n'avait aucun mal à imaginer Jack utilisant leur secret durant l'une de ces querelles, le dégainant telle une arme : « J'ai des relations sexuelles avec ta femme de chambre, Grace. »

Il n'en aurait pas fallu plus à Dahlia.

Réveillée par le cri des sirènes (assourdies, parce qu'elle se trouvait au grenier), Grace avait senti l'odeur de fumée et la chaleur brûlante des lames du parquet – on se serait cru sur un gril ! Elle n'avait pourtant pas réussi à sortir du débarras, la porte était bloquée. Elle l'avait martelée de ses poings, elle avait hurlé : « À l'aide ! Sauvez-moi ! Jack ! Jack ! » Personne ne l'avait entendue. Jack était le seul à savoir que Grace se trouvait dans le grenier, et il n'était pas venu à son secours.

Les fantômes sont des âmes qui ont encore des choses à régler sur terre, et cette définition convient parfaitement à Grace. Elle a essayé de « passer l'éponge » et de « tourner la page » afin d'accéder au repos éternel... mais elle n'y arrive pas. Elle s'y refuse. Elle a l'intention de hanter ce maudit hôtel jusqu'à ce que quelqu'un admette l'odieuse vérité : Dahlia Benedict a volontairement mis le feu puis verrouillé la porte du débarras de l'extérieur. Elle a assassiné Grace ! Et elle n'est pas la seule responsable. Jack l'avait séduite, et Grace avait un statut social si inférieur au sien qu'elle n'avait d'autre choix que de se soumettre. Il n'est pas monté la sauver. Il avait honte d'avoir une maîtresse, et il l'a donc laissée brûler vive.

Après l'incendie, Jack a vendu l'hôtel pour une bouchée de pain, et Grace a pris la résolution de faire savoir aux gens qu'elle était encore là.

Elle a commencé par les portes en acajou de plus de 2 mètres : des termites.

Puis elle est passée aux soies rapportées d'Asie par les baleiniers de Nantucket, et ensuite aux velours, aux brocarts et aux voilages : mites, humidité, moisissures.

Grace a rempli l'hôtel d'une odeur d'œufs pourris. La direction a aussitôt suspecté la fosse septique et appelé un plombier, pourtant rien n'a pu venir à bout de cette pestilence. *Désolée, mais je ne suis pas désolée !* a-t-elle pensé.

Lorsque la Bourse s'est effondrée en 1929, l'établissement a fermé ses portes. Il est resté clos durant la Grande Dépression, puis la guerre, bien sûr. Des années ennuyeuses, Grace est bien obligée de le reconnaître. Il n'y avait que les rats et elle. Et de temps en temps une chouette. Ceux qui avaient appris la triste histoire de la pauvre femme de chambre ayant péri dans l'incendie de l'hôtel avaient des sujets d'inquiétude autrement plus graves.

Dans les années 1950, un nouveau propriétaire a voulu faire de cet endroit « une pension de famille bon marché », synonyme de draps élimés qui se déchiraient comme un rien et de dessus-de-lit lustrés avec imprimés immondes sur lesquels les taches ne se voyaient pas. À cette époque, Grace n'avait qu'un désir, celui que Jack, où qu'il fût, apprenne que son élégant hôtel était devenu ordinaire et bas de gamme.

Dans les années 1980, avec la sortie de films tels que *Poltergeist* ou *SOS Fantômes*, tout le monde s'est soudain découvert un don d'expertise pour les activités paranormales, et c'est devenu le summum du chic de dire que l'hôtel était hanté. *Enfin !* s'est réjouie Grace. Quelqu'un allait bien creuser un peu et comprendre ce qui lui était arrivé. Elle s'est mise à hanter pour de bon les clients de l'hôtel qui le méritaient : les coureurs de jupons, les grandes gueules, ceux qui se montraient parfois cruels, maltraitants ou qui avaient des idées discutables. Les anecdotes se sont multipliées – courants d'air glacés, bruits suspects, objet décoratif qui s'animait sur un guéridon dans un couloir, gouttes d'eau qui tombaient une à une sur le front d'un client endormi (lequel avait les mains baladeuses avec ses employées de bureau).

L'hôtel a de nouveau été vendu, cette fois à un jeune couple qui souhaitait le rénover « avec très peu de moyens ». A-t-on déjà vu ce type d'entreprise réussir ? Ça n'a pas été le cas, même si l'hôtel a tourné gentiment jusqu'au nouveau millénaire. Il a à nouveau changé de mains en 2007, cédé cette fois à un homme sans goût – Grace avait jeté un coup d'œil aux projets du décorateur d'intérieur et aperçu des plans avec des lits ronds et des miroirs biseautés. Et il n'a jamais ouvert ses portes, car ce propriétaire-là, qui avait investi auprès de Bernard Madoff, a tout perdu.

Après ce coup du sort, l'Hôtel Nantucket est resté inexploité, et Grace a de nouveau connu l'ennui. Pendant l'ouragan Jose en 2017, elle a entrouvert une fenêtre, à la suite de quoi une partie du toit s'est envolée.

Après la tempête tropicale, les portes du bâtiment à l'abandon ont facilement pu être forcées, et le hall a accueilli plus d'une fête de lycéens. Ça a été l'occasion pour Grace de se mettre à la page – elle a écouté les jeunes discuter, elle les a regardés s'éloigner, deux par deux, dans les couloirs sombres pour trouver un peu d'intimité dans les anciennes chambres. Elle est devenue fan de leur musique (*Levitating*, de Dua Lipa !), elle a appris l'existence d'Instagram, de PayPal, de Tinder, de Bumble, de YouTube, de TikTok – et du meilleur réseau social de tous, Snapchat, avec son fantôme ! Grace a suivi des débats sur la justice sociale et a été convaincue par la véhémence des différents interlocuteurs. Tout être humain méritait d'être traité avec dignité, y compris la femme de chambre, également maîtresse cachée dans un débarras du grenier !

Grace et les jeunes ont fait bon ménage jusqu'à ce qu'une fille du nom d'Esmé se moque du physique d'une certaine Genevieve en postant une photo d'elle en sous-vêtements dans les vestiaires du lycée. Quand Esmé est revenue à l'hôtel, le visage de Grace a surgi sur l'écran de son téléphone – sur ses cheveux, toujours bruns et bouclés, elle avait mis une charlotte blanche, ses yeux étaient deux trous noirs insondables, et du feu sortait de sa bouche dès qu'elle l'ouvrait.

Esmé a perdu connaissance sur le coup. Une fois revenue à elle, elle a raconté à tout le monde qu'elle avait aperçu un zombie sur son portable : un truc à la Twilight, mais bien réel, un vrai fantôme, putain ! a-t-elle posté. Quelques jeunes ont fait une recherche à partir des termes *Hôtel Nantucket* et *hanté* ; ça n'a rien donné, les archives numérisées du

*Nantucket Standard* ne remontaient qu'à 1945. Pour obtenir de plus amples informations, ils auraient dû se plonger dans les archives physiques. Ces deux mots convoquaient des images de piles de papiers poussiéreux et d'efforts qu'ils n'étaient pas prêts à fournir.

Grace est passée à côté d'une occasion d'obtenir justice. En prime, les soirées se sont brusquement arrêtées, et elle s'est retrouvée seule.

Grace est, comme diraient les jeunes, en PLS qu'un gentleman immensément riche ait acheté l'hôtel et engagé des entrepreneurs compétents (et rapides), ainsi qu'une décoratrice au goût impeccable. Elle arpente les trois niveaux en essayant de rester discrète, même s'il arrive parfois, lorsqu'elle pénètre dans une pièce, qu'une personne s'y trouvant frissonne et dise :

— Il n'y a que moi qui ai senti le courant d'air ?

Grace est visible par certains, ceux qu'elle appelle les « hypersensibles au surnaturel ». Ils aperçoivent son reflet dans les miroirs et les vitres. Cependant la plupart ne voient rien. Elle est aussi capable d'actes effrayants mais inoffensifs. Si elle concentrait toute son énergie, elle pourrait sans doute blesser quelqu'un. (Elle continue à entretenir le fantasme d'administrer une bonne raclée à Dahlia Benedict, ou plutôt une double, pour venger aussi le chat Mittens.)

Dans la chambre 101, Grace aperçoit son reflet dans le miroir en pied qui vient d'être installé sur une porte de la penderie, et elle songe : *Non, ça n'ira pas.* Sa longue robe gris tourterelle et son tablier jaunissant lui donnent l'air d'une figurante dans un film de James Ivory. Le problème de sa tenue démodée se résout quand elle tombe, par hasard, sur un carton ouvert qui contient les peignoirs commandés par l'hôtel. En coton gaufré blanc avec doublure en tissu-éponge doux et absorbant. Grace retire sa robe – elle a conservé le corps de ses 19 ans, avec des fesses et des seins généreux, au point qu'elle pourrait bien être considérée comme « canon » – pour enfiler le peignoir. Il est aussi chaud et réconfortant qu'un câlin. Et il a des poches ! Elle décide de le garder. Si une personne croise son image dans un miroir, que verra-t-elle ? Peut-être un fantôme en peignoir. Peut-être un peignoir en lévitation, sur un corps invisible.

Effrayant !

Cette pensée la réjouit au plus haut point.

Lorsque la nouvelle capitaine du navire, Lizbet Keaton, franchit la porte de l'hôtel, réparée maintenant, avec un carton rempli de ses affaires personnelles, Grace se félicite : *Enfin une femme aux commandes !* La jeune directrice a une allure sportive avec son pantalon de yoga, son coupe-vent et sa casquette de l'équipe de baseball des Minnesota Twins dont dépassent ses deux tresses blondes. Même si elle a gardé un visage poupin et qu'elle ne se maquille pas, Grace lui donne entre 35 et 40 ans.

Lizbet dépose son carton sur le comptoir flambant neuf de la réception et se retourne, bras écartés, comme pour embrasser la totalité du hall. Grace remarque que des étincelles éblouissantes de courage et de détermination émanent d'elle. Cette femme est bien décidée à réussir là où tant d'autres avant elle ont échoué, et Grace ne peut s'empêcher de s'attacher aussitôt.

*Bonjour, Lizbet,* lui dit-elle intérieurement. *Je m'appelle Grace. Bienvenue à l'Hôtel Nantucket.*

# 4

# Recherche personnel

Lizbet fixe sa salve finale d'entretiens d'embauche à la troisième semaine du mois d'avril. Elle a fait passer des annonces dans le *Nantucket Standard,* le *Cape Cod Times* et le *Boston Globe,* concernant la presse papier, ainsi que sur plusieurs sites Internet, pourtant le nombre de candidatures n'a pas été à la hauteur de ses attentes. Elle vérifie à nouveau la rubrique « spam » de sa messagerie électronique, mais elle ne trouve que des mails d'une application de rencontres – elle a commis l'erreur de visiter un site lors d'une mauvaise passe après sa rupture avec JJ.

Lizbet ne parle évidemment pas à Xavier de l'absence d'enthousiasme suscité par ses annonces, parce que les affaires courantes sont de sa responsabilité. Elle devait être soulagée de ne pas crouler sous les CV d'étudiants dont les grands-mères décéderont inévitablement le deuxième samedi d'août. Elle n'a pas besoin de beaucoup de candidats, elle a juste besoin des bons.

Grace porte son nouveau peignoir et, à la place de sa charlotte, la casquette des Minnesota Twins qui a mystérieusement disparu du sac de sport de Lizbet quelques jours auparavant. Elle se juche sur l'étagère la plus haute du bureau de la directrice, ce qui lui offre un point de vue imprenable sur les aspirants aux différents postes. Grace se souvient comme si c'était hier de sa propre embauche au printemps 1922. Quarante filles au moins ont été réunies dans la salle de bal de l'hôtel, et chacune s'est vue remettre un chiffon.

Mme Wilkes, à la tête de l'équipe des femmes de chambre, a observé la technique des candidates une par une, tandis qu'elles époussetaient les lambris et les tables de banquet circulaires en chêne. Grace soupçonne que Mme Wilkes jugeait aussi les postulantes à leur physique, car c'était surtout les plus jolies qui étaient choisies ; les filles ingrates étaient renvoyées chez elles.

*Elles auraient dû la traîner en justice*, songe Grace en gloussant.

Elle jette un coup d'œil à la mince pile de CV sur le bureau de Lizbet. La première candidate est une habitante de Nantucket de 22 ans, Edith Robbins, qui postule pour une place à la réception. La directrice se lève pour aller ouvrir la porte de son bureau et l'invite à entrer. Edith est une jeune femme noire au teint lumineux qui porte une jupe crayon et des petits talons.

— Princesse Edie ! Je n'en reviens pas que tu sois déjà aussi grande ! Je me rappelle très bien quand tes parents t'emmenaient à La Terrasse pour fêter ton anniversaire.

Princesse Edie a un sourire jusqu'aux oreilles.

— Chaque année, oui.

— Comment va ta mère ? Je ne l'ai pas revue depuis les obsèques de ton père.

— Elle travaille maintenant à plein temps comme fleuriste chez Flowers on Chestnut et elle a repris la place de mon père au Rotary Club. Elle s'occupe.

— Je compte sur toi pour lui passer le bonjour de ma part. Bien, je sais que tu es la fille de deux professionnels aguerris de la restauration et de l'hôtellerie, et je me dois de te poser la question : ta mère ne voulait-elle pas que tu travailles au Beach Club ?

— Si, mais j'ai pensé que le poste serait plus intéressant ici. Tout le monde sur l'île ne parle que de cet hôtel.

— C'est vrai ? Et qu'est-ce qui se dit ?

Edie adresse à Lizbet un sourire qu'on pourrait qualifier de gêné. *Qu'est-ce qui se raconte* ? se demande Grace. Est-ce qu'on parlerait d'elle ?

— Ton CV est impressionnant, reprend la directrice. Je vois que tu es diplômée de l'école hôtelière de Cornell, et que tu as reçu une bourse en plus. Tu étais la première de ta classe !

*Évidemment,* songe Grace. *Regarde-la, enfin !*

— D'après toi, poursuit Lizbet, quelle est la qualité la plus importante d'un employé dans l'hôtellerie ?

— Sa capacité à nouer des liens sincères avec chacun des clients dès la première seconde. Un accueil chaleureux et souriant, qui dit « nous sommes heureux de vous voir et nous allons tout mettre en œuvre pour que votre séjour soit merveilleux ».

— Réponse parfaite. Je vois sur ton CV que tu as travaillé à l'hôtel Statler sur le campus de Cornell puis, l'été dernier, au Castle Hill, à Newport ?

— Oui, avec mon copain, au Castle Hill. C'est un endroit absolument incroyable !

Lizbet hausse aussitôt les sourcils.

— Et ton copain vient passer l'été ici ? Parce que je suis toujours à la recherche de...

— On s'est séparés juste après la remise des diplômes.

Grace a du mal à comprendre comment on pourrait vouloir se séparer de cette jeune femme fascinante.

— On a tous les deux reçu une offre pour un stage de management du groupe Ritz-Carlton, mais je tenais à passer l'été ici, avec ma mère. Graydon m'a demandé s'il pouvait m'accompagner, et j'ai dit non. Je voulais entamer ma vie d'adulte en tant que femme indépendante.

*Bravo,* approuve Grace. Elle aurait souhaité la même chose si l'indépendance des femmes avait existé à son époque.

— Je serais ravie de t'engager à la réception, dit Lizbet. Le salaire d'embauche est de 25 dollars de l'heure.

Grace a déjà entendu parler de l'inflation, ce qui ne l'empêche pas de trouver ce chiffre ahurissant. En 1922, elle touchait 35 cents de l'heure !

— Nos tarifs sont bien au-dessus des moyennes de la profession, mais c'est parce que nos attentes sont plus élevées. Tu auras un emploi du temps très strict.

— Ça ne me pose pas de problème. À Cornell, on nous met dans le crâne qu'il est impossible d'avoir une vie privée.

— Au moins, tu es préparée.

Lizbet se penche vers elle avant d'ajouter :

— Je suppose que tu suis Shelly Carpenter sur Instagram ?

— « Qui choisit bien son hôtel a la vie belle ! » Ses critiques crament tout !

Grace ne peut s'empêcher de penser incendie lorsqu'elle entend ce verbe, *cramer*. Vivement qu'il passe de mode...

— À ton avis, elle décernera un jour cinq clés ? demande Lizbet.

— Avec mes amis, on a beaucoup réfléchi, on s'est interrogés sur ce qu'il lui faudrait pour accorder la note suprême. Elle est tellement pinailleuse... D'un autre côté, elle n'est pas déraisonnable, non plus. Quand un client commande un café dans sa chambre, il est en droit d'attendre du lait écrémé, s'il en a exprimé le souhait. Un sèche-cheveux doit fonctionner sans faire disjoncter l'électricité. J'ai le sentiment que, si on se montre attentif au moindre détail et qu'on y met les moyens, alors oui, cette cinquième clé est possible à décrocher.

— Merveilleux. Le propriétaire de l'hôtel, M. Darling est bien décidé à l'obtenir.

Princesse Edie sourit.

— Je vais tout faire pour en tout cas !

L'entretien suivant est parfaitement dans les cordes de Grace, puisqu'il concerne le recrutement de la gouvernante générale. Elle parcourt le CV : Magda English, 59 ans. Deux adresses sont renseignées, une première à Saint-Thomas, une île des Petites Antilles, et une autre à un jet de pierre. L'expérience de Mme English inclut un poste de gouvernante générale sur les bateaux de croisière de Xavier Darling pendant trente-deux ans. Bien qu'ayant pris sa retraite en 2021, elle est là pour devenir la nouvelle Mme Wilkes.

Lizbet l'accueille dans le hall de l'hôtel – « Je vous en prie, appelez-moi Magda », lui dit aussitôt Mme English –, et Grace les suit en gardant ses distances : elle a bien vu que rien n'échappait à l'œil de lynx de cette femme.

— Notre établissement compte trente-six chambres, lui dit Lizbet. Et douze suites.

Magda a un maintien de reine et à peine une ride. Tandis qu'elles suivent le couloir, elle admire le plafond voûté en acajou et, aux murs, les hublots cuivrés qui proviennent d'un paquebot français.

— J'étais gouvernante générale sur des bateaux de croisière, alors je ne suis pas dépaysée.

Elle a un léger et délicieux accent de son île natale – contrairement à Mme Wilkes dont la voix faisait à Grace l'effet d'une râpe à fromage.

— Il faudra astiquer ces hublots toutes les semaines.

Lizbet ouvre la porte de la chambre 108. Grace se faufile à l'intérieur et s'installe au sommet du lit à baldaquin, avant de vérifier, par pudeur, que les pans de son peignoir sont bien fermés. Elle a choisi ce perchoir parce qu'elle ne pourra pas se refléter dans un miroir ou une fenêtre.

Magda s'approche du gigantesque lit et passe une main sur la housse de couette.

— Les draps viennent de chez Matouk ?

— Bien vu, approuve Lizbet.

— Je m'y connais en textile.

Magda prend dans ses mains le jeté de lit en cachemire bleu hortensia au pied du lit.

— C'est très joli.

— Il y en a un dans chaque chambre. Le magasin de décoration Nantucket Looms les a fait tisser pour nous.

— J'espère qu'ils sont prêts à en tisser d'autres, parce qu'ils vont se retrouver « accidentellement » dans les bagages de bien des clients, je peux vous le garantir.

Elle jette un coup d'œil à l'intérieur du petit dressing, puis dans la salle de bains.

— De combien de femmes de chambre se composerait mon équipe ?

— Quatre.

Magda éclate de rire.

— Soit le dixième de ce dont j'ai l'habitude ! Mais ça devrait suffire.

— Comment êtes-vous arrivée à Nantucket alors ?

La femme soupire.

— J'ai passé la première moitié de ma carrière sur des paquebots en Méditerranée, puis j'ai demandé à être mutée dans la région des Caraïbes. Lorsque l'épouse de mon frère est morte en septembre, j'ai pris ma retraite et j'ai emménagé ici pour m'occuper de lui, et de mon neveu, Ezekiel.

— Ezekiel English est votre neveu ? Je lui fais passer un entretien cet après-midi !

— C'est un garçon charmant, vous pourrez le constater par vous-même, dit-elle avec un sourire. Zeke et William ont eu quelques mois difficiles... mais maintenant qu'ils ont repris du poil de la bête, j'ai besoin d'occuper mes journées, et ce petit emploi serait parfait.

Lizbet fronce les sourcils.

— C'est plus qu'un petit emploi.

— Disons que ce n'est pas un bateau de croisière. Je suis d'une très grande exigence, mes anciens employeurs pourront vous le confirmer. Vous avez ma promesse, cet hôtel n'aura jamais été aussi propre depuis qu'il a été créé.

*Eh bien !* s'indigne Grace. *C'est ce qu'on verra !*

Après le départ de Magda, Lizbet envisage de mettre à profit sa pause déjeuner pour aller courir ou pour emprunter un des VTT tout neufs de l'hôtel et se dépenser un peu. Ce matin, elle a enfin perçu un léger réchauffement dans l'air, mais aussi tentante que soit la perspective d'une sortie, elle décide de rester derrière son ordinateur. Elle vérifie d'abord les informations des CV d'un couple marié, Adam et Raoul Wasserman-Ramirez, qui postulent tous les deux pour être portiers. Ils sont actuellement employés au Four Seasons de Punta Mita, à Mexico, et ils aimeraient passer l'été en Nouvelle-Angleterre. Lizbet a repoussé sa décision les concernant, parce qu'elle n'est pas certaine qu'engager deux époux à des postes similaires soit une bonne idée, même si son entretien téléphonique avec chacun d'eux s'est très bien passé. Et s'ils se chamaillent ? Et si l'un d'eux surpasse l'autre ?

Le mail du directeur du Four Seasons est élogieux. Il évoque la « belle voix harmonieuse » d'Adam. (*En quoi est-ce pertinent pour ce poste ?* se demande Lizbet. *Il sera là pour trimballer des valises.*) Cependant le courrier se termine sur ces mots : « Néanmoins, pour notre part, au Four Seasons de Punta Mita, nous sommes parvenus à la conclusion qu'il valait mieux que les Wasserman-Ramirez ne travaillent pas aux mêmes horaires. »

*Ah, voilà !* L'instinct de Lizbet était bon. Et pourtant la réalité de ses besoins n'a pas changé : il lui faut trois portiers, et elle n'a pas tant d'options que cela. Elle engagera Adam et Raoul.

Ensuite, et même si elle s'est interdit de le faire, elle vérifie s'il y a de nouvelles réservations pour la première semaine d'ouverture.

Il y en a une, de quatre nuits, d'un couple de Syracuse. C'est encourageant. Ce qui l'est moins, c'est que le taux d'occupation de l'hôtel dépasse à peine les 25 % alors que le site Internet est en ligne depuis une semaine complète. Ils ont acheté des bannières publicitaires sur les principaux sites de voyage, et Lizbet a concocté un communiqué de presse qu'elle a jugé excellent, mais qui n'a malheureusement pas semblé intéresser grand monde. Lorsqu'elle a appelé Jill Tananbaum du *Nantucket Standard* pour se renseigner sur la date de publication de son article, la journaliste lui a répondu :

— Jordan m'a dit qu'il avait l'intention de le programmer, mais il ne peut pas encore dire quand.

Lizbet était découragée au moment de raccrocher. Il fallait bien reconnaître que l'hôtel jouissait d'une réputation catastrophique et que l'intérêt que Xavier lui portait semblait pour le moins déroutant. Néanmoins, l'établissement avait subi une métamorphose complète.

*Créer l'avenir !* songe-t-elle. Pourtant, une minute plus tard, elle se demande si la situation ne la dépasse pas. Elle ne s'était pas attendue à convaincre aussi facilement Xavier de l'embaucher (étant donné qu'elle n'avait aucune expérience dans l'hôtellerie), et ce n'est qu'aujourd'hui qu'elle se pose la question : avait-elle eu de la concurrence ? Se pourrait-il qu'elle ait été la seule, oui la seule !, à postuler ?

Xavier lui a demandé de lui réserver la suite 317 – historiquement celle occupée par le propriétaire des lieux –, du 24 au 28 août. C'est un peu étrange qu'il n'envisage pas de venir avant, mais elle est soulagée. D'ici là, elle saura peut-être où elle va.

Elle ne s'explique pas très bien d'où lui viennent tous ces doutes ; elle a peut-être simplement faim. Elle est tentée de filer chez Born & Bread pour s'acheter un sandwich, malheureusement elle n'a pas le temps. La prochaine candidate est déjà là.

*Le troisième CV est plutôt impressionnant,* observe Grace. Alessandra Powell, 33 ans, postule aussi pour la réception. La toute première ligne annonce, en gras, qu'elle parle couramment l'espagnol, le français, l'italien, et bien sûr l'anglais. Elle a travaillé dans des hôtels à Ibiza, Monaco et, plus récemment, Tremezzina en Italie. Cette mention plonge Grace dans ses souvenirs. Lorsque Dahlia Benedict était « gentille », elle lui parlait de ses voyages à l'étranger avec Jack. Elle lui a raconté qu'ils s'étaient rendus en Europe à bord du *Mauretania.* Quand Grace a grommelé, non sans sarcasme, que c'était une chance que ce bateau n'ait pas heurté un iceberg contrairement au *Titanic,* Dahlia lui a assené une gifle retentissante.

Grace la méritait. À ce stade, elle était si engluée dans sa relation extraconjugale avec Jack qu'elle ne voyait aucune issue. Elle regrettait sincèrement que le *Mauretania* n'ait pas coulé avec Jack et Dahlia à son bord.

Elle est brusquement ramenée à l'instant présent : une jeune femme aux longs cheveux ondulés, colorés en roux clair, pénètre dans le bureau de Lizbet.

*Non,* s'exclame Grace en son for intérieur. *Non !* La puanteur qui se dégage de la nouvelle venue ne peut signifier qu'une seule chose : son âme est pourrie.

Celle-ci tend un sac en papier blanc à la directrice de l'hôtel.

— Je vous ai apporté un sandwich toasté de chez Born & Bread, pour le cas où vous n'auriez pas eu le temps de déjeuner. C'est celui au fromage, au bacon et à la pomme.

Lizbet écarquille ses yeux bleus.

— Merci ! Vous avez vraiment... un don de divination ! Je n'ai en effet pas eu le temps de déjeuner, et c'est mon sandwich préféré.

Elle prend le sac.

— Je vous en prie, asseyez-vous. Alors, Alessandra, votre CV est tout simplement... parfait. L'Italie, l'Espagne, Monaco. Et vous parlez tellement de langues ! Qu'est-ce qui vous amène sur notre petite île ?

— L'heure était venue de rentrer à la maison. Aux États-Unis, je veux dire. À l'origine, je suis une fille de la côte ouest. J'ai étudié les langues romanes à Palo Alto...

— Vous avez suivi vos études à Stanford ?

Lizbet regarde le CV puis ajoute :

— Ce n'est pas mentionné ici...

— Ensuite, je me suis laissé tenter par le classique tour d'Europe avec un sac à dos, le train, les auberges de jeunesse... et quand je suis arrivée à Ravenne j'étais complètement fauchée. Je m'y étais rendue pour voir les mosaïques de la basilique Saint-Vital.

— Des mosaïques ?

— Les plus belles de style byzantin en dehors d'Istanbul. Elles sont magnifiques. Vous ne connaissez pas, alors ?

*Oh, pitié,* gémit Grace, *peut-on être plus prétentieuse ?*

— Non, en effet.

Alessandra reprend :

— Bon, quand je dis que j'étais complètement fauchée, en réalité j'ai donné mon dernier euro pour contribuer à l'entretien de l'église. Par chance, j'ai engagé la conversation avec un monsieur, lui aussi venu pour les mosaïques, et il se trouve qu'il possédait une *pensione* en ville. Il m'a proposé une chambre contre un poste à la réception. C'est ainsi que ma carrière dans l'hôtellerie a débuté.

— Alors vous avez passé... plus ou moins huit ans en Europe, c'est bien ça ? J'ai remarqué quelques trous dans votre CV...

— Je voulais quitter l'Italie tant que j'avais encore de la tendresse pour ce pays. Et j'ai choisi Nantucket qui m'a paru être l'endroit touristique le plus prestigieux de la Nouvelle-Angleterre.

— Je suis curieuse... est-ce que Shelly Carpenter du blog *Hôtels Confidentiels* a déjà rédigé une critique sur l'un des établissements qui vous ont employée ?

Alessandra hoche la tête.

— Elle serait descendue à l'Aguas de Ibiza quand j'y travaillais. Elle a donné un avis positif sur l'établissement, mais seulement quatre clés. Elle avait deux critiques légitimes. La première était que le portier avait mis quinze minutes à monter sa valise dans sa chambre, ce qui représentait dix minutes de trop selon ses critères...

— Oui, je sais bien.

— Et lorsqu'elle s'est fait servir un repas en chambre, sur le plateau, il n'y avait ni salière ni poivrière, alors qu'elle en avait pourtant fait la requête.

— Aïe.

— Oui... Les employés concernés ont été renvoyés. Vous savez qu'elle se déguise et utilise des pseudonymes ? En plus, elle choisit toujours les périodes les plus chargées, pendant lesquelles le personnel ne peut pas se montrer aussi attentif à chaque client qu'il le ferait dans les moments plus calmes. Il arrive même qu'elle provoque des situations exceptionnelles pour juger les réactions. La rumeur raconte que lorsqu'elle a visité le Pickering House Inn à Wolfeboro, elle a percé le pneu de sa voiture de location pour voir en combien de temps l'hôtel le remplacerait.

— Je n'étais pas au courant, avoue Lizbet en s'avachissant légèrement sur son siège.

— Je vous conseille de prévoir une formation rapide des portiers pour qu'ils maîtrisent les réparations automobiles élémentaires. Je suis certaine que dès que Shelly Carpenter aura vent de l'ouverture de cet endroit, elle voudra s'y rendre.

— Vous le pensez vraiment ?

— Je pourrais presque vous le garantir. Elle semble apprécier Nantucket. Elle a séjourné au White Elephant...

— Elle lui a attribué quatre clés.

— Elle est aussi descendue au Nantucket Beach Club, où je passe un entretien après vous avoir vue.

— Vous avez rendez-vous avec Mack Petersen ?

— Oui, en effet. Mack m'a quasiment déjà proposé le poste, mais je lui ai répondu que je n'étais pas encore prête à me fermer d'autres portes.

*Oh, allons, Lizbet !* rugit Grace intérieurement. *Elle bluffe !*

La directrice de l'hôtel fait glisser son index du haut en bas du CV.

— Pour vos différentes expériences professionnelles, vous n'avez indiqué que le numéro de téléphone principal des établissements. Pourriez-vous me fournir les noms de personnes que je pourrais contacter et leur ligne directe ?

— Ce n'est pas à vous que je vais l'apprendre, il y a une forte rotation des équipes dans l'industrie hôtelière. Le directeur de l'hôtel à Ibiza a pris sa retraite et acheté une oliveraie. Quant à celui de Monaco, il est décédé d'un cancer de la gorge.

Elle marque une pause théâtrale pour exploiter au maximum la puissance dramatique de sa réponse.

— Alberto, finit-elle par ajouter. Il fumait la pipe.

Devant l'expression compatissante de Lizbet, Grace grogne. Elle serait prête à parier son peignoir qu'il n'y a jamais eu d'Alberto à Monaco !

— Si vous appelez directement les hôtels, ils pourront sortir mon dossier et vous préciser comment mon travail a été évalué.

— Vous avez tout à fait l'expérience nécessaire pour ce poste, déclare Lizbet. Dans des hôtels de luxe, avec une clientèle exigeante.

— Je peux vous demander à combien s'élève le salaire ?

— Nous offrons 25 dollars de l'heure. Mais vu votre qualification je peux monter jusqu'à 27,50 dollars et vous proposer le poste de cheffe de réception.

*Non !* proteste Grace. Elle doit se débarrasser de cette petite sorcière et rapidement. Elle souffle un courant d'air froid dans la nuque d'Alessandra, qui ne cligne même pas des yeux. Évidemment.

— Les horaires sont très exigeants, précise Lizbet. Un jour et demi de repos toutes les deux semaines.

— Le repos ? Qu'est-ce que c'est ?

— Ah ah ! répond Lizbet. Vous ne vous pouvez pas être aussi parfaite, si ?

Grace a le pressentiment qu'elle ne l'est pas, en effet.

*Cinq recrues,* se dit Lizbet tout en mordant dans le sandwich toasté qu'Alessandra lui a apporté. L'entretien s'est bien passé, même si le CV de la jeune femme comporte quelques trous suspects. Ainsi, pendant une période récente d'une année, il n'est fait mention d'aucune activité, mais il est tout à fait possible qu'Alessandra ait voyagé entre deux postes. Elle a l'air d'une femme cultivée, passionnée par l'art et les langues. Langues qu'elle a d'ailleurs étudiées à Palo Alto – façon, pour les initiés, de mentionner subtilement Stanford. Enfin, si Alessandra a étudié dans une fac aussi prestigieuse, pourquoi ne l'affiche-t-elle pas en tête de son CV ? Lizbet décide de ne pas s'attarder sur ces détails. Mack Petersen du Beach Club était prêt à engager Alessandra, elle ne pouvait pas se permettre d'hésiter !

Et la jeune femme semble en savoir long sur Shelly Carpenter... Peut-être deviendra-t-elle leur arme secrète ?

*Ah voilà qui est mieux !* se réjouit Grace en posant les yeux sur le dernier candidat de la journée. Ezekiel English, 24 ans, est, comme diraient les jeunes, une vraie « bombe » – encore un terme que Grace n'aime pas et qui lui rappelle l'incendie... Elle doit pourtant bien reconnaître que dans ce cas précis il est tout à fait adapté : elle a soudain chaud dans son peignoir, et elle en écarte légèrement le col.

Zeke décoche un sourire éclatant à Lizbet et lui serre la main.

— Bonjour, je suis Zeke English, tout va bon ?

— Le sandwich que je viens de manger était très bon, répond-elle. Si c'était le sens de votre question ?

— Désolé, je suis un peu nerveux. Merci de me recevoir.

*Oh, que c'est mignon !* s'attendrit Grace. *Il est nerveux.*

— Asseyez-vous, je vous en prie, lui dit Lizbet. J'ai vu votre tante Magda, ce matin.

— Oui, ma tante est géniale, elle assure. Elle a emménagé chez nous en septembre dernier...

Il baisse la tête et, lorsqu'il la redresse, ses yeux sont embués. Il se racle la gorge.

— Ma mère est décédée d'une rupture d'anévrisme. Depuis que tante Madga est là, on mange mieux et... de façon générale, la vie s'est améliorée avec son arrivée.

Il essuie une larme d'un revers de main et, avant qu'elle n'ait eu le temps de réfléchir à ce qu'elle faisait, Grace plonge vers lui pour enlacer ses larges épaules. Elle aime les hommes qui n'ont pas peur de montrer leurs émotions. L'étreinte semble le revigorer un peu (à moins que Grace ne se prête trop de pouvoirs ?). Il se redresse sur son siège et rit.

— Je suis déjà en train de rater cet entretien, non ?

Lizbet se penche vers lui.

— Je cherche à recruter des êtres humains, pas des robots. Vous avez vécu un deuil terrible.

Elle prend une profonde inspiration, puis ajoute :

— Reprenons du début. Bonjour, Zeke, soyez le bienvenu ! Depuis combien de temps vivez-vous à Nantucket ?

— Depuis toujours.

— Et quelles sont vos expériences professionnelles sur l'île ?

— J'enseigne le surf depuis mes 15 ans.

*Un surfeur !* songe Grace. Bon, c'est officiel : elle a le béguin pour lui. Elle se demande s'il pourrait trouver de l'intérêt à un fantôme avec la silhouette d'une jeune femme de 19 ans mais la sagesse de quelqu'un de bien plus âgé... (Elle plaisante bien sûr ! Cette scène avec un tour de potier, dans un film des années 1990, ne pourrait – malheureusement ! – jamais se produire dans la réalité.)

— C'est un boulot sympa, lui dit Lizbet, qu'est-ce qui vous donne envie de changer pour l'hôtellerie ?

Zeke éclate de rire.

— Mon père m'a dit qu'il était temps que je grandisse. Et il m'a laissé le choix entre travailler ici ou travailler pour lui. Il s'est chargé des travaux d'électricité de l'hôtel.

— Oui, William et son équipe ont fait des merveilles.

— J'ai eu du mal à le croire quand j'ai appris que quelqu'un avait décidé de le rénover. J'ai toujours eu l'impression qu'il était condamné. Vous savez, avec mes amis du lycée, on venait s'amuser ici.

*Oh, mon Dieu !* Zeke faisait partie des fêtards que Grace a observés de près. Et il est devenu un adulte !

— On a été témoins de trucs étranges une nuit. Une fille a vu apparaître le visage d'un fantôme sur son téléphone.

Il marque un silence.

— Du coup, cet endroit a eu la réputation d'être hanté, et on a cessé de s'y retrouver.

Lizbet lui adresse un sourire amusé.

— Ne vous inquiétez pas, on a fait venir un exorciste pendant les travaux.

*Très drôle,* se dit Grace. Elle envisage de faire tomber le CV de Zeke du bureau, histoire que la directrice comprenne son erreur, mais elle ne veut pas attirer l'attention. Pas encore.

Lizbet apprécie Zeke, il est aussi charmant que Magda le lui avait promis, cependant elle craint que son côté surfeur à la cool ne convienne pas au poste. Et s'il met quinze minutes à monter des valises dans une chambre au lieu des cinq minutes recommandées par Shelly Carpenter ? Elle soupire. Les femmes vont devenir dingues en le voyant... C'est le sosie de Regé-Jean Page, l'acteur de *La Chronique des Bridgerton.* Et elle a déjà embauché Madga. Sans oublier que son père s'est chargé de la rénovation électrique. Comment pourrait-elle ne pas engager Zeke ? Elle devra juste s'assurer, lors de sa formation, et de celle d'Adam et Raoul, de bien marteler que les bagages doivent rejoindre les chambres en cinq minutes maximum ! Et elle aimerait aussi stipuler à Zeke de ne parler de cette histoire de fantôme à personne. S'y sentira-t-elle autorisée ?

Elle lui envoie un texto sans tarder : Vous avez le poste !

Il lui répond aussitôt : Dar.

Elle ferme les yeux. Qu'est-ce qu'il veut dire ?

Un second message suit : Merci beaucoup de me donner ma chance, je ne vous décevrai pas !

Elle pousse un soupir de soulagement. Ils vont finir par trouver un terrain d'entente.

Il ne lui reste plus qu'à embaucher un réceptionniste de nuit, mais elle n'a reçu qu'un seul CV pour ce poste, d'un certain Victor Valerio (est-ce son véritable nom ?), qui a joint une photo avec le visage recouvert de maquillage blanc, des dents de vampire fluorescentes et une longue cape noire. Quand on cherche des gens pour bosser de nuit, pas étonnant de tomber sur un vampire, si ?

*Et il serait parfait pour tenir compagnie à notre fantôme*, songe-t-elle en riant intérieurement. Elle se chargera du poste tant qu'elle n'aura pas reçu de candidature convaincante.

Elle écrit à Xavier.

Cher Xavier,

J'ai engagé le noyau dur de l'équipe aujourd'hui. En route vers la cinquième clé !

Bien à vous,

Lizbet

# 5

# Inauguration

6 juin 2022
De : Xavier Darling (xd@darlingent.co.uk)
À : employés de l'Hôtel Nantucket

Le grand jour est arrivé ! Nous ouvrons enfin nos portes pour faire découvrir au monde notre œuvre d'art vivante. Et c'est vous tous qui la rendez « vivante ». Quel client remarquera les lavabos en inox martelé dans les salles de bains s'il est accueilli par des employés stressés et distraits au moment de son arrivée ? Ou le sauna suédois de l'espace bien-être si le portier lui apporte des bagages qui ne lui appartiennent pas ? La qualité d'un hôtel dépend de son personnel.

Je lirai personnellement chacun des avis postés sur le site Internet RumeursDeVoyages, et sur la base de ceux-ci je décernerai un bonus hebdomadaire de 1 000 dollars au membre du personnel qui se sera distingué. J'espère que vous aurez tous l'occasion de le toucher, même si je préfère vous prévenir : il n'y aura pas de lot de consolation. Les critiques des clients seront mon seul critère, et il est tout à fait possible que la même personne remporte le bonus pendant les dix-huit semaines qui constituent la haute saison.

J'ai pour objectif de faire de cet établissement le champion incontestable de l'hôtellerie dans le monde entier. Et je n'y arriverai pas sans vous.

Je vous remercie donc pour votre implication et votre travail acharné.

XD

Lizbet gare sa Mini Cooper rouge sur la place « réservée à la direction » et avale ce qu'il reste de son double expresso. Elle est furieuse à cause du mail que Xavier a envoyé ce matin. Il a l'intention de décerner un bonus hebdomadaire au meilleur employé, comme si les membres de son équipe étaient des participants à une émission de téléréalité. Elle a passé les deux dernières semaines à former tout le monde aux ficelles du métier, et elle a tenu à insister sur le fait que chacun se devait de donner le meilleur au quotidien pour des raisons de « fierté personnelle et d'intégrité ». Elle a aussi souligné l'importance du travail d'équipe, concept mis en péril par l'instauration de ces primes individuelles.

Il y a deux jours, elle a joué le rôle d'une cliente descendant à l'hôtel. C'était une répétition générale. Alessandra, la cheffe de réception, l'a accueillie à son arrivée, et elle lui a remis le *Livre bleu*, un guide des plus beaux endroits de Nantucket : plages, sites naturels, musées, visites, restaurants, galeries d'art, boutiques, bars et autres endroits dédiés à la vie nocturne. C'est Lizbet elle-même qui a consacré d'innombrables heures à recenser ces lieux, à rédiger les notices et à les peaufiner. Alessandra lui a proposé de lui réserver un restaurant pour le dîner. « Non, merci », a-t-elle répondu, avant de demander qu'on lui apporte, dans sa chambre, un sandwich Reuben de chez Walter, entre 19 h 15 et 19 h 30. Alessandra a répondu qu'elle se faisait un plaisir de s'en charger. Lizbet n'était entrée dans sa chambre que depuis quelques minutes – tout juste le temps d'admirer la vue sur Easton Street à travers l'immense fenêtre – que Zeke lui apportait sa valise.

Elle s'est jetée sur le lit taille empereur. Elle ne travaillait plus à La Terrasse, et encore moins à la résidence pour seniors du Soleil Levant. Elle était la directrice du nouvel Hôtel Nantucket, un petit joyau. Les draps étaient doux contre sa joue, et il s'en dégageait une discrète odeur florale, pas entêtante. Le matelas était si confortable qu'elle a fermé les yeux et savouré une des meilleures siestes de son existence.

*Le secret du changement consiste à consacrer toute son énergie non pas à combattre le passé, mais à créer l'avenir.*

Elle a semé quelques embûches pour les femmes de chambre – un mouchoir en papier roulé en boule et caché sous le lit, dans un recoin, une savonnette de la boutique de déco Nantucket Looms glissée, sans aucune logique, derrière la boîte de rillettes de poisson fumé (offerte !) dans le minibar. Elle a même été jusqu'à vider la boîte d'allumettes posée près de la baignoire dans sa valise. L'équipe de Magda allait-elle vraiment passer en revue sa liste de vérification en cent points ?

Eh oui. Lorsqu'elle a fait le tour de la chambre le lendemain, tout avait été remis à sa place et, le cas échéant, remplacé.

Elle était impatiente de se rendre au bar de l'hôtel – Xavier avait passé un contrat de sous-traitance et elle n'avait donc pas eu son mot à dire sur le sujet –, mais elle a trouvé la porte fermée à clé et la vitre masquée. Comme elle entendait des voix et de l'agitation à l'intérieur, elle a frappé, sans succès. Elle avait demandé, plus d'une fois, à Xavier qui s'occuperait du bar, et il lui avait répondu qu'il tenait à lui faire la surprise. Il avait apparemment confié la création du menu à un chef « exceptionnel », mais il gardait l'annonce pour le jour de l'inauguration, ce qu'elle trouvait bien inutilement mystérieux. En faisant le tour par l'extérieur, elle a constaté que des livraisons avaient eu lieu. Elle a été surprise par une jeune femme qui empruntait la porte de service. Celle-ci a dit s'appeler Beatriz, et lorsque Lizbet lui a demandé pour qui elle travaillait, elle a répondu « le chef ».

— Chef comment ?

— *No puedo decirte hasta mañana*, lui a-t-elle répondu en secouant la tête.

Lizbet a suivi un cours de yoga avec Yolanda dans le studio d'inspiration balinaise, et même si ça peut paraître cliché, elle en est repartie avec la sensation de s'être recentrée et d'avoir trouvé la paix... Enfin autant que possible la veille de l'ouverture officielle de l'hôtel.

Quand elle a quitté sa chambre, Zeke a rangé sa valise à l'arrière de sa Mini pour le « long » trajet retour qui l'attendait jusqu'à sa petite maison de Bear Street, à moins de 2 kilomètres. Avec sa facture, elle s'est vu remettre un cadeau de départ : un petit savon aux fleurs sauvages de chez Nantucket Looms.

Lizbet a regretté de devoir partir, et elle s'est sentie ridicule. Elle avait fait un séjour somptueux, même si, en théorie, elle avait travaillé. Et elle était soulagée de pouvoir affirmer qu'elle n'avait pas entendu de bruit inquiétant, pas senti de courant d'air, pas vu la moindre apparition. Bref, il n'y avait pas de fantôme.

L'hôtel scintille sous le soleil de juin avec ses bardeaux de cèdre flambant neufs et sa peinture bien blanche sur le pourtour de la porte et des fenêtres. La paysagiste de l'hôtel, Anastasia, a installé de sublimes pots débordant de gueules-de-loup, de jacinthes des bois, de lavande et de lierre sur chacune des marches de l'escalier menant à l'entrée de l'hôtel. La vaste galerie qui occupe tout le long de la façade est meublée de larges fauteuils à bascule aux coussins bleu hortensia et de tables basses qui peuvent se transformer en braseros. (La réception vend des kits pour fabriquer ses propres « s'mores » – soit deux biscuits entre lesquels on glisse de la guimauve et du chocolat qu'on fait fondre – à 8 dollars.) C'est ici que, tous les soirs, aura lieu pendant une heure l'apéritif offert aux clients. Lizbet a veillé à ce qu'on serve un vin délicieux et une sélection de fromages étrangers accompagnés de fruits rouges et d'olives bien charnues.

Elle vérifie qu'elle n'a ni traces de mascara sur les paupières ni traces de rouge à lèvres sur les dents. Elle a veillé tard hier soir pour essayer des tenues. Elle a décidé de changer de style pour ce nouveau travail. À La Terrasse, elle portait des robes amples qui lui permettaient de camoufler tous les excès (elle engloutissait, en moyenne, chaque jour, huit verres de rosé et quatorze tranches de bacon !). À présent sa penderie est remplie de vêtements plus ajustés, au look plus professionnel. Pour aujourd'hui elle a choisi une robe bleu marine dos nu, des sandales beiges à talon aiguille et une chaîne avec le M du club omnisports de l'université du Minnesota.

Au moment de sortir de sa voiture, elle est si exaltée qu'elle pourrait entrer en lévitation. Elle a l'impression d'être devenue l'incarnation vivante d'une pensée positive. Elle a cessé de combattre le passé pour se consacrer à créer l'avenir ! Elle a réussi à affronter la tempête parce qu'elle a su régler ses voiles ! Elle est un ananas : elle se tient bien droite, une couronne sur la tête, et elle est pleine de jus à l'intérieur !

Elle range son téléphone dans sa pochette à rayures bleues et blanches et découvre, au moment où elle relève la tête, son ex, JJ O'Malley, sur le gravier blanc du parking, les mains dans le dos.

*Ah non, hors de question*, se dit-elle aussitôt. Elle ne l'a pas revu depuis cet horrible jour de la fin octobre où il est venu chercher ses dernières affaires chez eux. Il lui a appris qu'il comptait passer la basse saison chez ses parents, au nord de New York – il avait décroché un poste de cuisinier à mi-temps dans un hôtel du coin. À cette époque, Lizbet avait déjà accepté son poste de directrice, mais elle ne lui en avait pas parlé. Et pourtant il semble au courant. Radio Nantucket fonctionne donc.

— Qu'est-ce que tu fais ici, JJ ?

Il porte un bermuda en toile, un tee-shirt noir, des sabots de cuisine et un bandana vert autour du cou. La pensée qui traverse alors l'esprit de Lizbet est si terrible qu'elle en manque de lâcher sa pochette : l'identité du nouveau chef à la tête du bar a été tenue « secrète », car, et le monde n'aurait pas pu lui jouer un tour plus cruel, Xavier a embauché JJ.

Dans ce cas elle démissionnera.

Non. Elle obligera JJ à le faire. En tout cas, elle a une certitude : JJ O'Malley et elle ne travailleront pas au même endroit.

— C'est toi qui vas tenir le bar ?

— Quoi ? Non. On ne me l'a même pas proposé. Pourquoi ?

*Dieu merci !* pense-t-elle.

Il libère ses mains qu'il cachait jusque-là dans son dos. Il tient une douzaine de roses pâles à longue tige, emballées dans un papier kraft. Il lui décoche ce qu'elle appelait autrefois son air de chien battu – yeux écarquillés et moue boudeuse. À l'époque où ils étaient heureux ensemble, elle avait toujours envie de le serrer dans ses bras et de lui couvrir le visage de baisers quand il faisait cette tête. Aujourd'hui, elle pense : *eh ben, ça lui donne vraiment l'air bête.* Et puis JJ a toujours eu l'habitude de se laisser pousser les cheveux et la barbe en hiver, mais est-ce qu'il était aussi hirsute les années précédentes ? Sa barbe lui mange le visage comme de la vigne vierge sur un mur de briques.

— Alors d'abord je suis venu te souhaiter bonne chance pour l'inauguration.

Un texto aurait suffi, même si elle a bloqué son numéro il y a des mois de cela.

— J'espère bien. Et je ne veux pas de tes fleurs. Quoi d'autre ?

Il laisse tomber les roses sur le gravier, plonge une main au fond de sa poche et en sort un écrin à bijou.

— Tu n'as pas intérêt, JJ, le prévient Lizbet.

Il pose un genou à terre, et elle ne peut retenir une grimace – mais non, désolée, il n'est plus question pour elle d'avoir de l'empathie pour ce type.

Il ouvre la boîte.

*Ne regarde pas la bague !* s'enjoint-elle.

Elle est humaine après tout. Le gravier crisse sous les semelles de ses sandales à talon quand elle s'approche. Un solitaire époustouflant. Soit c'est du toc, soit JJ a souscrit un gros crédit hypothécaire sur le restaurant, ce qu'elle lui aurait formellement défendu s'ils étaient encore ensemble. Le diamant fait plus de deux carats, peut-être deux et demi, et c'est une taille marquise, celle de ses rêves.

— J'ai eu beaucoup de temps pour réfléchir pendant cet hiver, lui dit-il. Je t'aime, Libby. Épouse-moi. Deviens ma femme.

Elle se trouve assez près de lui maintenant pour voir le trou dans l'épaule de son tee-shirt, un tee-shirt qu'il a depuis l'été 2002, elle le sait. Il le portait pendant son premier boulot en cuisine, à Martha's Vineyard.

— La réponse est non. Et tu sais très bien pourquoi.

Il se relève ; du gravillon reste accroché à son bermuda.

— Tu ne peux pas rester éternellement fâchée.

— Je ne suis pas fâchée. Et je n'ai pas l'intention de t'épouser. Tu m'as trompée.

— Je n'ai pas touché Christina, proteste-t-il. Pas une seule fois.

— Peut-être bien. Enfin le courant passait visiblement si bien entre vous qu'il te suffisait de penser à elle pour bander... Et tu t'es donné la peine d'immortaliser la chose en photo pour la lui envoyer avec pas moins de 187 textos décrivant ce que tu aurais aimé lui faire si tu te retrouvais seul avec elle dans la cave.

L'expresso qu'elle vient de terminer s'affirme dans ses veines et alimente la rage liquide qui y coule.

— Je ne peux pas te faire confiance, JJ. Je ne t'épouserai jamais, et tu auras beau me couvrir de fleurs je ne changerai pas d'avis. Tu ne manques pas de culot de te pointer ici, quand même.

— Qu'est-ce qu'il faut que je fasse pour que tu me pardonnes ? Je n'arriverai pas à m'occuper du restaurant sans toi.

— Engage Christina.

— Ce n'est pas elle que je veux, c'est toi.

— J'imagine que ce que tu essaies de me dire, à demi-mot, c'est que Christina a été blackboulée par tous les restaurants de l'île, ce qui est bien normal, et qu'elle a dû partir se réfugier à l'autre bout du pays.

Au fond d'elle, Lizbet espère viser juste.

— Libby, je t'en supplie, je suis désespéré. Je suis perdu. Et regarde-toi, bébé, je ne t'ai jamais vue aussi canon.

JJ réussit, en faisant vibrer la corde de la vanité, à retenir l'attention de Lizbet une brève seconde. Elle a consacré les mois depuis leur rupture à courir et pédaler comme une forcenée sur son vélo d'appartement, sans oublier ses cours particuliers de barre au sol avec Yolanda. Elle a perdu 16 kilos, sculpté ses cuisses et ses fesses. Elle est capable de rester assise contre un mur pendant deux minutes trente secondes et de tenir en planche pendant trois minutes. Et elle maîtrise la posture du corbeau en yoga, grâce à ses triceps ! Aujourd'hui, elle a même défait ses habituelles tresses pour porter ses cheveux lâchés, avec la raie au milieu.

Si Lizbet a fait tous ces efforts, c'est principalement dans le but de se venger. Elle attendait ce moment, celui où JJ constaterait sa transformation physique. « Je ne t'ai jamais vue aussi canon. » C'est un début. Mais il y a bien plus important que l'apparence de Lizbet, il y a ce qu'elle ressent, à savoir puissance, santé et motivation ! Elle ne boira pas huit verres de rosé tous les soirs cet été, elle ne partagera pas les cigarettes de JJ et elle ne veillera pas jusqu'à trois heures du matin. Ce mode de vie est terminé pour elle.

— Je dois aller travailler. Va-t'en s'il te plaît, et range cette bague.

— Tu veux dire que tu ne m'aimes plus ?

Il plonge la main dans sa poche, et elle se met à paniquer, redoutant qu'il dégaine un pistolet pour… lui tirer dessus ? Ou retourner son arme contre lui ? Est-il à ce point dérangé ? Elle recule d'un pas et constate aussitôt qu'il a simplement sorti son téléphone.

— Tu veux dire que tu peux entendre ça sans ressentir la moindre émotion ?

Il lui passe *White Flag*, de Dido. *« But I will go down with this ship. »* « Je suis prête à sombrer avec le navire… » Combien de fois ont-ils chanté cette chanson ensemble, à tue-tête, dans le pick-up de JJ, alors qu'ils roulaient vers la plage à deux heures du matin pour admirer le clair de lune sur l'océan ? Combien de fois ont-ils dansé sur cette chanson dans leur cuisine ? *« I'm in love and always will be. »* « Je suis amoureuse et je le serai toujours. »

C'est vraiment un coup bas de lui faire écouter cette chanson maintenant.

— Ce que je ressens, lui assène-t-elle, c'est de la tristesse et de la déception. Tu as trahi ma confiance. Tu as bazardé quinze années d'amour parce que tu ne pouvais pas te retenir d'écrire à Christina que tu avais envie de lui lécher les seins.

Il grimace.

— Je n'ai jamais écrit ça.

— Oh, mais bien sûr que si. Dégage d'ici, JJ, avant que je demande à un de mes portiers de te faire partir.

Il range l'écrin dans sa poche et se redresse de toute sa hauteur. Il mesure 1,95 mètre et pèse 127 kilos. Un vrai physique de bûcheron.

— Ou je demanderai une mesure d'éloignement.

— Libby...

Il l'attrape par le bras et elle se dégage d'un geste brusque. Un homme en veste de cuisine blanche et pantalon en pied-de-poule sort alors du bar de l'hôtel pour s'approcher d'eux d'un pas vif.

— Il y a un problème ?

*Qui est-ce ?* se demande-t-elle. Sur sa veste de cuisine on peut lire, en lettres brodées, *Chef Mario Subiaco.*

Elle doit se contrôler pour rester calme. Mario Subiaco ? Malgré elle, elle jette un coup d'œil à JJ. Il a la bouche entrouverte.

— Je suis Mario Subiaco, se présente-t-il en tendant la main à Lizbet. Le chef du Bar bleu.

Le Bar bleu. Évidemment. Marco Subiaco était le chef pâtissier du Bistro bleu, le meilleur restaurant de Nantucket avant sa fermeture en 2005. Mario Subiaco est le seul, le vrai chef vedette de Nantucket. JJ a sa photo – découpée dans le portrait réalisé par *Vanity Fair* juste après la fermeture du Bistro bleu –, scotchée au mur de son bureau ! Elle le croyait à Los Angeles, au service particulier de Dwayne Johnson. Apparemment il est revenu...

*Nom d'un petit bonhomme, Xavier,* songe-t-elle. *Bien joué.*

— Lizbet Keaton, dit-elle en lui serrant la main. Je suis la directrice de l'hôtel.

— Oui, je sais.

— Mario Subiaco ! s'exclame JJ.

On dirait un gosse de 9 ans qui rencontrerait son joueur de foot préféré.

— Vous êtes une légende !

Mario hoche la tête.

— Merci. Je me sens très vieux tout d'un coup… Qui êtes-vous ?

— JJ O'Malley. Le chef et propriétaire de La Terrasse.

— Jamais entendu parler, répond-il en haussant les épaules. En tant que collègue, je vais vous demander de laisser Lizbet travailler.

Il se tourne vers elle puis ajoute :

— C'est bien ce que vous voulez ?

Elle se sent soudain mortifiée que sa vie personnelle chaotique soit ainsi étalée aux yeux de tous sur le parking : JJ avec sa barbe de serial killer, son téléphone qui continue à jouer la chanson de Dido en boucle, la douzaine de roses éparpillées sur le gravier à ses pieds.

Elle lui sourit.

— Ça m'a fait plaisir de te revoir.

Puis elle tourne les talons et suit Mario dans l'hôtel. Elle entend JJ couper la chanson. Quand elle jette un dernier coup d'œil par-dessus son épaule, elle remarque qu'il la regarde avec tristesse. *Pour la vengeance, c'est bon !* se dit-elle, même si elle ne peut s'empêcher d'éprouver un peu de peine.

Une fois dans la cuisine, qui servira pour la préparation du petit déjeuner continental et des repas servis au bord de la piscine, Lizbet dit à Mario :

— C'est gentil d'être intervenu, vous n'étiez pas obligé.

— Je l'ai vu vous prendre le bras. J'ai pensé que vous aviez besoin d'un peu d'aide.

Elle se sent nettement moins impressionnée tout à coup.

— Je suis capable de me débrouiller toute seule. Et de veiller sur les employés de cet hôtel en prime.

Il a le culot de lui adresser un clin d'œil.

— J'imagine que c'était votre ex, venu faire une demande en mariage ?

Ça ne le regarde évidemment pas, mais elle ne peut pas se permettre de se fâcher avec le gérant du bar de son hôtel dès le premier jour ; elle aura tout le temps de le faire plus tard.

— Je ferai mieux de monter à la réception, lui dit-elle.

— Je lui ai menti, vous savez.

— Je vous demande pardon ?

— Quand j'ai prétendu n'avoir jamais entendu parler de La Terrasse. J'ai quitté l'île pendant un temps, c'est vrai, mais je n'étais pas non plus sur Mars. Vous avez fait pas mal de bruit avec ce restaurant, tous les deux. La fontaine à rosé ? J'aurais aimé avoir l'idée il y a dix-sept ans. Et j'ai entendu dire que la nourriture était géniale.

— Le bon vieux temps, répond-elle non sans ironie. C'est le passé tout ça. J'ai quitté La Terrasse, et j'ai quitté JJ. Nous allons voir comment cet été va se passer.

Mario a un sourire carnassier.

— Cet été, je compte lui piquer tous ses clients.

*En voilà un qui est bien présomptueux !* Lizbet croyait l'avoir pensé dans sa tête, mais peut-être que sous l'emprise de la caféine elle a parlé tout haut, parce qu'il éclate de rire.

— Je sais que vous êtes attendue en haut pour prendre vos fonctions cruciales de directrice, mais est-ce que je peux vous demander votre avis rapide sur quelque chose ?

Il l'invite à le suivre dans la cuisine étincelante du Bar bleu, tout en inox et céramique blanche. Elle l'observe une seconde et se dit qu'elle aimerait beaucoup lui botter l'arrière-train avec ses sandales à talon. Il n'est que 7 h 30, et elle a déjà vu assez de chefs pour la journée.

Elle lui emboîte malgré tout le pas.

— J'étais en train de faire un peu mixologie, lui explique-t-il. Venez voir.

Il s'approche d'un immense billot de boucher en bois massif – ils n'ont vraiment pas lésiné sur les dépenses – envahi de fruits. Minuscules fraises des bois, combavas, oranges sanguines, kiwis, fruits du dragon, ramboutans, mangues, cerises noires et cerises bigarreaux, goyaves, mûres, pamplemousses, noix de coco, pastèque et enfin quelque chose qui ressemble à… oui, c'est bien ça, à un ananas rose. C'est une explosion de couleurs, une véritable fête, une rave party même ! À côté se trouve l'alcool, d'une qualité irréprochable bien sûr : gin Plymouth, vodka Finlandia, tequila Casa Dragones. Lizbet est impressionnée ne serait-ce que par le budget que cela représente.

— Il me manque un dernier cocktail pour ma carte. Que pensez-vous de celui-ci ?

Il prend un shaker rempli d'un liquide couleur de soleil couchant. Il le verse dans un verre à vin sans pied et ajoute du champagne. Du Dom Pérignon. Mario réalise ses expérimentations de mixologie avec l'un des champagnes les plus chers au monde. Dans le genre frimeur, il se pose là.

Elle ne devrait pas boire avant 8 heures le jour de l'inauguration, mais elle se sent aussi tendue qu'un ressort étiré au maximum, elle a bien besoin d'un petit quelque chose pour adoucir l'agressivité du café.

Elle avale une gorgée. *Oh là là ! Quel délice !* Elle en prend une autre, pour tenter d'analyser les différentes saveurs. Vodka. Fraise. Gingembre ? Oui, il y a bien un morceau de gingembre sur le billot. Et un peu de jus d'orange sanguine.

Elle hausse les épaules.

— Pas mal, lâche-t-elle.

Un sourire étire lentement les lèvres de Mario, et Lizbet l'observe un peu plus attentivement. Sur la photo du *Vanity Fair* affichée dans le bureau de JJ, Mario est beaucoup plus jeune : peau mate bien lisse, épais cheveux foncés et regard de braise qui semble contenir une invitation. Il a vieilli depuis. Ses cheveux et son bouc sont parsemés de gris. Son front est sillonné de rides profondes, et ses yeux sont entourés de pattes d'oie. Mais il n'a pas perdu de son assurance, et il sait que Lizbet n'a jamais rien bu d'aussi bon, qu'elle se plongerait tout entière dans ce cocktail si elle le pouvait.

— Bon, eh bien je vais lui donner un nom en votre honneur, alors. Le Bourreau des cœurs.

Magda English a beau avoir la cinquantaine, son neveu Zeke l'aide à rester à la page. Elle sait que le rappeur Pop Smoke a été assassiné et que ses fans lui rendent hommage tous les mercredis. Elle sait qui est Polo G, quels comptes suivre sur quels réseaux sociaux pour se tenir au courant de la vie des stars et de l'actualité sportive. Elle comprend à peu près le langage des jeunes. Et elle sait ce qu'est un Chad : un jeune homme qui incarne certains stéréotypes liés à la richesse et à une vie privilégiée – études dans le privé au secondaire puis à la fac, polo aux couleurs pastel qui se porte le col relevé, pratique du golf, chalet à la montagne et maison de vacances en bord de mer, vodkas sodas à gogo, parents aimants qui l'inondent d'argent en attendant qu'il touche son héritage.

Voilà pourquoi Madga trouve amusant que le jeune homme auquel elle s'apprête justement à faire passer un entretien s'appelle Chad. *Chadwick Winslow, de Radnor en Pennsylvanie,* indique son CV imprimé sur un beau papier ivoire épais. Et elle n'a pas été déçue par son aspect physique. Il s'est présenté à son entretien en pantalon en toile, chemise rose, cravate décorée d'étoiles de mer qui tiennent un martini et veste bleu marine. Il porte des mocassins bateau sans chaussettes. Il a une épaisse tignasse blonde et les joues rondes d'un enfant. Son CV apprend aussi à Magda qu'il a 22 ans, qu'il est diplômé en lettres de l'université de Bucknell et qu'il était membre de la fraternité Sigma Phi Epsilon. Sa précédente expérience professionnelle était moniteur de golf pour enfants.

Bien que Magda n'ait pas la moindre idée de la raison de sa présence dans son bureau, elle n'est pas mécontente de le voir. L'une de ses quatre recrues a attendu la veille pour faire défection, soit un jour avant l'ouverture de l'hôtel. Lorsqu'elle en a informé Lizbet, celle-ci a sorti le CV du jeune M. Winslow d'une chemise intitulée par plaisanterie (ou peut-être pas) « dossier des derniers recours ».

— Ce gosse est passé l'autre jour, il m'a dit qu'il était très motivé par un poste dans l'équipe de ménage. En toute franchise, j'ai pensé à un canular. Mais vous pouvez toujours l'appeler pour le rencontrer et voir s'il était sérieux.

Magda a décroché son téléphone, et Chad a semblé ravi qu'on lui propose un entretien. Il s'est présenté à l'heure – première inquiétude levée. Il pourrait néanmoins s'agir, malgré tout, d'un canular, d'un pari, d'un défi ou d'un simple malentendu.

— Tu es bien au courant, mon grand, que je cherche quelqu'un pour faire les chambres ?

— Oui, madame.

— Tu as 22 ans et tu as un diplôme universitaire. Je comprendrais que tu sois intéressé par le poste de concierge, mais j'ai du mal à m'expliquer pourquoi tu as postulé pour rejoindre mon équipe.

Il se racle la gorge.

— J'ai déconné. Dans les grandes largeurs.

— Tu ne feras pas fortune en changeant des draps. As-tu proposé ta candidature au Bar bleu ?

— Je tiens à m'occuper des chambres, madame.

*Mais pourquoi ? Ça n'a pas de sens !*

— Tu as de l'expérience dans ce domaine ?

— J'aide de temps en temps ma mère à la maison. Et j'étais responsable des activités dans ma fraternité, donc chargé d'organiser les soirées et de m'occuper du rangement après.

Elle secoue la tête de perplexité ; elle était convaincue qu'il y avait eu une méprise de sa part au moment d'envoyer son CV. Rien qu'à sa tenue, elle devine qu'il est plein aux as. Et pourtant sa sincérité se lit sur son visage : pour une raison qui échappe à Magda, il veut ce boulot. Elle parcourt à nouveau son CV. L'adresse qu'il a indiquée, sur l'île, se trouve dans Eel Point Road, or elle a récemment appris que c'est l'une des rues où le prix de l'immobilier est le plus élevé.

— Tes parents t'ont forcé à poser ta candidature ? Pour te donner une leçon ?

— Non, madame, c'était mon idée.

Le jeune Chadwick Winslow a l'air de dire la vérité, ce qui renforce la perplexité de Magda.

— Tu serais le quatrième membre de mon équipe et, comme le… ton entraîneur de hockey à l'Episcopal School a dû te le dire, il n'est pas question de jouer perso au sein d'une équipe. Tu n'auras pas droit à un traitement de faveur au prétexte que tu serais le seul membre masculin ou parce que tu as un diplôme de l'enseignement supérieur. Et tu ne pourras pas être exempté de nettoyer des toilettes parce que tu aurais la gueule de bois après une soirée au Chicken Box. J'ai besoin que tu sois ponctuel et prêt à travailler dur. Ce n'est pas un stage de golf, Chadwick. Ici on défait entièrement des lits pour ensuite les refaire de façon impeccable, on ramasse des serviettes humides, on récure des cabines de douche pour les rendre étincelantes. Ça signifie être confronté, quotidiennement, aux excréments et à l'urine des autres, à leur vomi, leur sang et leur semence, à leurs poils. J'espère que tu as l'estomac bien accroché.

— Oui.

*Espérons-le,* se dit-elle, *parce que j'ai besoin de quelqu'un aujourd'hui.*

— Je vais prendre un risque et te proposer le poste.

Elle n'en revient pas de faire une chose pareille. Il y a 99 % de chances pour que ce môme ne tienne pas deux semaines. Ni même deux jours.

Mais elle est joueuse.

— Merci, je ne vous décevrai pas.

— Tu commences tout de suite. L'hôtel ouvre ses portes aujourd'hui, alors toutes les chambres sont déjà faites, ce qui va me laisser le temps de te former.

— C'est parfait !

Il a au moins la jugeote de retirer sa veste et de retrousser ses manches.

— Alors qu'est-ce que tu as fait ? lui lance-t-elle. Quand tu dis avoir déconné ?

— Si ça ne vous embête pas, je préfère garder ça pour moi.

— Ça ne me regarde pas, tu as raison. C'était de la pure curiosité. Je suis convaincue, Chadwick, qu'il n'y a aucun désastre qui ne puisse être remis en ordre, et je vais t'apprendre à le penser, toi aussi.

Dès qu'Edie Robbins ouvre l'œil le matin de sa première journée à la réception de l'hôtel, elle regarde son téléphone et découvre le mail de Xavier Darling. *Oui ! Oui, oui, oui !* Xavier propose un bonus de 1 000 dollars par semaine ! Et il n'y aura pas de lot de consolation ! Il pourrait bien n'y avoir qu'un seul gagnant pendant les dix-huit semaines que compte la saison !

Edie sent une odeur de bacon grillé. Comme pour chacune de ses rentrées scolaires, elle aura droit à des œufs et du bacon pour son petit déjeuner, et à du hachis parmentier pour le dîner. La mère d'Edie, Love, s'emploie à ce que leur vie ne change pas – alors que tout a changé depuis que le père d'Edie, Vance Robbins, a succombé à une crise cardiaque. Love a beau affirmer qu'elle va « bien » et que son nouveau poste à temps plein chez Flowers on Chestnut lui permet de « s'occuper », Edie sent bien que sa mère n'a pas fini son travail de deuil. C'est pour cette raison qu'elle a décidé de passer l'été à Nantucket. Et elle voulait fuir son ex-copain, Graydon.

Elle a l'intention d'économiser autant d'argent que possible pendant l'été avant de chercher, à l'automne, un poste dans le « monde réel » : New York, São Paolo, Londres, Sydney, Shanghai. Ses mensualités pour rembourser son prêt étudiant sont élevées (les meilleures facs du pays coûtent cher !), et même si le salaire horaire est supérieur à ce à quoi elle s'attendait, un bonus de 1 000 dollars ne serait pas de refus.

Elle va le remporter. Toutes les semaines. Elle est prête à être la meilleure !

Sa concurrente la plus féroce sera sa collègue de la réception, Alessandra Powell. À son arrivée à l'hôtel, avec près de dix minutes d'avance, Edie constate que celle-ci est déjà là, installée derrière l'ordinateur le mieux placé (près de la partie ouverte du comptoir – ce qui signifie qu'elle devra, elle, la déranger chaque fois qu'elle quittera son poste).

— Bonjour, Alessandra ! lui lance-t-elle d'un ton guilleret.

La cheffe de réception détaille sa collègue de la tête aux pieds – elle le fait rapidement, mais elle le fait –, puis elle pince les lèvres avant de répondre d'un ton qui, s'il n'est pas glacial, n'est pas non plus chaleureux :

— Bonjour.

Edie s'enjoint à ne pas se braquer ; pendant la formation et la première réunion du personnel, elle a pu remarquer qu'Alessandra était un peu froide. Ce qui ne signifie pas pour autant qu'elle est méchante. Disons qu'elle n'est pas forcément gentille. Mais Edie en fera son affaire. Elle a plus de mal à accepter que celle-ci soit sa supérieure. Elle ne s'explique pas très bien pourquoi il doit y avoir une hiérarchie alors qu'elles ne sont que deux. Bien sûr, Alessandra est plus âgée, elle a donc plus d'expérience. Et elle parle quatre langues. Pourtant, ce titre de « cheffe » dérange Edie. Alessandra vient juste de débarquer, c'est son premier été à Nantucket. Lizbet ne la connaît pas vraiment, comme personne sur l'île d'ailleurs.

La veille, au dîner, la jeune femme s'est plainte de la situation à sa mère. Love a occupé pendant des années le poste de cheffe de réception au Nantucket Beach Club – tandis que Vance dirigeait l'équipe de nuit.

Love a avalé une gorgée de vin avant de répondre.

— Je te parie que vous serez les meilleures amies du monde à la fin de l'été.

— C'est vraiment une réponse de maman, ça...

— Désolée, ma chérie. Je parie que vous allez passer un été tumultueux ponctué de jalousies, d'incidents et de coups de poignard dans le dos.

*Il y a de la jalousie, oui,* observe Edie. Non seulement Alessandra est belle et polyglotte, mais c'est un véritable tableau Pinterest ambulant. Elles portent le même uniforme – pantalon blanc et blouse en soie boutonnée bleu hortensia. Alessandra a su apporter une touche personnelle à sa tenue : une ceinture en toile de couleur vive qu'elle a sans doute piquée à son copain (comme c'est mignon !), une paire de sandales compensées taupe et toute une collection de joncs dorés, au milieu desquels se trouve un bracelet « Love » de chez Cartier. Chaque fois qu'elle remue le bras gauche ils s'entrechoquent dans un petit tintement métallique. Elle porte ses cheveux blond-roux longs lâchés, ils ont un effet *wavy* naturel, pourtant pas une seule mèche ne dépasse (comment est-ce possible ?). Elle s'est fait un trait d'eye-liner blanc et a collé un minuscule strass sous son œil droit. (À la fac, Edie a toujours trouvé ça de mauvais goût, mais sur Alessandra elle doit reconnaître que le résultat est très chic. Comment est-ce possible ?) Elle a mis son badge à l'envers. Edie pense d'abord qu'il s'agit d'une erreur avant de se raviser : Alessandra ne commet pas d'erreurs, elle l'a donc fait intentionnellement, sans doute pour pousser les clients à engager la conversation.

Edie, elle, a les cheveux plaqués en arrière par un bandeau, pas de ceinture (l'idée d'en porter une ne l'a pas effleurée) et des baskets aux pieds parce qu'elle voulait être à l'aise. Son badge est à l'endroit.

— Merci d'avoir installé le café, dit-elle en se connectant à son ordinateur près du mur.

Elle s'efforce de ne pas se sentir à l'étroit ou piégée (mais elle a cette double impression). Le cliquetis des bracelets d'Alessandra lui répond, et Edie se dit : *Très bien, d'accord.* Le café a une odeur si puissante, si délicieuse qu'elle se demande si elle peut s'en servir un. Lizbet ne leur a rien précisé à ce sujet.

À cet instant, elle voit entrer la collègue de sa mère, Joan, qui pousse un chariot chargé de bouquets pour les chambres. Onze d'entre elles ont été réservées pour aujourd'hui, et ils ont commandé une douzaine de compositions – gigantesques têtes d'hortensia bleu, lys orientaux roses, mufliers orange et pivoines rose pâle encore bien fermées, comme de toutes petites boules. Joan apporte aussi une version XXL de ces bouquets pour le grand guéridon du hall.

— Princesse Edie ! s'exclame Joan. Regarde-toi, c'est ton premier jour de travail ! Ta maman est si fière de toi.

— Bonjour, Joan.

Elle entend Alessandra murmurer : « Princesse Edie ? », et elle se sent rougir. C'est ça de travailler dans l'île où on a vu le jour. Tout le monde la connaît, et tout le monde utilise ce surnom de la honte. Elle est Princesse Edie depuis qu'elle est toute petite. Par la faute de son père.

Elle s'occupe d'installer la grande composition dans le hall de l'hôtel pendant qu'Alessandra charge le petit portier un peu ébouriffé qui s'appelle Adam d'aller déposer les onze bouquets dans les chambres. Le douzième est destiné au bureau de Lizbet.

Joan revient peu après dans le hall avec un pot de sublimes orchidées violet foncé.

— Ça, ce sont des vandas, observe Edie, pour étaler ses connaissances florales devant Alessandra. Elles sont pour moi ? demande-t-elle en plaisantant.

Elles sont si somptueuses qu'elles ont dû coûter au moins 400 dollars, et même si Love Robbins est fière de sa fille, elles ne peuvent pas se permettre de jeter l'argent par les fenêtres.

— Elles sont destinées à Magda English, répond Joan. On dirait bien qu'elle a un admirateur secret.

*Magda English !* s'étonne Edie. Autrement dit la tante de Zeke, à la tête de l'équipe de ménage.

— Je vais les lui apporter, propose la jeune femme.

Dans le couloir où se trouve le bureau de la gouvernante générale, elle tombe sur Magda, qui en sort justement avec un jeune homme blond de l'âge d'Edie. Avec sa chemise rose pâle et sa ceinture tissée, on dirait vraiment un de ces jeunes détestables qui jouent des coudes pour passer devant tout le monde au Gazebo et règlent leurs consommations avec la carte de crédit de leurs parents.

— Magda, on vient de livrer ces fleurs pour vous, lui dit Edie. Vous avez un admirateur.

La femme se fige et étudie les orchidées avant de claquer la langue en secouant la tête.

— Vous voulez bien les poser sur mon bureau ? Avec Chadwick, nous avons du travail.

*Chadwick,* répète intérieurement Edie en s'efforçant de contenir un sourire. *Un Chad !* Au moment où elle dépose le pot sur le bureau de Magda, son regard tombe sur la petite enveloppe accrochée à l'une des attaches du tuteur en plastique. Celle-ci est scellée, elle ne peut donc pas l'ouvrir, mais elle est tentée de la décrocher pour la placer dans le rayon de soleil qui pénètre par la fenêtre histoire de voir, en transparence, quel est l'auteur de cette petite folie.

Edie vient d'accueillir, sans le moindre accroc, les clients de deux chambres et d'une suite, lorsqu'une famille débarque dans le hall. Une mère et ses deux enfants, une fille et un garçon. La mère est grande, d'une minceur de top-modèle – elle n'a pas de poitrine et les os de son bassin sont saillants –, et elle a des cheveux « couleur paon » (Edie ne voit pas de meilleure façon de les décrire), un dégradé de vert et de bleu façon ombré. Autrement dit, elle est soit beaucoup plus cool que la mère moyenne, soit en pleine crise de la quarantaine.

Edie est en ligne, elle attend que le restaurant Cru prenne son appel et espère réussir à avoir une table pour ce soir au nom des Katzen, de la chambre 103. Elle voit le petit garçon foncer comme un dingue vers l'un des échiquiers. Au moment où il attrape un cavalier pour le déplacer, elle raccroche.

— Louie ! l'appelle sa mère. Reviens ici tout de suite.

— Ils ont des échecs ! hurle-t-il.

Il va se placer de l'autre côté de l'échiquier et déplace un pion.

À côté d'Edie, Alessandra sort soudain le nez de son ordinateur et adresse à la famille son plus beau sourire (bidon).

— Bienvenue...

— Bienvenue à l'Hôtel Nantucket ! la coupe Edie.

Sans retirer ses lunettes de soleil, la mère aux cheveux paon regarde tour à tour les deux réceptionnistes comme si elle se trouvait à un embranchement sur une route. Elle semble tentée de s'en remettre à Alessandra, et Edie se demande si elle va être forcée de subir cette humiliation client après client, jour après jour, tout au long de l'été. S'ils ont le choix entre les deux femmes, les clients opteront toujours pour Alessandra, parce qu'elle est belle ou parce qu'elle dégage l'assurance fascinante d'une Kardashian.

Edie fait signe à la mère de famille d'approcher pour être bien certaine que son message est passé.

— Je vais m'occuper de vous !

Les bracelets d'Alessandra cliquettent. Une manifestation passive-agressive de son mécontentement. Par chance, le téléphone sonne alors et elle décroche. Edie tend l'oreille le temps nécessaire pour comprendre qu'il s'agit de l'hôtesse du Cru. Alessandra peut très bien s'occuper de la réservation des Katzen.

— D'accord, dit la femme-paon en approchant avec ses deux enfants, qu'elle tient à présent fermement par les mains.

Ils sont tous les deux blond platine et portent de petites lunettes rondes à verres épais qui donnent l'impression que leurs yeux sont des poissons bleu pâle nageant dans un aquarium. Ils sont tellement attendrissants !

— Je suis Kimber Marsh, et voici Wanda et Louie. Nous aimerions une chambre.

— Vous êtes au bon endroit, répond Edie.

Leurs premiers clients sans réservation ! Lizbet sera folle de joie – elle a confié à la jeune réceptionniste que leur faible taux d'occupation l'inquiétait.

— Quel type de chambre souhaiteriez-vous ?

— Une avec deux grands lits. Ils sont trop jeunes pour que je leur prenne une chambre séparée.

— Et vous savez combien de nuits vous comptez rester ?

— Oui, tout l'été.

*Tout l'été ?* Edie sent un frisson d'excitation la parcourir. Le rêve secret de Lizbet est en train de se réaliser : des clients qui ont entendu parler de l'hôtel se présentent spontanément pour occuper une chambre pendant des semaines.

— Le tarif hors taxe de notre chambre Deluxe avec deux grands lits est de 325 dollars, ce qui fait un total de 400 dollars avec la taxe de séjour.

— Très bien, répond Kimber. Enregistrez-nous jusqu'au...

Elle ouvre l'application calendrier de son téléphone, puis reprend :

— La rentrée scolaire des enfants a lieu le... et il faudrait rentrer un peu avant pour se préparer, alors disons... jusqu'au 25 août.

Edie consulte le planning de l'hôtel, observe à la dérobée Alessandra, qui vient de raccrocher avec Cru, et annonce :

— Vous savez quoi ? Je vais vous surclasser et vous installer dans l'une de nos suites familiales.

L'hôtel compte douze suites et seule l'une d'entre elles a été réservée ; il n'y a pas d'hésitation à avoir. Ce sont des chambres sublimes, et c'est du gâchis de ne pas les utiliser. La suite 114, qu'Edie attribue à la famille Marsh, possède un immense salon avec un mur entier de livres neufs, à entière disposition des clients, et il y a une banquette devant la fenêtre donnant sur Easton Street. La chambre principale est complétée par une chambre d'enfants originale contenant quatre immenses lits superposés reliés entre eux par des tunnels et des ponts de singe. Il y a des alcôves secrètes et même une balançoire. Un vrai fantasme de gosses. Wanda et Louie vont l'adorer.

— Vous nous surclassez ? répète Kimber.

Elle remonte ses lunettes de soleil sur le sommet de sa tête pour lire le badge de la réceptionniste.

— Edie Robbins, vous êtes un ange descendu sur Terre.

La jeune femme observe le visage de la cliente. Elle a des yeux bleus humides soulignés de cernes foncés ; elle lui rappelle la mère au foyer débordée dans une publicité pour de la lessive. Edie ressent une joie immense à la perspective d'offrir ce cadeau à cette gentille femme aux cheveux paon.

— Ça me fait plaisir. Du fond du cœur.

Elle éprouve un mélange de fierté professionnelle et de sentiment d'accomplissement. C'est le sens profond de son métier : proposer à la clientèle ce petit plus qui lui donne l'impression d'être unique, distinguée et choyée.

— Il ne me reste plus qu'à enregistrer votre carte de crédit.

— Alors, justement…

Elle se tourne vers ses enfants, aussi immobiles que deux sentinelles à côté d'elle.

— Allez jouer aux échecs, s'il vous plaît. Mais une seule partie.

— Je n'ai pas envie, rétorque Wanda. Je veux lire.

Elle montre un livre qu'Edie connaît – un vieil exemplaire d'une enquête de la série « Alice Détective », *Alice au ranch.* Edie a lu ce tome dans la même édition lorsqu'elle avait l'âge de Wanda.

— S'il te plaît, l'implore son frère. Je te laisserai gagner.

Edie rit, et Kimber roule les yeux.

— Il est obsédé par ce jeu. Il a emporté son échiquier de voyage bien sûr, mais il l'a oublié à l'office du tourisme du Connecticut. Il a versé des torrents de larmes quand il s'en est rendu compte. J'espère que vous aimez les enfants, parce qu'on n'arrivera jamais à le faire décoller de la réception. Il va passer son été derrière cet échiquier.

Edie rit à nouveau, même si elle est un peu moins enthousiaste cette fois. Louie réussit à traîner sa sœur jusqu'au jeu d'échecs et la réceptionniste attend de découvrir ce qui se cache derrière le « justement » de Kimber.

Dès que les enfants ne peuvent plus l'entendre, elle reprend :

— J'espérais pouvoir payer en liquide.

— En liquide ?

Cette femme vient de réserver une chambre à 400 dollars la nuit pour 80 nuits et elle veut payer avec des billets ?

Kimber abaisse sa voix à un murmure :

— Je suis en plein divorce et mes deux cartes ont été bloquées parce qu'elles dépendent de nos comptes communs, bla-bla-bla. J'ai du liquide, mais malheureusement pas de carte de crédit.

Edie n'en revient pas. Qui en 2022 est assez insensé pour s'imaginer pouvoir prendre une chambre dans un hôtel de luxe sans carte de crédit ?

— Aucun montant ne sera prélevé, précise-t-elle. Nous demandons juste une pré-autorisation de 50 dollars par nuit.

— J'essaie de vous expliquer que ça ne marchera pas, reprend la cliente. La carte sera refusée.

Elle se racle la gorge.

— Nous avons déjà essayé au Faraway.

— Ah...

Un hôtel-boutique plutôt récent en centre-ville. S'il n'a pas autorisé Kimber Marsh à rester sans carte de crédit, alors Edie devrait suivre cet exemple, mais... elle sait aussi que l'Hôtel Nantucket s'est donné pour mission de se distinguer des autres établissements de luxe de l'île. Pourquoi ne pas accepter un paiement en liquide ? Après tout c'est aussi de l'argent. Elle se rappelle toutefois alors une réalité tacite de l'hôtellerie : les clients peuvent mentir. La relation qu'ils nouent avec le personnel est temporaire, ce qui fait qu'ils se sentent autorisés à dire ce qu'ils veulent. Sur combien d'études de cas concernant la gestion de situations délicates Edie a-t-elle bossé à Cornell ? Des dizaines. Et pourtant pas une qui corresponde précisément à celle-ci. Son ex Graydon dirait sans doute que Kimber Marsh est une arnaqueuse qui utilise ses enfants comme couverture. Elle prétend avoir du liquide, et si elle n'en avait pas ? Et même si elle en a, va-t-elle leur remettre plusieurs liasses de billets ?

Edie doit consulter Lizbet.

— Je vous demande une petite minute.

Elle disparaît dans le bureau derrière la réception et appelle le portable de la directrice, mais elle tombe directement sur la messagerie. Argh ! Elle se souvient alors que celle-ci est occupée à faire visiter les lieux au couple de Syracuse, qui occupe la chambre 303, et ne doit pas être dérangée. Chaque client est un potentiel influenceur.

Alessandra la rejoint dans le bureau.

— Tu laisses ta cliente dépérir.

*Dépérir ? Carrément ?* s'insurge Edie en son for intérieur. Elle ne s'est même pas absentée une minute.

— Je dois parler à Lizbet.

— Je peux prendre le relais si tu ne te sens pas suffisamment à ton aise.

— Je me sens tout à fait à l'aise.

Elle bouscule légèrement Alessandra et va retrouver Kimber Marsh, qui l'attend derrière le comptoir.

— Échec et mat, triomphe Louie, avant de réinstaller les pièces sur l'échiquier.

Wanda, elle, s'affale dans son fauteuil et ouvre son livre.

— Je dois absolument avoir l'accord de ma directrice, lui dit Edie.

Kimber Marsh se penche vers elle.

— Mon futur ex-mari m'a quittée pour la baby-sitter.

Un petit rire amer lui échappe.

— C'est tellement cliché, reprend-elle, mais c'est la vérité. J'ai perdu mon mari et ma baby-sitter. Craig et Jenny passent l'été ensemble, dans les Hamptons. Elle vient de découvrir qu'elle était enceinte. Je n'ai pas voulu laisser mes enfants cuire à New York, alors j'ai préféré venir ici. Et je me rends compte, un peu tard, que sans carte de crédit, c'est problématique.

Elle marque un silence.

— Et si je vous règle la première semaine et que j'ajoute 500 dollars de caution ?

Elle soupire avant de conclure :

— Est-ce qu'on pourrait trouver un accord ? S'il vous plaît ?

*Son mari l'a quittée pour la baby-sitter ? qui est enceinte ?* Bien sûr qu'elles vont trouver un accord. Cette pauvre femme a besoin d'aide. Kimber Marsh veut que ses enfants passent un bel été, et Edie va tout faire pour que ce soit le cas – ce qui lui permettra peut-être au passage de rafler le bonus de 1 000 dollars pour son professionnalisme hors pair !

Elle entend les bracelets d'Alessandra tinter mais elle ne lui accorde pas un seul regard. Elle pose deux cartes magnétiques sur le comptoir.

— Je discuterai des modalités de paiement avec notre directrice plus tard. Pour le moment, allons vous installer dans votre suite.

Alessandra se racle la gorge.

— Vous avez des bagages ? demande Edie.

— Oui, les messieurs dehors...

Kimber se tourne vers la porte.

— Nous avons emporté beaucoup de choses, poursuit-elle. Je crois qu'ils sont en train de vider la voiture.

— Et ils ont pris Doug ! s'écrie Wanda, qui vient de rejoindre sa mère, tandis que Louie est resté près de l'échiquier.

— Formidable, dit Edie, qui se demande si Doug est une peluche ou un ami imaginaire. Je suis impatiente de faire sa connaissance. Pendant que les portiers s'occupent de vos bagages, je vais vous accompagner à votre chambre.

Elle n'a pas d'autre choix, à ce stade, que de se tourner vers sa collègue.

— J'accompagne la famille Marsh à leur suite. Je reviens tout de suite.

Le sourire d'Alessandra est glacial.

— Bien sûr.

Puis elle ajoute à l'intention de Kimber :

— Profitez bien de votre séjour, et surtout n'hésitez pas à nous dire si nous pouvons faire quoi que ce soit pour vous.

À la seconde où Edie a fini de faire le tour du comptoir, Adam entre dans le hall avec le chariot à bagages, rempli de valises et de sacs jusqu'en haut. Il croise le regard de la réceptionniste et lui souffle quelque chose qu'elle n'entend pas – et si elle se fie au ton de sa voix et à son expression, ça vaut sans doute mieux. Un instant plus tard, Zeke English, qui a terminé le lycée à Nantucket deux ans avant Edie et qui est si sublime qu'elle en a presque le tournis, entre à son tour avec un chien en laisse – un pitbull gris-bleu, grand et musclé. Elle identifie aussitôt la race parce que Graydon a lui aussi un pitbull, Portia. Celui-ci porte une muselière noire et traîne Zeke derrière lui. Ses griffes raclent le magnifique parquet en chêne d'Australie.

Edie en reste coite. Elle regarde Zeke, puis Adam : de toute évidence, ils s'attendent tous deux à ce qu'elle gère la situation.

— Alors c'est lui, Doug ? lance-t-elle d'un ton guilleret.

Le visage de Kimber s'illumine.

— Oui. Je lui ai mis sa muselière dans le minivan, il n'était pas du tout content. C'est un bon pépère bien tranquille, mais les inconnus peuvent le rendre nerveux.

Les inconnus peuvent le rendre nerveux, alors quelle meilleure idée que l'emmener dans un hôtel où il sera constamment entouré d'étrangers ? Edie commence à avoir des sueurs froides. Quand on veut passer son été à Nantucket avec ses enfants et son chien, on loue une maison. Pourquoi Kimber Marsh ne l'a-t-elle pas fait ? Il est bien possible, naturellement, qu'elle n'ait pas réussi à trouver de lieu adapté à la dernière minute. À moins qu'elle n'ait pas eu envie de s'encombrer du ménage. Ou qu'elle ait eu envie d'avoir une piscine, un espace bien-être et un room service. Il pourrait y avoir toutes sortes d'explications, mais une chose est sûre : Edie doit parler à sa supérieure. Elle est si fébrile qu'elle préfère éviter de croiser le regard d'Alessandra.

— Tu veux bien accompagner Mme Marsh et ses enfants jusqu'à leur suite ? demande-t-elle à Adam. Je dois appeler Lizbet.

— Et le chien ? demande Zeke. Je l'emmène aussi ?

Edie ne peut s'empêcher de l'imaginer en train de sauter sur la magnifique literie blanche, de mâchonner les cordes et les cadres des lits en bois flotté, de faire ses griffes sur les voilages blancs, d'uriner sur le tapis Annie Selke. Elle réprime un frisson. Elle se dit soudain que le Faraway a dû refuser les Marsh, non à cause du paiement en liquide, mais à cause du chien.

— Est-ce que tu pourrais patienter dehors avec Doug deux minutes, le temps que je parle à Lizbet ?

Zeke a l'air agacé : il est évident que le chien a envie de suivre le reste de la famille. Il réussit malgré tout à l'emmener dehors. Edie jette un regard à Alessandra, qui lui en retourne un polaire. Elle ne lui apportera pas son aide. *D'accord, très bien.* Edie retourne dans le bureau et compose à nouveau le numéro de Lizbet. Cette fois, elle décroche.

— On a eu nos premiers clients sans réservation, lui annonce-t-elle. Une femme et ses deux enfants. Ils veulent rester tout l'été, et ils paient en liquide.

— Je t'en supplie, Edie, dis-moi que tu as pris sa carte bancaire pour avoir une pré-autorisation.

— Elle est en plein divorce, alors ses deux cartes de paiement sont bloquées. Elle a proposé de nous régler la première semaine et de nous laisser une caution de 500 do...

— Oh, non ! Edie !

La jeune femme mesure soudain combien la situation est absurde, et elle vient pourtant à peine de commencer à l'exposer.

— Je lui ai proposé de la surclasser pour l'installer dans la suite 114, parce qu'elle était vide.

— Tu l'as surclassée ? Pour la totalité de l'été ? Pitié, dis-moi que c'est une blague.

— Mais ces suites familiales sont vides…

— Elles vont se remplir. Et le moment venu, on perdra de l'argent parce que tu as surclassé une cliente pour un séjour de trois mois.

Edie s'est plantée sur toute la ligne. Si elle était encore à l'école et qu'il s'agissait d'un jeu de rôles, elle aurait droit à un commentaire un peu sévère : « à améliorer ». Ici, dans le monde réel, elle risque bien de perdre son travail, et elle n'a pas encore annoncé le pire.

— Et puis, reprend-elle, elle a un pitbull. Qui s'appelle Doug.

— Quoi ?!

Edie comprend aussitôt qu'elle peut dire adieu au bonus de 1 000 dollars pour cette première semaine.

# 6

# Petits secrets entre collègues

Depuis un siècle qu'elle est fantôme, Grace a développé et affûté son intuition ; sa première impression est (presque) toujours la bonne. Elle sent venir les ennuis de loin – ça lui fait le même effet que si elle entendait une fausse note ou goûtait un vin passé. Et si elle est bien sûr intriguée par l'arrivée inattendue de cette famille, elle voit un signal d'avertissement jaune clignoter au-dessus de la mère. Kimber Marsh cache quelque chose. Les enfants, quant à eux, sont de petits anges, si adorables que Grace aimerait les prendre dans ses bras.

Ils s'élancent en hurlant dans l'incroyable chambre pour enfants de la suite 114, finalement suivis par le chien. Le garçon, Louie, gravit l'échelle qui mène au lit du haut le plus proche de l'entrée, avant de traverser un pont de singe pour rejoindre un autre lit. La fille, Wanda, s'installe sur la balançoire qui ressemble à un gros œuf en osier et ouvre son roman policier. Doug le chien, lui, s'arrête sur le seuil de la pièce et lève sa tête carrée. Il se met à gémir.

*Saperlipopette,* pense Grace. Il a senti sa présence, comme le font presque toujours les animaux.

— Qu'est-ce qui t'arrive, Dougie ? lui demande Wanda. Viens.

Grace s'éloigne vers la chambre principale, où Kimber Marsh passe son index sur les dos des livres de la bibliothèque. Elle est vraiment charmante lorsqu'elle sourit, même si sa couleur de cheveux est déconcertante. Et ce n'est pas le seul hic.

Kimber ouvre le petit réfrigérateur dont elle sort un paquet de crackers, un pot de rillettes de poisson fumé et – après tout, il est déjà 17 heures au Groenland – une bouteille d'un vignoble de l'île. Elle se sert un verre de vin rosé pétillant, puis elle plonge un cracker dans les rillettes et l'enfourne tout entier dans sa bouche. Grace lui pardonne ses mauvaises manières : Kimber est si mince, elle a besoin de manger. Elle s'approche ensuite de la tablette posée sur la table de chevet, et soudain la musique envahit la chambre. Mötley Crüe chante *Home Sweet Home.* Grace n'a pas entendu cette chanson depuis le début des années 1990.

Elle suit discrètement Kimber dans la salle de bains, où celle-ci va installer sa trousse de toilette. Il faut qu'elle évite les miroirs au cas où la jeune mère de famille aurait, pour reprendre l'expression popularisée à la fin des années 1990, un « sixième sens » (« Je vois des gens qui sont morts... »). Kimber inspecte la pièce, renifle la bougie près de la baignoire (citron d'Amalfi et menthe), allume le miroir qui se retrouve soudain entouré d'un doux halo et adresse un clin d'œil à son reflet. *Étrange,* se dit Grace. *Voyons un peu... Pour quelle raison s'adresse-t-on un clin d'œil à soi-même ? A-t-elle réussi à jouer un bon tour ? Elle n'a pas un sou en poche mais les voilà, les enfants, le chien et elle, confortablement installés dans cette piaule de rêve ?*

De retour dans la chambre, Kimber mange un autre cracker. Puis elle extirpe du monceau de bagages qu'on leur a livrés un sac en toile rouge. Il contient d'épaisses liasses de billets. *Elle n'a donc pas menti au sujet de l'argent,* conclut Grace. Pendant qu'elle le range dans le coffre du petit dressing, on frappe à la porte. Kimber se tend avant de se rendre dans le salon sur la pointe des pieds. Elle regarde par le judas et sourit.

C'est le béguin de Grace, Zeke, qui apporte l'un des échiquiers en marbre du hall.

— Edie m'a dit que Louie avait perdu le sien. Elle a pensé qu'il serait heureux d'en avoir un dans sa chambre.

— Oh, merci ! s'exclame Kimber. C'est vraiment attentionné de votre part.

Elle lève un doigt pour lui signifier d'attendre.

— Je reviens tout de suite avec un billet.

— Pas la peine, lui répond Zeke. Tout le plaisir est pour nous.

Lizbet vient de finir le tour du propriétaire avec le couple de la chambre 303 – la femme lui ayant indiqué qu'elle avait « beaucoup » de followers sur Instagram, la directrice a voulu saisir cette occasion de faire connaître l'hôtel –, et elle ne s'est pas encore assise une seule fois de la journée (quelle idée de porter des talons aiguilles, franchement !). Depuis qu'Edie lui a parlé de la famille installée dans la suite 114, elle a compris qu'il faudrait qu'elle s'attelle à ce problème. Tandis qu'elle s'affale sur son fauteuil de bureau, elle se dit que Princesse Edie s'est fait piéger dès son tout premier jour par une arnaqueuse.

Elle doit se rendre dans la suite.

Malgré ses pieds douloureux, elle va frapper à la porte en affichant un sourire si forcé qu'il lui donne mal au crâne.

Kimber Marsh lui ouvre, et heureusement qu'Edie a prévenu Lizbet pour sa couleur de cheveux, parce qu'elle est pour le moins surprenante.

— Bonjour, Madame Marsh. Je suis Lizbet Keaton, la directrice de l'hôtel.

— Quel endroit magnifique ! Les enfants sont au paradis.

Lizbet est déterminée à se montrer ferme, et pourtant, lorsque les deux petits blondinets à lunettes sortent sur la pointe des pieds de leur chambre, elle dépose les armes. La fillette tient un livre et le garçon une pièce d'échecs – une reine blanche.

— J'ai parlé avec Edie, qui vous a accueillis. Elle m'a informée de votre souhait de nous régler en liquide, ce qui ne nous pose pas de problème. Je vais toutefois devoir vous demander de nous verser un acompte correspondant à la première semaine de votre séjour.

— Naturellement. Une petite seconde…

Kimber disparaît dans la chambre et en revient un instant plus tard avec plusieurs billets qu'elle compte devant Lizbet : 3 300 dollars.

— La première semaine, et 500 dollars de caution. Je peux vous régler chaque semaine à l'avance le lundi, si ça vous arrange ?

— Chaque semaine à l'avance le lundi, c'est parfait, répond-elle, en se détendant un peu.

Si la cliente règle d'avance sa chambre, quel problème pourrait-il bien y avoir ?

— Nous vous glisserons une facture sous la porte. Et nous vous l'enverrons également par mail.

Kimber Marsh la prend dans ses bras, et les enfants se précipitent pour lui attraper les jambes. Par-dessus l'épaule de la mère de famille, Lizbet aperçoit le pitbull. Il s'approche lentement pour renifler ses pieds endoloris puis se laisse tomber juste à côté.

À la fin de la journée, Lizbet organise une réunion dans son bureau. Raoul, qui occupe la fonction de portier de nuit, a accepté de tenir la réception.

Elle convoque Edie, Alessandra, Zeke, Adam et Magda, qui est accompagnée d'un jeune BCBG vêtu d'un pantalon en toile chiffonné et d'une chemise rose aux manches retroussées jusqu'aux coudes.

— Lizbet, je voudrais te présenter la dernière recrue de mon équipe, Chadwick Winslow, annonce la gouvernante générale. Je me suis chargée de le former aujourd'hui. Les autres femmes de chambre ne commencent que demain matin.

— Chad Winslow, reprend-il en serrant la main de la directrice.

— Je me souviens de vous, quand vous êtes venu déposer votre CV. Tant mieux si vous avez trouvé un terrain d'entente avec Magda. Soyez le bienvenu.

Chad incline la tête.

— Merci de me donner ma chance, je vous suis reconnaissant.

Chadwick Winslow... On dirait vraiment le nom d'un descendant des passagers arrivés sur le *Mayflower*, mais Lizbet tient à promouvoir la diversité des origines et l'inclusion au sein du personnel. Pourquoi un type du nom de Chad, visiblement issu d'un milieu favorisé, ne pourrait-il pas nettoyer des chambres ?

Elle emmène tout le monde dans la salle de repos, décorée dans l'esprit des années 1950. On y retrouve l'association du turquoise et de l'orange de la chaîne de restaurants Howard Johnson, ainsi qu'une prédilection pour l'acier chromé et le Formica. Ce lieu a le mérite d'offrir une coupure symbolique avec le reste de l'établissement, ce qui est essentiel lorsque tous les employés travaillent six jours et demi par semaine. Il y a un bar autour duquel on peut s'asseoir pour déjeuner, un canapé bas arrondi avec pléthore de coussins pour une sieste rapide, une machine à glaces à l'italienne, un flipper vintage Hokus Pokus et un jukebox qui vous donne droit à quatre chansons pour 1 dollar. Si Lizbet est très impressionnée par la salle de repos, le personnel a une réaction beaucoup plus mitigée. Zeke considère le flipper d'un air aussi dubitatif que s'il s'agissait d'une soucoupe volante pleine de Martiens. De toute évidence, il aurait préféré un téléviseur et une PS5. Edie consulte le catalogue du jukebox et lâche :

— Je n'ai jamais entendu parler d'aucune de ces chansons. C'est qui, Joan Jett ?

Lizbet demande à tout le monde de s'asseoir, avant de vérifier que la porte est bien close.

— Je voudrais d'abord tous vous remercier pour votre bon travail aujourd'hui.

Elle joint les deux mains devant sa poitrine. L'incident avec JJ et Mario Subiaco dans le parking lui semble remonter à trois jours, et elle doit encore s'occuper de la réception en soirée. Comment va-t-elle tenir toute la saison ?

À ce rythme, elle n'y arrivera jamais, surtout avec des talons.

— Les clients de la suite 114 resteront avec nous jusqu'à la fin de l'été. Je tiens à rappeler à tout le monde que, puisque vous allez nécessairement vous habituer à leur présence avec le temps, vous devez vous efforcer de continuer à les servir avec la plus grande exigence. Et toutes les informations concernant notre clientèle sont confidentielles. Je compte sur votre discrétion.

— Bien sûr, acquiesce Edie, tandis que les autres se contentent de hocher la tête.

Lizbet a eu le sentiment que l'argent de Kimber Marsh cachait quelque chose de louche, et une fois que les enfants et Doug sont repartis dans la chambre du fond, elle a eu envie de l'interroger... Mais pour lui demander quoi ? Son ex-mari était-il violent ? S'agissait-il d'un mafieux ou d'un trafiquant de drogue ? Ses enfants et elle se cachaient-ils ? Elle s'est finalement contentée de lui dire : « Nous sommes heureux de vous avoir ici. J'ai rédigé un guide des plus beaux endroits de Nantucket, que j'ai appelé *Livre bleu.* Votre exemplaire vous attend à la réception. »

Puis elle s'est empressée de retourner dans son bureau pour lancer une recherche Google sur Kimber Marsh, résidant East Seventy-Fourth Street, à New York. Elle n'a pas trouvé la moindre information digne d'intérêt. Elle s'est connectée à Facebook, Twitter et Instagram. Rien. Elle a aussi tapé « Kimberly Marsh », « Kim Marsh » et « Kimmy Marsh » dans le moteur de recherche. Toujours rien. Kimber Marsh n'avait pas d'existence en ligne. Était-ce suspect ? Après tout, beaucoup de gens refusaient d'utiliser les réseaux sociaux. À moins qu'elle n'ait effacé ses comptes à cause du divorce.

Lizbet reprend ses recommandations à destination du personnel.

— J'ai suggéré à Mme Marsh d'emprunter la sortie juste à côté de sa suite pour aller promener son chien. Je n'ai aucune envie de le voir errer dans le hall de l'hôtel.

— Je me chargerai de le sortir pour elle, si elle le souhaite, intervient Zeke.

— Vraiment ? s'esclaffe Edie. Tout à l'heure, on aurait cru que c'était lui qui te promenait !

— Le courant passe bien entre nous. Je serai ravi de rendre ce service à Mme Marsh.

— Il veut juste toucher le bonus de 1 000 dollars, lance Adam.

— À ce sujet, intervient Lizbet, attirant aussitôt tous les regards sur elle. En plus de lire les commentaires sur le site

RumeursDeVoyages, M. Darling sollicitera mon retour sur votre travail. Et ce qui m'intéresse, moi, c'est votre façon de traiter les clients bien sûr, mais aussi votre altruisme, votre sens du sacrifice, votre efficacité, votre régularité, votre gentillesse et votre implication dans le travail d'équipe.

Alessandra, assise sur le canapé bras croisés, lève la main.

— Est-ce que M. Darling résidera à l'hôtel cet été ?

— Pas avant le mois d'août.

Elle se renfrogne, alors que le reste de l'équipe paraît soulagé au contraire. Adam lève la main à son tour.

— Est-ce qu'on pourrait faire accorder le piano du hall ?

— Bien sûr, lui répond Lizbet.

Jusqu'à cet instant, elle avait considéré l'instrument comme un simple élément de mobilier.

— Vous jouez ?

— Oui.

Et il se met à chanter « *Welcome to the Hotel Nantucket* » sur l'air de *Hotel California*. Tout le monde sourit sauf Alessandra. Il a une belle voix, une voix qui aurait pu le conduire à Broadway, ainsi que le précisait son ancien employeur dans son mail.

— Je m'en occupe, lui dit Lizbet.

Elle balaie les autres membres du personnel du regard.

— Est-ce qu'il y a d'autres talents cachés parmi vous ? Ou est-ce que vous voudriez profiter de ce moment pour partager un secret ?

Tous les visages se crispent aussitôt, et elle s'empresse de sourire.

— Je plaisante, bien sûr. Merci pour cette formidable première journée.

Elle ne plaisante pas en réalité. Elle veut encourager la complicité et la confiance au sein de l'équipe. Durant ses quinze années à La Terrasse, elle a su garder pour elle toutes sortes d'informations sensibles. C'est elle que le frère de Goose a appelée lorsqu'il a été arrêté pour conduite en état d'ivresse ; elle a pris le temps de discuter avec Juliette dans le bureau du restaurant le jour où celle-ci a fondu en larmes parce qu'elle était tombée enceinte par accident. Malgré tout, elle a bien veillé à ne pas franchir certaines limites : elle était à 90 % leur patronne et à 10 % leur grande sœur. Les employés la craignaient un peu, ce qui était le signe qu'elle faisait du bon boulot. Elle veut recréer la même ambiance de travail ici, c'est sa force. Elle observe les membres de son équipe. Car s'ils lui cachent des choses, ainsi qu'elle soupçonne Kimber Marsh de le faire, elle tient à le découvrir rapidement.

À l'issue de la réunion du personnel, Chad Winslow prend le volant de sa Range Rover flambant neuve pour rentrer dans la résidence secondaire de ses parents, dans Eel Point Road.

*Des secrets ?* se répète-t-il. Lizbet ne peut pas être au courant de ce qui s'est passé en Pennsylvanie, impossible, pourtant elle l'a mis mal à l'aise.

Il jette un coup d'œil à son portable, le temps de constater qu'il a reçu des tonnes de textos et de snaps de ses copains d'été, mais rien de Paddy, ce qui est à la fois une souffrance et un soulagement. Chad lui a écrit tous les jours depuis son arrivée sur l'île, et il n'a pas reçu la moindre réponse. Paddy en a terminé avec lui, il le hait et ne lui adressera plus jamais la parole. Et quelque part, Chad ne peut pas le lui reprocher. Tandis qu'il s'engage sur le chemin de terre qui longe les plus belles villas en bord de plage de Nantucket, il se remémore les paroles de Mme English : « Je suis convaincue, Chadwick, qu'il n'y a aucun désastre qui ne puisse être remis en ordre, et je vais t'apprendre à le penser, toi aussi. » Chad a envie de la croire. Il a envie de croire qu'en travaillant dur et en gardant les yeux tournés vers l'avenir, il réussira à effacer cette horrible tache de son passé.

Il est resté toute la journée avec elle, dans la chambre 104, qui était déjà immaculée. Elle a défait le lit immense, et il est reparti de zéro, en veillant à bien rentrer les draps. « Il n'y a rien de pire qu'un drap du dessous qui plisse », lui a-t-elle dit. Elle lui a montré comment disposer les oreillers et elle lui a fait prendre une photo du résultat comme s'il s'agissait d'une installation artistique. Ils ont passé deux heures rien que dans la salle de bains, à énumérer tous les endroits d'une cuvette de WC où se cachent les bactéries, à apprendre comment débusquer les cheveux, les poils et les rognures d'ongles pour s'en débarrasser, comment faire disparaître les traces de calcaire sur les verres et comment plier les serviettes de toilette, ce qui s'est révélé plus complexe qu'il n'y paraît. Chad a dû s'y reprendre à soixante-deux fois, avec la même serviette. Si les angles n'étaient pas bien alignés, il recommençait. Ils ont passé en revue les cent points de la liste de vérification, parmi lesquels des détails si insignifiants qu'il n'aurait jamais songé à les contrôler : le nombre de cintres dans les penderies, l'état de marche de toutes les ampoules, la température du mini-réfrigérateur. Mme English lui a aussi précisé quelles affaires il était autorisé à toucher ; il faut replier les vêtements laissés en tas et les déposer à l'endroit le plus proche de celui où on les a trouvés. (Les clients laissent toujours leurs sous-vêtements sur le téléphone, lui a-t-elle dit, ce qui l'a fait rire. Il espère qu'elle n'était pas sérieuse.) Il ne faut jamais déplacer les bijoux, les montres ou l'argent, à moins que le client n'ait déjà quitté sa chambre et qu'il s'agisse d'un pourboire. Il ne faut jamais non plus ouvrir les tiroirs, les penderies ou les valises.

« Ça va de soi », a-t-il répondu, ce qui lui a valu un regard réprobateur. Le prenait-elle pour un voleur ? Il avait refusé de lui parler de la façon dont il a « déconné », elle a très bien pu penser qu'il avait dérobé quelque chose.

Et dire que c'était à peu près le seul délit qu'il n'avait pas commis…

Dès qu'il s'engage dans la voie privée qui mène à la maison, il repère la Porsche Cayenne de son ami Jasper, qui se trouve avec Bryce et Eric sous le porche.

Chad regrette de ne pouvoir disparaître.

— T'étais passé où, frérot ? On t'a envoyé des snaps toute la journée. On a fini par décider de débarquer ici, mais ta sœur nous a dit que t'étais pas là. Quand on lui a demandé où t'avais disparu, elle nous a répondu qu'elle espérait que tu étais en train de te vider de ton sang dans un fossé.

— Ah ouais, carrément, rétorque Chad, même s'il n'est pas surpris.

Leith le déteste maintenant.

— Elle est dure avec toi, observe Bryce.

— Mais canon, ajoute Eric.

Chad n'a pas la force de lui faire un doigt d'honneur. D'autant qu'il s'inquiète de l'espèce de fumée sucrée et verdâtre qui enveloppe ses amis.

— Vous avez fumé devant chez moi ?

— On t'attendait, mec. On va à la brasserie, là. Tu dois venir.

— Je peux pas.

— Quoiiii ? s'écrie Eric. La bande est réunie, frérot, viens. On t'a pas manqué ou quoi ?

La réponse est non. Chad est toujours ami avec ces types, des jeunes pachas venus du Connecticut, du Kansas et de Floride, mais seulement à cause de leur passé commun. Ils se sont lancé du sable au parc pour enfants de la plage, ils se sont glissés en douce dans les salles de cinéma pour voir des films interdits aux moins de 16 ans, ils sont arrivés en retard à la soirée barbecue du country club du golf de Sankaty, la chemise à moitié ouverte et les yeux injectés de sang parce qu'ils avaient fumé de l'herbe dans une pomme avant. Grâce à son amitié avec Paddy, Chad a pris un minimum de recul par rapport à ce qu'il est. Il a compris que le stéréotype attaché à son prénom, celui du type qui perd connaissance en public (comme Jasper devant le Gazebo le week-end de la course de voiliers) ou qui enlise une voiture sur la plage (comme Eric avec la Mercedes de son père), stigmatise leur élitisme et leurs privilèges, mais aussi leur ridicule pathétique.

Malheureusement, cette prise de conscience dont il s'enorgueillit en secret lui a fait cruellement défaut le 22 mai.

Il est épaté que ses potes de Nantucket n'aient pas eu vent de ce qui s'est passé à Radnor. Il s'attendait presque à ce que sa sœur, Leith, crache le morceau, même si leurs parents leur ont fait jurer à tous les deux de ne rien dire, « par égard pour la réputation de notre famille ». Chad sait que les rumeurs vont bon train le long des routes réservées aux fortunés et aux nantis. Comment ces trois-là n'ont-ils pas entendu parler de cette soirée ?

À moins qu'ils ne soient au courant et s'en fichent.

Il pourrait passer un bon moment à la brasserie. Boire une ou deux bières locales bien fraîches, acheter un sandwich au homard au food truck, mater les filles, écouter un peu le groupe de musique, caresser les golden retrievers des autres clients. (*Non,* se reprend-il intérieurement, *pas les chiens.*)

Il va y aller une heure, se dit-il, pour leur faire plaisir.

Puis il se rappelle qu'une heure ou deux à la brasserie sont facilement suivies d'autres verres au Gazebo, et qu'ensuite ils se retrouveront tous les quatre au premier rang du Chicken Box à sauter, les bras en l'air, sur la musique d'un groupe reprenant du Coldplay, avant de choper un taxi dans Dave Street et de vomir sur la banquette arrière pendant le trajet.

Il doit arriver au travail frais et dispos demain. Il est hors de question qu'il débarque avec la gueule de bois.

— Ça m'a fait plaisir de vous voir, les gars.

— Mais qu'est-ce qui t'arrive, mec ? s'exclame Bryce. T'as pas regardé un seul de tes snaps de la journée, et maintenant tu refuses de sortir avec nous ?

Chad a bien conscience que son comportement doit leur paraître étrange. Il n'a jamais été le chef de bande – Jasper a toujours joué ce rôle –, mais les étés précédents il a souvent suivi le mouvement.

— T'étais où aujourd'hui ? lui demande Jasper.

— Je...

Il pourrait leur répondre qu'il a pris un travail, mais alors les questions se multiplieraient : où ? Pourquoi ? Il est censé profiter de son dernier été de tranquillité avant d'intégrer la société de capital-risque de son père, Brandywine Group, en septembre. Comment pourrait-il leur faire comprendre que non seulement il passe son été à travailler, mais qu'en plus il est « femme de chambre » ? Il a porté des gants en caoutchouc une bonne partie de la journée et s'est instruit sur les différents types de produits nettoyants.

— Je vous rejoindrai peut-être plus tard.

Il tend la main vers la poignée de la porte pour que son message soit reçu cinq sur cinq : il ne les accompagnera nulle part.

Un immense sourire fend le visage d'Eric.

— Chad a dû se trouver une petite fiancée. Vous avez vu sa tenue ? Est-ce qu'il a passé la nuit chez lui ?

Jasper et Bryce le huent.

— Les potos passent avant les meufs, mec, mais bon, on comprend, t'inquiète, on te laisse, lance le premier.

— Allez, on se voit un autre jour, ajoute le second.

Chad s'engouffre déjà dans le vestibule climatisé et referme la porte derrière lui. Leith, qui descend justement l'escalier, lui fait un doigt d'honneur puis se dirige vers la cuisine sans un mot. Elle mériterait un diplôme pour la constance avec laquelle elle se refuse à lui adresser la parole dernièrement. Ce qui est d'autant plus blessant qu'ils s'entendaient bien avant.

Une seconde plus tard, il entend sa mère, Whitney.

— Chaddy ?

Si elle utilise le pire surnom du monde – Chaddy ? Vraiment ? –, c'est qu'elle a déjà attaqué le blanc. Il passe la tête dans la cuisine. Elle est debout, près de l'îlot, devant une bouteille ouverte.

Elle agite un morceau de papier dans sa direction.

— S'il te plaît, mon chéri, tu irais faire des courses pour ta maman adorée ?

Il lui prend la liste des mains : 8 steaks de bœuf Wagyu, 1,5 kilo de thon rouge, salade de homard, comté, chips à la truffe (six sachets).

— Ça fait beaucoup à manger. On reçoit du monde ?

Whitney hausse les épaules et baisse les yeux vers son verre et la promesse de bonheur qu'il contient.

— C'est juste pour le dîner.

Le père de Chad n'arrivera pas à Nantucket avant plusieurs semaines ; il est occupé à conclure un accord. L'alimentation de Leith ne se compose que de deux choses : œufs durs et Dr Pepper Light. Whitney mange encore moins. Et pourtant elle s'entête à remplir le frigo comme si une équipe de football américain venait dîner. Quand elle se donne la peine de cuisiner, 90 % du repas finit dans la poubelle – les parents de Chad ne sont pas adeptes des restes. Mais la plupart du temps, Whitney ne s'embête pas à faire la cuisine. Elle se sert un verre de vin, met un sachet de pop-corn dans le micro-ondes et se plonge dans les programmes de Netflix ou retrouve « les filles » au Yacht Club. Du coup, les denrées restent dans le frigo jusqu'à se recouvrir d'un film visqueux ou se hérisser de moisissures verdâtres. Ça n'a jamais dérangé Chad ; il n'avait même rien remarqué jusqu'à la tirade de Paddy sur le « gâchis monumental » pratiqué par les Winslow.

Il se contentera d'acheter trois steaks, le fromage et un sachet de chips.

— J'ai trouvé un boulot aujourd'hui, dit-il.

— Je ne te crois pas.

Ce sont les premiers mots que Leith lui adresse depuis le 22 mai.

— À l'Hôtel Nantucket. Je fais le ménage dans les chambres.

Sa mère cligne des yeux.

— Je voulais faire quelque chose, explique-t-il. Pour arranger la situation.

— Ton père s'en occupe avec les avocats.

— Je voulais faire quelque chose de mon côté. Trouver un travail honnête, gagner de l'argent pour le donner à Paddy.

— Oh, mon trésor, s'attendrit Whitney.

— Attends, intervient Leith. Tu es sérieux, là ? Tu vas nettoyer des chambres d'hôtel ? Tu vas être... euh...

— Femme de chambre, oui.

Il regarde sa sœur sourire, et c'est agréable, parce qu'elle a un joli sourire et qu'il ne l'a pas vu depuis un moment. Mais celui-ci laisse la place à un fou rire, qui vire rapidement à l'hystérie et se transforme en vilains sanglots. Elle attrape le premier objet qui lui tombe sous la main – un mug avec une photo de teckel dessus – et le lui lance, en y mettant autant de détermination que si elle cherchait à marquer un but face à l'adversaire de toute une vie. Elle manque son frère et la tasse se fracasse sur le carrelage.

— Tu ne pourras jamais rien arranger ! lui hurle-t-elle.

Il quitte la cuisine en serrant la liste de courses dans son poing.

Sa sœur a raison : il ne pourra jamais rien arranger. Mais ça ne l'empêchera pas d'essayer et de se tuer à la tâche pour ça.

Depuis son arrivée à Nantucket en août dernier et son emménagement dans la maisonnette d'amis de son frère, dans West Chester Street, Magda English a adopté une routine simple, voire dépouillée. Elle assiste au culte de 7 h 30 à l'église de Summer Street tous les dimanches matin, elle retrouve parfois les dames de la paroisse, placées sous la houlette de Nancy Twine, si moralisatrice qu'elle en est presque insupportable, pour des après-midi « travaux manuels », et elle cuisine : soupes, ragoûts, riz sautés, toujours diablement épicés.

Lorsqu'elle quitte la réunion du personnel, elle rit sous cape. « Est-ce que vous voudriez profiter de ce moment pour partager un secret ? »

Magda a des secrets bien sûr, mais elle n'est pas assez insensée pour les confier à des gens qu'elle vient tout juste de rencontrer et qui, pour la plupart, sont si jeunes qu'ils ne se souviennent pas du siècle précédent. Elle trouve savoureux que leur directrice, une femme qui doit pourtant approcher de la quarantaine, ait la naïveté de penser qu'ils puissent se sentir suffisamment en confiance sur leur lieu de travail.

Si Magda devait donner l'exemple et partager un secret, il pourrait s'agir de celui-ci : elle est folle de joie d'avoir retrouvé un emploi. Sa routine simple voire dépouillée est devenue rasoir ; au point qu'elle a regardé plus d'une fois les vols retours pour Saint-Thomas. Elle n'avait aucune intention de retourner sur un bateau de croisière, mais un nouvel hôtel venait d'ouvrir ses portes sur la petite île de Lovango Cay et elle a envisagé d'y diriger l'équipe de femmes de chambre. C'est à ce moment-là qu'elle a reçu des nouvelles de Xavier, qui l'a informée de ses dernières actualités : il venait d'acheter, à distance, un hôtel dans l'île où elle s'était installée.

Xavier lui fait penser à un gosse qui ferait le poirier ou des sauts périlleux en arrière pour attirer son attention, sauf que plutôt que de se livrer à des acrobaties, il étale sa fortune – il a réussi à obtenir la rénovation du bâtiment à une vitesse impensable, il offre un bonus hebdomadaire de 1 000 dollars au meilleur de ses employés. Sans oublier les orchidées de ce matin ! (Des vandas en prime, la fleur préférée de Magda, il le sait bien.) Elle les a laissées sur son bureau : si elle les avait rapportées à la maison, elle aurait été assaillie de questions auxquelles elle n'a aucune envie de répondre.

En sortant de l'hôtel, elle monte dans son tout-terrain flambant neuf, qui est un croisement entre une jeep et un pick-up, le tout décapotable. Son frère, William, l'a dévisagée un long moment lorsqu'elle est rentrée avec de chez le concessionnaire. Il s'est sans doute demandé comment elle avait les moyens de se payer une voiture pareille.

— J'ai vécu sur des bateaux pendant si longtemps que je rêvais d'une nouvelle voiture. Alors je me suis autorisé une petite folie.

Et si cette explication ne l'a pas satisfait, c'est son problème !

Elle a des courses à faire. Elle s'arrête d'abord chez le caviste pour acheter une bouteille de rhum Appleton Estate de 21 ans d'âge – elle est à la recherche perpétuelle de ce qui lui rappelle les Caraïbes. C'est plus fort qu'elle, elle prend aussi un ticket à gratter à 10 dollars. De retour dans sa voiture, elle sort une pièce de son porte-monnaie et s'attaque à la petite pellicule argentée.

Ah ! Elle a gagné 500 dollars ! Elle ira les récupérer la prochaine fois.

Elle envisage de s'arrêter chez Eddie l'Éclair, pour voir s'il a de nouvelles annonces. Mais elle n'aime pas la façon dont la sœur de l'agent immobilier, Barbie, la regarde, et elle opte plutôt pour un texto.

J'espère que vous ne m'oubliez pas, Monsieur Pancik, lui écrit-elle.

Fidèle à sa réputation, Eddie lui répond aussitôt : Comment pourrais-je vous oublier, Magda ! Je reviens vers vous dans la semaine avec une liste d'annonces, comme promis.

Elle est folle de William et d'Ezekiel, cependant il est grand temps qu'elle prenne sa propre location, surtout maintenant qu'elle semble partie pour rester.

Elle a une dernière course à faire, au marché de Nantucket. Elle veut préparer des crabes à carapace molle ; elle les fera revenir dans du beurre noisette et les servira avec du riz cajun et des asperges grillées. Il fait délicieusement frais dans le marché, et ça sent le café ; on y trouve la seule boutique Starbucks de toute l'île. Elle se dirige vers l'immense vitrine réfrigérée, qui contient des trésors : barquettes de faux-filets, rôtis en croûte, morceaux de bœuf dans trois marinades différentes, blancs de poulet farcis aux épinards et au fromage, brochettes de légumes bien dodus de toutes les couleurs de l'arc-en-ciel, travers de porc, côtelettes d'agneau, queues de homard, grosses crevettes roses, saumon au citron vert et à la coriandre et steaks d'espadon aussi épais que des livres. Quatre ou cinq personnes font déjà la queue pour être servies, mais ça ne la dérange pas d'attendre. C'est la première fois de la journée qu'elle est immobile.

L'hôtel est une vraie réussite, il faut bien le reconnaître ; d'un autre côté, Xavier ne fait jamais rien à moitié. « Si on n'a pas l'intention d'être le meilleur, à quoi bon entreprendre quoi que ce soit ? » Voilà ce qu'il a dit le soir où elle a fait sa connaissance, il y a un million d'années, quand il a racheté la compagnie de bateaux de croisière. Il s'est adressé au personnel lors d'une réception ; tout le monde était fou de joie. Et Magda n'était pas en reste. Pendant une heure, ils pouvaient boire à l'œil. Elle revoit Xavier, droit et suffisant, dans son costume sur mesure. Elle remonte à plus de trente ans aujourd'hui, cette fameuse soirée où le cours de sa vie a changé.

Xavier se rendra sur l'île en août, et elle veillera à ce que la suite qu'il occupera soit impeccable.

À cette pensée, elle ne peut se retenir de rire. Ce faisant, elle attire l'attention du jeune homme juste devant elle dans la queue. Il se retourne.

— Oh ! Bonsoir, Madame English.

*Doux Jésus*, songe-t-elle aussitôt. C'est le garçon à qui elle a donné sa chance... sans vraiment y croire. Un pari risqué. Elle a du mal à retrouver son prénom, alors qu'elle a pourtant été toute la journée à ses côtés, lui apprenant à passer l'aspirateur en suivant une trajectoire régulière, à récurer la paroi en coquilles d'huîtres avec une brosse à dents électrique. Elle a d'ailleurs été étonnée par tout ce qu'elle a réussi à lui montrer en une journée, d'autant qu'il est évident qu'il n'a jamais rien fait chez lui, pas même débarrasser la table. Il leur reste encore à s'attaquer au linge – réussira-t-il à plier un drap-housse ? Il faut aussi qu'elle prenne le temps de lui expliquer les découvertes délicates qu'il pourrait être amené à faire – sex-toys et autres accessoires pour jeux de rôles, préservatifs, diaphragmes, tubes de lubrifiant, faux seins, drogues et tout le matériel qui peut leur être associé. Elle ne veut pas qu'il puisse être choqué.

— Bonsoir...

Bon sang, elle n'arrive pas à se souvenir de son prénom. L'a-t-elle utilisé aujourd'hui ? Forcément. Son esprit tâtonne comme lorsqu'elle cherche ses lunettes sur la table de nuit dans la pénombre du petit matin.

— Chad, lui dit-il.

Elle a un gloussement nerveux. C'est plus fort qu'elle. Elle baisse la tête pour cacher son rire dans son décolleté. Ce qui ne sert à rien puisqu'il agite tout son corps. C'est tellement drôle ! Non seulement elle a oublié son prénom alors qu'elle a passé toute la journée avec lui, mais le prénom en lui-même, Chad, lui va comme un gant, puisqu'il a tout, en apparence du moins, de la caricature du vacancier de Nantucket. Un Chad qui s'appelle Chad. Elle rit si fort qu'elle a mal au ventre et que des larmes débordent du coin de ses yeux. Son jeune employé la regarde, ainsi qu'un couple de clients dans la queue, ce qui l'aide à retrouver un semblant de calme... jusqu'à ce qu'elle aperçoive l'expression de Chad, si perplexe qu'elle est reprise d'un fou rire. Le son qui lui échappe ressemble plutôt à une sorte de tic-tac, c'est tout ce qu'elle parvient à émettre. Si elle ne se ressaisit pas d'ici trente secondes, quelqu'un risque d'appeler une ambulance.

C'est au tour de Chad de passer sa commande au comptoir. Il demande trois filets de bœuf Wagyu, et même si Magda le connaît depuis moins de douze heures, elle avait imaginé que sa famille mangeait ce type de nourriture. Elle réussit enfin à reprendre son souffle et à se ressaisir, bien que de petits éclats de rire continuent à la secouer jusqu'au moment où Chad se retourne vers elle avec son paquet. Il lui adresse un sourire hésitant.

— À demain, Madame English.

— À demain, Homme de Chambre.

Le sourire de Chad s'agrandit. Il est capable d'encaisser une petite taquinerie, et Magda sent naître en elle une étincelle d'optimisme. Son pari finira peut-être par payer après tout.

À la sortie de la réunion, Edie se demande : *C'est moi ou cette journée a duré trois semaines ?* Elle sort son téléphone.

Elle trouve une requête PayPal pour un paiement de 500 dollars émanant de son ex.

*Hors de question.*

Il doit s'agir d'une erreur, ou d'une mauvaise blague. Pourtant, un frisson la parcourt.

Graydon est dans le désert d'Arizona ; il a accepté un poste dans l'établissement Dove Mountain du groupe Ritz-Carlton. Ils avaient postulé ensemble, mais les choses se sont compliquées, Edie a changé d'avis et préféré rentrer chez elle. Graydon, qui à ce stade était complètement obsédé par elle, a voulu l'accompagner à Nantucket – il était prêt à vivre avec Edie et sa mère, Love. Elle lui a répondu que ce n'était pas une bonne idée. En réalité, elle ne voulait pas de sa présence à Nantucket. En réalité, elle voulait rompre avec lui. Edie s'était dit qu'elle travaillerait au Beach Club comme ses deux parents, jusqu'à ce que sa mère mentionne, en passant, que l'Hôtel Nantucket, qui avait été une verrue dans le paysage pendant toute l'enfance d'Edie, avait, à en croire la rumeur, trouvé un repreneur qui avait investi 30 millions de dollars pour sa rénovation. La jeune femme a aussitôt eu envie de faire partie de l'équipe chargée de rendre à cet établissement historique sa gloire d'antan. Elle pressentait qu'elle s'y sentirait en sécurité. L'eau qui entourait l'île s'apparentait presque à un liquide amniotique, elle la protégerait de Graydon.

Sauf qu'il se manifeste soudain, sur son téléphone, à travers un site Internet.

Un couple traverse le hall de l'hôtel, habillé pour sortir dîner. Elle avait presque oublié que la clientèle ne se résumait pas à Kimber Marsh, ses enfants et leur pitbull. Il doit s'agir des Katzen, en route pour leur repas chez Cru. Ils lui adressent un signe au passage. Si elle voulait sortir le grand jeu, elle les accompagnerait jusqu'au perron pour discuter un peu avec eux. Après tout, lors de son entretien d'embauche, elle a dit à Lizbet que le plus important dans son métier, pour elle, c'était de réussir à créer un lien avec chacun des clients de l'hôtel. Mais elle ne peut rien faire dans l'immédiat, rien dire, parce qu'elle a un problème personnel à régler : *500 dollars !!!*

Elle rentre chez elle à pied, en se répétant qu'il est hors de question qu'elle laisse Graydon la faire chanter comme ça. Elle efface le message de l'application. Il est quand même gonflé !

Elle reçoit alors un texto. Elle croise les doigts pour que ce soit sa mère, l'informant que le hachis parmentier est prêt. Non, le message vient de Graydon : il s'agit de l'émoticône d'une caméra.

Elle va être obligée de le payer.

Elle ne peut pas, enfin ! L'échéance de son prêt étudiant va tomber le 15 du mois et engloutir près de la moitié de sa première paie.

Non, elle ne le paiera pas ! À qui pourrait-il envoyer les vidéos de toute façon ? Elle n'est pas connue, la presse se fiche d'elle. Et leurs amis communs seraient suffisamment malins pour se rendre compte qu'il se comporte en caricature de mâle blanc cherchant à lui faire payer leur rupture. Ils effaceraient les vidéos sans même les regarder (enfin, elle l'espère), et ils rayeraient Graydon de leur vie.

Mais s'il décide de les envoyer à sa mère ? Peut-elle prendre ce risque ? Love a eu Edie à 40 ans. Elle en a 62 aujourd'hui, et même si elle tente de rester à la page (elle connaît Billie Eilish et Doja Cat), elle ne comprend pas grand-chose aux nouvelles pratiques sexuelles ou à l'habitude qu'a prise la génération Z de vivre sa vie à travers un téléphone. Love ne pense sans doute pas qu'Edie est encore vierge, mais malgré leur proximité elles ne parlent jamais de sexe. Plutôt crever ! Edie a d'ailleurs englouti la seconde saison d'*Euphoria* en fermant la porte de sa chambre à clé ! Si Love voyait sa fille dans les vidéos qu'elle a laissé Graydon tourner, elle ne s'en remettrait pas. Edie est sa grande fierté, son trésor, et la mort de Vance n'a fait qu'accentuer son amour pour elle. Le pire, ce serait que Love se sente coupable de ces vidéos, se reproche d'avoir raté l'éducation de sa fille, de ne pas avoir réussi à lui montrer l'exemple.

Edie envoie les 500 dollars à Graydon, ce qui représente presque la totalité de ce que contient son compte en banque (soit l'argent que sa mère lui a donné pour la féliciter d'avoir décroché son diplôme). Elle a envie de hurler, mais elle craint que l'un des voisins de Sunset Hill ne l'entende par ce bel après-midi de juin.

Elle reçoit un autre texto. De Graydon, bien sûr. Merci ! Le message est accompagné de l'émoticône d'un pouce levé.

La dernière personne à quitter la salle de repos est celle que Grace est la plus impatiente de voir partir : Alessandra Powell. Elle flotte au-dessus d'elle pendant que la cheffe de la réception insère quatre pièces dans le jukebox – des pièces qu'elle a trouvées dans la caisse de l'hôtel – et choisit des chansons, des titres de heavy metal des années 1980 aux tonalités sataniques. Eh bien, Grace ne regrettait pas de ne plus les entendre ! Elle tente de faire peur à Alessandra, se plaçant de sorte à se refléter dans le Plexiglas du flipper auquel celle-ci joue. Elle se met même à danser avec son peignoir blanc, et à agiter sa tête coiffée de la casquette de Lizbet pour se distraire et attirer l'attention d'Alessandra. Celle-ci l'aperçoit-elle ? Non. Elle demeure entièrement concentrée sur la petite bille argentée. Grace lui souffle de l'air froid dans la nuque, mais elle ne semble pas non plus le remarquer. La conclusion qui s'impose est celle à laquelle elle était déjà parvenue : cette femme renferme des démons. Grace entend presque leurs provocations : *Tu ne nous fais pas peur ! Rien ne nous fait peur !*

Une seconde plus tard, elle se rend compte qu'elle n'est pas la seule à se méfier d'Alessandra. Quelqu'un d'autre l'observe depuis le seuil de la pièce.

La vie privée de Zeke, Adam, Chad ou Edie n'est pas un sujet d'inquiétude pour Lizbet. Et celle de Magda encore moins.

Alessandra… c'est une autre paire de manches.

Juste avant la réunion du personnel, Mack Petersen du Beach Club de Nantucket a appelé la directrice pour la féliciter en ce premier jour et lui demander comment ça se passait. Il avait les meilleures des intentions, bien qu'ils soient des concurrents directs (elle le connaît depuis La Terrasse). Elle n'a pas pu s'empêcher de se vanter.

— J'ai recruté Princesse Edie à la réception.

— Tu sais que je suis jaloux ? C'est ma filleule.

— Et j'ai aussi embauché Alessandra, la jeune femme qui a une longue expérience en Italie.

— Je ne vois pas de qui tu veux parler.

— Mais si, elle devait passer un entretien avec toi. Alessandra Powell. Pour la réception.

— Je n'ai pas ouvert de recrutement pour la réception cette année. J'avais juste besoin de quelqu'un pour la nuit. J'ai eu de la chance, presque toute mon équipe de l'an dernier a répondu présent.

— Ah…

Ça l'a brièvement contrariée. Alessandra avait bien parlé d'un entretien au Beach Club, non ? Oui, Lizbet est sûre d'elle. La réceptionniste a même dit que Mack lui avait quasiment promis le poste avant de la recevoir !

— J'espère que j'aurai autant de chance que toi l'an prochain, conclut-elle.

Alessandra avait menti, ce que Lizbet a du mal à digérer. Elle aurait dû se montrer plus méfiante durant l'entretien. Elle s'est laissé séduire. Il faut dire que la candidate avait eu le nez de lui apporter un sandwich sachant que leur rendez-vous avait lieu à l'heure du déjeuner. C'était vraiment malin... Une vraie ruse de manipulatrice. Qui a su esquiver toutes les questions concernant son expérience passée. Tel directeur avait pris sa retraite, tel autre était décédé, il n'y avait plus personne en Europe pour témoigner de ses compétences. Lizbet a contacté les quatre hôtels mentionnés sur son CV et dans un seul d'entre eux – le Grand Hôtel Tremezzo –, elle est tombée sur une personne en mesure de lui confirmer que, oui, Alessandra Powell avait bien travaillé dans cet établissement pendant deux années, mais que, non, aucun des employés actuels n'avait collaboré directement avec elle et n'était donc en mesure de lui faire un retour circonstancié. Elle a laissé des messages dans les trois autres hôtels et attend qu'ils la rappellent. Même si... que pourrait-elle faire maintenant ? Renvoyer Alessandra ? Cette femme a révélé un professionnalisme exceptionnel à son poste, et elle est époustouflante de beauté. Au point de pouvoir s'en tirer en toute impunité.

Lizbet s'apprête à prendre son poste à la réception pour la nuit – il faut vraiment qu'ils recrutent quelqu'un ! –, lorsqu'elle se rend compte qu'elle a vu tout le monde quitter l'hôtel, sauf Alessandra.

Elle entrouvre la porte de la salle du personnel. La jeune femme se tient devant le flipper et elle ondule des hanches comme si elle faisait l'amour à cette machine, qui clignote en tintant comme si elle prenait son pied. Le jukebox joue *Same Old Situation*, de Mötley Crüe, que Lizbet n'a pas entendu depuis qu'elle n'a pas écouté la radio locale du Minnesota qui a bercé son enfance et sa jeunesse.

Quand la partie se termine – Alessandra doit être assez douée, parce que celle-ci dure plus longtemps que celles de la moitié des hommes que Lizbet a fréquentés – et qu'une nouvelle chanson commence, *Highway to Hell*, d'AC/DC (presque tous les titres de ce jukebox datent du siècle précédent), Alessandra va se servir un énorme bol de glace à l'italienne au chocolat. Elle se jette dessus avec la voracité de quelqu'un qui n'aurait pas mangé depuis des jours.

— Hé, lance Lizbet en la rejoignant.

Alessandra cligne des yeux. Ses ondulations roux clair sont rabattues d'un côté de son visage.

— On n'a pas vraiment eu l'occasion de discuter, poursuit la directrice.

— Discuter ?

Elle suspend sa cuillère juste à côté du pic de crème glacée.

Lizbet envisage de lui dire qu'elle est au courant de son mensonge par rapport à Mack et au Beach Club, mais elle n'en fait rien, car soyons honnête : elle ne peut pas se permettre de mettre la jeune femme sur la défensive et de provoquer sa démission.

— Je me disais qu'on pourrait apprendre à se connaître un peu mieux...

Lizbet se rend bien compte que sa réponse a un côté maladroit, on pourrait croire qu'elle cherche à lécher les bottes de la fille la plus populaire du lycée. *Tu veux bien être mon amie ?* Elle change de stratégie.

— Vous voulez que je vous appelle un Uber ? Où logez-vous ?

— Je peux rentrer à pied. J'habite dans Hulbert Avenue.

*Hulbert Avenue ?* C'est la rue la plus chic de la ville. Toutes les maisons qui s'y trouvent donnent sur le port.

— Bel endroit ! Vous avez pris une location ?

— Je suis hébergée par un ami.

— Je ne savais pas que vous connaissiez du monde ici.

— C'est un ami récent.

Alessandra soutient le regard de Lizbet tout en léchant la glace sur le dos de sa cuillère.

— J'ai fait sa connaissance sur le ferry en venant ici.

*Hein ???* Alessandra a rencontré un inconnu sur un bateau et maintenant elle vit dans Hulbert Avenue ? D'accord...

— Quelle chance !

Son ton pourrait paraître légèrement sec, elle essaie donc de l'adoucir.

— Comment s'est passée votre première journée ?

Alessandra la considère d'un air de lui dire « pitié, partez d'ici et laissez-moi terminer ma glace ».

— Comme n'importe quelle journée.

Lizbet se change pour mettre un jean blanc, une blouse bleu hortensia et – soulagement ! – une paire de baskets. Elle va s'installer derrière le comptoir de la réception et observe la lumière de fin de journée. Des flots dorés et sirupeux pénètrent par la grande porte ouverte. Des clients sortent dîner. Ils ne sont bien sûr pas aussi nombreux qu'elle le souhaiterait. D'ailleurs elle a un peu l'impression, en balayant le hall du regard qu'elle se trouve dans une soirée ratée, où personne n'est venu. Comment attirer davantage de monde ? L'hôtel n'est pas donné – ce n'est pas dans son ADN –, toutefois il est légèrement moins cher que ses concurrents. Elle pourrait contacter tous les médias qui se sont pâmés devant La Terrasse. Xavier pourrait, bien sûr, lui apporter une aide précieuse, mais il ne semble pas préoccupé par la fréquentation de l'établissement. Son seul objectif est de décrocher la cinquième clé.

Le fils de Kimber Marsh, Louie (ce prénom va comme un gant au petit gars avec son short en tissu gaufré et son polo blanc bien repassé, aussi adorable et sérieux qu'un petit roi), s'aventure seul dans le hall, choisit l'un des échiquiers et commence à déplacer des pièces. Lizbet l'observe un instant et se demande si sa mère va le rejoindre. Les Stamm de la chambre 303, qui s'apprêtent à sortir, le voient et s'arrêtent.

— Je vois que tu sais ce que tu fais, lance M. Stamm. Quel âge as-tu ?

Louie ne relève pas la tête.

— J'ai 6 ans et demi.

M. Stamm rit et se tourne vers sa femme.

— Un prodige !

Louie déplace la tour blanche et annonce :

— Échec et mat.

Puis il regarde M. Stamm.

— Vous voulez jouer ?

Le client rit de nouveau.

— Je m'apprête à sortir dîner, mais demain, oui. Qu'en dirais-tu ?

Louie hausse les épaules, et les Stamm s'éloignent. Lizbet envisage de proposer au petit garçon une partie, quand la porte de la salle de repos s'ouvre. Alessandra en sort. Une idée folle traverse l'esprit de la directrice, qui la chasse aussitôt. Elle perd la tête ; elle est ici depuis près de douze heures, et elle doit encore tenir jusqu'à minuit.

D'un autre côté… elle mérite de faire une pause rapide, et c'est elle la patronne, personne ne pourra l'en empêcher.

Alessandra descend les marches du perron et prend l'un des vélos de l'hôtel – a-t-elle demandé l'autorisation de l'utiliser ? Lizbet va trouver Raoul, posté près de l'entrée avec la rigidité d'un garde de Buckingham Palace.

— Ça vous dérange de garder un œil sur la réception pendant une vingtaine de minutes ? Je vais prendre un peu l'air.

— Bien sûr que non.

Il a un côté à l'ancienne qu'elle adore, toujours très galant, et elle se félicite de l'avoir embauché.

— Le petit Louie joue aux échecs dans le hall et je n'ai pas vu sa mère dans les parages… Vous pouvez garder un œil sur lui ?

Elle grimace et ajoute :

— Je sais bien que vous n'êtes pas son baby-sitter.

— Avec plaisir, répond Raoul.

— Vous jouez aux échecs ? ajoute-t-elle.

— Il se trouve que oui ! Si c'est calme, je le laisserai me battre.

— Merveilleux ! Merci beaucoup, Raoul !

Elle regarde Alessandra s'éloigner dans Easton Street.

— Je reviens tout de suite !

Elle enfourche elle aussi un VTT – Xavier en a acheté trente-cinq, blancs, de la marque Trek –, et suit le chemin pris par Alessandra. Elle se délecte de la sensation du vent sur son visage, de la douceur de l'air et de la lumière dorée du soleil couchant, tout en essayant d'oublier que ce qu'elle est en train de faire est complètement délirant. Elle prend Alessandra en filature. Si quelqu'un filmait la scène d'en haut, il verrait deux femmes, habillées pareil, la seconde suivant la première en catimini. L'arrière de la blouse bleue de Lizbet tourbillonne dans son dos. Elle fredonne la mélodie de la méchante sorcière du *Magicien d'Oz*.

Alessandra descend Easton, dépasse l'agence immobilière, l'entrée du parc pour enfants au bord de la plage, le White Elephant… Lizbet veille à laisser une distance suffisante entre elles. Des effluves de beurre à l'ail lui parviennent du restaurant de fruits de mer Brant Point Grill, et son estomac gargouille – elle n'a rien avalé de la journée. Alessandra longe les sublimes demeures en bord de mer sur la droite avant de prendre le virage serré à gauche pour s'engager dans Hulbert Avenue avant d'atteindre le poste des garde-côtes et le phare de Brant Point. Il y a quelques voitures sur la route, et Lizbet redoute de croiser une connaissance. Plusieurs clients de La Terrasse vivent dans le quartier ; avec JJ ils étaient régulièrement invités à des barbecues autour de piscines et à des parties de croquet. Ils se sont d'ailleurs liés avec deux couples, les Bick et les Layton, qui résident juste à côté. La maison des Bick, qui possède un court de tennis, se trouve là, devant, et… Alessandra ralentit justement.

Impossible qu'elle soit hébergée chez eux, si ? Michael et Heidi sont l'incarnation du couple parfait, tous les deux grands, minces, blonds. Et ils ont quatre enfants, des blondinets évidemment. Peut-être qu'Alessandra a passé un accord avec eux et qu'elle garde les enfants le soir en échange d'une chambre ? Mais ça paraît bizarre… Heidi a déjà une nounou à temps plein. Et il y a la façon dont Alessandra a répondu : « Je suis hébergée par un ami… C'est un ami récent… J'ai fait sa connaissance sur le ferry en venant ici. » Le sous-entendu sexuel était évident. En tout cas, pour Lizbet, qui en a déduit que la jeune femme avait rencontré un type sur le bateau, que celui-ci l'avait invitée chez lui et qu'elle s'était installée dans la foulée.

Alessandra s'arrête, descend de son vélo et se retourne.

— Je rêve ou vous me suivez ?

Le pied de Lizbet glisse sur la pédale et elle se met à vaciller, toutefois elle réussit in extremis à redresser le guidon et freine sans tomber. Elle ne sait absolument pas quoi répondre. Elle envisage de réprimander la réceptionniste pour avoir emprunté un vélo sans demander la permission auparavant, mais ça lui paraît mesquin.

— Je vous ai vue partir et ça m'a donné une idée, j'ai eu envie de prendre un peu l'air moi aussi. C'est une si belle soirée, et je vais la passer enfermée à la réception.

Elle jette un coup d'œil en direction de la maison des Bick. Le portillon du court de tennis est entrouvert, et une raquette est posée sur le banc, ils doivent donc être chez eux. Elle prie pour qu'ils ne soient pas en train de suivre ce qui se passe par une fenêtre. Elle qui se sentait si forte ce matin, en entamant sa journée, s'est transformée en patronne psychopathe qui suit ses employés à la trace. Elle manœuvre son VTT avec la plus grande des maladresses pour faire demi-tour.

— À demain, lance-t-elle avant de s'éloigner, résistant à la tentation de regarder quelle direction Alessandra va prendre.

Elle se répète que ça ne la regarde pas.

De retour à l'hôtel, elle trouve Raoul et Louie absorbés dans une partie d'échecs. Le portier lève vers elle des yeux écarquillés.

— Ce petit est en train de me coller une déculottée. À la loyale.

Lizbet hoche la tête d'un air absent, tant elle a du mal à se remettre de sa honte. Que doit penser Alessandra ? C'est tellement gênant… D'un autre côté, elle ne peut s'empêcher de se dire que quelque chose cloche, que la jeune femme cache quelque chose de bien plus grave que son mensonge pour obtenir ce poste (ce qui pourrait tenir de la stratégie d'embauche) et que l'emprunt d'un vélo sans autorisation (elle le rapportera demain, quelle importance ?). Une fois que Lizbet s'est assurée qu'il n'y avait aucun problème à régler, elle va récupérer son téléphone portable dans son bureau et le pose discrètement à côté de son ordinateur, ce qu'elle a défendu à ses employées de faire. Elle envoie un texto à Heidi Bick : Salut, ma belle, je pensais à toi. Tu es à Nantucket en ce moment ? Comme je ne travaille plus à La Terrasse, on pourrait en profiter pour sortir dîner ensemble un soir ! Dis-moi quelles sont tes dispos !

Elle envoie le message et prend une inspiration. Puis elle se décide à passer une annonce pour un ou une réceptionniste de nuit dans le *Nantucket Standard* – elle ne pourra pas profiter de ses soirées tant qu'elle n'aura pas engagé quelqu'un. Cette fois, elle précise le montant du salaire : *25 dollars de l'heure, sans oublier de possibles bonus !* Avec un peu de chance, ça fonctionnera !

Soudain, une jeune femme apparaît devant elle. Elle tient une boîte en carton blanc. C'est Beatriz, qui travaille au Bar bleu.

— Le chef m'a demandé de vous apporter ceci de sa part.

*Le chef. Mario Subiaco.* Lizbet repense aussitôt à ce qui s'est passé le matin même. La demande en mariage de JJ, la débauche de fruits sur la planche à découper et le cocktail. Elle en aurait bien besoin d'un à cette heure.

— Merci !

Elle soulève le couvercle et manque de s'évanouir.

— C'est ce qu'on appelle la « box du boulanger ». Une des spécialités du chef. En suivant le sens des aiguilles d'une montre, vous avez des mini-pizzas, des gougères à la béchamel et deux fleurons du Bistro bleu, les donuts salés au romarin et aux oignons, ainsi que les bretzels accompagnés de leur moutarde au miel.

*Oh là là !*

— Ça a l'air… divin.

— Le chef tenait à ce que vous vous régaliez au moins une fois dans votre journée, dit Beatriz, qui s'éloigne ensuite vers le bar.

Avant que la porte ne se referme, Lizbet entend des bruits de conversation, des rires et Nat King Cole qui chante *Unforgettable.* L'ambiance semble... bonne. Et animée. Elle sent son cœur se serrer : elle a beau fanfaronner, le restaurant lui manque.

Elle ne sait pas très bien par où commencer. Elle hume la boîte et finit par jeter son dévolu sur l'un des deux donuts dorés et luisants, parce qu'elle en a beaucoup entendu parler. *Mon Dieu !* C'est si bon qu'elle ferme les yeux. Elle doit se retenir de gémir de plaisir. Elle grignote ensuite la pointe de l'une des mini-pizzas triangulaires, garnie avec générosité de chair à saucisse et d'une sauce légèrement épicée. C'est un tel régal qu'elle en éprouve de la culpabilité. Elle jette un coup d'œil en direction de Raoul et de Louie. Le portier se lève et annonce :

— Il faut que je retourne travailler.

Le petit garçon range les pièces sur l'échiquier. Raoul passe devant la réception pour rejoindre son poste.

— Ce gosse, c'est quelque chose. Je comptais le laisser gagner, et il m'a laminé !

À grand, grand regret, Lizbet lui présente la boîte.

— Vous voulez un donut ou un bretzel ?

Elle prie pour qu'il ne prenne pas une gougère, car il n'y en a que trois... Il décline la proposition d'un geste de la main.

— Merci, mais je ne mange pas de glucides.

*Ah ! Formidable !* Raoul retourne se poster près de l'entrée de l'hôtel, et Lizbet se retire dans le bureau avec sa boîte de trésors tout en gardant un œil sur Louie à travers la porte ouverte. Il vient de commencer une nouvelle partie contre lui-même quand Wanda surgit, munie d'un carnet et d'un crayon.

— Maman veut que tu rentres dans la suite, Louie. Viens.

— Dans une minute. Je joue.

La fillette met les mains sur les hanches, reproduisant à la perfection l'attitude de la mère mécontente.

— Tu as un échiquier dans la chambre.

Louie soupire mais emboîte le pas à sa sœur.

Lizbet enfourne une gougère et laisse la béchamel exploser dans sa bouche. *Pas mal, Subiaco,* se dit-elle. Elle repense à la soirée, il y a quinze ans, au cours de laquelle JJ lui a demandé de l'aider à mettre au point une recette. Il cherchait à perfectionner une marmite d'huîtres à la crème. Elle s'est assise sur un tabouret haut dans la cuisine de La Terrasse, et il lui a donné la becquée : d'abord une huître bien charnue et bien iodée, puis une cuillère de sauce à la crème, au bacon et au thym. Cette dégustation a conduit à leur premier baiser, qui a conduit à un rendez-vous officiel, à une première nuit ensemble puis, à la fin de l'été, à leur installation sous le même toit, et enfin à l'achat de la maison de Bear Street ainsi qu'à la gestion conjointe du restaurant jusqu'à la découverte des sextos sur le téléphone de JJ. Si quelqu'un sait combien il peut être dangereux de se laisser séduire par la nourriture, c'est bien Lizbet Keaton.

Et pourtant… elle prend un petit morceau de bretzel et le trempe dans la moutarde au miel. Impossible de s'arrêter.

Elle décide de prendre ce qu'il reste de la boîte en photo pour l'envoyer à JJ : il sera jaloux et pensera qu'elle veut le faire bisquer (ce qui est le cas). Mais en attrapant son téléphone, elle constate qu'Heidi Bick lui a répondu.

Salut ma belle, désolée, j'étais en train d'aller chercher Hayford à son cours de jiu-jitsu. Je suis encore à Greenwich, j'arrive à Nantucket en fin de semaine prochaine, quand les enfants auront fini l'école. Michael est là depuis deux mois déjà, il bosse sur un projet top secret qui exige un silence absolu, ce qu'il ne peut évidemment pas trouver à la maison. Je suis libre tous les soirs à partir du 18 - ce sera clairement au tour de Michael de gérer les enfants ! Tu pourrais nous faire entrer au Bar bleu ? J'ai entendu dire que ça allait être le nouvel endroit à la mode ! Bises

Lizbet n'en revient pas. Heidi est encore dans le Connecticut avec ses enfants, et Michael est seul sur l'île depuis deux mois pour bosser sur un « projet top secret » ? Ça ne signifie pas pour autant qu'il couche avec la cheffe de réception, se reproche-t-elle aussitôt. L'infidélité de JJ a détruit la foi de Lizbet en l'humanité ; et lui fait systématiquement imaginer le pire. Elle ne peut pas du tout affirmer qu'Alessandra se rendait chez les Bick. Celle-ci s'est juste arrêtée devant cette maison pour coincer Lizbet. À croire qu'elle avait des yeux derrière la tête. C'en est même un peu flippant, pour être honnête.

Lizbet a dit aux membres de son équipe qu'ils pouvaient lui confier leurs secrets, mais elle prend soudain conscience que ce n'est pas vrai. Elle enfourne une autre gougère. Il y a certaines choses qu'elle n'a aucune envie de savoir.

# 7

# Avis négatifs

15 juin 2022
De : Xavier Darling (xd@darlingent.co.uk)
À : employés de l'Hôtel Nantucket

Bonjour à tous ! Nous voilà avec une situation un peu embarrassante sur les bras, je le crains. Les commentaires de la semaine dernière sur RumeursDeVoyages sont globalement négatifs. Je sais bien que les clients sont plus susceptibles de laisser un avis quand ils ont un sujet de mécontentement et qu'il est fort probable que tous ceux qui ne se sont pas exprimés soient repartis tout à fait satisfaits de leur séjour dans notre hôtel. Quoi qu'il en soit, je ne remettrai pas de bonus de 1 000 dollars cette semaine.

J'espère que vous comprendrez tous que nous ne pouvons pas nous contenter d'avoir une clientèle satisfaite. Je compte sur vous pour tout mettre en œuvre afin de veiller à ce que nos clients repartent émerveillés et galvanisés au point de vouloir crier sur les toits que ce séjour à l'Hôtel Nantucket a été le plus extraordinaire de leur vie.

Ma décision ne doit pas être prise comme une punition ou même un avertissement. Je vous écris plutôt pour vous donner l'impulsion qui vous aidera à atteindre un niveau supérieur dans votre relation avec le client.

Merci.

XD

**AVIS RUMEURSDEVOYAGES**

Hôtel Nantucket
Dates du séjour : 11-13 juin
Nombre de personnes : 3
Nom (optionnel) :

**Merci de noter les différents aspects de votre séjour sur une échelle allant de 1 à 10**

Réception/accueil : 10
Propreté de la chambre : 10
Style/décoration : 10
Conciergerie : 10
Espace bien-être : 10
Piscines : 10
Room service/minibar : 10
Expérience globale : 2

**N'hésitez pas à laisser un commentaire pour nous expliquer quelles personnes ou quels aspects de votre séjour vous ont particulièrement marqués.**

*Je regrette qu'il n'y ait pas de rubrique dédiée aux portiers, parce que c'est ce qui explique cette note un peu mystérieuse. Alors qu'avec mes deux amies on a tout adoré dans cet hôtel, on lui attribue une note globale de 2. Le portier qui s'est occupé de nous pendant notre séjour était non seulement très prétentieux, mais aussi incroyablement malpoli, désagréable et peu arrangeant. Il a gâché une expérience par ailleurs merveilleuse. On le soupçonne aussi d'être derrière un phénomène inexplicable qui s'est produit dans notre chambre le dernier soir de notre séjour. Il mériterait d'être renvoyé sur-le-champ.*

Grace a suivi de près, et avec beaucoup d'intérêt, l'activité de l'hôtel au quotidien, et même si son jugement est biaisé, elle trouve que son petit chéri, Zeke English, fait un travail remarquable. Il s'est parfois montré un peu maladroit la première semaine, le temps d'apprendre les ficelles du métier, et il n'a évidemment pas le raffinement d'Adam, son collègue la journée, ni de Raoul, qui travaille la nuit, mais aujourd'hui

11 juin, pour le premier week-end de l'hôtel, Zeke a trouvé son rythme de croisière, et il en a sous le capot.

Lorsque le taxi se gare devant l'hôtel et que trois quinquas au style exubérant en sortent, Adam lui donne un petit coup de coude et lui souffle :

— À toi de jouer, l'étalon.

Zeke va à la rencontre des clientes en affichant son plus beau sourire, épaules bien carrées.

La meneuse du trio se présente aussitôt, Daniella, avant de se tourner vers ses deux amies.

— Matez-moi ce canon, les nénettes !

*Les nénettes ?* songe Grace. Ce mot n'a pas dû être utilisé depuis 1977. Il lui rappelle aussitôt Farrah Fawcett et le parfum Charlie que toutes les clientes portaient cette année-là.

Les deux autres femmes se prénomment Claire (mal fagotée) et Alison (100 % hippie). Claire informe Zeke qu'elles viennent de Floride et sont venues à Nantucket pour « se lâcher ». (Une fois encore, Grace se demande : *mais qui dit ça de nos jours ?*) Elles sont venues fêter les 50 ans de Daniella... et son divorce tout récent.

— Je suis en chasse ! rugit-elle. Avec la détermination d'une femme qui a perdu son orthodontiste de mari, parti avec la mère d'un de ses patients !

Elle est grande avec des cheveux noirs bouclés qui lui arrivent à la taille et une immense bouche. Elle ressemble (très) vaguement à Cher.

*Bonté divine,* se dit Grace, qui voit les ennuis fondre sur Zeke comme un train de marchandises.

Il transporte leurs bagages dans la suite 117 et leur montre toutes les merveilles que celle-ci contient : le système de sonorisation, les volets électriques, le minibar gratuit. Daniella lui tend un billet de 100 dollars et lui demande de rester boire une bière.

— Merci beaucoup pour la proposition, mesdames, mais je suis encore de service pour les cinq prochaines heures, je dois donc remettre à plus tard.

— On t'attendra, lui répond Daniella en tâtant son bras à travers sa chemise bleu hortensia. Vous avez vu ces biscoteaux ?

Alison, qui a des cheveux blond grisonnant, mousseux et qui porte une robe d'été tie and dye, pousse un cri :

— Daniella, enfin !

Claire, en jean informe, dévore Zeke du regard derrière ses lunettes et lâche :

— Vous êtes vraiment à croquer.

Il rit poliment, puis quitte la suite fissa.

Grace est soulagée de voir Zeke finir sa journée de travail avant que les trois clientes ne quittent leur chambre, enivrées par la bouteille de Laurent-Perrier rosé qu'elles ont commandée au Bar bleu, pour aller dîner chez Lola. Claire tente un bref flirt avec Raoul, à qui elle demande s'il est pris, à quoi il répond, sans se démonter un seul instant, qu'il l'est, oui, puisqu'il est marié à Adam, le portier de jour. Ça leur coupe un peu la chique !

Le lendemain matin, Grace remarque que Zeke arrive à l'hôtel non pas en uniforme, comme il en a l'habitude, mais en tenue de sport. Il file tout droit au studio de yoga... et elle le suit. Huit ou neuf femmes sont en train de s'étirer en attendant le début du cours. Lorsque Yolanda arrive, Zeke est un peu troublé.

Ah...

Difficile de le lui reprocher. À 27 ans, Yolanda Tolentino pourrait passer pour la petite sœur de Chrissy Teigen ; des cheveux bruns en pagaille avec des reflets auburn, une peau parfaite, de grands yeux bruns et une fossette très prononcée sur la joue gauche. Son corps est musclé, agile, souple. Ces dernières semaines, Grace l'a vue passer dans le hall. Un jour, pendant qu'elle discutait avec Lizbet, elle a fait la posture de l'arbre – le pied pressé contre l'intérieur de la cuisse opposée, les bras levés et tendus comme des branches –, ce qui était à la fois surprenant et très impressionnant. Un autre jour, le temps que l'ascenseur arrive, elle a fait le pont, ce qui a donné le hoquet à M. Goldfarb, de la chambre 202, tant il était surpris. Yolanda possède une beauté intérieure aussi bien qu'extérieure – pour le grand plaisir de Grace. Et elle doit avoir un appétit d'ogre, parce que chaque jour elle fait des allers-retours entre le studio et la cuisine du Bar bleu. Au moins une demi-douzaine.

Dès que Yolanda aperçoit Zeke, elle s'empresse de l'installer à la barre avec un ballon, un élastique et deux haltères de un kilo.

— Euh, bafouille-t-il en découvrant les minuscules instruments lavande. J'ai déjà mangé des burritos qui pesaient plus lourd que ça.

— Tu es libre d'en prendre des plus lourds, mais tu risques de le regretter. Et malheureusement je n'ai pas de chaussettes antidérapantes à ta taille.

— Les grands pieds n'ont pas que des inconvénients, lance une cliente qui vient d'arriver.

C'est Daniella, suivie d'Alison et de Claire.

— Toutes les nénettes savent ce que je veux dire, hein ?

*Ah non, là, c'est trop,* s'emporte Grace, avant de souffler de l'air glacial dans la nuque de Daniella. Au passage elle respire l'odeur reconnaissable de la tequila. La femme ne sent rien, voire elle apprécie ce petit rafraîchissement. Claire et Alison reluquent Zeke en échangeant des messes basses peu discrètes.

Grace a honte pour elles. Elle a déjà vu des adolescentes de 14 ans qui savaient mieux se tenir.

— C'est la première fois de Zeke ! s'écrie Daniella. Ne t'inquiète pas, mon chou, je serai juste derrière toi, pour admirer ta silhouette.

— Moi aussi, ajoute Alison, qui porte un legging avec des arcs-en-ciel et des symboles de la paix.

— Je me rapproche, conclut Claire, dont le tee-shirt clame OUVERTE À TOUTES LES AVENTURES.

Yolanda lance la musique.

— Allez, s'il vous plaît, on essaie de se concentrer.

Elle lève la jambe bras croisés sur la poitrine. Zeke reproduit le mouvement et ne parvient pas à hisser sa jambe très haut – il en est peut-être capable, simplement il perd tous ses moyens devant Yolanda, avec son legging blanc, son débardeur bleu hortensia et son épaisse tresse sur le côté. Après les jambes, ils font la planche sur les tapis, puis des pompes.

Grace admire la facilité avec laquelle Zeke exécute ces exercices. Les élèves vont ensuite se placer devant les barres, et Yolanda leur dit :

— Tout le monde est prêt à faire chauffer ses cuisses ?

Daniella pousse un cri de joie en levant les bras, ce qui offre à Zeke une vue imprenable sur sa poitrine – Grace remarque qu'elle a retiré les coussinets de sa brassière, si bien qu'on voit la pointe de ses seins à travers.

— Talons collés, pieds ouverts, dit Yolanda. Maintenant descendez d'une quinzaine de centimètres pour former un losange.

Zeke tente de trouver la bonne position. Il ne réussit pas à soulever ses talons de plus d'un ou deux centimètres. Et lorsqu'il faut descendre plus bas, il grimace.

— On remonte, et on redescend, reprend Yolanda. C'est un mouvement de quelques millimètres, soit la taille d'un trombone.

Ils finissent par un « grand plié », et les jambes de Zeke sont prises d'un tremblement incontrôlable. Il y avait longtemps que Grace n'avait rien vu d'aussi drôle.

— Fin de la première série, annonce Yolanda. Plus que deux.

Il regarde avec désespoir la sortie.

— Attrapez vos ballons.

Daniella prend un air lubrique.

— Moi j'attraperais bien autre chose.

À la fin du cours, Zeke se retrouve coincé. Il aimerait engager la conversation avec la prof, mais le trio l'attend dans le but de lui mettre le grappin dessus.

— Merci à tous pour votre présence, dit Yolanda. Je file au restaurant manger un *açaï bowl* avant mon prochain cours. À plus !

Daniella, Alison et Claire saisissent ce signal pour fondre sur le pauvre Zeke, qui est plaqué contre la barre.

— Ce soir, on fête mon dîner d'anniversaire au Ventuno, lui dit Daniella. On a prévu ensuite d'aller chanter au Club

Car puis, si tout se passe bien, de prendre un dernier verre au Pearl.

— Devine ce qu'on lui offre comme cadeau ? lui demande Claire.

Zeke répond qu'il n'en a pas la moindre idée.

— Toi ! s'exclame Alison. Viens avec nous, s'il te plaît. Tu n'auras rien à payer.

— J'aimerais beaucoup, mesdames, mais je dois travailler ce soir.

— Aucun problème, rétorque Daniella. Il y aura forcément un after…

Lorsque les clientes de la suite 117 traversent le hall, ce soir-là, dans un tourbillon de gloussements stridents et d'effluves de parfum, Zeke est à leur merci. Elles portent des tenues à plumes et à sequins, ainsi que des chaussures à talon aiguille et à semelle rouge. Daniella est coiffée d'un diadème. Il inspire pour se donner du courage. *Quel chic type !* s'enthousiasme Grace.

— Et voilà la reine du jour ! dit-il en prenant Daniella par la main pour la faire tourner. J'adore vos Louboutin.

Elles poussent des hurlements.

— Il sait reconnaître des Louboutin !

— Faisons un selfie, propose Alison. Daniella, mets-toi avec Zeke.

Elle se serre contre lui, et Claire l'imite de l'autre côté, tandis qu'Alison, qui s'est placée près de cette dernière, tend son téléphone devant eux.

— Tout le monde dit… ouistiti !

Au moment où elle appuie sur le bouton pour prendre la photo, Daniella et Claire pincent les fesses de Zeke.

— Hé ! s'exclame-t-il en levant les bras et en reculant.

Grace est outrée. Il est temps qu'elle donne une petite leçon à ces pestes. Elles dépassent les bornes ! Elle pourrait apparaître sur l'écran du portable de Claire en faisant une tête de psychopathe…

Le taxi vient pourtant d'arriver, et elles se dépêchent de s'y entasser. Au moment où le chauffeur démarre, elles font signe à Zeke par la fenêtre ouverte.

Grace espère de tout son cœur qu'elles reviendront à une heure si tardive qu'il sera déjà rentré chez lui et bien en sécurité dans son lit. Malheureusement, quelques minutes avant minuit, Daniella monte les marches du perron en vacillant sur ses talons. Claire, qui la suit de près, a retiré les siens. Quant à Alison, elle est restée sur le trottoir pour se livrer à une danse psychédélique sur une musique qu'elle semble la seule à entendre.

*Elles sont ivres,* comprend Grace. *Aussi éméchées que Dahlia Benedict au bon vieux temps.*

— Bonsoir, mesdames, leur dit-il d'un ton prudent. Et cet anniversaire, alors ?

Daniella l'enlace par la taille et se blottit contre lui.

— On a une proposition à te faire.

Les cloches de l'église en centre-ville sonnent les douze coups de minuit.

— Votre proposition devra attendre demain, mesdames. Ma journée de travail se termine à l'instant et je suis crevé. On se verra demain !

— Certainement pas ! proteste Daniella, d'un ton agressif. Tu nous avais promis de trinquer avec nous plus tard. Monte boire une coupe de champagne, insiste-t-elle.

— N'aie pas peur, s'esclaffe Alison. On ne mord pas.

— Parle pour toi, dit Claire.

Daniella sort cinq billets de 100 dollars de son sac à main.

— Tu auras droit à un beau pourboire pour la qualité de ton service.

Il lève les deux paumes dans un geste d'excuse.

— Je suis désolé, dit-il en reculant prudemment dans le hall, désert.

*Je suis là, Zeke,* pense Grace. *Je suis là.*

— Il faut vraiment que je rentre. Je vous souhaite une excellente fin de soirée. Et joyeux anniversaire, Daniella.

— Je fête mes 50 ans. Tu peux bien monter dix minutes !

*Hors de question !* Grace a besoin de renforts. Elle élargit son champ de vision et trouve la réponse, pile de l'autre côté de la porte du Bar bleu. Elle va délicatement poser une main dans le dos de Yolanda.

— Hé, Zeke ! s'exclame celle-ci en pénétrant dans le hall.

Elle a une boîte en carton à la main. Elle porte une combinaison noire en stretch, un petit chapeau de feutre noir et une paire de Converse. Elle fait signe de la main aux trois amies et glisse son bras sous celui de Zeke.

— Ça t'embêterait de me raccompagner à ma voiture ?

Il pousse un soupir de soulagement.

— Non, au contraire. J'étais justement sur le départ. Bonne nuit, mesdames.

Daniella tente de protester :

— Mais...

Zeke et Yolanda sont déjà sur le perron, et le trio n'a plus qu'à le regarder s'éloigner.

— Merci, murmure-t-il à la jeune femme.

— Je n'ai pas besoin d'être raccompagnée, dit-elle en lui indiquant un vieux tout-terrain vert métallisé avec une capote blanche.

Elle lui sourit et son adorable fossette apparaît.

— J'ai fait le meilleur dîner de ma vie au Bar bleu ce soir. Tu y as déjà mangé ?

— Euh...

Elle soupire.

— Je suis amoureuse, je crois.

— C'est vrai ?

*Elle est amoureuse de Mario Subiaco ? Voilà qui explique pourquoi elle passe autant de temps dans la cuisine !* déduit Grace.

Yolanda s'éloigne d'un pas sautillant en agitant la main.

— Bonne nuit, Zeke !

Il la regarde démarrer, puis il se retourne et aperçoit Daniella, qui se découpe en ombre chinoise sur la lumière du hall. Elle lui fait signe d'approcher, et il s'enfuit en courant.

*Bonne nuit, mon prince charmant...* murmure Grace, avant de suivre les clientes dans la suite 117.

Claire se laisse tomber à plat ventre sur le lit de la seconde chambre et s'assoupit directement. *Dommage pour elle, elle va tout rater.* Alison annonce qu'elle se fait couler un bain. Quelques minutes plus tard, la baignoire est remplie d'eau fumante. Avec la boîte d'allumettes posée sur la petite table juste à côté, elle tente d'enflammer la bougie au citron et à la menthe, mais l'allumette s'éteint en crépitant. Elle essaie avec une deuxième, sans plus de succès. Pareil pour la troisième. Aucune allumette ne reste allumée suffisamment longtemps. Elle éclaire le miroir ; le halo doré qui l'entoure crée le même genre d'ambiance lumineuse que la bougie. Ça ira bien.

Au moment de plonger un pied dans la baignoire, elle pousse un hurlement. L'eau est glaciale. Soudain, la lumière s'éteint.

— Daniella !

Son amie se trouve dans la chambre principale, où elle se bat avec le volet roulant, qu'elle n'arrive pas à baisser. Chaque fois qu'elle appuie sur le bouton de la commande, il commence à descendre puis semble brusquement se raviser et remonte. Grace s'amuse comme une petite folle. Les pétales des lys et des pivoines du bouquet se fanent brusquement et tombent sur le guéridon. Profitant que Daniella les regarde l'air ahuri, Grace remonte le volet tout en haut. La cliente décroche le téléphone pour appeler la réception, mais il n'y a pas de tonalité. Elle s'affale sur le lit, sans avoir retiré ses talons à semelle rouge et se cache le visage sous un oreiller. Grace s'introduit dans le système sono et, une seconde plus tard, de la musique rugit : *Cum on Feel the Noize*, de Quiet Riot. Daniella se redresse en sursaut. Grace rit tellement ! Elle ne s'était pas autant amusée depuis l'époque où les *filles* étaient des *nénettes.*

**AVIS RUMEURSDEVOYAGES**

Hôtel Nantucket
Dates du séjour : 12-15 juin
Nombre de personnes : 1

Nom (optionnel) : Franny Yates

**Merci de noter les différents aspects de votre séjour sur une échelle allant de 1 à 10**

Réception/accueil : 1
Propreté de la chambre : 10
Style/décoration : 10
Conciergerie : 10
Espace bien-être : 10
Piscines : 10
Room service/minibar : 10
Expérience globale : 5,5

**N'hésitez pas à laisser un commentaire pour nous expliquer quelles personnes ou quels aspects de votre séjour vous ont particulièrement marqués.**

*Dans l'ensemble, j'ai apprécié mon séjour de trois nuits à l'Hôtel Nantucket, mais je ne donne à l'expérience globale qu'une note de 5,5, parce que la nuit de mon arrivée a été une véritable catastrophe. S'il n'avait pas été aussi tard et si tous les autres hôtels de l'île n'avaient pas été pleins, je serais partie sur-le-champ. La réceptionniste et le portier étaient débordés et distraits. Au point que celle-ci a même été désagréable avec moi à un moment donné. Puis le portier a mis trente minutes pour m'apporter mes bagages, alors que je ne rêvais que d'une chose : enfiler mon pyjama et me mettre au lit. De plus, lorsqu'il a fini par arriver, il n'a pas pris le temps de m'expliquer en détail le fonctionnement de la chambre. Je n'ai compris que le tout dernier jour de mon séjour, en discutant avec un couple adorable au bord de la piscine réservée aux adultes, que le contenu du minibar était gratuit.*

*Le Bar bleu, en revanche, est vraiment un endroit remarquable, idéal pour un repas en solo. J'y ai passé mes trois soirées. Mes compliments au chef !*

Cet avis, que Xavier lui a fait suivre par mail, attend Lizbet dans sa boîte de réception quand elle arrive au travail le 16 juin. (Elle pourrait aisément consulter elle-même les commentaires sur RumeursDeVoyages, mais elle est trop occupée à superviser le quotidien de l'hôtel, et Xavier a cinq heures d'avance sur elle, ce qui constitue un avantage déloyal.)

Voici ce qu'il a écrit pour accompagner l'avis :

Bonjour, Elizabeth,

Après avoir lu cet avis, j'ai regardé le planning et j'ai constaté que c'était vous qui teniez la réception ce soir-là, avec Raoul Wasserman-Ramirez comme portier. Je suppose qu'il est inutile de vous rappeler qu'en tant que directrice de cet établissement vous vous devez de donner l'exemple en matière de qualité d'accueil. Nous sommes très loin d'afficher complet, et je vous prie donc instamment de vous dédier entièrement à la clientèle qui nous accorde sa confiance. La femme qui a rédigé cet avis aurait très bien pu être Shelly Carpenter. Ne perdez pas de vue l'objectif de la cinquième clé, Elizabeth ! La cinquième clé !

XD

Lizbet commence à en vouloir à Xavier Darling. De quel droit se permet-il de la juger alors qu'il est à Londres et elle ici, les mains dans le cambouis ? Il a *regardé le planning,* comme si ça faisait de lui une sorte de Big Brother. Et alors ? Il peut bien lui envoyer des mails réprobateurs, ils ne réussiront pas à impressionner Shelly Carpenter, ni la seconde femme dont il a tu l'identité, tant qu'il ne l'aidera pas à régler leur problème de manque de personnel et de faible taux d'occupation.

Malgré tout, l'indignation qu'elle éprouve (et d'abord pourquoi se refuse-t-il encore et toujours à l'appeler Lizbet, alors qu'elle le lui a demandé ?) se mêle à un sentiment de culpabilité. Cette cliente, Franny Yates de Pennsylvanie, est arrivée avec trois heures de retard – elle n'y était pour rien, son vol avait été retardé à cause du brouillard –, en pleine situation de crise.

Situation de crise due à Wanda Marsh. Les enfants Marsh se sentaient chez eux à l'hôtel. Tous les matins et tous les soirs, Louie venait dans le hall avec son polo boutonné jusqu'au col, ses cheveux humides bien peignés, ses drôles de petites lunettes, et il s'installait devant un échiquier pour jouer tout seul, dans l'espoir qu'un client le remarquerait et lui proposerait une partie. Il gagnait systématiquement, ce qui faisait de lui une sorte de curiosité, un génie des échecs âgé de 6 ans et demi, ici, dans le hall de l'Hôtel Nantucket ! L'un des clients (M. Brandon de la chambre 301) l'avait d'ailleurs mentionné dans son avis sur RumeursDeVoyages : il disait combien il avait pris du plaisir à jouer aux échecs avec Louie tous les matins, en dégustant une tasse de café Blue Mountain de Jamaïque préparé au percolateur. Lizbet s'attendait presque à ce que Xavier décerne au petit garçon le fameux bonus de 1 000 dollars.

Wanda évoluait aussi librement que son frère dans les parties communes de l'hôtel. Elle avait toujours un roman policier de la série « Alice Détective » à la main – elle les lisait dans l'ordre chronologique, mais comme sa mère ne lui avait acheté que les douze premiers tomes, jusqu'à *Alice au Canada*, et qu'elle en était déjà au neuvième, *Alice et le Chandelier*, elle serait bientôt à court de lectures. La fillette avait aussi pris l'habitude de se promener avec un carnet à spirale et un crayon HB, parce qu'elle avait l'intention d'écrire son propre roman policier avec une héroïne enquêtrice, Wanda Marsh. Elle demandait sans arrêt à tous ceux qu'elle croisait, membres du personnel comme clients, s'ils avaient remarqué le moindre phénomène étrange, mais elle n'avait qu'une seule affaire à se mettre sous la dent : la Mystérieuse Disparition des croissants aux amandes. Ces viennoiseries, préparées par Beatriz, disparaissaient en effet du buffet du petit déjeuner à une vitesse phénoménale… Pourquoi la cuisine ne prévoyait-elle pas une seconde fournée ?

Contrairement à ses enfants, Kimber Marsh avait du mal à trouver ses marques. La troisième nuit de leur séjour, elle avait fait une apparition dans le hall à 1 heure du matin. Lizbet tenait la réception.

— Je souffre d'insomnies chroniques, a-t-elle expliqué.

Lizbet a dû se retenir de lui proposer d'échanger de place avec elle : Kimber se chargerait de la réception pendant qu'elle irait dormir dans le lit taille empereur de la suite 114.

La cliente s'est servi une immense tasse de café – du café pour lutter contre une insomnie ? – et s'est adossée au comptoir dans l'idée de faire un brin de causette. *Bien, tant mieux,* a pensé Lizbet. *Ça m'aidera à garder les yeux ouverts pendant l'heure qui me reste.*

— Mon mari m'a quittée pour notre nounou, qu'il a depuis engrossée... Autant vous dire que ça a été un électrochoc.

*Oui, vous m'en avez déjà parlé,* songe Lizbet. Et bien qu'ayant eu droit à son propre électrochoc, elle aussi, elle n'avait aucune envie de parler à Kimber Marsh de sa rupture avec JJ. Elle était si épuisée qu'elle aurait risqué de fondre en larmes.

— Je vais profiter de cet été pour retisser des liens avec mes enfants. J'ai beaucoup voyagé pour le travail, je les voyais à peine. Ils étaient toujours avec Jenny, notre nounou. Ce n'est d'ailleurs pas très étonnant que Craig m'ait quittée pour elle. Je n'étais jamais là, elle a occupé la place laissée libre pour devenir une mère et une épouse de substitution.

Kimber s'est penchée vers Lizbet.

— C'est pour ça que les enfants sont aussi obsédés par la lecture et les échecs... Il leur manquait quelque chose dans l'existence, et c'était moi.

Tout en sirotant son café, elle a fait glisser vers elle un exemplaire du *Livre bleu* sur le comptoir.

— À compter de demain, je vais m'améliorer. On va faire toutes les visites conseillées dans ce guide.

Le lendemain, un jeudi, Kimber et les enfants ont emmené Doug faire une longue balade sur le sentier de Tupancy Links, puis ils ont participé à un atelier artistique pour enfants, mangé un délicieux sandwich et enfin passé l'après-midi dans le parc pour enfants de la plage. Dès le vendredi, néanmoins, Kimber s'est installée sous un parasol au bord de la piscine, où elle a consacré sa journée à lire pendant que Louie jouait aux échecs dans le hall, que Wanda interrogeait les clients et que Zeke se chargeait de sortir Doug pour lui faire faire ses besoins. Le samedi, Kimber n'a pas quitté sa suite avant la fin de l'après-midi. Elle tenait son ordinateur portable à la main, et elle a annoncé son intention de s'installer dans le hall pour commencer ses mémoires. *D'accord...*

a pensé Lizbet. Au moins pourrait-elle garder un œil sur Wanda, qui était en train de terminer le douzième tome des aventures d'Alice, et Louie, qui jouait aux échecs contre lui-même. Et pourtant Lizbet était embêtée de voir la famille Marsh passer la journée enfermée. À cette période de l'année, l'île apparaissait vraiment sous son meilleur jour : ciel bleu, soleil à foison, lilas et cerisiers en fleurs, sans la chaleur et l'humidité accablantes des mois de juillet et d'août. Heureusement, le dimanche matin, Kimber s'est ressaisie et a emmené ses enfants cueillir des fraises à la ferme Bartlett. À leur retour, Wanda est entrée dans le hall en tenant fièrement un panier rempli d'un monceau de fruits d'un rouge éclatant. Si Lizbet se réjouissait pour eux de cette sortie, elle n'a pas pu s'empêcher de penser aux draps immaculés des lits et au tapis Annie Selke, elle a donc proposé de laver les fraises puis d'autoriser les enfants à les manger sur un bol de crème glacée à la vanille dans la salle de repos.

Wanda et Louie ont tous les deux été époustouflés par la machine à glaces à l'italienne.

— Je veux travailler ici quand je serai grande, a décrété Wanda.

À 22 h 15 le dimanche soir, alors que Lizbet sentait ses facultés la quitter progressivement – depuis sept jours elle occupait deux postes –, Kimber Marsh a débarqué dans le hall dans un état que la mère de Lizbet aurait qualifié de « confus ».

Wanda n'était pas dans son lit.

— Vous l'avez vue ? a demandé la cliente avant de se mettre quasiment à hurler. Est-ce que vous l'avez vue ?

— Non, lui a répondu Lizbet.

Elle a fait le tour du hall en vérifiant le fauteuil dans lequel la fillette adorait s'installer avec un roman, puis sous le piano, où il lui arrivait aussi parfois (pour une raison inexplicable) de s'allonger pour lire.

— Je vais aller jeter un œil dans la salle de repos, a-t-elle alors proposé.

L'attrait de la machine à glaces à l'italienne était irrésistible, Lizbet en savait quelque chose : elle se battait contre au quotidien.

La salle était déserte.

Elle a sollicité l'aide de Raoul et l'a chargé de fouiller l'hôtel de fond en comble. Kimber a demandé l'autorisation de laisser Doug sortir de la suite. Elle était persuadée qu'il les conduirait directement à Wanda. Lizbet a hésité ; la dernière chose qu'elle voulait, c'était que le pitbull erre en liberté dans les couloirs de l'établissement. Mais elle percevait aussi l'urgence de la situation : une gamine de 8 ans avait disparu à 22 h 15. Elle a donc fini par céder.

Raoul l'a appelée depuis l'espace bien-être : aucun signe de Wanda.

— J'ai pensé qu'elle pourrait être dans la salle de yoga. La fontaine est captivante.

Avant de raccrocher, il a annoncé qu'il passait au premier étage.

— Vérifiez toutes les chambres vides, s'il vous plaît, lui a demandé Lizbet.

Il y en avait vingt et une, et six suites. Soit autant de trous dans le cœur de la directrice.

— Elle a peut-être trouvé le moyen de s'y introduire, a-t-elle ajouté.

Elle a tenté de se mettre à la place de la petite fille. Celle-ci semblait fascinée par les autres clients, Lizbet s'est donc rendue dans le seul endroit de l'hôtel fréquenté, le Bar bleu, et... waouh ! On peut dire qu'il était populaire. Les clients se pressaient devant le bar sur trois rangées, toutes les places assises étaient occupées et la boule à facettes cuivrée tournait, éclairant plusieurs personnes qui dansaient sur *Tainted Love* juste devant le mur de pièces. Lizbet a balayé la pièce en portant son regard à hauteur de taille des clients, avant de jeter un coup d'œil sous les tables. Toujours pas de trace de Wanda. En revanche, elle a aperçu quantité de verres remplis d'un cocktail rouge vif, le Bourreau des cœurs.

De retour à la réception, une femme replète, la petite cinquantaine, avec des lunettes rectangulaires foncées et une banane autour de la taille – en d'autres termes, une version mûre de la Velma de *Scooby-Doo* – l'attendait au comptoir.

— Enfin ! a-t-elle soufflé.

— Je suis vraiment navrée, s'est excusée Lizbet. Vous devez être Madame Yates ?

— Je suis arrivée depuis plus de cinq minutes, et vous êtes la première personne que je vois !

La directrice a repris sa place derrière l'ordinateur au moment où Raoul arrivait en courant et lui a lancé :

— Je monte au premier !

Lizbet s'est contentée de lever un pouce ; elle craignait, si elle ouvrait la bouche, de perdre son sang-froid. Une petite fille avait disparu dans l'hôtel. Ou à l'extérieur de l'hôtel. À quel moment fallait-il appeler la police ?

— J'aurais besoin d'une pièce d'identité et de votre carte de crédit, s'il vous plaît, Madame Yates.

Franny Yates a sorti son permis de conduire et une Mastercard de sa banane.

— Je vois que vous voyagez léger, a observé Lizbet.

— Mes valises sont restées sur le trottoir ! Elles sont beaucoup trop lourdes pour que je puisse les monter jusqu'ici. Quelle imbécile je fais, je pensais qu'un hôtel aussi cher aurait un portier !

— Nous en avons bien un, je vous rassure. Il est présentement en train d'apporter son aide à un autre client, je me ferai donc un plaisir de m'occuper de vos bagages pour vous.

— Vous ne réussirez jamais à les monter.

Lizbet lui a adressé un clin d'œil.

— Vous ne m'avez pas vue soulever des haltères.

Une fois sur le perron de l'hôtel, toutefois, elle a découvert trois valises noires si énormes qu'elles auraient pu, chacune, contenir un macchabée. Franny Yates n'avait pourtant réservé sa chambre que pour trois nuits. Qu'avait-elle bien pu emporter ?

Lizbet est retournée à la réception.

— Je vous présente toutes mes excuses, vous aviez raison. Nous allons devoir attendre le retour de Raoul.

— Et il va y en avoir pour longtemps ? a-t-elle demandé en regardant l'heure sur son téléphone. J'aimerais aller me coucher.

— Je comprends, bien sûr.

À ce moment-là, Raoul a appelé Lizbet.

— Elle n'est pas au premier. Kimber a vérifié le second avec Doug, et elle ne s'y trouve pas non plus. Je monte au troisième. Vous avez bien vérifié les piscines déjà ?

— Les piscines ?

Elle a été prise d'un tremblement.

— Non…

— Oh, mince…

Lizbet a raccroché, puis elle a joint ses mains en prière.

— Je vous demande une petite minute.

— Et le numéro de ma chambre ? Ma clé ? Mes bagages sont toujours sur le trottoir, quelqu'un pourrait les prendre.

— Pas à Nantucket, rassurez-vous. Personne n'y touchera, et de toute façon ils sont bien trop volumineux pour disparaître. Je vous remettrai votre clé dès que…

Elle n'a pas terminé sa phrase, car elle se précipitait déjà vers la porte menant à la piscine, en priant pour ne pas découvrir la petite silhouette de Wanda Marsh flottant à la surface. Les deux enfants savaient nager, s'est-elle rappelée. Elle a allumé les lumières du bassin. Pas de Wanda. Elle a poussé un soupir de soulagement. Il restait la piscine pour adultes de l'autre côté et le jacuzzi. Elle s'est soudain souvenue que la fillette était très intriguée par le Mystère du jacuzzi, dont l'accès était réservé aux clients de plus de 14 ans. Lizbet a traversé le hall en courant, passant devant Franny Yates qui s'était assise en tailleur par terre devant la réception, ce qu'il fallait sans doute prendre pour un signe de protestation, étant donné la présence de fauteuils et de poufs à moins de 2 mètres de là.

— Je reviens…

Elle a dévalé les escaliers, traversé l'espace bien-être et poussé la porte. La piscine des adultes était calme, plongée dans le noir.

— Wanda ? a-t-elle appelé tout bas.

Elle s'est ensuite approchée du jacuzzi, se sentant comme l'héroïne idiote d'un film d'horreur.

Il était vide.

Elle est remontée en se disant qu'elle venait vraiment de l'échapper belle – Wanda ne s'était pas noyée dans une des piscines –, même si sa fébrilité ne cessait de croître. Où était donc passée la petite fille ?

— Je vais enfin pouvoir vous donner votre clé, a-t-elle annoncé à Franny Yates. Pour vous remercier de votre patience, je vais vous installer dans une suite. Voilà. La 214. Vous pouvez y accéder par l'escalier ou par l'ascenseur. Elle se trouve au premier étage, tout au bout du couloir, à gauche.

— Et mes bagages ?

— Dès que le portier aura terminé, il vous les apportera.

— Je veux aller me coucher !

— Madame Yates, je suis désolée, je vous demande un peu d'indulgence, nous rencontrons actuellement un imprévu qui complique…

— C'est très simple au contraire, votre hôtel est nul.

Sur ce, elle s'est éloignée.

Lizbet ne savait pas très bien quelle attitude adopter. Tenter de hisser elle-même les valises jusqu'à la réception ? Monter au troisième pour aider Raoul à retrouver Wanda ? Appeler la police ? Une enfant avait disparu, enfin ! Pas besoin d'être mère pour comprendre la gravité de la situation. Elle est descendue dans la rue pour vérifier que la fillette n'y était pas. Rien.

Le téléphone de la réception a alors retenti, et elle s'est précipitée pour décrocher, gravissant les marches deux par deux, si bien que son cœur tambourinait.

— Allô ?

— On l'a trouvée, a dit Raoul. Elle se baladait au troisième.

— Oh, Dieu merci ! Mais qu'est-ce qu'elle faisait tout là-haut ?

Le dernier étage, mansardé et percé de minuscules fenêtres, n'avait pas pu être rénové, car toute modification visible de la rue devait être approuvée par la commission du centre historique et que Xavier Darling avait, par conséquent, décidé d'attendre. Lizbet ne s'y était aventurée qu'une seule fois, et il s'agissait en somme d'un immense grenier poussiéreux.

— Elle a dit qu'elle cherchait le fantôme, lui a répondu Raoul.

*Le fantôme !* La directrice avait pourtant veillé à ne jamais mentionner le prétendu fantôme, surtout pas devant Wanda, mais Zeke avait pu faire une bourde.

— Nous avons une nouvelle cliente dans la suite 214 qui est très pressée d'avoir ses valises. Il y en a trois. Je m'en serais chargée si elles n'avaient pas fait chacune ma taille.

— Je redescends dès que j'ai fini de nettoyer ici.

— Nettoyer ?

— Doug était si heureux de revoir Wanda qu'il a eu un « accident ».

Elle ferme les yeux. La seconde ligne de l'hôtel se met à retentir. La suite 214.

— Raoul, vous devez monter les bagages à la suite 214. Immédiatement, s'il vous plaît.

— Mais le chien...

— Raoul, je vous en supplie !

— Oui, patronne.

Lizbet a décroché la seconde ligne.

— Vos bagages sont en chemin, Madame Yates.

— Menteuse ! Je les vois de ma fenêtre. Ils sont encore sur le trottoir !

Le commentaire de Franny Yates est factuellement correct – Raoul a en effet mis trente minutes pour lui apporter ses valises, Lizbet et lui étaient aussi débordés que distraits, et elle s'est sans doute, en effet, montrée un peu agressive. Mais peut-on pour autant qualifier leur accueil de « véritable catastrophe » ? Non. La véritable catastrophe, ça aurait été de ne pas retrouver Wanda, ou alors de la retrouver morte.

Lizbet a pris en charge la totalité des repas de Franny Yates au Bar bleu, soit un total de 260 dollars pour trois repas. Pourquoi son avis en ligne ne mentionnait-il pas ce détail ?

Elle referme le mail de Xavier et pose, brièvement, sa tête sur le bureau. Il est 7 h 30 et elle est si fatiguée qu'elle pourrait dormir vingt-quatre heures d'affilée. Elle a le moral dans les chaussettes, au point qu'elle pourrait pleurer. Ou être à un cheveu de poser sa démission.

Il lui faut un réceptionniste de nuit.

# 8

# Mensonge, tromperie et vol

Grace resserre la ceinture de sa robe de chambre avant d'entamer son habituelle inspection nocturne de l'hôtel, en commençant par la chambre occupée par Louie et Wanda. Ils essaient tous les lits à tour de rôle ; ce soir-là, ils ont tous les deux élu domicile dans un de ceux du haut. Wanda a glissé son carnet sous son oreiller, et Louie s'est endormi avec ses lunettes sur le nez en serrant une reine blanche dans son poing. Grace entend Doug ronfler dans l'autre chambre. Il se place toujours en travers de la porte de la suite. Si Grace s'approche trop près, il se réveillera et grognera. Kimber, la mère, dort avec les bras et les jambes écartés, en X ; on dirait un ange à la chevelure bleu et vert, tombé du ciel.

Grace quitte les Marsh et décide d'aller voir les Bellefleur de la 136 – *oups ! désolée de vous avoir dérangés !* –, puis Mme Reginella de la suite 216, qui fait défiler les textos sur le portable de son mari, et enfin Arnold Dash de la 111, qui a déposé l'urne contenant les cendres de son épouse sur sa table de chevet. Grace regrette que l'hôtel soit si peu animé. Elle espère qu'à l'approche de juillet les clients se feront plus nombreux. L'hôtel est si accueillant, l'équipe si attentive au moindre détail. Pourquoi les gens n'accourent-ils pas ? Peut-être que la compétition est trop rude sur l'île ? À moins que les tarifs ne soient excessifs ? Après tout, à l'époque de la « pension de famille bon marché », l'établissement ne désemplissait pas. Et si la réputation de l'hôtel était trop abîmée pour être restaurée. (Serait-ce sa faute ?) Elle se demande soudain ce qu'il est advenu de l'article de cette charmante jeune femme, Jill Tananbaum. À ce qu'en sait Grace, il n'est jamais paru.

Soudain, elle sent une odeur déplaisante lui chatouiller les narines, comme celle qui accompagne le passage du camion à poubelles dans la rue, et elle comprend qu'une nouvelle menace s'apprête à pénétrer dans l'hôtel. Elle descend aussitôt dans le hall, baigné d'une lumière chaleureuse, tandis que les enceintes diffusent un album de Norah Jones. Lizbet est à son poste à la réception, elle regarde des robes d'été sur un site en ligne. Grace entend les clients du Bar bleu, qui crient : « *Don't ! Stop ! Believin' !* » sur la chanson de Journey, ce qui n'a rien d'inhabituel. La boule à facettes s'est mise à tourner il y a plus d'une heure.

Tout semble se dérouler normalement, et pourtant Grace a la chair de poule. Un prédateur approche.

Elle entend un bruit de pas sur les marches du perron. Un homme franchit la porte de l'hôtel.

*Vraiment ? Ce type-là ?*

Lizbet est si fatiguée lorsqu'elle reçoit Richard Decameron – un homme de 54 ans, père de trois enfants, originaire du Connecticut, qui a entendu ses prières et répondu à l'annonce pour le poste de réceptionniste de nuit –, que l'entretien ressemble beaucoup à un rêve. Il arrive à l'hôtel à 22 h 30 un soir, tout juste débarqué du dernier ferry, pourtant il se montre aussi gai et exubérant qu'un vendeur de téléshopping cherchant à vous fourguer l'aspirateur-souffleur qui changera votre vie. Il a la tenue décontractée que portent les financiers en fin de semaine, costume bleu marine, chemise à carreaux bleus et jaunes, mocassins Gucci en daim chocolat – sans chaussettes bien sûr. Il a une petite bedaine de bon père de famille et des cheveux gris clairsemés sur le haut du crâne, mais son sourire et ses yeux pétillants lui donnent un air charmant. Il lui rappelle furieusement des types qu'elle a connus à la fac, le genre drôle et sympa, le meilleur ami des beaux gosses, sportifs et salauds, dont toutes les filles étaient amoureuses. Richard Decameron – il lui demande aussitôt de l'appeler

Richie – était ce type qui s'attardait pour veiller à ce que vous preniez un taxi après avoir eu la mauvaise idée d'accepter un dernier shot de tequila.

Lizbet a imprimé son CV. Cadre dans une boîte d'assurances à Hartford pendant trente ans, il travaille depuis deux ans pour une entreprise du nom de Kick City.

— Je ne connais pas cette entreprise… Kick City ?

— C'est un site de vente en ligne de baskets rares. Chaque fois que des athlètes ou des rappeurs acceptent une collaboration pour un modèle en édition limitée, nous avons des courtiers qui achètent tout le lot pour le revendre ensuite. Ça doit donner l'impression d'être un truc de gamins, mais croyez-moi ça rapporte.

— Et qu'est-ce qui vous a donné envie de quitter le monde de l'assurance pour celui des baskets ?

— J'avais besoin de changement, je cherchais quelque chose d'un peu plus sexy.

— Et qu'est-ce qui vous amène à Nantucket ?

Richie soupire.

— Je suis divorcé, mon ex-femme a rencontré quelqu'un d'autre, un gars qui vit dans la même ville que nous, et j'ai commencé à me sentir à l'étroit, alors je me suis dit que je méritais de m'offrir un été au bord de la mer. J'ai toujours été un oiseau de nuit, alors quand j'ai découvert votre annonce j'ai décidé de postuler.

— Vous avez un logement ?

*Oui, répondez-moi oui, par pitié.* Elle a tellement besoin d'un réceptionniste qu'elle serait presque prête à laisser Richie occuper l'une des chambres libres. (Ce qui provoquerait sans le moindre doute une mutinerie des employés.)

— J'ai pris une chambre dans l'hôtel près de l'aéroport pour cette nuit. Demain j'ai rendez-vous avec une femme qui loue une chambre dans Cliff Road.

— Ah, merveilleux. Vous avez déjà utilisé le logiciel de facturation FreshBooks ? Vous serez chargé de préparer les factures des clients…

— J'ai de l'expérience avec les logiciels de comptabilité. Les chiffres, ça me connaît. J'étais le meilleur étudiant en maths de ma fac ! ajoute-t-il en levant un poing.

Elle aime son énergie, surtout à cette heure aussi tardive.

— Et au niveau relationnel, vous êtes à l'aise ?

— J'ai l'habitude d'engager la conversation avec n'importe qui. Mes enfants me le reprochent.

— Quel âge ont-ils ?

Elle pose cette question par pure politesse : elle a déjà décidé de l'engager.

— Kingsley a 13 ans, Creshaw 11 et Millbrook 8.

Il sort son portable.

— Voilà une photo à l'époque où nous formions encore une famille heureuse.

Grace s'approche au-dessus d'eux pour observer la photo. Une version légèrement plus jeune de Richie pose à côté d'une jolie brune avec trois enfants souriants devant eux. Le décor se compose d'une rivière, d'une roue à eau, d'arbres aux couleurs automnales flamboyantes. Le plus jeune des enfants tient un panier de pommes.

La famille a l'air heureuse. Grace remarque que la main de Richie tremble légèrement lorsqu'il tend le téléphone à Lizbet, qui a un sourire jusqu'aux oreilles. Se demande-t-elle également pourquoi ce mariage a capoté ?

— Est-ce que vos enfants comptent vous rendre visite ici cet été ?

— Je n'ai pas encore fait de projets lointains, répond Richie. Il faut d'abord que je m'assure d'avoir une situation stable.

— Eh bien, si ça peut vous y aider, je serai ravie de vous offrir le poste de réceptionniste de nuit. Vous devrez malheureusement être là six soirs par semaine. Si je ne veux pas perdre la tête, je ne peux assurer qu'une seule soirée.

— Oh mais je peux très bien travailler sept jours sur sept. Je préférerais même. Ça m'évitera les ennuis. Et plus je serai occupé, moins je penserai à mes enfants qui me manquent.

Elle pousse un soupir de soulagement et lève les yeux vers l'endroit où Grace se trouve. Pour la première fois, celle-ci se demande si la directrice ne serait pas dotée d'un sixième sens... Va-t-elle apercevoir un peignoir de l'hôtel et la casquette qu'elle a perdue flotter dans les airs ? *Pas du tout,* conclut la revenante. La pauvre femme est tout simplement épuisée. Ce qui n'empêche pas Grace de monter un peu plus haut.

— Nous avons une famille dans la suite 114, reprend Lizbet, une mère avec deux enfants. Elle paie en liquide. Vous éditerez sa facture une fois par semaine, et Kimber, la mère, vous descendra l'argent, que vous pourrez conserver au coffre le temps que je trouve un moment pour l'apporter à la banque.

Elle lui sourit.

— Je peux vous confier le code du coffre en toute confiance ?

Il rit de bon cœur.

— Mes anciens employeurs vous confirmeront tous que je suis tout ce qu'il y a de plus fiable.

— Vous avez de l'expérience en marketing ?

— J'ai assisté à toutes les réunions pour Kick City.

Lizbet fronce les sourcils.

— Moins de la moitié des chambres de l'hôtel sont occupées, et je ne comprends toujours pas pourquoi. L'établissement a joui d'une réputation plus que médiocre par le passé et je ne sais pas si nous le payons aujourd'hui, ou si...

— Oui ?

— Eh bien, certains parlent de la présence d'un fantôme.

Richie pousse un cri de joie.

— Un hôtel hanté ? Merveilleux ! Ça devrait attirer du monde au contraire. Vous devriez communiquer sur cette histoire de fantôme.

— Vous croyez ?

— Absolument. Parlez du fantôme ! Faites-en un atout marketing !

*Mmmh,* se dit Grace. Elle sent toujours l'odeur nauséabonde qu'il dégage – quelque chose cloche chez ce type, même si elle ne peut pas dire quoi –, pourtant elle est prête à se boucher le nez et à fermer les yeux parce qu'on dirait bien qu'il s'intéresse à son histoire. *Bonjour, Richie !* s'exclame-t-elle, alors qu'il ne peut évidemment pas l'entendre. *Je suis là ! J'ai été assassinée !*

Toutes les possessions d'Alessandra Powell tiennent dans deux sacs de voyage Louis Vuitton (des contrefaçons), achetées au Mercato di Sant'Ambrogio à Florence.

Michael lui a dit que sa femme et ses enfants devaient arriver à Nantucket le 18 juin – cependant Alessandra a réussi à s'insinuer si profondément dans la psyché de Michael qu'elle espérait qu'il déciderait de tout plaquer pour elle. Ça aurait été un joli coup, mais pas le meilleur, qui reste à ce jour Giacomo, lequel a renoncé à sa maîtresse, un mannequin habitué des podiums, et à son épouse, riche héritière. À ce qu'Alessandra en a compris, Heidi Bick est le genre de femme et de mère qui, tous les matins, après avoir déposé ses enfants dans une école privée progressiste au tarif exorbitant, retrouve ses meilleures amies pour un cours de yoga, puis qui passe dans une épicerie bio sur le chemin du retour afin d'acheter de quoi préparer le plat éclectique que le *New York Times* propose ce jour-là dans sa rubrique cuisine – le mercredi, un *tahdig* iranien, peut-être. Heidi ne s'occupe pas seulement de ses quatre enfants, elle est aussi l'aidante du père de Michael, atteint de Parkinson.

Alessandra a fait la rencontre de Michael Bick sur le ferry express en avril. Elle craignait que ses choix soient restreints en matière d'hommes – presque tous ceux à bord portaient des vêtements de travail et des chaussures de sécurité, et ils roulaient les *r*... Jusqu'à ce qu'elle pose les yeux sur Michael avec sa montre de luxe et sa posture de maître de l'univers. Au bar du ferry, il a commandé une soupe de palourdes et une bière. Elle s'était arrangée pour se placer derrière lui dans la queue, et elle a passé la même commande. Elle s'est assise en face de lui, légèrement en décalé, et elle a sorti son exemplaire écorné du *Soleil se lève aussi*. Elle a bu sa bière le temps que sa soupe refroidisse et, surprise surprise !, elle a senti le regard de Michael sur elle.

— Excusez-moi, a-t-il dit. Je ne vois pas tous les jours une belle femme lire Hemingway une bière à la main.

Avant l'arrivée à Nantucket, il était venu s'asseoir juste en face d'elle et lui avait offert une seconde bière. Ils n'avaient touché ni l'un ni l'autre à leur soupe, et le roman d'Hemingway était resté ouvert sur la table, oublié. Ils se sont tous deux arrangés avec la vérité. Michael a expliqué qu'il « prenait ses distances avec sa femme, restée à Greenwich avec les enfants ». Alessandra, elle, a dit qu'elle avait vécu en Europe ces huit dernières années et « s'offrait » un été en Amérique.

— On finit par se lasser de la Riviera au bout d'un moment, a-t-elle lâché, provoquant son rire.

Il l'a invitée à prendre un verre chez lui. Elle lui a répondu qu'elle devait d'abord s'installer dans son Airbnb (qu'elle n'avait pas réservé bien sûr). Il a insisté, en jouant avec le bracelet « Love » de chez Cartier qu'elle portait au poignet.

— À moins que votre cœur n'appartienne à celui qui vous a offert ce bijou ?

— Euh, non, a-t-elle rétorqué en considérant le jonc avec autant de dédain que si c'était une menotte (Giacomo le lui avait offert quelques semaines avant d'être expédié en prison).

— Tant mieux ! Alors venez prendre un verre chez moi.

— Je ne peux vraiment pas.

— Juste un. S'il vous plaît...

La maison était encore plus belle qu'Alessandra ne l'avait espéré. Une de ces immenses demeures donnant sur le port et appartenant à l'histoire de l'île. Ils étaient passés devant en ferry. Il y avait une longue piscine élégante accolée à une minuscule plage privée et un court de tennis sur le côté (il lui avait demandé si elle jouait, « un peu », avait-elle répondu). L'intérieur, décoré avec goût, aurait été digne de figurer dans les pages d'un magazine – lambris blancs, poutres apparentes en bois blond, gigantesque cheminée en pierre, table croulant sous les photos dans des cadres en argent (la femme avec laquelle il « prenait ses distances » et leurs quatre enfants) derrière un immense canapé profond.

Michael l'a embrassée dehors, sur la terrasse, et dès le premier baiser il lui a mordillé la lèvre inférieure. Il a aussi enroulé les longs cheveux d'Alessandra autour de sa main et a légèrement tiré dessus pour lui faire comprendre qui commandait. (Il pensait, à tort, que c'était lui.) Il avait ensuite laissé sa bouche descendre dans le cou de la jeune femme, s'attardant sur le point sensible juste en dessous de son oreille – bon sang, il avait été bien dressé par sa petite épouse, même si elle aurait été prête à parier 1 milliard de dollars qu'il n'embrassait plus Heidi Bick comme ça. Il a déboutonné lentement la blouse d'Alessandra, effleurant à peine son sein du petit doigt, et elle a senti une pulsation entre ses jambes, qui battait sur le même rythme que la lumière rouge du phare au loin.

Elle était prête à s'offrir à lui – blouse ouverte sur ses seins, jean défait – quand il a tourné les talons et disparu dans la maison.

Elle a attendu une seconde, se demandant s'il avait une crise de conscience. Puis elle s'est reproché d'avoir fait un mauvais choix.

Lorsqu'elle a fini par le suivre à l'intérieur, elle a dû attendre que ses yeux s'accoutument à la pénombre. Le clair de lune laiteux qui filtrait à travers une fenêtre, les chiffres bleus sur une box. Soudain des mains l'ont attrapée par la taille, et elle a poussé un hurlement de frayeur tout à fait sincère. Elle a alors compris que ce n'était pas du tout elle qui commandait. Et elle a aussi compris que Michael Bick avait, très certainement, déjà invité chez lui des femmes qu'il ne connaissait pas. Il était même tout à fait possible que ce soit une habitude.

Pourtant, dans la lumière nacrée de l'aube, alors que le port était recouvert de brume, telle une couche de poussière sur un miroir ancien, il a suivi du bout du doigt l'un de ses sourcils et lui a demandé :

— D'où sors-tu, Alessandra Powell ?

Et c'était bien toute la question, non ? Elle était originaire de San Francisco, où sa mère Valerie travaillait comme serveuse dans le fameux Tosca Café. Elles vivaient dans la rue de ce restaurant, à l'étage d'un immeuble. Valerie entretenait bien leur appartement, ne buvait pas trop (du vin de temps en temps) et ne se droguait pas (de l'herbe de temps en temps). Il y avait toujours assez d'argent pour les courses, et pour offrir à Alessandra une glace sur la jetée, une séance de cinéma ou, quand elle est devenue plus grande, un trajet en bus jusqu'à Oakland et une virée dans les friperies. Et pourtant, Alessandra a toujours eu le sentiment qu'il avait manqué quelque chose dans son enfance. Le matin de Noël, pendant que ses amis ouvraient leurs cadeaux autour d'un sapin avant de partager une côte de bœuf rôtie en famille, elle était seule à la maison devant des films du câble interdits aux moins de 16 ans pendant que sa mère travaillait le double d'une journée normale. Elles n'ouvraient leurs cadeaux que le 26, puis elles mangeaient des œufs et une boîte de caviar Ossetra, pendant que Bruce Springsteen chantait *Santa Claus Is Coming to Town*. À Pâques, tandis que les amis d'Alessandra allaient à la messe, faisaient la chasse aux œufs et mangeaient un jambon rôti au miel, Alessandra regardait des films du câble interdits aux moins de 16 ans et s'enfilait le paquet de bonbons que sa mère achetait pour l'occasion, histoire de marquer le coup, même si elles ne fêtaient pas Pâques.

Et puis il y avait les hommes. Semaine après semaine, Valerie ramenait à la maison des types mariés qui profitaient de venir faire des affaires à San Francisco pour fréquenter le Tosca Café. Alessandra était déjà couchée quand ils rentraient avec sa mère, mais elle les entendait se doucher le lendemain matin pendant que celle-ci fouillait leur portefeuille dans la chambre. De temps en temps, il y en avait un qui restait petit-déjeuner et écoutait Valerie chanter sur son air préféré : « *Torn between two lovers, feeling like a fool* ». « Déchirée entre deux amants, je me sens idiote. »

Alessandra était suffisamment maligne pour savoir qu'elle ne devait pas suivre l'exemple de sa mère, cependant elle n'en avait pas d'autres. À 18 ans, elle a séduit le professeur Andrew Beecham, le père de sa meilleure amie, Duffy. Elle couchait avec lui depuis quelques semaines quand elle a pris conscience qu'elle pouvait tirer profit du pouvoir qu'elle détenait – celui de tout balancer à Duffy et à la femme d'Andrew, Mary Lou – pour obtenir des choses en échange. Il dirigeait le département de langues romanes à l'université de Stanford. Elle a ainsi obtenu d'assister pendant toute une année en auditrice libre à plusieurs cours – italien, espagnol, littérature française, histoire de l'art. Puis elle a demandé un aller simple pour Rome, qu'Andrew Beecham a été ravi de lui offrir.

« D'où sors-tu, Alessandra Powell ? »

Elle a répondu à Michael dans son plus bel italien :

— *Poiché la tua domanda cerca un significato profondo, risponderò con parole semplici.*

Elle a ensuite souri ; elle n'avait aucune intention de lui traduire ce qu'elle venait de dire.

— C'est du Dante, a-t-elle ajouté, alors que cette citation était faussement attribuée au grand poète italien.

Michael Bick l'a embrassée avec tendresse. Elle progressait. Elle est restée la nuit suivante, et celle d'après.

Elle lui a préparé du porc braisé au lait avec des gnocchi roulés à la main dans une sauce au beurre et à la sauge, ainsi qu'une salade verte amère. Elle a cuisiné un coq au vin. Des œufs brouillés comme ceux que sa mère servait aux maris d'autres femmes – avec deux fois plus de jaunes (« le lendemain d'une soirée arrosée au whisky, ces œufs-là ressemblent à une déclaration d'amour », disait Valerie). Elle l'a battu à plates coutures au tennis (à Majorque elle avait pris des cours avec le premier entraîneur de Rafael Nadal). Quand ils faisaient l'amour, elle hurlait en italien. Elle ne se plaignait pas qu'il ne l'emmène jamais nulle part – ni dîner au restaurant, ni boire un café, ni se promener sur la plage ou dans la forêt, ni aller en voiture jusqu'à Great Point ou au village de Siasconset, « Sconset ». Lorsque le réparateur Internet est venu, elle s'est adressée à lui en français et s'est fait passer pour la jeune fille au pair.

En secret, elle a postulé au nouvel Hôtel Nantucket, pour une prise de fonction début juin, même si elle espérait secrètement qu'à ce stade Michael serait si amoureux qu'il annoncerait à Heidi que leur mariage était terminé et qu'elle pourrait tout bonnement prendre sa place. Elle passerait ses journées à la plage pendant que Michael travaillerait à la maison sur son ordinateur (une nuit, profitant de ce qu'il dormait, elle avait fouillé dans son ordinateur et découvert qu'il spéculait dans le pétrole et qu'en 2021 il avait déclaré 10 793 000 dollars de revenus). En fin de journée, elle l'accompagnerait chez Cisco Brewers écouter un groupe de musique, et le jeudi ils iraient dîner au Ventuno, où Michael avait une table réservée chaque semaine. Elle deviendrait la meilleure amie des Layton juste à côté – les deux familles étaient si proches qu'elles avaient chacune leur clé. Elle envoûterait tout l'entourage de Michael comme elle l'avait envoûté, lui...

Ce n'est pourtant pas ce qui est arrivé. Quelques jours avant de commencer son travail, Alessandra a entendu Michael au téléphone, avec Heidi et les enfants. Il avait une voix parfaitement enjouée et candide.

— Comment s'est passé le match, Cody ? Tu as touché la balle ? Tu as fait un swing ? Et, mon grand, tu as vu le putt de Dustin Johnson au neuvième trou ?... Je vous aime, je vous aime, non c'est moi qui vous aime plus, des bisous, je suis impatient de vous revoir, tous, plus que deux semaines ! Je prépare déjà le bateau, à nous la plage de Coatue !

Alessandra a été particulièrement offensée par ces derniers mots : elle ignorait que Michael avait un bateau !

Elle est allée travailler à l'hôtel le jour de l'ouverture, profitant de ce qu'il était au téléphone pour s'éclipser, et elle n'a pas pris un seul de ses appels de la journée. Qu'il se pose des questions. Quand elle a franchi la porte de la maison ce soir-là, il était dans tous ses états.

— Où étais-tu ?

Elle a plissé les yeux et tenté d'interpréter son expression. Quelle importance ? À quel point tenait-il à elle ? Elle a haussé les épaules.

— Dehors.

S'est ensuivie une diatribe ; c'était la première fois qu'elle le voyait en colère (si l'on exceptait la panne du wifi, mais c'était différent), et ça a piqué la curiosité d'Alessandra. Il s'était fait un sang d'encre, il avait pris la voiture pour la chercher partout dans l'île, elle était partie sans dire un mot, si elle n'avait pas laissé ses affaires il n'aurait même pas su si elle reviendrait...

*M'aimes-tu ?* s'est-elle demandé. La réponse était sans doute positive, pourtant ça ne suffirait pas.

— J'ai un boulot, a-t-elle répondu. Je tiens la réception à l'Hôtel Nantucket.

Il est devenu blanc comme un linge.

— Quoi ?

Elle l'a toisé de haut.

— Notre... mon amie Lizbet Keaton travaille là-bas, a-t-il ajouté, elle est même la directrice à ce que j'en ai compris. C'est elle qui t'a engagée ?

— Oui.

Il a hoché lentement la tête avant de reculer d'un petit pas, comme si Alessandra le tenait en joue avec une arme.

— Tu ne lui as pas dit où tu habitais, si ?

— Bien sûr que non.

Elle ne lui a pas précisé que Lizbet l'avait suivie jusqu'ici. Dieu merci, elle l'a aperçue dans le rétroviseur du vélo avant de s'engager dans la voie privée.

Le soulagement a aussitôt adouci les traits de Michael.

— D'accord, super, je ne voudrais pas que les gens se fassent des idées.

— Ce que tu veux dire, c'est que tu ne voudrais pas que les gens découvrent la vérité. À savoir que tu as pris une maîtresse alors que tu es encore marié. Ta femme n'est pas du tout au courant que tu avais besoin de prendre tes distances. Elle pense que tu es venu ici superviser l'installation de nouvelles fenêtres et réfléchir à un « projet secret » pour ton travail, ce qui est vraiment grotesque, mais elle te fait tellement confiance qu'elle n'a pas douté de toi un seul instant. Et puis elle profite sans doute de ce moment en solo, elle aussi. Elle fait manger des pizzas aux enfants trois soirs par semaine, et elle sort régulièrement avec ses copines dans un nouveau bar à vin où elle drague le barman mignon, avant de rentrer prendre son pied avec son vibromasseur.

Alessandra s'est interrompue le temps de reprendre son souffle.

— Tu es un menteur et un mari infidèle.

Il s'est raclé la gorge puis a rétorqué :

— Ils arrivent le 18, tu devras être partie.

— Ah oui ?

Elle a lu de la peur dans ses yeux : il était en train de prendre conscience qu'il avait fait une grave erreur.

— S'il te plaît, bébé.

— Je ne suis pas ton bébé, Michael. Je suis une femme adulte que tu as prise pour concubine.

— Je ne t'ai jamais rien caché, tu ne peux pas dire que tu n'as pas compris la situation.

Il prenait le problème à l'envers. C'était lui qui n'avait pas compris la situation.

— Je partirai sans faire d'esclandre le jour de l'arrivée de ta petite famille, lui a-t-elle dit. À une condition.

Alessandra quitte la maison de Michael pour rejoindre l'hôtel avec un faux sac de voyage Louis Vuitton dans chaque main. Façon d'assumer sa déconfiture avec style – à cette nuance près qu'elle n'éprouve pas la moindre honte. Non, elle a surtout des regrets. Michael Bick a tout pour lui : le physique, l'argent, l'intelligence, l'humour et même une certaine décence (si l'on fait abstraction de ce qui saute aux yeux bien sûr). Il pose des questions et écoute les réponses, il est généreux, curieux, prévenant. Avec lui, le sexe était époustouflant ; Michael est le seul homme de sa connaissance auquel elle n'a pas eu besoin d'apprendre deux ou trois petites choses au lit. Et ils s'entendent si bien sur ce plan-là… Mais tant pis. D'expérience, Alessandra sait que les types comme lui se font mettre le grappin dessus de bonne heure, à la fac ou dès les premières années de vie adulte à New York.

Et puis elle a des raisons de jubiler. Dans sa pochette en daim Bruno Magli se trouve un chèque de 50 000 dollars. Michael lui a demandé quel était son prix, et elle a été bien inspirée de demander cette somme – elle ne savait pas jusqu'où il était prêt à aller, et maintenant elle se demande si elle aurait pu réclamer le double. D'un autre côté, elle n'a aucune raison de s'en faire. Pendant leur première semaine de bonheur coupable, elle a regardé, à la dérobée, le code que Michael saisissait sur son portable. Et une nuit, pendant qu'il dormait, elle a cherché le numéro d'Heidi Bick pour l'enregistrer. Elle s'est aussi prise en photo dans différents endroits de la maison – près de la piscine, sur la balance d'Heidi (48 kilos tout rond), dans la cuisine et sur le lit conjugal (même s'ils n'ont jamais fait l'amour dans cette chambre, Michael ayant tracé cette limite-là à son infidélité).

Si Alessandra ne réussit pas à rebondir, il lui suffira de lui envoyer les photos et de lui réclamer plus d'argent.

Pendant qu'Heidi Bick vérifie sa liste d'affaires à ne pas oublier avant de partir – l'inhalateur de Colby, le club de golf d'Hayford, son couteau à tomates Wüsthof –, Alessandra règle la jeep de 1980 qu'elle a trouvée dans les petites annonces du *Nantucket Standard*, et qui est comme neuve. Elle coûte 20 000 dollars. Alessandra paie comptant. Elle fera un chèque de 12 000 dollars à Adam, le portier, ce qui représente sa part du loyer pour la maison de location dans Hooper Farm Road, où elle va s'installer avec Raoul et lui jusqu'à la fin de l'été. Elle prélèvera 10 000 dollars pour solder plusieurs crédits en cours, et il lui restera encore un petit matelas.

Alessandra commence à se lasser de séduire des hommes dans le but de leur extorquer de l'argent ; elle préférerait, et de loin, quelqu'un qui l'entretiendrait durablement.

En montant les marches du perron de l'hôtel, elle s'efforce d'adopter l'allure d'une cliente avec ses valises... Sauf qu'elle porte déjà son uniforme, et qu'Adam, posté derrière son pupitre, lui lance :

— On dirait une vagabonde de grande classe.

Elle ne lui répond pas. Elle imagine Michael en plein ménage méticuleux, traquant le moindre cheveu de sa maîtresse, essuyant ses empreintes sur les verres à vin, vérifiant qu'elle n'a pas oublié une culotte dans l'un des tiroirs. Et malgré toute son application, remarquera-t-il l'ombre à paupières Chanel qu'elle a glissée dans le tiroir de la salle de bains qu'Heidi utilise pour ranger son maquillage – elle ne porte que du Bobbi Brown. Vérifiera-t-il le bas de la penderie où elle a laissé une paire d'escarpins René Caovilla incrustés de cristaux fantaisie en taille 36 qui contrastent discrètement avec les sandales Jack

Rogers et les ballerines Tory Burch en taille 38 ? Repérera-t-il le test de grossesse positif qu'Alessandra a glissé à l'intérieur du roman de Jennifer Weiner, *Alors, heureuse ?*, au sommet de la pile de livres sur la table de nuit d'Heidi ?

Sans doute pas, suppose Alessandra, parce que les hommes ne sont pas attentifs aux habitudes des femmes, pas vraiment. Et par conséquent Michael va souffrir. Pour cette raison et à cause de son hybris. Il a cru s'en tirer à bon compte (malgré le prix à payer).

Elle se demande si elle lui manque. Après lui avoir remis le chèque, il l'a embrassée passionnément, et lorsqu'elle s'est écartée, elle a vu des larmes briller au coin de ses yeux. « *Torn between two lovers,* a-t-elle chanté dans sa tête, *feeling like a fool.* »

— Raoul passera vers midi chercher tes sacs, lui dit Adam.

— C'est très gentil de sa part, merci, répond-elle, même si elle aurait préféré que son colocataire soit déjà là, afin de lui éviter les questions pénibles.

Dans le hall, elle est accueillie par l'odeur puissante du café Blue Mountain de Jamaïque qu'Edie est en train de préparer – elles utilisent un percolateur à l'ancienne, les clients en raffolent. Elle entend Mandy Patinkin chanter une chanson de Gershwin : « *They can't take that away from me* ». « Ils ne peuvent pas me prendre ça... »

Elle est en retard à cause du chèque, du baiser, du trajet à pied avec les sacs de voyage. Elle aime arriver avant Edie, parce qu'elle a l'impression que ça lui donne le dessus. Aujourd'hui, lorsque cette dernière redresse la tête et aperçoit Alessandra aussi chargée, elle a un air surpris et légèrement supérieur.

— Bonjour, lui dit-elle. Tu pars en voyage ?

Edie a un ton chaleureux, alors qu'Alessandra se montre toujours glaciale avec elle.

— Bonjour, Edie.

Ce n'est pas qu'Alessandra ne l'aime pas, non. Edie est intelligente, discrète et parfaite avec les enfants Marsh (Wanda et Louie sont tous deux terrifiés par la cheffe de réception).

Mais Edie est aussi jeune, et Alessandra ne veut surtout pas qu'elle prenne modèle sur elle. Elle n'a aucune envie de mentir sur son passé ni sur son présent, et par conséquent toute amitié entre elles est impossible. Ce qui force Alessandra à la repousser.

*C'est pour ton propre bien !* voudrait-elle lui dire, car elle mesure que sa rudesse heurte Edie.

Elle dépose ses sacs derrière le comptoir et se connecte à son ordinateur.

Lizbet sort du bureau pour prendre ce qui doit être sa quatrième tasse de café. Elle a une telle consommation de caféine qu'Alessandra est surprise qu'elle ne se mette pas à battre des bras et à s'envoler.

Lizbet remarque les bagages – rien ne lui échappe jamais.

— Qu'est-ce qui se passe ? demande-t-elle en haussant un sourcil.

Alessandra soutient son regard.

— J'emménage avec Adam et Raoul.

Lizbet s'approche du percolateur.

— Et ton logement dans Hulbert ?

Alessandra essaie de ne pas s'en faire à l'idée que Lizbet ait pu la démasquer. Celle-ci ne peut pas la renvoyer pour ses choix de vie personnels, même si elle risque de la surveiller de plus près, ce qui ne l'arrange pas. Elle sourit malgré le goût amer, presque chimique dans sa bouche.

— Oh, ça a toujours été du temporaire, répond-elle.

Chad a été placé en binôme avec une certaine Bibi Evans qui aborde chacune des chambres comme s'il s'agissait d'une scène de crime. Peut-être parce qu'elle rêve d'intégrer la police scientifique un jour, à moins qu'elle ne soit ce que la mère de Chad appelle une « petite fouineuse », ou pire, une voleuse. Il se reproche cette dernière pensée, mais c'est ce que son instinct lui souffle. Bibi ne peut pas s'empêcher de toucher tous les objets de valeur des clients. Notamment ceux que Mme English leur a expressément demandé de ne pas approcher : les montres, les bijoux, l'argent, les médicaments.

Ils font équipe depuis deux semaines le jour où Bibi sort un bracelet en diamant d'un écrin de voyage pour « l'essayer ».

Elle a du cran, ce qu'il trouve flippant mais qui suscite, à la fois, son admiration : elle n'a pas du tout l'air impressionnée par Mme English ou le règlement. Elle lève son poignet pour que le soleil se réfléchisse sur les pierres précieuses.

— Je suis faite pour porter de belles choses.

— Tu devrais le ranger.

— Tu es tellement *respectueux des règles.*

Elle dit ça sur le même ton que si elle le traitait de pédocriminel. Il parviendrait sans doute facilement à la choquer en lui racontant comment il a enfreint plusieurs lois, mais il n'y a pas de quoi être fier.

— Les clients pourraient revenir d'une seconde à l'autre, Bibi. Ou Mme English.

Elle agite le bras comme pour montrer le bracelet à une pièce remplie d'admirateurs. Il ne semble pas à sa place sur son poignet pâle et noueux. Elle porte un épais trait d'eye-liner noir et a un tatouage de tête de mort dans la nuque, que Chad a remarqué parce que Mme English a forcé Bibi à coiffer ses cheveux noirs sans volume en queue-de-cheval. Elle ne ressemble en rien aux filles avec lesquelles il était au lycée ou à la fac ; il sait bien qu'elle vient d'un autre milieu « socio-économique » que lui. Bibi est la mère d'une petite fille de 9 mois, Smoky – c'est son vrai prénom, pas un diminutif. Elle lui a expliqué qu'elle avait accepté ce « boulot de merde » parce qu'elle veut aller à la fac et s'inscrire dans un cursus qui lui permettra d'intégrer le laboratoire de la police scientifique du Massachusetts pour offrir à Smoky une meilleure vie que celle qu'elle a connue en grandissant. La mère de Bibi est alcoolique (Chad peut compatir sur cet aspect précis, même s'il doute que la sienne et celle de Bibi aient beaucoup d'autres points communs). Bibi se plaint souvent que les frais de garde de sa fille et le prix du billet du ferry pour venir de Cape Cod lui mangent plus de la moitié de son salaire. Chad essaie toujours de se montrer compatissant. Il lui dit que sa fille est mignonne.

— T'es vraiment un boloss, Homme de Chambre, lui a-t-elle dit le premier jour.

« Homme de Chambre » étant le surnom que Mme English lui a donné et dont il se réjouit en secret, parce qu'à Nantucket tout vaut mieux que s'appeler Chad.

— Mais je préfère être en binôme avec toi qu'avec les autres coincées du cul.

Elle pensait à Octavia et à Neves, qui parlent portugais et portent de grosses croix en or autour du cou. Elles forment l'équipe A, quand Chad et Bibi constituent l'équipe B – Mme English n'a sans doute pas choisi cet ordre au hasard. Ce qui explique d'ailleurs pourquoi Bibi n'aime pas les deux autres filles. Chad s'en fiche, lui, il sait bien qu'il ne peut pas prétendre à mieux qu'à l'équipe B, même si sa collègue se montre si virulente qu'il se demande parfois si les sœurs sont cruelles avec elle sur le ferry (il a du mal à le croire). De son propre aveu, Bibi déteste tout le monde. C'est la seule chose qui semble lui procurer de la joie.

Il propose de s'occuper de la salle de bains et des bouquets de fleurs pendant qu'elle passe l'aspirateur, puis commence le lit. Elle répond d'un simple grognement, affirmatif, alors qu'il aurait espéré un merci : il va se charger des tâches les plus pénibles. Les fleurs sont étonnamment fastidieuses, il faut essuyer la poussière laissée par les hortensias bleus, couper les anthères des lys parce que leur pollen laisse une couleur rouille partout, enfin changer l'eau marronnasse et malodorante du vase. Ça reste toutefois une promenade de santé en comparaison de la salle de bains. Depuis quinze jours qu'il travaille à l'hôtel, Chad a retrouvé des serviettes hygiéniques et des tampons souillés dans la poubelle (ce qui lui fait apprécier plus que jamais le fait de ne pas partager sa salle de bains avec sa sœur), et il a dû nettoyer le vomi d'un type participant à un enterrement de vie de garçon et qui a été incapable de viser la cuvette des toilettes. Quant aux traces de dentifrice et aux cheveux dans les lavabos, ils sont à peine moins répugnants.

En s'occupant des fleurs et des sanitaires, il accomplit un double objectif : il se punit et il lèche les bottes de Bibi. Il recherche son approbation, même si elle n'est ni jolie, ni sophistiquée, ni particulièrement bien élevée. Elle a beau prétendre être faite « pour les belles choses », tout dans son attitude suggère l'inverse. C'est une mère célibataire de 21 ans – elle n'a jamais évoqué le père de sa fille, et Chad n'est pas assez téméraire pour lui poser la question. Il est à la fois impressionné et un peu effrayé par elle.

Quand il a fini de récurer la douche et la baignoire – il est aussi méticuleux pour la seconde alors même qu'il est évident qu'elle n'a pas servi –, il passe la tête dans la chambre. Le lit a été défait et refait, les oreillers sont arrangés avec soin (Bibi se débrouille toujours comme une cheffe dans ce domaine). Il ne la voit pas et, au lieu de l'appeler, il avance à pas de loup dans la chambre. Il la trouve dans le dressing, occupée à fouiller dans une valise. Elle sort d'abord une ceinture, puis un négligé en soie améthyste. Il remarque qu'elle a gardé le bracelet en diamant au poignet.

— Bibi ?

Elle sursaute.

— Purée, Homme de Chambre, tu m'as fait peur ! C'est quoi ton problème ?

— Qu'est-ce que tu fabriques ? Tu sais bien qu'on n'est pas censés toucher aux affaires personnelles des clients. Et tu dois retirer ce bracelet.

— Pourquoi, t'es membre de la police du ménage ?

— Je n'ai pas envie que tu aies des ennuis, c'est tout.

— Pourquoi est-ce que j'aurais des ennuis ? Je jette juste un œil. J'ai pas l'intention de piquer des trucs. Tu me prends pour une voleuse parce que je suis pas aussi riche que toi, Mister Eel Point Road. Mister Range Rover.

Il accuse le coup. Il ne sait pas très bien comment Bibi connaît la marque de sa voiture et son adresse. Il a pourtant veillé à se faire passer pour un vacancier lambda. Il se gare beaucoup plus haut dans Cliff Road et il lui a dit que la maison où il vit se trouve « au bord d'un chemin de terre, en dehors de la ville ».

— Je ne te prends pas pour une voleuse, Bibi.

Il est tenté, soudain, de lui proposer une partie de sa paie de la semaine, parce qu'il sait qu'elle doit acheter des choses pour sa fille, des couches et du lait en poudre, mais il a peur qu'elle trouve son geste condescendant.

— Tu veux que je passe l'aspirateur ?

Le lendemain matin, Octavia et Neves sont chargées de nettoyer la suite 114, au grand soulagement de Chad, parce que la proximité de Doug, le pitbull, le rend nerveux. Avant de remettre à Chad et Bibi leur tableau de service, Mme English ferme la porte de son bureau pour leur parler.

— Les clients de la chambre 105 se sont plaints de la disparition d'un objet leur appartenant. Un foulard Fendi noir et doré.

Chad ferme les yeux. C'est la dernière chambre dont ils se sont occupés la veille, après un départ. Bibi y a fait le ménage de façon particulièrement appliquée, et il a cru que c'était dû au pourboire de 40 dollars, laissé à leur intention, et qu'il lui a proposé de garder intégralement. Elle lui a demandé s'il voulait se charger de descendre dans la cuisine pour remplacer ce qui manquait dans le minibar – le vin, les bières Cisco, les rillettes de poisson fumé et les crackers –, autrement dit la meilleure partie de leur travail. Cette cuisine jouxte celle du Bar bleu, où Beatriz est souvent en train de sortir une plaque du four (des gougères, des feuilletés à la saucisse ou des bretzels), et elle propose toujours un petit quelque chose au personnel de ménage. Hier après-midi, Chad a carrément décroché le jackpot, parce qu'elle préparait des petits sandwichs au homard sur des pains au lait maison. Chad mangeait depuis toujours du homard comme d'autres mangeaient du beurre de cacahuètes et de la confiture, mais il n'avait jamais rien goûté d'aussi bon. L'extérieur du pain au lait était légèrement croustillant tandis que l'intérieur était moelleux et parfumé ; la chair du homard avait été mélangée à des zestes de citron, des herbes, des petits morceaux de céleri et la quantité parfaite de mayonnaise acidulée. Il s'est tellement régalé qu'en remontant dans la chambre 105, il s'est senti inspiré par Beatriz, il a voulu faire son travail aussi bien qu'elle. Élever le ménage au rang d'art !

Sauf qu'à son retour, la chambre était terminée, et Bibi avait disparu. Par la fenêtre, il l'a vue descendre North Beach Street pour aller prendre le ferry, son sac à dos sur une épaule. Il en a été désolé – il lui avait remonté un sandwich –, mais soulagé d'avoir survécu à une nouvelle journée en équipe avec elle.

— Est-ce que l'un d'entre vous aurait vu ce foulard ? demande Mme English. Parce que Mme Daley est sûre de l'avoir oublié. Elle a envoyé une photo d'elle avec au Ventuno et le foulard n'est pas dans ses bagages. L'avez-vous trouvé et déposé à la réception ?

Elle marque un silence.

— Peut-être que vous aviez l'intention de le déposer à la réception mais que vous avez oublié ?

*Elle offre une porte de sortie à Bibi*, songe Chad. Parce qu'il ne fait pas l'ombre d'un doute que celle-ci a piqué ce foulard.

— Je n'ai rien vu, rétorque la femme de chambre d'une voix calme et posée qui semble si sincère qu'il la croit. Et toi, Homme de Chambre ?

— Non. Et on a vérifié tous les tiroirs, comme vous nous avez demandé de le faire.

— Oui, moi aussi, j'ai procédé à ma vérification après, ajoute Mme English.

Elle les dévisage l'un et l'autre. C'est une belle femme qui a toujours été chouette avec Chad. Même lorsqu'elle lui a fait replier une petite serviette pour la soixantième fois, il a eu le sentiment que c'était pour son bien. Il respecte son niveau d'exigence élevé, et sa morale. Il ne veut pas la décevoir.

— Vous avez regardé dans le linge ? suggère Bibi. Peut-être que M. et Mme Daley l'utilisaient au lit pour, vous voyez quoi, s'attacher mutuellement, et qu'il s'est retrouvé emmêlé dans les draps.

— Bien sûr que j'ai vérifié.

Mme English se racle la gorge.

— Je sais que ça peut être tentant de voir un objet dont on rêve, on se dit que la cliente a tellement d'affaires déjà qu'elle ne remarquera pas l'absence d'un foulard...

— Vous nous accusez de l'avoir pris ou quoi ? réplique Bibi. C'est insultant et absurde. La famille de Chadwick est pleine aux as, et puis il aurait pas l'usage d'un foulard pour femme. Et moi je vois pas ce que je ferais d'un truc de vieille. Pardon, je veux dire un truc de femme mûre. De toute façon je suis incapable de faire la différence entre un foulard de chez Fendi et un autre du supermarché.

*Ça, c'est un mensonge*, se dit Chad. Bibi adore les affaires de marque. Elle s'amuse à reconnaître les sacs, les ceintures et les chaussures avant de vérifier leur étiquette : Chloé, Balenciaga, Louboutin... Elle tombe toujours juste.

— Et surtout, je volerais jamais une cliente. J'ai un bébé à la maison, je suis une mère.

Après un silence, elle enfonce le clou :

— Vous avez demandé à Octavia et Neves si elles l'ont pas vu, elles ?

Chad baisse les yeux vers ses pieds. Il n'en revient pas qu'elle s'aventure sur ce terrain-là.

— Le foulard se trouvait dans la chambre 105, qui faisait partie de votre tableau de service, répond Mme English.

— Mais elles ont chacune un passe, insiste Bibi. Elles pourraient très bien l'avoir pris et tenter de nous faire accuser. D'ailleurs, il faut que vous sachiez qu'elles m'en veulent pour une raison qui m'échappe.

Mme English garde le silence. Chad aussi. Bibi n'ajoute rien, mais on sent bien qu'elle n'en pense pas moins. Ou alors Chad se fait des idées.

— Je vais informer Mme Daley que nous n'avons rien trouvé et que nous continuons nos recherches. Peut-être que le foulard s'est glissé par mégarde dans les bagages de M. Daley, ou que Mme Daley l'a oublié quelque part sur l'île. J'espère, en tout cas, que ça ne se reproduira pas.

Chad et Bibi montent à la chambre avec leur chariot, en silence. Elle ne touche à rien et propose de nettoyer la salle de bains et de s'occuper des fleurs, ce qui, il le comprend, est le seul aveu de culpabilité à laquelle il aura droit.

# 9

# Radio Nantucket

La saison estivale bat son plein sur notre île et nous sommes, pour la plupart d'entre nous, trop occupés par nos petites existences – mettre la main sur le laveur de vitres, installer du paillis dans nos jardins, sortir nos transats du garage – pour être très attentifs à ce qui se passe à l'Hôtel Nantucket. Ce qui ne nous empêche pas de passer parfois devant et de voir Zeke English sur le trottoir juste devant l'établissement, avec un pitbull en laisse qui renifle les pissenlits. Et c'est l'occasion de nous demander comment vont les choses là-bas.

Un soir que Sharon la Blonde dîne à La Terrasse, JJ O'Malley en personne sort de sa cuisine pour venir la saluer. L'intrépide saisit cette occasion pour prendre des nouvelles de Lizbet. Apprécie-t-elle son nouveau travail ?

— Je ne sais pas, lui avoue-t-il. On ne se parle plus.

— Je suis sûre qu'elle est débordée. Tu as déjà dîné au Bar bleu ? Tout le monde en fait des gorges chaudes. Ils ont une boule à facettes cuivrée qui s'allume...

— Tous les soirs à 21 heures, je sais, je sais. Mais à ce que j'en ai compris, ils ne servent pas de véritable repas, si ? Impossible de commander un plat qui se mange avec un couteau et une fourchette.

— Exact. C'est plutôt de la nourriture de cocktail, de grandes assiettes à partager, et à la fin de ce grignotage on t'offre des petits verres de crème fouettée au Kahlúa et aux fruits de la passion. Ils appellent ça la Crème de la crème ! Tu as déjà entendu un concept aussi génial ? Puis tout le monde se met à danser. On y est allés la semaine dernière et, franchement, je ne me suis jamais autant amusée de toute ma vie.

JJ O'Malley se redresse de toute sa hauteur et perd son regard en direction des ruisseaux de Monomoy, sans doute pour rappeler à Sharon la Blonde que, même si La Terrasse ne sert pas de Crème de la crème, elle possède une vue inégalée.

— Les avis sur RumeursDeVoyages sont très décevants, lâche-t-il.

— Ah... Tu les as regardés, alors ?

Le lieutenant Dixon reçoit un appel à 16 heures : celui-ci concerne un homme endormi dans sa voiture sur le parking de la plage de Dionis.

— Et quel est le problème exactement ? demande-t-il à Sheila, chargée de filtrer les appels.

— Apparemment, c'est le troisième jour de suite que quelqu'un le voit dormir dans son véhicule. La maman qui l'a repéré craint qu'il ne s'agisse d'un prédateur.

Dixon prend une inspiration. Un dormeur, voilà le genre de criminel qu'on redoute à Nantucket. Mais il devrait s'en féliciter, au fond. Il prend le volant de sa voiture de patrouille.

À son arrivée sur le parking, il voit aussitôt l'homme et le véhicule en question – un quinquagénaire dans une Honda Pilot de 2010 avec des plaques minéralogiques du Connecticut et, sur son pare-chocs, un autocollant d'une équipe de basket. Sur la lunette arrière se trouve un message disant PAPA FIER DE SES ENFANTS MODÈLES.

On sent tout de suite la menace, Dixon se demande s'il va devoir appeler des renforts...

Il s'approche du véhicule, la vitre avant est baissée. Le type a la tête rejetée en arrière et il ronfle. Il porte un polo blanc et un short de bain ; ses lunettes à double foyer ont glissé sur le bout de son nez et un tome de la série « Jack Reacher », de Lee Child, est posé sur la console centrale, ouvert, à côté d'une canette entamée de Red Bull. Dixon recule aussitôt parce qu'il a l'impression d'être entré dans la chambre du type sans prévenir et de violer son intimité. Puis il remarque le nécessaire de rasage sur le siège passager et la petite serviette qui sèche sur le tableau de bord. Un coup d'œil à la banquette arrière lui permet d'aviser une valise grande ouverte.

Est-ce que ce gars... Dixon se tourne vers les toilettes publiques. La plage de Dionis est la seule de Nantucket à être équipée de douches. Est-ce que ce gars vit dans sa voiture ?

— Excusez-moi, monsieur, dit-il en secouant l'automobiliste par l'épaule. Je pourrais voir votre permis et votre carte grise, s'il vous plaît ?

Richard Decameron, 54 ans, résidant à Avon dans le Connecticut, est présent sur l'île le temps de l'été, il est employé à l'Hôtel Nantucket.

— Alors vous ne... vivez pas dans votre voiture ? lui demande Dixon. Parce que c'est l'impression que ça donne.

Richard Decameron tente de prendre ça à la plaisanterie, mais il n'est pas très convaincant.

— Non, bien sûr que non. Je vis à l'hôtel.

— Pourquoi dormez-vous sur ce parking, alors ? Nous avons reçu des signalements au sujet de votre présence ici ces trois derniers jours.

— Je viens profiter de la plage. Je prends un bain matinal, je me douche, je bouquine un peu et, parfois, c'est vrai, je pique un somme.

Il adresse un sourire amical au policier.

— C'est défendu par la loi ? ajoute-t-il.

Il « profite de la plage » en dormant sur un parking ? Quelque chose cloche dans cette histoire.

— Et vous occupez quel poste à l'hôtel ?

— Je tiens la réception, répond Richard Decameron.

Dixon hoche la tête. Rien dans l'attitude de ce type ne laisse penser qu'il peut s'agir d'un prédateur ou même d'un vagabond. Il a tout l'air d'un type normal, fan de basket et fier de ses enfants.

— Alors dites-moi, entre nous, vous avez vu le fantôme ?

— Pas encore. Il se fait désirer.

Dixon ricane et donne une tape sur le toit de la voiture.

— Bon allez, je ne vais pas vous verbaliser. Mais demain trouvez-vous une autre plage.

— C'est noté, monsieur l'agent. Merci.

Il est 7 heures, Lyric Layton est dans sa cuisine pour se préparer un smoothie à la betterave et aux myrtilles après une session de yoga sur sa plage privée lorsqu'elle entend quelqu'un gratter discrètement à la porte de sa maison. Anne Boleyn, la chatte chocolat de Lyric se lève et pose les pattes avant sur le mollet de sa maîtresse, chose qu'elle ne fait que quand elle est nerveuse. Lyric la prend dans ses bras et va voir qui peut bien se présenter à une heure aussi matinale chez elle.

C'est Heidi, sa voisine. Les Layton et les Bick ont prévu d'aller dîner ensemble au Galley Beach le soir même. Est-ce qu'Heidi serait déjà au courant de la nouvelle que son mari et elle comptent annoncer ? Lyric a prévu de commander de l'eau pétillante à la place du champagne – puis de mettre les points sur les i si le message n'est pas suffisamment clair. Elle remarque alors la mine déconfite de son amie.

— Les autres dorment encore ? murmure-t-elle. J'ai besoin de te parler.

— Oui, oui, entre.

Ari, son mari, et les trois garçons dormiraient jusqu'à midi tous les jours de l'été si elle n'intervenait pas.

Elle emmène Heidi dans la cuisine, lui propose un smoothie – « non, merci, je ne peux rien avaler » –, et ouvre ensuite la porte-fenêtre pour qu'elles sortent s'asseoir sur la terrasse. Le soleil levant parsème la surface de l'océan de paillettes ; le ferry du petit matin dépasse le phare de Brant Point pour quitter le port.

— Je pense que Michael a une aventure, lâche Heidi avec un petit rire étranglé. Je n'en reviens pas de dire une chose pareille. On dirait l'héroïne d'une série sur Netflix. Je parle de Michael, enfin ! On forme le couple Bick. Ce n'est pas censé arriver.

*Ça alors*, songe Lyric.

— Oh ma chérie, tu vas un peu vite, là. Explique-moi, d'où te vient une idée pareille ?

— Je suis une belle imbécile ! Michael est venu s'installer ici en avril. Il m'a expliqué qu'avec son collègue Rafe ils envisageaient de quitter leur boîte pour monter la leur. Il a demandé à télétravailler pour pouvoir être tranquille. Et je ne lui ai posé aucune question, pas une ! Je l'ai cru sur parole, et j'étais contente d'avoir un peu de temps de mon côté. Et pendant ce temps-là, il était ici avec une autre !

N'importe quelle autre personne tomberait sans doute de sa chaise, en apprenant cette nouvelle. Pas Lyric Layton. Les Bick passent aux yeux de beaucoup pour le « couple parfait » – c'est l'avis général, ici à Nantucket, mais aussi à Greenwich. Et pourtant Lyric a compris... certaines choses au sujet de Michael, elle. L'été dernier, alors qu'ils dînaient tous les quatre à La Terrasse, elle a senti qu'il la regardait. Elle a d'abord pensé qu'elle se montait la tête – ils avaient bu beaucoup de rosé –, mais ensuite il lui a fait du pied sous la table. Elle s'est empressée de replier ses jambes sous sa chaise. Elle n'a rien dit ni à Ari ni à Heidi, concluant de cette mésaventure que c'était l'alcool qui avait parlé. Elle a la conviction d'être une excellente amie – elle n'oublie jamais les anniversaires, elle ne rechigne pas à assurer plus souvent qu'à son tour les trajets en voiture pour ses fils et leurs copains, elle répond toujours présente pour vanter les qualités de ses amies –, et elle n'envisagerait jamais, au grand jamais, d'avoir une histoire avec Michael. Mais... pour être parfaitement honnête, et ça lui coûte, il lui est arrivé, pendant qu'elle faisait du yoga sur la plage, de se demander si Michael Bick se trouvait dans sa chambre, juste après être sorti de sa douche, et l'observait par sa fenêtre.

Elle se compose une expression mêlant scepticisme et inquiétude.

— Oh, Heidi, j'ai du mal à y croire.

— Alors tu n'as pas eu vent des rumeurs ? Michael se serait affiché sur l'île avec une autre femme.

Elle presse les talons de ses mains contre ses paupières.

— J'ai eu peur tout à coup, je me suis dit que tout le monde était au courant sauf moi, que tout le monde en parlait...

— Je n'ai rien entendu. Et j'ai déjeuné avec Sharon la Blonde hier au Yacht Club, elle ne m'a pas dit un mot sur ce sujet. Qu'est-ce qui te fait penser que Michael est infidèle ?

Heidi sort un boîtier Chanel de la poche de sa veste en jean. Il contient une ombre à paupières violet foncé.

— J'ai trouvé ça dans le tiroir de ma salle de bains.

Lyric le lui prend des mains et observe :

— Ah je comprends, ce n'est pas dans tes teintes !

Elle s'efforce de conserver un ton léger, pourtant intérieurement elle panique. Ce n'est pas une couleur que porterait Heidi, mais elle, oui ! Et elle n'achète que des ombres à paupières Chanel, ce que son amie sait pertinemment. Elle se demande soudain si Heidi est en train de l'accuser de coucher avec Michael. La situation devient de plus en plus épineuse. Est-ce qu'il aurait pour maîtresse une femme qui porte du Chanel, et la couleur préférée de Lyric en prime ? Sans doute. Pourquoi cette ombre à paupières se trouverait-elle dans les affaires d'Heidi sinon ? Lyric en éprouve un petit pincement de jalousie, ce qui est insensé, bien sûr. Elle est heureuse en mariage, et elle attend son quatrième enfant.

— Tu as interrogé Michael ?

— Non, lui répond Heidi. J'attends de voir si je trouve autre chose.

Lyric approuve ce plan d'action. Ce n'est sans doute rien, peut-être une erreur de la femme de ménage – ça ne tient pas debout –, à moins que le maquillage appartienne à Colby, la fille d'Heidi – elle n'a que 11 ans, mais les gosses sont précoces de nos jours. Elle lui dit qu'il y a sans doute une explication logique avant de précipiter un peu son départ, parce qu'elle sent monter une vague de nausée – ce smoothie betterave-myrtilles, beurk ! Quelle idée a bien pu lui passer par la tête ?

— Essaie de ne plus y penser. Michael t'aime. On se voit ce soir au restaurant.

Lyric n'annoncera peut-être pas sa grossesse aujourd'hui, parce que ce serait affreux de partager une nouvelle aussi réjouissante avec une amie aussi malheureuse.

Dès qu'elle a refermé la porte derrière Heidi, elle court dans la salle de bains au bout du couloir et vomit son smoothie. Après s'être rincé la bouche, elle cherche son ombre à paupières Chanel violet foncé.

Bizarrement, elle n'arrive pas à mettre la main dessus.

Jasper Monroe, originaire de Floride, se réveille dans la suite 115 de l'Hôtel Nantucket. C'est un texto de sa mère qui l'a tiré du sommeil. Où es-tu ??? Tu n'es pas rentré à la maison hier soir ??? Tu connais pourtant les règles, Jasper !!!

Il roule sur son autre flanc en poussant un grognement et embrasse Winston sur l'épaule.

— Je dois filer, mec. Ma mère fait chier.

— Ta mère ?!

— Ouais…

Il a l'impression d'avoir 12 ans, et il sent bien que Winston, qui était chargé de cours à la fac de Trinity, où il a fait ses études, est tenté de lui rappeler qu'à 22 ans il est adulte et peut découcher si ça lui chante. Il n'en reste pas moins que Jasper vit sous le toit de ses parents et qu'il a enfreint une règle familiale en ne prévenant pas sa mère qu'il ne rentrerait pas de la nuit. Et puis ses parents ignorent qu'il est gay. Comme tout le monde.

Il enfile son bermuda saumon et son polo, tous deux froissés et imprégnés d'une odeur de bière après la soirée tardive au Chicken Box. Il décide de passer acheter les petites brioches dont elle raffole pour se faire pardonner.

— À plus, mec, lance-t-il.

— Quand ?

Jasper ne sait pas très bien. Winston est venu à Nantucket pour le voir, mais il doit se montrer prudent.

— Je t'envoie un snap.

Winston se lève pour accompagner Jasper à la porte, il ne doit pas être trop fâché. Ils échangent un baiser plutôt passionné sur le seuil de la chambre.

— Reviens au lit, murmure Winston contre la bouche de son amant.

Jasper l'envisage sérieusement – sa mère ne sera pas plus fâchée dans une heure –, lorsqu'il entend du bruit dans le couloir. Il se retourne et aperçoit un chariot de ménage dans le virage… poussé par Chad Winslow.

*Hein ?* Chad porte un pantalon en toile et un polo bleu. Il est accompagné d'une meuf à l'air fatigué qui affiche un sourire narquois en découvrant Jasper et Winston, torse nu.

— Est-ce qu'on peut s'occuper de votre chambre, messieurs ?

— Jasper ? ajoute Chad.

Il a aussitôt l'impression d'être un animal pris dans un piège.

— Chad ? Tu... tu bosses ici, mon pote ?

Avec Eric et Bryce, ils se sont posé des tonnes de questions sur leur ami, mais l'idée qu'il puisse avoir un travail ne leur a jamais traversé l'esprit. Un travail qui consiste à faire le ménage dans un hôtel en plus ? C'est absurde.

Chad hausse les épaules et pose les yeux sur Winston.

— Ouais, je suis femme de chambre, dit-il. Qu'est-ce que tu fabriques ici ?

*Femme de chambre ? C'est forcément une blague !* Sauf que Jasper voit bien que non. Et Chad n'a pas du tout l'air embarrassé. Comme le répète constamment Winston : il n'y a pas de raison d'avoir honte de ce qu'on est.

— J'ai passé la nuit avec mon mec, Winston.

Et voilà, l'air de rien, il vient de s'assumer pour la première fois. Il sourit. Il n'en revient pas que ça ait été aussi fastoche.

Chad hoche la tête.

— Cool. Enchanté de faire ta connaissance, Winston.

— Pareillement, répond ce dernier.

— Moi aussi je suis enchantée, s'agace la fille qui accompagne Chad. Bon, on peut s'occuper de votre chambre ou pas ?

Lorsqu'elle fait passer la corbeille pour la quête dans l'église de Summer Street, Nancy Twine s'efforce de ne pas regarder ce que chacun donne. Pour certains, 3 dollars représentent un sacrifice équivalent à 30 dollars pour d'autres. Et pourtant elle ne peut s'empêcher de remarquer que Madga English dépose plusieurs billets de 100 dollars pliés (cinq très exactement, constatera-t-elle au moment de faire les comptes après le culte).

Où cette femme, qui a emménagé sur l'île en septembre pour s'occuper de son pauvre frère endeuillé, William, et de son neveu Ezekiel, et qui occupe le poste de gouvernante générale dans cet hôtel hanté à l'autre bout de la ville, a-t-elle trouvé autant d'argent ? Nancy n'en a pas la moindre idée...

# 10

# Dernier vendredi du mois de juin

Lizbet, Edie, Adam et Alessandra se sont entassés dans le bureau de la directrice à 11 h 55 le vendredi 24 juin pour pouvoir rafraîchir leur fil Instagram à midi pile.

Adam est le premier à apercevoir le post de Shelly Carpenter.

— C'est un hôtel à New York. L'Isthmus. Il a obtenu quatre clés.

— Un peu rasoir, non ? observe Alessandra. En même temps, Shelly n'avait pas chroniqué d'endroit à New York depuis un moment.

— Elle a publié une critique sur le William Vale en mars, objecte Edie.

— Tu sais que tu es flippante ? lui lance Adam.

Il fait défiler les photos pendant que Lizbet, Edie et Alessandra cliquent sur le lien de l'article. En toute sincérité, Lizbet est soulagée que l'Hôtel Nantucket n'ait pas été sélectionné : ils ne sont pas prêts, loin de là.

*Hôtels Confidentiels*, par Shelly Carpenter

24 juin 2022

L'Isthmus à New York, 4 clés

Bonjour, bonjour, mes amis !

La chaîne Isthmus est synonyme de luxe et de service raffiné depuis l'ouverture de son premier hôtel à Panama en 1904, destiné à accueillir les visiteurs venus admirer cette merveille créée par l'homme, le canal. L'adresse new-yorkaise, située à l'angle de Fifty-Fifth Street et de Fifth Avenue - emplacement des plus désirables - est depuis longtemps le choix de prédilection des voyageurs avisés, surtout ceux d'Amérique centrale ou d'Amérique du Sud, qui apprécient son personnel bilingue.

L'hôtel a été rénové de la cave au grenier en 2019, offrant un coup de frais plus que nécessaire à toutes les chambres. La direction a opté pour un style sobre et moderne - on y trouve beaucoup d'ivoire et de gris perle, ce qui peut avoir un côté un peu impersonnel. Les lumières de chaque chambre se commandent à partir d'un petit écran tactile à l'entrée qui propose trois options : fête des lumières (toutes les lampes s'allument), romantique (éclairage tamisé) et bonne nuit (extinction générale des feux). J'ai essayé de contourner le système pour n'utiliser qu'une partie des lampes (celle près de mon lit par exemple), ce qui ne peut apparemment pas être fait sans un diplôme en génie électrique.

J'ai voulu tester les connaissances du concierge et je lui ai donc demandé où je pouvais m'offrir une pédicure bon marché un dimanche à moins de dix rues de l'hôtel. Il m'a déniché une adresse sur-le-champ, mais quand j'ai voulu inscrire l'adresse sur le bloc-notes posé près de mon téléphone, j'ai constaté que le stylo avait séché. Vous y verrez peut-être, chers amis, un détail - et ne vous y trompez pas, c'en est un -, cependant si un hôtel choisit de fournir un stylo à ses clients, alors celui-ci doit écrire.

À ces réserves près, mon séjour à l'Isthmus a été placé sous le signe de l'excellence. Le lit était merveilleux, la couette aussi moelleuse qu'un monticule de crème fouettée, les produits de beauté dans la sublime salle de bains tout en marbre et acier chromé (immense selon les critères new-yorkais) étaient délicieusement parfumés au bois de santal, quant à la pression de l'eau dans la douche, elle était forte mais pas douloureuse. Mes bagages m'ont été livrés deux minutes après mon arrivée, et je n'ai pas eu à attendre cinq minutes pour qu'on m'apporte de la glace. Le service en chambre a dépassé toutes mes attentes. Le menu de l'Isthmus possède une touche panaméenne, avec quelques autres incursions comme la Colombie à travers le *sancocho de gallina*, que j'ai commandé, accompagné d'un *chicheme*, cette boisson fermentée. Les deux se sont révélés d'une qualité supérieure à la moyenne des plats servis en chambre, et moins chers.

D'après mon expérience, l'Isthmus de New York mérite quatre clés. Je finirai par une petite requête à l'intention des hôteliers qui liraient cette chronique : mettez un interrupteur sur chacune des lampes, un qui se trouve facilement et qui permette, idéalement, de régler l'intensité de l'éclairage. Merci !

Qui choisit bien son hôtel a la vie belle !

SC

— Nos lampes ont toutes des interrupteurs individuels, et celles à poser comme les lampadaires ont des variateurs ! s'écrie Edie.

— Je n'en reviens pas qu'elle se soit plainte du stylo, ajoute Adam. Je n'aurais jamais pensé à ça !

— Mme English charge le personnel de ménage de les vérifier, observe Alessandra.

— Oui, confirme Lizbet.

L'Hôtel Nantucket est équipé de stylos rollers de la marque Uni-Ball, les meilleurs du marché, à la pointe qui glisse sur le papier. Elle est fière de leur choix dans ce domaine. Il n'en reste pas moins qu'aucun détail n'échappe à la vigilance de Shelly Carpenter. Leurs lampes et leurs stylos sont à la hauteur de ses standards, mais elle pourrait trouver à redire sur une douzaine d'autres choses.

Le jour où elle viendra. Si elle vient.

# 11

## Le *Livre bleu*

27 juin 2022
De : Xavier Darling (xd@darlingent.co.uk)
À : employés de l'Hôtel Nantucket

Bonjour la compagnie ! J'ai le plaisir de vous annoncer qu'il y a enfin un gagnant pour le bonus hebdomadaire dont je vous avais parlé dès le premier jour. Le vainqueur de la semaine du 20 juin est la cheffe de réception Alessandra Powell. Elle a reçu un avis dithyrambique de la part d'un de nos clients sur RumeursDeVoyages pour l'attention exceptionnelle qu'elle a portée à son bien-être. Félicitations, Alessandra ! Continuez sur cette bonne voie !

XD

Au début de la dernière semaine de juin, on sent que l'équipe a commencé à se faire au fonctionnement de l'hôtel, comme une paire de chaussures neuves qui devient agréable à porter ; tout est beaucoup plus naturel et fluide. (En parlant de chaussures, Lizbet a troqué ses talons aiguilles contre une semelle compensée – elle a piqué cette idée à Alessandra, et c'est nettement plus confortable.) Sur RumeursDeVoyages, un avis négatif, causé par la disparition d'un foulard Fendi, qui reste à ce jour un mystère, a fait quelques dégâts, mais les autres commentaires étaient élogieux, et Xavier a fini par octroyer la première prime de 1 000 dollars, grâce aux louanges d'un client anonyme. (Si on lui demandait de deviner son identité, Lizbet opterait pour M. Brownlee, de la 309, qui n'a pas caché que la jeune femme était, à ses yeux, la plus belle créature qu'il lui ait été donné de croiser dans sa vie.) La directrice aurait préféré que ce bonus revienne à quelqu'un d'autre, Raoul par exemple, héros discret assumant le poste de portier de nuit, ou Princesse Edie, mais c'est Alessandra qui a remporté le gros lot, et aucun des autres n'a exprimé le moindre ressentiment. Ils n'osent sans doute pas.

La forme de Lizbet s'est considérablement améliorée depuis que Richie a pris ses fonctions. Elle peut dorénavant quitter l'hôtel à 17 h 30, caser un petit jogging ou une séance de vélo d'appartement dans son planning, se préparer à dîner – elle est si épuisée qu'elle se contente généralement d'alterner entre un sandwich au thon et des ramens –, puis se coucher avec son ordinateur, dans le but de se tenir informée des dernières nouvelles ou de regarder une série dont elle pourra ensuite discuter avec les clients, même si la plupart des soirs elle s'endort moins de cinq minutes après s'être mise au lit.

Lizbet n'a pas eu d'activité sociale depuis sa rupture avec JJ, et maintenant qu'elle se sent enfin prête à retrouver une vie normale, les invitations se font rares. Elle avait réservé sa soirée du 18 pour Heidi Bick, mais lorsqu'elle lui a envoyé un texto pour confirmer, celle-ci a annulé. Elle avait besoin de consacrer du temps à son « couple ». Et Lizbet s'est vraiment sentie comme une ratée esseulée. Ses autres amies sont malheureusement toutes plus ou moins liées à La Terrasse, et Lizbet n'ose pas les contacter de peur de donner l'impression qu'elle chasse sur les terres de JJ ou, pire, qu'elle est aux abois. Bien sûr, elle est blessée que Goose, Wavy et Peyton semblent tous l'avoir abandonnée, ou « préférer » JJ, comme s'ils étaient les enfants d'un divorce. Non seulement ils lui manquent, mais elle aimerait savoir comment les choses se passent en son absence. Qui est chargé de gérer les réservations ? Sans doute Peyton, c'est la plus à même de remplir cette fonction, et c'est à elle que Lizbet aurait passé le flambeau si on lui avait demandé son avis – ce que personne n'a fait, naturellement.

Il est tôt en cette belle journée du 1^er^ juillet (cette date au tout début du mois lui inspire un sentiment de renouveau et d'optimisme, elle a bon espoir que l'hôtel se remplisse rapidement), lorsque Edie passe la tête dans son bureau et lui annonce :

— Il y a une cliente à la réception qui aimerait vous parler.

Lizbet se lève d'un bond, bien consciente que Shelly Carpenter pourrait se présenter n'importe quand. C'est la semaine du 4 juillet, traditionnellement très animée, et tout le monde sait que la blogueuse aime tester les établissements dans ces périodes exceptionnelles et stressantes.

L'enthousiasme de la directrice retombe dès qu'elle aperçoit Mme Amesbury. Il n'existe aucun univers, même parallèle, où Shelly Carpenter se cacherait derrière Mme Amesbury. Cette cliente est déjà venue trouver Lizbet la veille pour se plaindre que l'adorable Mme Damiani allaitait son fils dans le hall de l'hôtel, ce qu'elle jugeait pour sa part répugnant.

— En quoi puis-je vous être utile, Madame Amesbury ?

Ça lui coûte, mais Lizbet réussit à sourire. M. Amesbury, qui est le genre de mari à porter le sac à main de sa femme, se tient derrière elle, exactement comme la veille, lorsque celle-ci a exposé ses griefs.

La cliente lui présente un exemplaire du *Livre bleu*, ouvert au chapitre des restaurants.

— Il y a une erreur flagrante.

— Une erreur ? rétorque Lizbet, alors qu'elle sent monter une bouffée de chaleur due à l'affolement.

Ce guide lui tient particulièrement à cœur. Elle a vérifié plusieurs fois toutes les adresses, les numéros de téléphone, les horaires d'ouverture, les sites Internet et autres détails capitaux, tels que le code vestimentaire, la fourchette de prix et les modalités de réservation. Elle est très fière du résultat, au point qu'elle envisage même de le proposer à un éditeur. Ce guide de Nantucket rédigé par une habitante de l'île manquait au monde du tourisme !

— Une erreur de quel ordre ?

— La Terrasse n'est pas répertorié ! s'indigne Mme Amesbury. C'est pourtant le restaurant le plus important, celui qui rencontre le plus de succès. Comment avez-vous pu l'oublier ?

Lizbet est prise au dépourvu. Elle ne peut pas se prétendre surprise : elle savait que ce moment viendrait un jour. Cette omission n'est pas un oubli, elle est parfaitement volontaire. Cela peut paraître surprenant, mais elle s'en fiche. Il était inconcevable que le restaurant de JJ figure dans le *Livre bleu*.

— Je l'ai fait en connaissance de cause, Madame Amesbury. Je voulais mettre en avant les autres établissements de l'île, moins connus. Avez-vous déjà dîné chez Or, The Whale ? Ou au Straight Wharf ?

— Nous aimerions dîner à La Terrasse le soir du 4 juillet.

— Ah...

Il est vrai que c'est un endroit magique ce soir-là. Non seulement JJ fait rôtir un cochon de lait qu'il accompagne de haricots blancs à la tomate, de légumes marinés, de pain de maïs et d'une salade de pommes de terre, mais les clients ont également une vue imprenable sur le feu d'artifice de l'autre côté du port. L'an dernier, Lizbet a engagé un groupe de musique country, et les gens ont dansé jusqu'à minuit.

— Malheureusement, pour cette date, La Terrasse affiche sans doute complet depuis des semaines.

— J'aimerais que vous vous en assuriez, rétorque Mme Amesbury.

— Avez-vous déjà mangé au Tap Room ? insiste Lizbet en baissant la voix. Ils ont leur version secrète du Big Mac, qui ne figure pas sur la carte.

— Je n'ai jamais mangé de Big Mac de ma vie. Nous aimerions aller à La Terrasse.

Lizbet hoche machinalement la tête.

— Ils répondent au téléphone à partir de 15 heures. Je vais demander à Edie de les appeler.

— Je préférerais que ça vienne de vous. Vous êtes la directrice, vous aurez plus de poids. Si obtenir une réservation est aussi difficile que vous le dites, alors nous devons mettre toutes les chances de notre côté.

Intérieurement, Lizbet s'esclaffe. Pourtant elle répond :

— Je me ferai un plaisir de passer cet appel moi-même, Madame Amesbury. Je décrocherai mon téléphone à 15 heures tapantes.

Mais à 15 heures tapantes, Lizbet est au troisième étage de l'hôtel pour tester l'échelle qui permet d'accéder à la partie terrasse du toit. Celle-ci est de belle taille, sans doute suffisante pour accueillir une trentaine de personnes, et elle réfléchit à la possibilité de proposer aux clients d'y monter afin d'assister au feu d'artifice. Histoire de faire de la concurrence à La Terrasse...

L'échelle est raide, instable. Lizbet réussit à monter, mais il lui en coûte quelques efforts. Son projet pour le 4 juillet tombe aussitôt à l'eau, et pourtant elle ouvre la trappe et se hisse pour admirer la vue époustouflante. Son regard porte jusqu'aux parasols jaunes, verts et bleus du Beach Club. Elle voit le phare de Brant Point et les rues du centre-ville, qui forment une grille régulière constituée de quatre blocs.

— Qu'est-ce que tu fais ?

Lizbet retient un cri. Wanda, munie de son carnet et de son crayon, se tient au pied de l'échelle.

— Non, qu'est-ce que tu fais, toi ? Je croyais qu'on était d'accord, tu n'es pas autorisée à monter au grenier.

Wanda hoche la tête d'un air sérieux.

— Je sais. Mais c'est ici que vit le fantôme.

Lizbet doit se retenir de répliquer un peu vertement : « Il n'y a pas de fantôme, pourquoi ta mère ne te surveille pas mieux ? Cet hôtel n'est pas un terrain de jeux pour enfants », cependant la fillette, avec ses cheveux blond platine et ses lunettes à verres épais est trop adorable pour être grondée. Elle porte une robe en vichy rouge avec des fraises brodées sur le devant. Alors que beaucoup de filles de 8 ans doivent préférer porter un short en jean et un crop top, et passer leurs journées sur leur compte Instagram.

Après avoir vérifié que la trappe était bien fermée, Lizbet redescend et prend Wanda par la main.

— En route.

Mme Amesbury attend à la réception.

— Vous avez pu m'obtenir une réservation à La Terrasse ?

Lizbet envisage de lui répondre : « Oui, j'ai bien appelé à 15 heures et il ne leur reste pas une seule table de libre. » Pourtant, elle ne peut se résoudre à mentir.

— Je suis navrée, Madame Amesbury, ça m'est complètement sorti de l'esprit. Je m'en occupe sur-le-champ.

Mme Amesbury hoche la tête, lèvres pincées, comme si elle s'y attendait.

— Je vous attends.

Quel autre choix a Lizbet que celui de décrocher son téléphone ?

« Bonjour, vous êtes bien à La Terrasse. » La voix féminine qui répond à l'autre bout du fil est familière, mais ce n'est pas celle de Peyton. Lizbet passe mentalement en revue ses anciennes employées pour tenter d'identifier son interlocutrice. À moins que JJ n'ait engagé quelqu'un ?

— Bonjour, ici Lizbet Keaton, de l'Hôtel Nantucket...

Elle attend une réaction, mais le silence s'éternise.

— Deux de nos clients aimeraient beaucoup dîner chez vous lundi soir à...

Lizbet se tourne vers Mme Amesbury, qui lève sept doigts.

— ... à 19 heures, lundi prochain.

Il est impossible qu'elle obtienne une table à cette heure-là. À 17 h 30 ou à 21 h 30, peut-être, enfin peut-être seulement, s'il y a une annulation de dernière minute.

— Lundi prochain, c'est-à-dire le 4 juillet ?

— Oui, exactement. Le 4 juillet à 19 heures. Pour deux personnes.

Elle pourrait aussi bien demander à cette femme de décrocher la lune ou de teindre l'océan en violet.

— À quel nom ?

Cette réponse laisse Lizbet sans voix. Serait-il possible que Mme Amesbury obtienne réellement une réservation à 19 heures le 4 juillet ? La situation s'est-elle tellement détériorée à La Terrasse qu'ils ont une table de libre ? Elle ne sait pas très bien quels sentiments cela lui inspire. Elle est tiraillée entre la jubilation – le restaurant périclite sans elle – et la tristesse à la pensée que le lieu dans lequel elle a investi tant d'énergie s'écroule comme une tour en Kapla instable.

— Amesbury, dit-elle. Et, ils résident à l'Hôtel Nantucket, ainsi que je vous le disais au début de la conversation.

La cliente décoche un sourire triomphateur à Lizbet, qui l'entend penser : *Je vous l'avais dit.*

— Bien, M. et Mme Amesbury sont donc en cinquante-septième position sur la liste d'attente pour ce jour et cet horaire. Si une table se libère, nous vous préviendrons.

— Ah, très bien.

Elle pourrait retourner à Mme Amesbury son *je vous l'avais dit,* mais elle n'y prendrait aucun plaisir.

— Nous allons croiser les doigts, alors. Je vous remercie.

— C'est bien naturel, Lizbet.

— Je suis désolée, je me disais que je connaissais cette voix… qui est à l'appareil ?

Après un long silence, la voix répond :

— Christina.

Lizbet raccroche aussitôt et trouve, elle ne sait comment, la ressource de sourire à Mme Amesbury.

— Vous êtes sur liste d'attente, en cinquante-septième position. Voulez-vous que j'appelle le Tap Room ?

Voilà pourquoi aucun des employés de La Terrasse ne s'est manifesté, comprend-elle. Soit ils ne voulaient pas lui annoncer la nouvelle, soit ils la pensaient déjà au courant : Christina s'occupe de gérer la salle. Christina est la nouvelle Lizbet.

À la fin de sa journée de travail, elle pousse la porte du Bar bleu comme une femme possédée. Le service du soir vient tout juste de débuter, et on se croirait un peu sur une scène de Broadway juste avant le lever du rideau. Les suspensions baignent le bar d'une lumière cuivrée, les tabourets sont parfaitement alignés et tournés de façon à être accueillants – « Venez donc vous asseoir ! » Les enceintes diffusent

*The Best Is Yet to Come*, de Tony Bennett. Lizbet voulait passer s'offrir un cocktail depuis le premier jour, mais elle était trop fatiguée et trop honteuse d'y aller seule. Ce soir, elle a vraiment besoin d'un remontant pour l'aider à digérer la dernière trahison de JJ.

La barmaid vient la trouver. Elle porte une chemise bleue parfaitement repassée, aux poignets soigneusement retroussés. Elle sourit.

— Bonsoir, Lizbet.

— Bonsoir, Petey.

Patricia Casstevens, dite Petey, est une méga star à Nantucket. Pendant dix ans, elle a égayé le bar du Cru. La cinquantaine, elle doit peser 45 kilos toute mouillée et elle réserve toujours un traitement de faveur aux résidents annuels de l'île.

— Je prendrai un Cœur brisé, s'il vous plaît.

Petey fronce les sourcils.

— Un... ah, vous voulez dire un Bourreau des cœurs ? Le cocktail nommé en votre honneur ?

Ah, mais oui, Lizbet est le bourreau, pas la victime. C'est une pensée positive comme une autre, elle la notera dans son téléphone.

— Mario vous a dit ça ?

— C'est le meilleur cocktail de la carte.

Petey commence le mélange des différents jus avec l'application d'une alchimiste avant d'ajouter une quantité impressionnante de vodka Belvedere.

— Une boisson corsée pour une femme qui a de la poigne, lui glisse-t-elle. Tout le monde dit que La Terrasse n'est plus ce qu'elle était depuis votre départ.

Ça fait plaisir à entendre, même si Lizbet soupçonne Petey d'en rajouter pour lui faire plaisir.

Elle repense à JJ et à la dernière fois qu'elle l'a vu, le jour où il a posé un genou dans le gravier blanc du parking pour, à moins qu'elle ait eu la berlue, lui demander sa main. Et trois semaines et demie plus tard seulement, Christina est de retour dans l'équation, avec ses chardonnays boisés, prête à pimenter la vie sentimentale de JJ. Quelle ordure, ce type !

Quel gros hypocrite ! Et pourquoi cette certitude n'aide pas Lizbet à chasser la douleur ? Pourquoi découvrir que Christina travaille – et couche, inutile de se voiler la face – avec JJ le rend-il soudain plus désirable ? C'est une pure projection mentale. Tout le monde désire ce qu'il ne peut pas avoir.

Ce qui ne l'aide pas à se sentir mieux.

« C'est bien naturel, Lizbet », lui a répondu Christina alors qu'elle enterrait la réservation de Mme Amesbury.

Petey dépose le Bourreau des cœurs sur le bar devant elle. Sa couleur d'un rouge orangé est encore plus fascinante que dans le souvenir de Lizbet. Elle sait qu'elle devrait le savourer, pourtant elle vide son verre en trois longues gorgées. JJ et Christina ont non seulement élu gracieusement domicile dans la tête de Lizbet, mais ils viennent d'y installer leur nouveau mobilier. Comment faire pour les expulser ? Avec toutes les avancées de la médecine et de la technologie, comment se fait-il que personne n'ait encore créé de médicament pour guérir les peines de cœur ? Une pénicilline pour l'émotion. Pourquoi personne n'a inventé de logiciel pour effacer toute trace d'un ex dans son cerveau ou d'application pour éliminer les chagrins d'amour ?

— Je vais prévenir le chef que vous êtes là.

— Non, s'il vous plaît, lui dit Lizbet.

Petey débarrasse le verre avec un clin d'œil.

— Il m'a fait promettre de l'informer immédiatement de votre venue. Je reviens dans quelques secondes pour vous préparer un nouveau cocktail. Parce que je ne me trompe pas, vous en voulez bien un autre ?

— Grave !

Petey disparaît un bref instant en cuisine, avant de s'occuper du deuxième Bourreau des cœurs. *Bourreau pas victime*, songe Lizbet. Tony Bennett est remplacé par Elvis Costello qui chante *Alison*. « *I know this world is killing you.* » « Je sais que ce monde te tue. » Elle se force à se concentrer sur l'instant présent. C'est enfin sa première sortie de l'été. Elle a réussi à franchir cet obstacle. Et elle n'est pas n'importe où, elle est au Bar bleu ! Elle caresse le granit bleu et admire le soleil de la fin d'après-midi qui joue avec le mur en pièces cuivrées, puis elle cherche la trappe qui dissimule la boule à facettes. Les banquettes incurvées en velours saphir doivent être l'endroit parfait pour se rouler en boule et pleurer.

Peut-être que JJ et Christina se marieront et auront six enfants, ainsi que deux labradoodles, peut-être qu'il entraînera une équipe de foot junior et sera récompensé pour son dévouement, tandis qu'elle... quoi ? Elle travaille à la réception d'un hôtel qui décrochera une note de trois – voire deux – clés sur le blog de Shelly Carpenter, parce que l'établissement est maudit, hanté ou les deux (à supposer que Shelly daigne faire le déplacement).

Non, Lizbet refuse de se morfondre. Elle ne se laissera pas glisser dans une spirale de négativité. Elle essaie de convoquer une pensée positive, mais la seule qui lui vienne est cette citation attribuée à Socrate dont elle commence à avoir assez.

Elle veille à déguster lentement son second cocktail. La fraise, le gingembre et l'orange sanguine dansent sur ses papilles, tourbillonnent. Elle ferme les yeux.

— C'est bon, hein ? lui dit Petey. Les fraises viennent de la ferme Bartlett. Elles ont été cueillies ce matin.

— Vous avez dit au chef que j'étais là ?

— Bien sûr.

— Et il va venir ?

— Où ? Ici ?

*Oui*, pense Lizbet. C'est ce que font les chefs, ils quittent leur cuisine pour venir saluer les clients de marque. Il n'est que 17 h 45, il ne peut pas être déjà débordé.

— C'est pas son genre, rétorque Petey.

Lizbet est piquée au vif ; encore un rejet – même si elle se fiche de Mario Subiaco. Ce type est si prétentieux...

Elle ferait sans doute mieux de partir. Même en 2022, le spectacle d'une femme accoudée seule à un bar a quelque chose d'un peu pathétique. Elle a une bouteille de Krug à la maison, qui se languit au fond de son frigo. Elle la videra toute seule. Elle la gardait pour une très grande occasion, bonne ou mauvaise. Elle avait espéré la première, bien sûr, mais elle a récolté la seconde. En tout cas, impossible de nier qu'apprendre qu'elle a été remplacée à La Terrasse par Christina constitue une grande occasion. Une très grande, même.

Petey disparaît à nouveau dans la cuisine. Difficile de lui reprocher d'avoir envie de fuir : on ne peut pas dire que Lizbet ait une conversation éblouissante. La barmaid revient avec un gobelet argenté tapissé de papier kraft et rempli de chips dorées, croustillantes et fines comme du papier. Elles sont accompagnées d'une sauce qui ressemble à une vinaigrette Mille-Îles plus épaisse et parsemée d'herbes.

— Notre sauce amnesia, annonce-t-elle. Elle est si délicieuse qu'elle vous fait tout oublier.

*Oh mais si seulement,* songe Lizbet. Puis elle la goûte et, l'espace d'un instant sublime, elle ne parvient plus à se souvenir de son propre prénom, et encore moins de celui de son ex ou de la représentante en vin avec laquelle il a échangé des sextos. Pendant quelques minutes, elle évolue dans une bulle où il n'y a qu'elle, le Bourreau des cœurs, le granit bleu et les meilleures chips du monde, accompagnées de la meilleure sauce du monde.

Van Morrison succède à Elvis Costello, avec *Crazy Love.* Cet enchaînement de chansons ne l'aide pas à tourner la page, mais ce qui pourrait bien l'y aider, ce sont les trois œufs mimosa que Petey lui apporte à l'instant : l'un d'eux est surmonté de bacon, l'autre saupoudré de ciboulette et le troisième de dés de poivron rouge. Lizbet les goûte tous à tour de rôle. Ils sont parfaits. En fermant les yeux, elle pourrait presque s'imaginer qu'elle est à Minnetonka à la fête de la paroisse…

— Le chef appelle ça les œufs de la kermesse.

*C'est tout à fait ça.*

— Un autre Bourreau des cœurs ? propose Petey.

— Grave !

Quand Lizbet est un peu pompette, elle en oublie ses manières.

— Avec plaisir, merci, se reprend-elle.

Elle rentrera en Uber si besoin. Le bar s'est rempli et des clients se sont installés sur les banquettes. Elle ne connaît personne... pour le moment. Dès qu'elle verra un visage familier, elle partira.

Le troisième Bourreau des cœurs est accompagné de trois shots de soupe glacée – courgette au curry, crème d'oignon vidalia et gaspacho à la pastèque épicé. Suivent deux petits sandwichs chauds au poulet avec pickles maison puis des tacos, qui lui rappellent ceux qu'elle mangeait à la cantine, sauf que là, les tortillas de maïs sont plus croustillantes, le bœuf haché plus savoureux, le fromage râpé plus fumé, les tomates plus mûres et la salade iceberg plus croquante. Lizbet prend une bouchée de ceci, une autre de cela. Elle voit passer avec jalousie des saucisses cocktail enroulées dans de la pâte feuilletée et accompagnées d'une sauce à la moutarde. Elle en commandera la prochaine fois, avec l'assortiment de minilégumes de la ferme qui forment un vrai tableau et qui sont servis avec une vinaigrette crémeuse. La nourriture est si savoureuse, si ludique et si bien présentée qu'elle arrive à la conclusion que Mario Subiaco a toutes les raisons de frimer. La musique devient plus énergique – Counting Crows, Eric Clapton... Elle remue la tête en rythme. Elle n'a pas regardé son téléphone une seule fois ; et elle n'est pas peu fière d'elle. Elle est cette femme qui s'amuse seule dans un bar. De quoi avait-elle peur ?

Beatriz rejoint Petey avec un plateau de shots glacés.

— Voici notre Crème de la crème, explique la barmaid.

Le troisième Bourreau des cœurs lui est monté à la tête, et Lizbet pousse un petit cri. Quelle riche idée !

— Ce soir, nous avons, au choix, noix de coco ou pomme caramélisée, annonce Beatriz. Vous en voulez ?

— Grave ! Un de chaque, s'il vous plaît. Avec plaisir !

La pâtissière dépose les shots sur le bar, puis ajoute une cuillère à moka. Lizbet commence par la chantilly à la noix de coco, aussi légère qu'un nuage tropical, avant de passer à la pomme caramélisée.

Un homme s'assied au bar en laissant deux tabourets entre elle et lui.

— Bonsoir, beauté, lance-t-il en lui tendant la main. Je suis Brad Dover d'Everett.

— Euh, bonsoir ?

Brad Dover a un sacré accent du Sud et un visage joufflu – il possède sans doute une penderie remplie de maillots de l'équipe de hockey de Boston et un avis sur les stratégies de l'entraîneur.

Il se tourne vers Petey.

— J'aimerais un Irish Car Bomb, s'il vous plaît, ma jolie.

Le seul ennui avec le Bar bleu, c'est qu'il est accessible à tous, y compris à des gens comme Brad Dover d'Everett, des hommes qui commandent des cocktails impossibles (un shot de whisky et de Baileys plongé dans un grand verre de Guinness) et qui donnent du « beauté » ou du « ma jolie » à de parfaites étrangères. Il est grand temps pour Lizbet de rentrer.

— Je veux bien l'addition, Petey, merci.

La barmaid lève les deux mains en l'air.

— C'est pour la maison.

— Vous êtes sérieuse ? Merci alors, c'était extraordinaire.

— Vous ne pouvez pas déjà partir, intervient Brad Everett de Dover (à moins que ce ne soit Brad Dover d'Everett ? Lizbet ne sait plus et elle s'en tape !). Je viens juste d'arriver.

*Exactement !* Elle sort deux billets de 20 dollars pour laisser un pourboire à Petey et fait pivoter son tabouret de sorte à tourner le dos à Brad Dover. Elle tombe alors nez à nez avec la personne qui occupe la place voisine. Et qui n'est autre que Mario Subiaco. Il porte sa veste de cuisine blanche et une casquette des White Sox. Il a un peu chaud, mais le léger film de sueur le rend encore plus sexy que dans le souvenir de Lizbet.

— Bonsoir, Bourreau des cœurs.

Elle a un mouvement de surprise.

— Je croyais que vous ne quittiez jamais votre cuisine.

— Chaque règle à son exception. Qu'avez-vous pensé de votre dîner ?

— C'était... c'était...

— Aussi bon que ça ?

— Mieux que bon.

À sa grande honte, elle sent les larmes lui monter aux yeux. C'est la vodka, forcément ; elle a enchaîné trois Bourreaux des cœurs en à peine plus d'une heure… Qui boit autant ? Une femme qui ne dîne pas chez elle pour la première fois depuis des mois, une femme dont le cœur mal rapiécé vient à nouveau de craquer aux coutures. Ce n'est pas la mesquinerie de Christina qui la fait pleurer. C'est la bonté – la nourriture en soi et cet homme qui s'intéresse assez à elle pour savoir ce qu'elle en pense.

Mario sourit en baissant la tête.

— Eh bien, merci. Je sais que vous êtes exigeante dans ce domaine, alors j'ai fait de mon mieux. Je n'étais pas sûr de moi pour les tacos.

Elle rit et s'essuie discrètement sous les yeux.

— Ils étaient un milliard de fois meilleurs que ceux que Mme MacArthur nous servait à la cantine.

— Tant mieux, tant mieux.

Il se racle la gorge.

— Bon, dites, j'ai ma soirée du 5 et j'aurais aimé vous emmener dîner quelque part.

— Hé, mon pote, intervient Brad Dover d'Everett. Calmos. C'est moi qui la sors.

— Non, dit Lizbet sans quitter Mario des yeux. Ce n'est pas vrai. Et j'aimerais beaucoup dîner avec vous.

Elle sourit franchement maintenant. À quoi bon chercher à avoir un air distant – en a-t-elle jamais été capable ? –, puisque Mario Subiaco l'invite à sortir et que cette phrase devrait être accompagnée de dix points d'exclamation.

— Où voulez-vous aller ?

— Je pensais à La Terrasse ? lui répond-il. Ça vous irait ?

*Ha ha ha ha !* s'esclaffe-t-elle intérieurement. Elle n'est pas en train de rêver ? C'est bien réel ?

— Ça me va à la perfection.

— J'espérais cette réponse. Notre table nous attend à 20 heures.

# 12

# Équipe de nuit

Grace n'en revient pas. Elle n'en revient pas !

Il aura fallu attendre un siècle entier, mais quelqu'un est enfin en train d'enquêter comme il se doit pour connaître la vérité sur sa mort.

Et ce n'est ni Lizbet Keaton ni Richie Decameron qui s'est empressé d'oublier le fantôme pour lequel il avait manifesté un si grand enthousiasme lors de son entretien d'embauche. Non, l'enquêtrice est âgée de 8 ans et s'appelle Wanda Marsh. La fillette est, pour parler moderne, obsédée par le fantôme de l'hôtel. Zeke y a fait allusion en passant parce qu'elle cherchait un mystère à résoudre et elle a sauté sur l'occasion. Elle a supplié sa mère de l'emmener à la bibliothèque municipale de l'île, où, avec l'aide de la bibliothécaire, elle s'est plongée dans les archives du *Nantucket Standard*. Elles ont mis la main sur un article publié le 31 août 1922. La bibliothécaire a fait une photocopie pour Wanda, qui l'a glissée dans son carnet.

**UNE FEMME DE CHAMBRE PÉRIT DANS L'INCENDIE D'UN HÔTEL**

Le médecin légiste de l'île, Wilbur Freebur, a annoncé lundi que le feu qui a détruit le second étage et le grenier de l'Hôtel Nantucket a fait une victime. Grace Hadley, âgée de 19 ans, femme de chambre de son état, a succombé dans son lit. Sa mort n'a pas été signalée plus tôt car personne

- pas même le directeur de l'établissement, Leroy Noonan - ne savait qu'elle vivait dans le grenier.

« Elle dormait dans un débarras plein à craquer dans lequel elle a réussi à faire tenir un des lits de camp de l'hôtel, et ce à l'insu de l'ensemble du personnel, a déclaré Noonan. Si nous avions su que Grace dormait là-haut, nous aurions immédiatement alerté les pompiers pour qu'ils tentent de la sauver. Grace était connue pour sa vivacité d'esprit, son enthousiasme à s'acquitter des tâches même les plus ardues et son dévouement au travail. Nous la pleurerons. »

Ainsi que nous l'avons relaté dans nos pages la semaine dernière, l'incendie s'est déclaré à deux heures du matin le dimanche 20 août, à l'issue d'une soirée dansante animée, qui avait lieu dans la salle de bal de l'hôtel. Nous avons depuis appris que la cause du feu était une « cigarette mal éteinte d'origine inconnue ». Le propriétaire de l'établissement, Jackson Benedict et son épouse, Dahlia, dormaient dans la suite qu'ils occupaient sur place ; ils ont par chance tous deux réchappé à l'incident sans la moindre blessure.

Mlle Hadley avait perdu ses deux parents et son frère, George Hadley, pêcheur sur chalutier.

Wanda montre l'article à sa mère (qui trouve l'intérêt que la fillette porte à la mort prématurée de Grace perturbant), puis à Louie (qui ne comprend rien et s'en fiche), à Zeke (qui se prête au jeu et l'écoute lui lire l'article en entier), à Adam (qui lui ne se prête pas au jeu) et enfin à Edie (qui suggère à la fillette de rédiger un article qu'elle l'aidera à proposer au *Nantucket Standard*).

*La vérité est là, il suffit de savoir lire entre les lignes !* s'exclame Grace. Personne n'était au courant qu'elle vivait dans le grenier – c'est là que Jack l'avait cachée ! Elle avait la réputation de s'acquitter des travaux les plus ingrats – rappelons qu'elle était au service de Dahlia Benedict ! Et justement, les Benedict s'en sont, eux, sortis indemnes – l'épouse a mis le feu, puis ils se sont enfuis !

Grace est flattée que M. Noonan ait évoqué son sens de l'humour. Et son dévouement. Elle est dévouée, c'est bien vrai. Il n'y a qu'à voir, un siècle plus tard, elle est toujours là.

Le 2 juillet, au cœur de la nuit, la porte du débarras du grenier s'ouvre en grinçant, et Grace, qui ne dort pas, qui ne dort jamais, qui ne connaît pas de repos, alors qu'elle n'aspire qu'à cela, par pitié, voit Wanda passer sa petite tête blonde à l'intérieur.

— Grace ? murmure-t-elle.

*Oh, pour l'amour de Dieu !* gémit Grace. *Méfie-toi, ma petite...*

— Tu es là, Grace ?

*Oui, ma jolie. Maintenant retourne te coucher.*

— Est-ce que tu peux me faire un signe ? Est-ce que tu peux... frapper ?

Grace hésite. Elle peut frapper, bien sûr, mais... et si ça leur attirait des ennuis ? Et si Lizbet décidait de recourir aux services d'un exorciste pour de bon ? Wanda croit qu'elle veut entendre Grace frapper, toutefois si Grace frappe vraiment, alors elle risque de hurler, de s'évanouir ou d'avoir au moins la frousse de sa vie.

Il n'y a pourtant, apparemment, rien de plus obstiné qu'une enfant de 8 ans.

— S'il te plaît, Grace...

*Très bien.* Elle frappe trois coups brefs, clairs et nets, qui ne peuvent pas être pris pour autre chose qu'une manifestation surnaturelle.

Wanda lâche son carnet et son crayon, puis elle plaque une main sur sa bouche.

*Voilà, c'est fait,* se dit le fantôme.

Wanda murmure :

— Je le savais ! Merci, Grace !

La revenante suit Wanda. Elle prend l'ascenseur pour descendre jusqu'au sous-sol, où se trouve l'espace bien-être, puis elle remonte sans un bruit par l'escalier de service. Voilà comment elle évite le hall ! Elle ouvre la porte de la suite 114 à l'aide de la carte magnétique qu'elle avait glissée entre les pages de son carnet et retourne se coucher à pas de loup. Ce soir, elle a choisi un lit du bas, celui le plus proche de la porte, alors que Louie est justement dans le lit le plus éloigné, en haut. Elle est futée !

Grace est tentée de remonter les draps jusqu'aux épaules de Wanda et de la border, mais elle en a assez fait pour une nuit. Elle s'échappe de la suite et descend le couloir. Dans le hall – tiens, tiens... –, elle trouve la mère de la petite, Kimber, accoudée au comptoir de la réception, en pleine conversation avec Richie. Il est si tard que Raoul, le portier de nuit, est rentré chez lui. Richie et Kimber sont les deux seules personnes de tout l'hôtel à ne pas dormir – Grace le sent. Ils mangent de la glace à l'italienne que Richie est allé chercher dans la salle de repos.

— Craig me reprochait d'être trop critique, explique-t-elle. Il me reprochait de le soûler avec des histoires que les autres, notre baby-sitter au hasard, laissaient couler. Et vous savez ce qui arrive quand on laisse couler les choses ? On devient médiocre.

Elle racle le sommet de la glace au chocolat en train de fondre avec sa cuillère, puis elle suspend celle-ci à quelques millimètres de sa bouche.

— Et vous ? Il y a une Mme Richie ?

— Je suis divorcé. Trois gosses. Malheureusement, quand on s'est séparés je bossais encore pour la compagnie d'assurances, si bien que la pension alimentaire est calculée sur la base d'un revenu que je ne gagne plus. J'ai travaillé pour une start-up dans le domaine de la basket après avoir quitté le monde de l'assurance, mais le patron était un gamin de 22 ans tout juste sorti du Connecticut et financé par ses parents. Il a mal géré son affaire, et elle a coulé.

— Mince…

— Comme vous dites. J'ai tenté de retourner devant un juge, malheureusement je dois encore de l'argent à mon avocat pour le règlement du divorce, il n'est donc pas très chaud pour répondre à mes appels. J'ai beaucoup de retard dans les versements que je dois à Amanda, et elle refuse de me laisser voir les enfants tant que je n'aurai pas remboursé mes dettes.

— Oh, c'est rude, je suis désolée pour vous.

— M'écouter vous raconter mon triste naufrage ne va pas résoudre votre insomnie. Bref… J'essaie d'apprécier ce que j'ai. J'ai trouvé du boulot, et je suis en bonne santé.

— Et vous êtes beau, et charmant !

*Dis donc, elle n'y va pas par quatre chemins !* songe Grace.

— Merci. Vous faites beaucoup de bien à mon ego.

— C'est sincère.

Elle lèche la glace sur la cuillère comme s'il s'agissait d'une performance artistique.

— Vous avez tout pour vous. Vous n'aurez aucun mal à trouver quelqu'un sur l'île.

Il éclate de rire.

— Oui mais pendant la journée alors. Je travaille ici toutes les nuits.

— Et moi je suis là toutes les nuits.

*Audacieux !* observe Grace. Le moins qu'on puisse dire, c'est qu'elle est directe… Comment va-t-il réagir ? Il se racle la gorge, rougit et pique du nez dans son bol de glace à la vanille.

— Wanda m'a dit qu'il y avait une échelle pour accéder au toit-terrasse au grenier. Ça vous dirait de monter avec moi ?

— Je ne devrais pas… Je suis responsable de la réception.

— Il est 1 h 30. Qui pourrait bien avoir besoin de vous ?

— M. Yamaguchi nous quitte demain. Il a passé toute la semaine avec nous, et je dois préparer sa facture. Il n'a pas lésiné à la dépense… et il a une sacrée descente. Il a commandé deux bouteilles de Dom Pérignon tous les soirs, et à ce que j'en sais il est tout seul…

— Vous ferez ça après. Venez !

Il est hors de question que Grace rate une telle chose. Elle emboîte le pas à Richie et Kimber jusqu'au grenier, puis regarde celle-ci monter en premier à l'échelle de meunier, suivie par le réceptionniste beaucoup plus réticent. Grace est condamnée à rester entre les quatre murs de l'hôtel, mais ça n'a aucune importance, parce qu'elle connaît la vue par cœur. Elle avait l'habitude, autrefois, d'emprunter cette même échelle avec Jack. Ils se trouvaient d'ailleurs sur la terrasse surplombant le port lorsqu'il lui a déclaré son amour, avant de lui promettre que d'ici quelques semaines tout au plus il demanderait le divorce pour pouvoir l'épouser (des mensonges bien sûr, de bout en bout). À l'époque, elle ne s'est pas rendu compte qu'il se servait d'elle, et elle ne se doutait évidemment pas qu'elle serait assassinée, si bien que ce moment sur le toit, avec à leurs pieds l'océan et les rues de Nantucket assoupies, lui a paru… magique, unique. Elle s'est toujours persuadée, pendant ces instants volés, que tout finirait bien.

Ah ah !

À ce qu'elle en voit à travers la trappe ouverte, c'est une nuit dégagée. Un croissant de lune est suspendu à l'ouest de la flèche blanche de l'église. Grace remarque que Kimber frissonne – elle porte un pyjama léger, un débardeur et un short, avec un cardigan très fin et une paire de pantoufles de l'hôtel, ce qui est stupide parce qu'un peignoir bien épais est suspendu à la porte de sa salle de bains. Elle en rajoute peut-être dans l'espoir que Richie l'enlacera par les épaules pour la réchauffer, mais il se trouve à près d'un mètre d'elle, et il agrippe la rambarde à deux mains. Il serre ses paupières de toutes ses forces au lieu d'admirer le ciel étoilé. Grace comprend alors qu'il a le vertige.

— La vue est incroyable, dit Kimber.

— Je ferais mieux de redescendre, répond Richie, avant de regagner l'échelle.

Elle le suit, dépitée. Ce rendez-vous romantique s'est soldé par un échec cuisant. *Elle aurait tout intérêt à se montrer plus inaccessible,* songe Grace.

À croire qu'elle l'a entendue, Kimber, au lieu d'attendre l'ascenseur avec le réceptionniste, annonce :

— Je vais descendre à pied, plutôt. Bonne nuit, Richie.

Elle disparaît dans la cage d'escalier, et on entend le claquement de ses chaussons sur les marches en béton. Maintenant, c'est Richie qui semble déçu. *Bien joué, Kimber !* pense Grace. Elle s'apprête à le suivre jusqu'à la réception – elle continue à penser qu'il n'est pas tout à fait net –, mais quelque chose l'attire soudain au premier. Elle arrive juste à temps pour voir la porte de la suite 215 s'ouvrir. Celle de M. Yamaguchi. Une femme avec de longs cheveux blond-roux sort discrètement, ses chaussures à la main.

Alessandra.

# 13

## Mantras

4 juillet 2022
De : Xavier Darling (xd@darlingent.co.uk)
À : employés de l'Hôtel Nantucket

Joyeuse fête de l'Indépendance, la compagnie ! Je suis enchanté de vous annoncer que la cheffe de réception Alessandra Powell a, une fois encore, remporté le bonus hebdomadaire. Elle a reçu un avis très élogieux de l'un des clients de l'hôtel, qui dit qu'elle s'est surpassée pour répondre à toutes ses attentes durant son séjour. Félicitations, Alessandra, vos collègues devraient s'inspirer de votre bel exemple !

XD

Le 5 juillet, Lizbet convoque Edie dans son bureau pour lui annoncer qu'elle partira exceptionnellement avec un quart d'heure d'avance.

— Aucun problème, répond la jeune femme, je suis là.

Elle s'efforce de rester souriante, pourtant la directrice n'est pas dupe : Edie a sans doute du mal à digérer le fait qu'Alessandra ait remporté le prix de 1 000 dollars pour la seconde semaine d'affilée. Dès la réception du mail de Xavier, la cheffe de réception s'est plainte de maux de ventre la contraignant à rentrer s'allonger pour le reste de la journée. Plus tard, Lizbet s'est connectée au site RumeursDeVoyages, et elle a lu le commentaire laudatif de David Yamaguchi, de la suite 215, qui écrivait que grâce à Alessandra son séjour avait été un « enchantement ».

— Tu fais du très bon travail, Edie, lui dit-elle. J'espère que tu le sais.

Ces mots, que la directrice voudrait réconfortants, font couler une larme sur la joue de la jeune réceptionniste. Elle l'essuie aussitôt.

— Merci, dit-elle. J'adore ce travail.

— Mais ?

— Il n'y a pas de mais. J'ai juste postulé dans une boutique de vêtements pour quelques soirées par semaine. J'ai besoin de gagner plus.

Lizbet se renfrogne. Edie travaille déjà plus de cinquante heures par semaine à l'hôtel. Comment pourrait-elle assumer un autre emploi ?

— Ça ne va pas faire beaucoup ?

— Si, mais j'ai mon prêt étudiant à rembourser et… d'autres dépenses.

Lizbet envisage un instant d'intercéder en faveur d'Edie auprès de Xavier. Une petite prime de 1 000 dollars serait la bienvenue. Pourtant elle sait, au fond d'elle, qu'il n'acceptera pas – *il n'y aura pas de lot de consolation*. Elle pense ensuite à poster un avis positif sur RumeursDeVoyages sous un faux nom, pour chanter les louanges d'une certaine Edith Robbins. Ce serait malheureusement une escroquerie… Elle finit par se rappeler les 4 000 dollars en liquide que Kimber Marsh leur a remis en début de semaine. Ils sont encore dans le coffre de l'hôtel, Lizbet n'a pas eu une seconde pour aller à la banque. Mais elle ne va pas se lancer dans le détournement de fonds…

— Tu es encore très jeune, Edie, tu n'as pas envie d'en profiter et de sortir un peu ?

— Pas dans l'immédiat. J'en ai parlé lors de mon entretien d'embauche, je crois, je viens de rompre avec le garçon que je fréquentais à la fac…

— Et tu as besoin d'un peu de temps seule, ce qui est capital.

Lizbet se penche vers la jeune femme. Elle tient, enfin, une occasion de resserrer les liens avec une de ses employés, elle qui attendait ça depuis longtemps.

— Je ne sais pas si tu es au courant, mais JJ et moi, nous nous sommes séparés cet automne.

Après un silence, elle poursuit :

— Nous étions ensemble depuis quinze ans et ça s'est… mal terminé.

Elle voudrait en dire plus, mais elle se retiendra.

— J'ai fait exactement comme toi, je me suis occupée de moi, j'ai trouvé ce travail, j'ai pris le temps d'être seule pour me reconstruire et aller de l'avant. Je ne suis sortie avec personne depuis notre séparation.

Elle s'interrompt une fois encore. Doit-elle se confier à Edie ? *Oui,* se dit-elle.

— Mais ce soir, j'ai un rendez-vous.

Cette confidence fait naître un sourire sur le visage de la jeune femme, parce que c'est une bonne âme généreuse, qui veut voir les autres heureux même quand elle ne l'est pas.

— Vraiment ? Avec qui ?

— Je te le dirai demain. Si ça se passe bien.

*Si ça se passe bien…* Lizbet s'apprête à sortir avec un chef célèbre et incroyablement canon qui l'emmène dîner dans le restaurant appartenant à son ex et géré par la femme avec laquelle il l'a trompée. Certains diraient que ça va forcément se retourner contre elle, mais elle voit les choses d'un autre œil.

Elle porte une robe en crochet blanc qu'elle a achetée dans une boutique du bas de Main Street – elle savait qu'elle lui allait comme un gant avant même de sortir de la cabine d'essayage, avant même que la vendeuse, Caylee, qu'elle connaît depuis toujours, s'exclame :

— Alors là, fonce !

*Alors là, fonce !* Juste après sa conversation avec Edie, Lizbet quitte l'hôtel physiquement et, peut-être bien pour la première fois depuis son ouverture, mentalement aussi. Elle a rendez-vous au salon de coiffure pour un brushing. C'est

Lorna qui s'occupe d'elle et transforme ses cheveux blonds en un beau rideau soyeux, brillant et lisse. De retour chez elle, elle se met du mascara, une poudre légèrement pailletée et du rouge à lèvres carmin. Elle a envie de porter des talons aiguilles, mais elle a vu des dizaines de femmes se retrouver coincées entre deux lattes de la terrasse – et même une fois, en juillet 2016, une cliente a eu la cheville cassée, c'était terrible. Elle opte donc pour ses chaussures compensées.

Au moment de se regarder dans le miroir, elle pense : *Bourreau pas victime.*

Elle pense aussi : « Je ne t'ai jamais vue aussi canon. »

Elle pense enfin : « *Alors là, fonce !* »

Mario frappe à sa porte à 19 h 45. Il a garé son pick-up gris métallisé juste devant la maison. Il porte un jean, une chemise en lin blanc, une veste bleu ardoise et des tongs, ce qui, du point de vue de Lizbet, est la tenue idéale pour n'importe quel homme. Son sourire lorsqu'il la découvre est si… coquin qu'elle en rougit.

Il siffle.

— Il faut que je le dise ou pas ?

— Oui, lui répond-elle.

— Vous êtes… waouh. Juste waouh.

Lizbet a perdu l'habitude de flirter pendant ses quinze années de couple avec JJ, et elle doit réapprendre à le faire sans tarder. Elle rétorque avec un clin d'œil.

— J'ai prévu quelque chose pour plus tard.

Elle lui tend une glacière en espérant qu'il ne la trouvera pas présomptueuse. Il jette un coup d'œil à son contenu et sourit.

— Ça me plaît beaucoup, dit-il en lui prenant la main. Venez, allons faire des jaloux.

Quand il se gare sur le parking de La Terrasse, elle se met à paniquer.

Elle est de retour.

Elle voit l'énorme Dodge noire de JJ garée à sa place habituelle, et à côté la jeep orange vif qui appartient à Christina.

Lizbet se souvient du grand nombre de fois où elle a été heureuse de voir cette voiture entrer sur le parking du restaurant. Elle appréciait beaucoup Christina, elle la trouvait charmante, drôle, simple. Ensemble elles parlaient de vin, bien sûr, mais aussi des voyages qu'elles rêvaient de faire en Italie et en Afrique du Sud, des restaurants qu'elles comptaient essayer lors d'un prochain séjour à New York, et elles avaient un faible, toutes les deux, pour les stars et leurs scandales – elles avaient été sciées en apprenant la rupture de Jennifer Lopez et d'Alex Rodriguez, et Christina l'avait appelée en hurlant lorsque JLo avait été vue avec Ben Affleck.

Le regard de Lizbet est attiré par les ruisseaux de Monomoy, au-delà du restaurant. Cette vue lui manque – les méandres de ces petits cours d'eau peu profonds entre les roseaux, les canots amarrés à des bouées colorées, la coupole du musée des Sauveteurs en mer au loin. Quelques kayakistes sont de sortie ce soir, ils pagaient dans l'eau sous le ciel rose pâle au coucher du soleil. Elle entend les rires, le cliquetis des verres et des couverts, les conversations joyeuses, tout ce qui formait la bande-son de son ancienne vie. C'est irréel d'être là en observatrice, en étrangère. Elle n'est plus chez elle. Que fait-elle ici ?

Il est trop tard pour reculer, maintenant. Mario lui prend de nouveau la main, il doit sentir combien c'est difficile pour elle.

Juste avant de franchir la porte, il s'arrête et lui demande :

— Prête, le Bourreau des cœurs ?

Elle confirme d'un hochement de tête, et ils entrent.

Rien n'a changé. Sur la gauche se trouve l'arcade menant à la vaste salle rustique. D'autres remarqueraient sans doute le plafond cathédrale, les poutres apparentes, les immenses vitraux récupérés dans une église de Salem, dans le Massachusetts, à une extrémité de la pièce, l'immense baie vitrée à l'autre bout qui offre une vue dégagée sur l'océan. Ce que Lizbet voit, elle, ce sont les tables 25 à 40, notamment celle qui peut accueillir douze couverts devant la cheminée en pierre que l'équipe appelle affectueusement « l'Infernale », parce que, soyons honnête, c'est ce qu'elle est. Peyton est en train de prendre la commande à l'Infernale, et Lizbet se demande brusquement si elle n'a pas commis une erreur en n'informant pas ses anciens collègues de sa venue ce soir.

Avec Mario, ils dépassent l'entrée de la salle pour aller se présenter à l'accueil du restaurant. Lizbet se surprend à traîner les pieds comme une gosse qui ne voudrait pas faire sa rentrée à la maternelle. Elle voit bien sûr la peinture de Robert Stark qui accueille tous les clients de La Terrasse – une immense toile représentant une mer vert bouteille avec un voilier rouge à l'horizon. Ils se trouvent dans le centre de commandes, l'ancien cockpit de Lizbet, son bureau ovale, un endroit qu'elle connaît aussi bien que sa propre chambre. Lorsqu'elle a commencé à travailler comme serveuse ici, ils avaient un pupitre classique, le genre qu'on aurait pu trouver dans l'amphithéâtre d'un lycée, qu'elle a fait remplacer par une table d'architecte ancienne.

— Bonsoir, dit Mario. J'ai réservé au nom de Subiaco, pour deux.

Elle se cache derrière lui et essaie de se rappeler ses mantras. Où sont-ils passés ? Elle ne se souvient pas d'un seul, pas même de celui complètement idiot au sujet d'un ananas. Elle reconnaît la voix de Christina, et bien qu'elle soit trop perturbée pour prêter attention aux mots exacts que celle-ci prononce, son ton servile ne lui échappe pas. « Je m'appelle Christina... un tel honneur... je vais prévenir le chef... laissez-moi vous accompagner... »

Mario pousse délicatement Lizbet devant lui. *Alors là, fonce !* se dit-elle. Elle sourit à Christina.

— Bonsoir, comment ça va ?

Il ne faut jamais sous-estimer l'effet de surprise. Au début, Christina ne semble pas reconnaître Lizbet (hé hé, elle n'a pas ses tresses), puis la connexion se fait dans son cerveau et elle regarde tour à tour Mario et Lizbet. Elle bataille avec les cartes et en fait tomber une. Lizbet la regarde s'accroupir pour la ramasser tout en s'assurant que sa robe noire, très courte et très moulante, ne remonte pas sur ses fesses.

Elle les conduit à la table d'angle la plus proche de l'eau, la fameuse table 1, aussi surnommée « Inspecteur Harry ». Pas étonnant qu'ils aient été placés là. Pour JJ, Mario Subiaco appartient au même panthéon que Dieu, le père Noël et Clint Eastwood – même si Christina est sans doute en train de se dire qu'elle aurait dû les faire asseoir à la 24, à l'autre bout de la terrasse, voire à l'intérieur.

Mario recule la chaise de Lizbet par galanterie, puis Christina leur remet les cartes.

— Nous avons une fontaine à rosé de Provence « Whispering Angel ». Et nous vendons nos verres à vin signature 50 dollars la pièce. Vous pouvez repartir avec et boire autant de verres de rosé sur place que vous le souhaitez.

Lizbet la dévisage avec incrédulité. Christina est sérieusement en train de lui servir son baratin alors que c'est elle, Lizbet, qui a eu l'idée de cette fontaine à rosé, que c'est elle qui a transformé une ancienne fontaine de jardin achetée à Marty McGowan, le jardinier le plus célèbre de Sconset ? Cette fontaine est à elle, pas à Christina. Comment ose-t-elle ? C'est de l'incompétence ou de la cruauté.

Mario attend la fin du laïus pour tendre le bras vers Lizbet et lui serrer la main.

— Merci, Tina. Vous voulez bien nous laisser une seconde ?

Elle est décontenancée.

— C'est aussi moi la sommelière ici...

Lizbet se retient de crier. Et Goose ? JJ l'aurait-il viré pour que Christina puisse reprendre ce poste ? Elle se rend compte qu'elle écrase les phalanges de Mario et se force à desserrer un peu les doigts. Ça ne la regarde plus, se rappelle-t-elle.

— Je vais vous apporter la carte des vins dans ce...

— Pas tout de suite, Tina. Merci, l'interrompt Mario.

*N'insiste pas, enfin !* l'invective intérieurement Lizbet. *Et dégage !*

Christina décide pourtant de s'attarder un instant. Elle s'adresse ostensiblement à Mario. Elle effleure la manche de sa magnifique veste – elle a fait une French manucure. Lizbet se dit soudain qu'elle n'hésiterait pas à jeter son dévolu sur Mario.

— Le chef tient à venir vous saluer.

Mario garde ses yeux rivés sur Lizbet quand il répond :

— Merci.

Quelques secondes s'écoulent, Christina cherche à comprendre ce qui se passe. Lizbet finit par lui décocher un regard cinglant :

— Merci, Christina.

Elle recule en vacillant, au point qu'on pourrait croire qu'elle va percuter la table 3, occupée par... Ari et Lyric Layton. Ils sont en pleine conversation, et Lyric semble bouleversée, elle s'essuie les yeux, si bien qu'ils ne remarquent ni Christina, qui retrouve l'équilibre in extremis, ni, apparemment, Lizbet.

Lorsqu'ils sont enfin seuls, Mario lui demande :

— Est-ce qu'on s'en va d'ici ?

— Oui, lui répond-elle.

Installée à côté de Mario dans son pick-up, Lizbet hésite entre le rire et les larmes. *Ris*, s'enjoint-elle, et elle le fait. Ils ont quitté La Terrasse main dans la main ; Mario a ouvert la voie et elle a ignoré tous ceux qui l'appelaient. Dans l'entrée du restaurant, ils sont tombés sur Christina et JJ qui se disputaient à voix basse – elle devait sans aucun doute l'avoir informé que Mario Subiaco était arrivé « accompagné de Lizbet » ! Avant de préciser qu'ils avaient été « désobligeants avec elle » ! Christina leur tournait le dos, mais JJ les a vus.

— Qu'est-ce que... Vous partez déjà, chef ?

Mario s'est arrêté le temps de lui répondre.

— Oui, nous allons trouver un endroit où le service est un peu plus raffiné. Ravi de vous avoir revu, a-t-il ajouté en saluant JJ.

Ce dernier les a suivis dehors.

— Attendez... Lizbet, s'il te plaît, ne réagis pas comme ça.

Mario a ouvert la portière côté passager et elle est montée dans le pick-up. Elle a fait signe à JJ quand ils sont sortis du parking.

Elle ne sait pas où ils vont, et ça lui est bien égal. Mario prend la direction du centre-ville, où l'esprit festif de juillet bat son plein. Ils croisent un groupe en plein enterrement de vie de jeune fille, des familles, des couples heureux et un qui se dispute, ce qui rappelle à Lizbet la présence des Layton à La Terrasse. Lyric Layton est l'une des femmes les plus zen qu'elle connaisse. Or elle pleurait. Au restaurant. Il doit se passer quelque chose de grave.

Elle soupçonne Mario de vouloir l'emmener au Club Car, mais en sentant les cahots dus aux pavés, elle se rend compte qu'il a emprunté Main Street. Il a plutôt dû opter pour le Nautilus ? Ils dépassent aussi ce restaurant, et elle se demande : *Lola ?* Elle est avec Mario Subiaco, l'ancien restaurateur roi de Nantucket. Avec lui, elle entrera partout.

Il s'engage sur une voie privée derrière l'ancienne jetée et se gare sur une place avec un panneau RÉSERVÉ AUX RÉSIDENTS.

— J'aurais dû vous poser la question avant, mais ça vous va si je vous fais à dîner chez moi ?

Il sourit. *Il est si charmant,* pense-t-elle. Maintenant que JJ et Christina ont eu leur lot d'humiliations, elle sent en elle un regain d'énergie, doublé de nervosité : elle sort avec Mario Subiaco enfin ! Et il va lui préparer à manger !

Ils dépassent les adorables maisonnettes qui bordent la jetée, la sandwicherie et le restaurant de fruits de mer sur la droite – où vont-ils donc ? –, avant de s'engager sur une vieille passerelle enjambant l'eau. Lizbet regarde bien où elle pose les pieds sur les vieilles planches irrégulières, convaincue que dans son état de grande émotivité elle pourrait facilement tomber dans le port, où ses chaussures compensées l'entraîneraient immédiatement vers le fond.

La passerelle mène à une maison isolée. Lizbet n'en revient pas. Comment en quinze ans de vie sur l'île n'a-t-elle jamais remarqué cet endroit, sur pilotis, au milieu du port ? Sur la gauche se trouvent les demeures majestueuses d'Easton Street, ainsi que le phare de Brant Point, et sur la droite elle peut voir et entendre les clients de la terrasse du restaurant de fruits de mer.

Mario ouvre la porte, et elle fait aussitôt un voyage dans le temps. L'intérieur de la maison évoque cette période que Lizbet qualifie un peu rapidement de « bon vieux temps », celle des années 1950 et 1960 où l'on aimait son chez-soi sans pour autant y attacher une importance démesurée, où les résidences secondaires se transmettaient de génération en génération au lieu d'être achetées en ligne pour un montant à huit chiffres grâce à une époustouflante galerie photos. Le petit salon lambrissé sent la mer. Il contient un canapé en tweed gris, deux fauteuils droits, un tapis tressé et une table à manger cabossée entourée de chaises dépareillées. Les placards de la cuisine sont marron, les plans de travail en Formica, la cuisinière électrique possède quatre plaques et le réfrigérateur blanc s'ouvre avec une longue poignée chromée. D'horribles huiles sont accrochées aux murs. Lizbet les observe un peu plus attentivement : il s'agit de paysages de l'île, sans nul doute péniblement réalisés par un ancien propriétaire des lieux, qui avait consacré son été à restituer l'atmosphère de Nantucket *sur le vif.* Elle devine, sans avoir besoin de les ouvrir, que les placards contiennent de vieux livres de cuisine avec des taches de sauce à la canneberge et de soupe de palourdes, ainsi qu'une cocotte noire encrassée pour les homards et une boîte de cure-dents à collerette achetée sous la présidence de Kennedy.

Sur la gauche de la pièce, une première porte mène à une chambre – un lit bas, recouvert d'une courtepointe en patchwork –, et une seconde à une salle de bains au carrelage rose irisé – elle a dû être rénovée dans les années 1970.

— Cet endroit est fabuleux, dit Lizbet.

Mario retire son blazer et ses tongs.

— Heureux que ça vous plaise. Beaucoup de gens ne sauraient pas l'apprécier à sa juste valeur, ils... ne comprendraient pas.

Il a pensé à prendre la glacière de Lizbet dans le coffre et il sort la bouteille de Krug.

— Et encore, vous n'avez pas vu le meilleur, lui dit-il.

Il sort deux verres (d'anciens pots de moutarde décorés avec des images de *Tom et Jerry*) du placard et ouvre la porte qui mène à... sa terrasse couverte. Elle donne sur le port de Nantucket. L'océan vient lécher les pilotis sous leurs pieds. Une échelle est accrochée à la balustrade.

— Mais comment avez-vous trouvé cet endroit ? lui demande-t-elle.

— Xavier. J'hésitais à accepter la direction du bar, il a mis cette maison dans la balance et j'ai cédé.

Il retire d'un geste adroit le muselet de la bouteille, puis fait sauter le bouchon sans bruit. Il verse le champagne dans les verres à moutarde, Lizbet et lui trinquent en se regardant.

— Voilà, là on est bien, dit-il. À vous, Bourreau des cœurs.

Arrivés au second verre, ils sont assis côte à côte sur la causeuse en rotin de la terrasse, pieds nus posés sur la table basse, et ils admirent la nuit qui tombe. Le point rouge lumineux du phare de Brant Point s'intensifie puis diminue.

— Comment es-tu arrivée à Nantucket ? demande Mario. Je ne crois pas que tu me l'aies dit.

— Quand j'étais à la fac, dans le Minnesota, il y avait une étudiante de ma résidence qui a fait sa rentrée avec une semaine de retard. On savait seulement qu'elle s'appelait Elyse Perryvale et qu'elle venait de la côte est. Personne ne s'expliquait comment elle pouvait manquer la première semaine de sa première année.

Elle avale une gorgée de champagne.

— Elle est arrivée bronzée, les cheveux blondis par le soleil, avec un short en jean délavé et des mocassins bateau qui avaient l'air d'être passés des centaines de fois sous les roues d'une vieille jeep. Elle a dit « Désolée pour le retard, mes parents voulaient profiter encore un peu de notre maison à Nantucket. »

— Et tu l'as détestée ?

— Je l'ai vénérée, oui. Je n'avais jamais entendu un truc qui me faisait à ce point rêver. Il faut savoir que dans le Minnesota, l'été est synonyme de séjour dans un chalet au bord du lac et de queue à la fête foraine pour manger une barbe à papa. Et soudain il y avait une… sirène parmi nous. Je l'ai noyée sous les questions pour en savoir plus sur Nantucket, et elle m'a prêté un roman de Nancy Thayer que j'ai dévoré. L'été suivant la remise des diplômes, je suis venue ici et j'ai trouvé un boulot de serveuse à La Terrasse, qui venait d'ouvrir ses portes cette année-là. J'ai commencé à fréquenter JJ et quinze années sont passées.

— Vous n'avez jamais pensé à vous marier ?

— Quand je l'ai rencontré, j'étais trop jeune. Puis ensemble on a développé un côté anticonformiste. On se prenait pour les Goldie Hawn et Kurt Russell de Nantucket. On se disait que le mariage tuerait le côté romantique. C'est JJ qui s'est chargé de le tuer tout seul comme un grand.

— J'imagine que Tina est sa nouvelle copine ?

— Christina, oui. Notre ancienne représentante en vin. Une femme que j'appréciais beaucoup.

Lizbet lui raconte la Dernière Soirée de La Terrasse, la découverte des textos, la rupture qui a suivi.

— Aïe ! Il n'est vraiment pas assez bien pour toi, ce type.

— Il l'était, pourtant.

Elle a eu tellement de mal à le comprendre elle-même, alors l'expliquer à quelqu'un d'autre… Leur amour, à JJ et elle, était bien réel. Chaque minute passée ensemble paraissait être un investissement sur l'avenir : le petit déjeuner, le déjeuner, le dîner, les balades en voiture ou à pied, les cocktails, les rencontres avec des fournisseurs, les virées à la poste, les traversées en ferry, les vacances aux Bermudes, à Napa en Californie et à Jackson Hole dans le Wyoming, les fêtes de famille à Minnetonka, chez elle, et à Binghamton, chez lui, chacun des films qu'ils ont regardés, chacune des séries qu'ils ont dévorées, chacune des chansons qu'ils ont entendues à la radio, chacune des recettes qu'ils ont essayées, chacun des enterrements auxquels ils se sont rendus (il y en a eu trois), chacun des mariages (six), chacun des baptêmes (cinq), chacune des journées à la plage, chaque texto et chaque coup de fil, chaque visite au supermarché, chacune des maisons qu'ils ont visitées avant d'acheter celle dans Bear Street, les disputes et les querelles, les pneus crevés et les batteries à plat, les fuites au plafond et les coupures de courant, le jour où le frigo les a lâchés, les matchs de foot, les concerts (Kenny Chesney, les Foo Fighters, Zac Brown), les brûlures et les coupures dans la cuisine du restaurant, les crèves et les gastros à la maison... C'était autant de briques servant à ériger une forteresse censée mettre Lizbet à l'abri du danger et du malheur pour le restant de ses jours. Avec JJ ils partageaient des blagues qu'ils étaient les seuls à comprendre, ils avaient des codes entre eux, des habitudes et des rituels. Elle lui grattait le dos tous les matins, elle connaissait l'endroit précis où il en avait besoin, au sud-est du trèfle tatoué en plein centre. Le dimanche matin, en hiver, il lui faisait couler un bain, il allumait des bougies parfumées et préparait une pile de revues culinaires près de la baignoire. Pendant qu'elle en profitait, il allait chercher au Nautilus des bagels au fromage frais et à la sriracha, qu'ils mangeaient dans la cuisine – elle, en peignoir – au son de vieux concerts de Springsteen. Ces dimanches matin étaient sacrés, c'était leur messe à eux.

Lizbet pensait au fond d'elle qu'ils finiraient par se marier un jour, malgré leur posture anticonformiste. Elle rêvait d'un diamant taille marquise, d'une cérémonie sur la plage de Miacomet suivie d'un repas de fruits de mer ; elle rêvait de danser dans sa robe de mariée au Chicken Box. Ils avaient parlé d'avoir des enfants – ils en voulaient deux –, et lorsqu'elle n'avait pas eu ses règles en janvier 2021, ils avaient été à la fois sonnés et grisés. Ce n'était pas ce qu'ils avaient prévu – un bébé pour septembre, Lizbet enceinte jusqu'au cou pendant la saison d'été –, mais ils avaient souri comme des fous, s'appelant « Ma » et « Pa », surnommant le bébé « Bibi ». Et quand elle avait eu des saignements à neuf semaines, ils avaient pleuré dans les bras l'un de l'autre.

L'échange de sextos avec Christina a débuté cet été-là. JJ a percuté la forteresse avec un bulldozer. Pire, il a conduit Lizbet à penser que celle-ci n'existait que dans son esprit.

La fin de leur histoire, au lieu de lui permettre de se créer une citadelle plus résistante, d'où elle pourrait mener une nouvelle vie différente et meilleure, a tout détruit, comme si ces quinze années – dans la fleur de l'âge, entre 23 et 38 ans – s'étaient volatilisées. Elle n'a rien pu sauver, à part la certitude d'avoir survécu.

Elle vide son verre et se tourne vers Mario.

— Tu as quel âge ? Quarante...

— 46.

— Et tu as déjà eu le cœur brisé ?

Il soupire.

— Pas comme ça. Pas par une femme. Mais à la mort de Fiona...

Fiona Kemp. La cheffe du Bistro bleu. Elle a succombé à une mucoviscidose à la fin de l'été 2005. Une véritable légende.

— ... quand il a fallu fermer le Bistro bleu, mon cœur s'est brisé. Ça va te paraître horriblement prétentieux, mais c'était la fin d'un empire. Ce restaurant était le meilleur, pas à cause de la nourriture ou de l'emplacement, non... il était le meilleur grâce aux gens qui y travaillaient. C'était un peu comme une équipe de foot invincible avant que son joueur vedette ne décide de demander son transfert dans un autre club, ou comme cette succession d'étés magiques en colo avant d'obtenir son permis de conduire et un boulot pour faire des sandwichs dans une chaîne de restauration. Nous savions tous que Fiona était condamnée et qu'elle vivait encore par la grâce de Dieu. Et pourtant, lorsqu'elle s'est éteinte, on a été en état de choc. Notre rêve est mort avec Fiona, une petite part de chacun de nous est morte avec elle. Alors oui, j'ai eu le cœur brisé par cette île. Au point que je m'en suis éloigné pendant dix-sept ans.

Mario emmène Lizbet vers la balustrade. Ensemble, ils regardent le ferry glisser dans toute sa majesté vers le large. Il est éclairé, on dirait un immeuble flottant.

Il prend le visage de Lizbet à deux mains et lui dit :

— Je vais t'embrasser maintenant, mais je crois qu'il faut qu'on soit prudents, tous les deux.

Elle éclate de rire.

— Je ne tomberai plus jamais amoureuse, ne t'en fais pas.

— Très bien, alors.

Il s'approche. Pour le premier baiser, il effleure simplement ses lèvres des siennes, douces et tièdes. Puis il l'attire contre lui, assez près pour que leurs bassins entrent en contact. Il l'embrasse à nouveau, sa bouche s'attarde sur la sienne, mais il est encore hésitant, il ne semble pas avoir tout à fait pris sa décision. Au troisième baiser, il entrouvre ses lèvres, leurs langues se touchent et une seconde plus tard ils s'étreignent comme un couple destiné à tomber amoureux en dépit des meilleures intentions.

Mario finit par entraîner Lizbet vers son lit, au matelas étonnamment (et agréablement) ferme. Il prend son temps pour la déshabiller. Il titille la pointe de ses seins jusqu'à ce qu'elle gémisse contre sa bouche. Puis il l'embrasse sous l'oreille, lui mordille le lobe et murmure :

— Je te trouve si magnifique, Lizbet.

Elle ne tarde pas à découvrir qu'il n'y a pas de comparaison possible entre Mario et JJ au lit. JJ faisait l'amour comme un éléphant dans un magasin de porcelaine, tout en force et en esbroufe, sans la moindre finesse, il aimait que leurs rapports soient aussi bruyants que possible. Mario prend son temps, il fait durer le plaisir. Elle veut le sentir en elle et quand elle pense que c'en est trop – elle se sent comme une casserole sur le point de brûler –, il répond enfin à son attente. Ils roulent sur le matelas ferme et elle enserre ses reins avec ses cuisses devenues si musclées. Il pousse un cri d'abandon. Un cri si délicieux qu'elle sait qu'elle y repensera souvent.

Enfin, il roule sur le dos, hors d'haleine. Elle est éblouie.

— Pourquoi on doit être prudents, déjà ? lui demande-t-elle.

Il éclate de rire.

— Je me posais exactement la même question.

Il fixe le plafond une seconde avant de se redresser et de l'embrasser.

— J'ai dit ça parce que je n'ai signé que pour une saison. Et ce n'est pas à toi que je vais l'apprendre, l'hôtel ne restera peut-être pas ouvert très longtemps.

Elle a le même mouvement de recul que s'il venait de lui faire respirer du vinaigre.

— L'hôtel restera ouvert.

Elle ignore si c'est vrai, bien sûr. Le taux d'occupation, après un mois d'ouverture, se situe aux alentours de 40 %. Elle est trop accaparée par la gestion du quotidien pour s'en inquiéter comme elle le faisait au début. Est-ce que l'hôtel perd de l'argent ? Oui. Mais Xavier coupera-t-il les vivres au bout d'une seule saison ? Aurait-il dépensé tout cet argent pour renoncer aussi vite ? Il lui a dit qu'il voulait impressionner deux femmes, et l'une d'elles est Shelly Carpenter. Qui est la seconde ? Lizbet ne s'était pas posé la question depuis un moment. (Elle espère sincèrement que ce n'est pas Alessandra.)

— L'hôtel sera toujours ouvert l'été prochain si j'ai mon mot à dire. Il va réussir à se faire un nom.

Mario l'embrasse sur le bout du nez, d'un geste qu'elle juge un peu condescendant. Elle a brusquement envie de le repousser.

— D'accord, Bourreau des cœurs.

Il enfile son caleçon et un tee-shirt de la brasserie Cisco.

— Viens avec moi dans la cuisine, s'il te plaît. Je vais te faire à manger.

# 14

# Les petits arrangements de la réception

C'est le deuxième samedi de juillet, et la réception doit se charger de trois départs et de quatre arrivées. (Alessandra n'en revient pas que l'hôtel soit si peu rempli. Si elle avait su que ce serait aussi calme, elle aurait travaillé au White Elephant.)

Parmi les arrivées il y a, Dieu merci, un homme qui voyage seul, le Dr Romano. Il a la beauté ciselée d'un médecin dans une série télévisée. Il loge dans une chambre, pas une suite, et il porte une alliance en titane noir, mais elle décide de fermer les yeux sur ces deux détails regrettables et lui glisse son numéro de portable. Il incline la tête vers le badge qu'elle porte à l'envers et lui dit :

— Merci *beaucoup*, Alessandra.

*Formidable,* songe-t-elle. Il va lui envoyer un texto à la seconde où il pénétrera dans sa chambre, elle en a la certitude.

Pendant ce temps-là, Edie cherche à réserver un brushing au salon de coiffure pour la cliente de la 110. *Laisse tomber, ils sont archipleins,* observe Alessandra à part elle ; elle n'a pas réussi à leur faire accepter une seule cliente de tout l'été. Et pourtant elle entend Lindsay, du salon, accorder cette faveur à « Princesse Edie Robbins ». Lorsqu'elle raccroche, Zeke s'approche du comptoir et demande :

— Comment vous fabriquez les clés pour les chambres, au fait ? C'est de la magie ?

Edie prend une inspiration, sans aucun doute pour lui expliquer que les cartes ne sont pas magiques mais magnétiques, sauf qu'elle n'en a pas le temps, parce qu'Alessandra lance :

— C'est notre petit arrangement à nous. Tu ne peux pas comprendre.

— Oui, c'est notre petit arrangement, dit Edie avec un sourire si immense que la cheffe de réception en grimace intérieurement.

La jeune femme rêve de créer un lien entre elles, mais non, désolée, ça n'arrivera pas.

Un couple pénètre alors dans le hall de l'hôtel, chargé de bagages et de tout un attirail de puériculture – poussette, siège auto, énorme sac à langer.

— Je dois y aller, dit Zeke, c'est pour moi.

Est-ce qu'Alessandra imagine des choses ou Zeke passe beaucoup de temps à traîner près de la réception ? Avant qu'elle puisse se raviser, elle se tourne vers Edie et lance :

— Je crois qu'il t'aime bien.

Sa collègue ouvre de grands yeux ronds.

— Quoi ?

— Il passe son temps près du comptoir à poser des questions. Tu n'as pas remarqué ?

— Si, j'ai remarqué qu'il t'avait demandé, à toi, pourquoi tu portais ton badge à l'envers, comment on disait « facture » en italien et quel était l'endroit le plus surprenant où tu avais fait l'amour. S'il y en a une qu'il aime bien, c'est toi.

— Je pense qu'il fait ça pour te rendre jalouse.

Elle est sincère. Elle est bien trop intimidante pour lui.

— Je pourrais être sa grand-mère, ajoute-t-elle.

Edie pouffe de rire et sort son sac à main.

— Je prends ma pause déjeuner.

C'est donc à Alessandra que va échoir la tâche pénible d'accueillir le couple de jeunes parents et leur bébé. Ils vont avoir besoin d'un lit pour lui. Ils vont l'interroger sur le service de blanchisserie et les baby-sitters proposées par l'hôtel (ils en voudront évidemment une qui a au moins six références et quatre enfants adultes à elle) afin de pouvoir profiter d'une soirée tranquille dehors. Le portable d'Alessandra, qu'elle range au fond de l'étagère sous son ordinateur, vibre. Le Dr Romano. Elle est si contente qu'elle adresse un sourire sincère au couple qui approche.

— Bonjour, soyez les bienvenus.

La femme, avec une robe moulante en maille verte qui met aussi bien en avant sa poitrine de mère allaitante que son ventre incroyablement plat, retient un cri de surprise.

— Ali Powell ?

Alessandra se fige comme un animal en pleine nature face à un prédateur – car toute personne utilisant le surnom de son enfance représente une menace existentielle. Elle se concentre sur le visage de la femme.

*Oh, non !* C'est Duffy Beecham du lycée, l'amie dont elle a séduit le père, professeur à l'université de Stanford, Andrew Beecham.

À sa connaissance, Duffy n'a jamais été au courant de l'aventure entre son père et son amie. Si Andrew Beecham a accepté si volontiers d'offrir à Alessandra un aller simple pour Rome, c'est qu'il avait fini par comprendre qu'elle avait le pouvoir de détruire sa vie. Lorsqu'elle s'est installée dans la capitale italienne, Duffy était en deuxième année à l'université de Pepperdine, elle lézardait sur les plages de Malibu et sortait avec des types qui rêvaient de devenir producteurs de cinéma. Leur amitié s'est peu à peu réduite à un texto de temps en temps (quand l'une d'entre elles avait bu un coup de trop et entendait le Dave Matthews Band).

De temps en temps, Alessandra s'est connectée aux profils Facebook ou Instagram de Duffy pour voir ce qu'elle devenait – elle possédait elle-même des comptes mais ne postait jamais rien. Duffy a épousé un cadre de la Silicon Valley. Alessandra a été invitée au mariage, mais le faire-part a été envoyé chez sa mère et elle vivait à Ibiza à l'époque, elle a donc renoncé à s'y rendre. Elle songe soudain qu'elle n'a jamais envoyé de cadeau, ce qui peut sans doute lui être pardonné étant donné qu'elle se trouvait à l'étranger. Alessandra ne connaît pas le nom du mari... ce qui devrait changer d'un instant à l'autre ! Duffy a fait des études pour devenir assistante sociale. Elle a toujours eu l'âme d'une bonne samaritaine ; au lycée, elle distribuait bénévolement des couvertures aux sans-abri d'Oakland. Et en un sens, son amitié avec Alessandra participait de ce côté charitable : Duffy y voyait l'occasion de faire une bonne action, en se nouant avec une fille qui avait une mère minable, et pas de père.

Sur les réseaux sociaux, Duffy a posté les photos attendues : cueillette des pommes avec son mari (vêtus du même sweat-shirt, c'en est presque ridicule), la queue devant le marché aux poissons de San Francisco, le pont du Golden Gate avec sa brume énigmatique, un *banh mi* à la poitrine de porc dans les gradins d'un match de football américain… Puis, plus tard, des images de leur nouvel appartement dans le quartier de Nob Hill, pour lequel elle a demandé leur avis à ses 537 followers concernant des choix de déco. Papier peint ou peinture pour les toilettes ? Parquet ancien ou sol en résine époxy beaucoup plus tendance pour la cuisine ?

Alessandra n'était pas au courant pour le bébé, ça doit donc faire plus d'une bonne année qu'elle n'a pas pensé à son ancienne amie. Si elle avait suivi sa vie d'un peu plus près, elle aurait pu se préparer à sa venue à Nantucket.

— Duffy ! s'exclame-t-elle en essayant de faire taire toutes ces réflexions perturbantes. Je n'en reviens pas ! Tu as pris une chambre ici !

— Oui ! Pour trois nuits. Est-ce que tu… travailles ici ?

— Oui ! répond-elle, affirmant avec panache ce qui relève de l'évidence absolue.

Elle ne laissera pas la situation devenir gênante, même si elle l'est – car oui, elle l'est ! Alessandra était l'élève brillante au lycée, l'intello ouverte d'esprit avec un don incroyable pour les langues. Elle aurait dû faire une carrière remarquable et pourtant, ainsi que la situation présente l'illustre douloureusement, ce n'est pas le cas.

— Je suis la cheffe de réception.

Le mari de Duffy finit de charger le chariot à bagages avec toutes leurs affaires – Zeke le tient pour l'empêcher de bouger.

— Je pensais que tu étais… je ne sais pas… à Saint-Tropez ou un endroit comme ça, sur le yacht d'un millionnaire.

*C'était l'idée, oui,* pense Alessandra.

— J'ai vécu un long moment en Europe. En Italie dernièrement, mais aussi en Espagne et à Monaco.

— Chéri, dit Duffy en se tournant vers son mari, qui approche en trottinant. Je te présente Ali Powell, c'était ma meilleure amie au lycée.

Zeke, qui est resté près du chariot, n'en perd pas une miette, évidemment. S'il répète à Adam qu'on la surnommait Ali autrefois, elle va en entendre parler.

Le mari tend la main au-dessus du comptoir pour donner à Alessandra une poignée virile façon Silicon Valley, sans oublier de plonger ses yeux dans les siens.

— Jamie Chung, se présente-t-il. Enchanté de faire ta connaissance, Ali.

*Alessandra,* le reprend-elle intérieurement sans oser le faire tout haut, parce qu'elle ne veut pas se donner des airs.

— Je vais m'occuper de vous, dit-elle. Il me faut juste une pièce d'identité et une carte de crédit.

Il dépose son permis de conduire et une carte bancaire violette sur le comptoir.

— Alors tu as connu Duff au lycée ?

Sa femme lui donne une tape.

— Je t'ai dit que c'était ma meilleure amie ! On était inséparables ! Elle vivait quasiment chez moi. C'est elle qui m'a tenu les cheveux le jour où j'avais bu tellement de tequila que...

— Ah ah ! C'est à cause de toi que mon épouse ne supporte pas les margaritas.

*Ce n'est pas moi qui l'ai fait boire ! Je lui ai juste tenu les cheveux !* Mais de nouveau elle garde ses protestations pour elle.

— Mes parents l'adoraient, ma mère surtout.

Duffy baisse la voix pour ajouter :

— Elle parlait même de t'adopter. Elle voulait que tu aies une vie de famille normale.

Alessandra refuse de mordre à l'hameçon et de rétorquer qu'elle avait une mère et une vie de famille. Elle ne cédera pas davantage à la tentation cruelle de se pencher vers Jamie pour lui murmurer de façon théâtrale : « J'ai eu une aventure avec le père de Duffy au printemps de l'année de terminale. »

À la place, elle lance :

— Je vous offre votre première nuit.

— Oh là là, merci ! s'exclame Duffy. Tu es la mère Noël... en plein été !

*Ho ho ho !* pense-t-elle.

— Je ne vous ai jamais fait de cadeau de mariage, alors...

Son amie fronce les sourcils.

— Ah bon ?

Évidemment, Duffy n'a pas prêté attention à ce type de détail ; si ça se trouve, elle n'avait même pas fait de liste de mariage, elle a juste demandé aux convives de faire un don à une association caritative. Même si, à voir la taille de son solitaire et des diamants qu'elle porte aux oreilles, sans oublier la montre Tank Cartier à son poignet – un cadeau de naissance, peut-être –, elle est sans doute devenue plus matérialiste aujourd'hui.

— Et tu ne pourrais pas aussi nous surclasser en nous donnant une suite ? intervient Jamie. Si tu en as une de disponible ?

Il leur en reste sept, mais Alessandra est si soufflée par le toupet de Jamie – bonjour le bulldozer ! –, qu'elle répond :

— Je crois qu'elles sont toutes réservées.

— C'est juste qu'avec le bébé..., insiste Jamie.

— Je te présente Cabot ! ajoute Duffy en sortant un adorable bébé en tenue de marin de la poussette.

*Cabot Chung,* se dit Alessandra. Il est magnifique et il a précisément l'âge (6 ou 7 mois ?) auquel les bébés sont les plus photogéniques. Elle agite les doigts dans sa direction. Elle a si peu l'instinct maternel qu'elle se trouve ridicule, et pourtant elle en rajoute dans l'enthousiasme tandis qu'intérieurement elle fulmine. Elle a offert à Jamie et Duffy une nuit d'hôtel, et maintenant que Jamie a réclamé davantage son geste est passé inaperçu.

Elle fait exprès de pianoter sur son clavier.

— Ah, je pense que je vais pouvoir faire un miracle et vous trouver une suite finalement. Zeke va s'occuper de vous installer un lit pour Cabot et de vérifier que la chambre est parfaitement sécurisée pour lui.

— Merci ! s'exclame Duffy. Tu es géniale ! Est-ce qu'on peut t'emmener dîner un soir de notre séjour pour discuter ?

Alessandra jette un coup d'œil à son téléphone. Elle a reçu deux textos d'un numéro qui est celui, elle en est certaine, du Dr Romano.

— Je suis prise les trois soirs qui viennent.

Elle active les cartes magnétiques pour la suite 216 et les pousse vers eux.

— Mais on trouvera bien le temps de papoter.

— J'ai hâte d'écrire à mes parents pour leur dire que je t'ai vue. Ils n'en reviendront pas !

— Transmets-leur mes amitiés, rétorque Alessandra.

Elle se replonge aussitôt, c'est plus fort qu'elle, dans les souvenirs des mois pendant lesquels elle a couché avec le père de Duffy. Elle avait 18 ans, et elle pensait qu'elle était bien assez grande, même si aujourd'hui, à près du double, elle comprend que ce n'était pas le cas, et de loin. Elle était encore une adolescente, et Andrew un professeur titulaire dans la quarantaine. Pour autant, elle ne peut pas se qualifier de victime, même à travers le prisme de 2022.

Elle l'avait toujours adoré, idolâtré même, voyant en lui une sorte de mélange entre une célébrité inatteignable et une figure paternelle. Les Beecham possédaient une maison entière de style victorien dans Filbert Street, qui leur avait été léguée par les parents de Mary Lou, la mère de Duffy. De la musique classique s'échappait constamment par la porte entrouverte du bureau si alléchant d'Andrew. Dans la cuisine, Mary Lou écoutait la radio tout en faisant sauter des crêpes pour le petit déjeuner des filles. Et le soir, en semaine, elle était capable de préparer à l'improviste des soles accompagnées d'une frisée aux lardons. Les Beecham étaient tous deux de grands lecteurs ; ils étaient abonnés à *The Economist* et à la revue littéraire *New York Review of Books.* Ils avaient un abonnement de musique symphonique. Alice Waters, la célèbre cheffe, les appelait par leurs prénoms, et ils partaient régulièrement en voyage à Lisbonne ou à Grenade, où Andrew donnait des conférences. Ils n'étaient pas fortunés, mais ils avaient une autre richesse, celle de l'intellect, des idées, des expériences.

Duffy, pourtant, ne partageait aucun des centres d'intérêt de ses parents. Elle aimait Britney Spears et *Buffy contre les vampires* ; et elle cherchait autant les ennuis qu'Alessandra, sinon davantage. C'était elle qui s'était liée d'amitié avec HB, le type qui les a accueillies au Presidio avec une bouteille de Don Julio, ce funeste soir. Duffy a voulu lui montrer qu'elle pouvait boire autant que lui, alors qu'Alessandra a discrètement vidé ses shots tant il ne lui inspirait pas confiance – elle ne tenait surtout pas à perdre le contrôle en sa présence.

Quand Duffy a commencé à vomir, Alessandra lui a tenu les cheveux. Il était 22 heures, un vendredi soir frisquet de mars, et elles se sont agenouillées sur la pelouse humide de Crissy Field. Alessandra aurait aimé partir, mais Duffy ne pouvait pas faire trois pas sans se plier en deux et être prise d'un spasme. Alessandra n'a eu d'autre choix que de téléphoner à Andrew.

Ce soir-là, les Beecham recevaient des amis à dîner ; ils avaient allumé des bougies dans la salle à manger, vidé des bouteilles d'un excellent cabernet de la Napa Valley, et pourtant les conversations et les rires se sont tus lorsque Andrew a poussé les filles dans le couloir jusqu'à la cuisine. Mary Lou s'est levée de table en faisant une blague sur l'adolescence : « On se souvient tous de cette époque, hein, Barry ? » Mais quand elle a découvert dans quel état se trouvait Duffy, elle est devenue folle de rage, et elle a dirigé sa colère contre Alessandra – l'amie livrée à elle-même qui avait forcément une mauvaise influence –, jusqu'à ce qu'elle se rende compte que celle-ci était sobre. Ce qui, bizarrement, a encore accru sa fureur. Elle a demandé sèchement à son mari de faire disparaître Alessandra de sa vue.

Il l'a reconduite chez elle. Elle était sonnée par la virulence de Mary Lou ; elle avait l'impression d'avoir été giflée – jusqu'à présent, elle avait toujours été une sorte de petit animal familier pour Mary Lou. Il a essayé de lui présenter des excuses, il l'a remerciée d'être une aussi bonne amie.

— Tu es une jeune femme exceptionnelle, Ali. Tu possèdes un côté sauvage, et c'est un compliment dans ma bouche. Tu obtiendras ce que tu veux dans la vie.

La rue où elle vivait était plongée dans le noir et le silence. Il a coupé le moteur, ce qu'elle a trouvé étrange.

— Vous ne voulez pas retourner à votre dîner ? lui a-t-elle demandé.

Il a abandonné sa tête contre son siège.

— Pfff, ces gens sont tellement rasoir ! Barry Wilson nous a parlé de rente viagère, tu imagines ?

Il s'est tourné vers elle.

— Quand est-ce que je suis devenu à ce point un... adulte ?

— Vous vous inquiétez pour Duff ?

— Non, tout ira bien pour elle. Et elle aura eu sa punition avec la tequila.

Alessandra s'apprêtait à ouvrir sa portière et à le remercier de l'avoir déposée, mais quelque chose dans l'attitude d'Andrew l'a retenue. Il regardait la porte de son immeuble.

— Ta mère est au travail ?

Ils savaient tous deux que la réponse à cette question était oui. Elle a hoché la tête.

— Tu peux rester seule ?

Elle était habituée à passer ses soirées seule depuis qu'elle avait 7 ans. Une idée incongrue lui a alors traversé l'esprit : il voulait qu'elle l'invite à monter chez elle. Elle s'est penchée vers lui, a légèrement posé sa main sur le haut de sa cuisse et l'a embrassé. Le baiser s'est prolongé ; il reste, jusqu'à ce jour, le baiser le plus romantique qu'elle ait connu.

— On ne devrait pas, a-t-il dit.

Et pourtant, une seconde après il ouvrait sa portière pour la suivre chez elle.

Elle a beau vouloir détester Jamie de lui avoir forcé la main pour obtenir une meilleure chambre, elle doit bien reconnaître qu'il semble avoir tout du bon père et du bon mari. C'est même un excellent client. Zeke a fait savoir qu'il lui avait remis un pourboire de 100 dollars pour avoir vérifié que la suite ne présentait aucun danger. Le lendemain de leur arrivée, il descend de bonne heure avec Cabot pour laisser Duffy dormir. Alessandra le regarde discuter avec d'autres clients matinaux.

Puis son fils s'endort dans ses bras pendant qu'il joue aux échecs avec Louie. (Louie gagne bien sûr.)

Alessandra est sur le qui-vive chaque fois qu'elle entend la sonnerie de l'ascenseur, et dès qu'elle voit Duffy en sortir, elle fonce se réfugier dans la salle de repos. Elle insère 1 dollar dans le jukebox et choisit des chansons de Kiss, Ozzy Osbourne et Metallica avant de passer ses nerfs – elle n'en revient pas que Duffy Beecham soit ici, venue la hanter ! – sur le flipper. Elle fait une partie, puis une deuxième et une troisième (elle bat tous les records). Soudain, elle entend la voix d'Adam à travers la porte.

— Alessannnnnndra, tu es là ?

— Oui, dit-elle en s'arrachant à la machine, même si elle vient de mettre une quatrième pièce.

— Dépêche-toi d'y retourner ! Edie est débordée.

Elle se précipite à la réception, où il y a en effet la queue pour la première fois depuis l'ouverture de l'hôtel.

— Désolée, glisse-t-elle à Edie en la rejoignant derrière le comptoir.

— C'est rien, je comprends.

*Non, tu ne peux pas comprendre*, pense-t-elle.

Duffy passe à la réception un peu plus tard, accompagnée de Cabot, qui porte un minuscule bob et un petit maillot de bain avec des requins.

— On l'emmène à la piscine. Il fera la sieste vers 13 heures, j'en profiterai pour venir discuter avec toi une fois qu'il sera couché.

— Comme ça t'arrange ! lui répond Alessandra, qui n'a aucune envie de discuter avec Duffy.

Elle ne souhaite ni parler du lycée, ni avoir des nouvelles d'Andrew et de Mary Lou – Alessandra a vu sur la page Facebook de leur fille qu'ils ont tous les deux pris près de 20 kilos et que leurs cheveux sont gris –, ni écouter Duffy lui décrire en détail sa vie fabuleuse à San Francisco avec son mari au succès flamboyant et leur adorable bébé. Mais ce qu'elle ne veut surtout pas, c'est avoir à répondre à des questions sur sa vie personnelle. Comment se sont passées ses années à l'étranger ? Certaines ont été meilleures que d'autres. Elle a travaillé dans plusieurs beaux hôtels et fréquenté différents hommes, tous riches, pour la plupart mariés et pour l'un d'entre eux criminel en col blanc – celui qu'elle pensait épouser. Pas un n'était convenable. Et à quoi ressemble sa vie ici, à Nantucket ? Hier soir, elle s'est rendue discrètement dans la chambre du Dr Romano ; ils ont commandé à dîner (elle s'est cachée dans la salle de bains quand le repas a été livré), ils ont couché ensemble (le sexe était absolument médiocre) et lorsqu'elle est à partie à deux heures du matin elle était émotionnellement ankylosée.

Quand Duffy traverse le hall au retour de la piscine, elle lui lance :

— Je redescends bientôt. Jamie restera dans la chambre avec Cabot pour nous laisser du temps.

— Super !

Dès qu'elle a disparu dans l'ascenseur, Alessandra pousse un gémissement et Edie lui dit :

— Prends ta pause déjeuner maintenant. Et aussi longtemps que tu voudras. Ça ne me dérange pas.

Alessandra accuse le coup.

— Pourquoi tu es aussi sympa avec moi ?

— J'ai grandi sur cette île. J'observe toujours les voitures garées sur le parking du supermarché avant d'y entrer. Je préfère éviter certaines vieilles connaissances.

*Oh, mon Dieu !* se dit Alessandra. Edie la comprend parfaitement en réalité.

Elle emprunte un vélo de l'hôtel, va s'acheter un délicieux sandwich et reste assise à la table de pique-nique pendant deux heures avec le dernier roman d'Elena Ferrante. À son retour à l'hôtel, Edie l'informe aussitôt que la voie est libre.

— Ils sont partis prendre un déjeuner tardif sur la plage et ils ont l'intention d'y rester jusqu'au coucher du soleil.

Une fois qu'Alessandra a appris l'emploi du temps de Cabot, elle réussit aisément à éviter Duffy, et sa conversation, les deuxième et troisième jours de leur séjour. Elle sait qu'elle a une sacrée dette envers Edie, parce qu'elle prend des pauses déjeuner maousses, prétextant auprès de son ancienne amie un rendez-vous chez le médecin puis une réunion Zoom qu'elle ne peut pas se permettre de rater. Elle fait faux bond au Dr Romano le deuxième soir de son séjour – elle a besoin de dormir –, mais elle lui rend une visite tardive le troisième soir, et après un rapport tout aussi médiocre elle fond en larmes sans pouvoir se retenir. Le Dr Romano – Mark de son prénom – s'imagine bien sûr qu'elle pleure parce qu'elle s'est attachée à lui et qu'il part le lendemain matin. Il essuie délicatement ses larmes avec la pulpe de son pouce. Il a de belles mains, et des doigts fins. C'est un chirurgien.

— Oh non, ne pleure pas. On a partagé des moments formidables ensemble, c'est ce qui compte, non ?

Alessandra sait très bien qu'elle ne le reverra jamais (il a une femme et deux petites filles chez lui, à Kansas City), mais ce n'est pas ce qui fait couler ses larmes. Elle hausse les épaules.

— Comment je peux te consoler ?

— Prends-moi dans tes bras, lui répond-elle en se blottissant contre lui. Et si tu peux rédiger un avis positif sur RumeursDeVoyages en me mentionnant nommément, ça serait super. Tu dis juste que l'accueil que je t'ai réservé était exceptionnel.

Il lui chatouille les côtes.

— Ton accueil a été exceptionnel.

Il attrape la télécommande du téléviseur. Il tombe sur une vieille comédie, *Le Golf en folie !*, qui vient de commencer.

— Tu l'as déjà vue ? lui demande-t-il. Elle est vraiment poilante.

Existe-t-il un homme sur terre qui n'ait pas la même opinion sur ce film ? Si c'est le cas, Alessandra ne l'a jamais rencontré.

— Non, ment-elle.

— Oh, alors attends, attends. Là, c'est le juge...

Elle ferme les yeux.

— Ça va beaucoup te plaire.

Quand elle se réveille, il est très tard, presque trois heures du matin. Le docteur ronfle à côté d'elle. Elle se lève discrètement et se rhabille. Elle doit rentrer. La bonne nouvelle c'est qu'elle peut quitter l'hôtel par la grande porte – au lieu de sortir comme une voleuse en passant par le sous-sol –, parce que et Richie et Raoul seront partis à cette heure. Pourtant, au moment d'entrer dans le hall, elle aperçoit ce dernier. Elle se fige aussitôt et s'apprête à reculer, mais il a dû sentir sa présence parce qu'il se retourne. Prise la main dans le sac !

— Hé, toi ! Qu'est-ce que tu fais encore là ?

Elle hausse un sourcil.

— Je te retourne la question !

Il secoue la tête.

— Il y a eu un problème avec la suite 216. J'ai dû appeler la police.

— La suite 216 ? Quelqu'un s'est plaint à cause du bébé ?

— Non, pas du tout, c'était à cause des parents. Ils ont dîné au Galley ce soir, avant d'aller prendre un verre au Lola je crois, enfin peu importe. Ils étaient complètement survoltés, ils ont eu une dispute bruyante, la suite 214 a appelé la réception et c'est d'abord moi qui suis monté. J'ai très vite vu que la situation me dépassait, et j'ai appelé Richie à la rescousse. La femme pleurait et traitait le mari de salaud, lui, il lui répondait qu'elle était tarée, elle a dit qu'elle ne voulait pas de lui dans leur chambre… Un vrai bazar. Ils se sont un peu calmés quand les flics ont débarqué. Tout est rentré dans l'ordre maintenant, et Dieu merci ils partent demain.

— Tu es sûr que la femme allait bien ? Il ne l'a pas frappée, rassure-moi ?

— Il m'a pris à part pour m'expliquer qu'elle n'était pas censée boire vu qu'elle allaite, mais elle a fait une exception, pour les vacances. Et puis elle est tombée sur une vieille amie qui a réveillé un truc en elle.

— « Réveillé un truc » ?

— C'est ce qu'il a dit, mot pour mot. Ne me demande pas de t'expliquer ce qu'il entendait par là. J'ai 42 ans, je comprends de moins en moins ce monde.

Il ébouriffe légèrement Alessandra, qui doit déjà l'être de toute façon. C'est la seule personne sur terre dont elle accepte ce genre de geste.

— Et toi ? Qu'est-ce que tu fais encore ici ?
— Oh, tu me connais. J'ai toujours du mal à partir.

Dans la matinée, Alessandra glisse la facture des Chung dans une enveloppe et la leur remet avec un sourire.

— Dommage qu'on n'ait pas eu le temps de se parler... Moi aussi, j'étais trop débordée... Le bébé... Ah ce travail qui ne me laisse qu'un jour de congé toutes les deux semaines... On a passé un séjour formidable, merci de nous avoir offert une suite, je te laisse mon numéro, appelle si tu passes un jour à San Francisco, et contacte-moi sur Facebook !

— Bien sûr ! répond Alessandra, qui n'en fera rien. Au revoir !

Jamie et Duffy poussent l'adorable Cabot jusqu'à la sortie.

*Une bonne chose de réglée*, se dit Alessandra.

Sauf que pas exactement. Quelques jours plus tard, Alessandra et Edie démarrent leur ordinateur et se préparent à commencer leur journée lorsque Richie surgit comme une furie du bureau et les effraie toutes les deux.

— Oh là là ! s'écrie Edie. J'ai vraiment cru qu'il y avait un fantôme !

Ça n'a pas du tout l'air d'amuser Richie, bizarrement, lui qui est toujours si décontracté, avec une blague de daron sous le coude. Il est évident qu'il a passé la nuit là. Alessandra a assuré la réception de nuit lors de ses premiers mois au bord du lac de Côme, et elle sait combien ça peut taper sur les nerfs.

Il agite une feuille de papier sous son nez.

— Tu as offert une nuit aux Chung ? Dans une suite ? Tu n'as pas indiqué de code ou de motif, et je n'ai pas la trace d'un aval de la direction !

— Oui... c'est vrai.

Elle était tellement heureuse d'être débarrassée d'eux... Elle aurait « réveillé un truc » chez Duffy ? Qu'est-ce que ça veut dire ? Si l'une d'elles avait des raisons d'être perturbée par cette rencontre, c'est plutôt elle ! Sans parler de cette sortie sur la « vie de famille normale ». Bref, avec tout ça, elle a complètement oublié qu'elle était censée justifier ce cadeau. Le personnel de la réception est autorisé à faire un geste en cas d'incident – si les clients ont vraiment vécu une expérience malheureuse ou si on n'a pas pu leur donner accès à leur chambre avant 17 heures –, pas à offrir une nuit sur un coup de tête. Et chaque remise doit être validée par Lizbet. Alessandra espérait malgré tout que Richie laisserait passer pour une fois. Il ne lui a jamais fait de réflexion alors qu'elle prélève 5 ou 10 dollars dans la caisse, tous les deux ou trois jours, pour se payer un repas – mais il ne s'en est peut-être pas rendu compte.

— Faut-il vraiment en faire toute une affaire ?

— C'est une chambre à 645 dollars la nuit, lui rétorque-t-il. Tu dois les payer, Alessandra. Tu as décidé toute seule de cette ristourne, c'est à toi de la régler.

— D'accord... Je tiens juste à faire remarquer qu'Edie a surclassé la famille Marsh pour la totalité de l'été, sans la permission de personne. Ce qui représente une perte pour l'hôtel considérablement plus importante que ces 645 dollars. Personne ne lui a demandé de payer.

Richie et Edie accueillent tous les deux cette remarque en silence.

Il finit par souffler.

— Très bien. Je passe l'éponge pour cette fois mais ne recommencez pas, ni l'une ni l'autre.

Il disparaît dans le bureau de Lizbet, et Alessandra se tourne vers Edie.

— J'aurais dû leur offrir un grille-pain, plutôt.

La jeune femme lui décoche un regard noir.

— Je te présente mes excuses, Edie, lui dit Alessandra. Est-ce que ça compte parmi les petits arrangements de la réception de balancer son adorable collègue serviable pour s'en sortir ?

— Parmi tes arrangements à toi.

Et Alessandra est soulagée de voir un minuscule sourire se dessiner sur les lèvres d'Edie.

# 15

# À l'abri des regards

Adam entraîne Raoul dans la salle de repos, et Grace s'empresse de les suivre, parce que ça sent le grabuge.

— Il faut qu'on parle à Lizbet du planning, dit Adam. C'est injuste qu'elle ait échangé nos horaires. Tu dois lui parler. Elle te préfère à moi.

— Je n'ai pas envie de lui parler. Parce que, crois-le ou non, je suis content d'arrêter les nuits. Je l'ai fait pendant un mois entier. C'est ton tour.

— Tu dis ça parce que tu veux passer tes journées avec Zeke, rétorque Adam.

Raoul n'en revient pas.

— Tu ne parlerais pas pour toi ? Ça expliquerait pourquoi tu me prends la tête.

— Attends, tu n'es pas en train de m'accuser j'espère, s'emporte Adam. Est-ce que je dois te rappeler lequel d'entre nous a été surpris en train de draguer ce serveur au Nikki Beach ?

— C'était avant qu'on sorte ensemble ! proteste Raoul. Je suis fidèle depuis notre premier rendez-vous. Et ce n'est pas parce que je travaillerai avec Zeke que ça va changer. Si c'est ce que tu imagines, tu as un vrai problème de confiance.

— J'ai un problème de confiance ?

— Tu as un faible pour Zeke, Adam ?

À ce moment-là la porte de la salle de repos s'ouvre en grand et celui-ci les rejoint justement.

— Adam, c'est toi qui bosses ce soir ? Je dois filer.

— J'arrive. Je discute juste deux minutes avec mon mari que je ne vois jamais.

Zeke les observe à tour de rôle. Il doit sentir qu'il y a de l'eau dans le gaz parce qu'il s'empresse de ressortir et de refermer la porte.

— Pourquoi on ne demande pas à travailler ensemble ? suggère Adam. Zeke peut se charger des nuits.

— Tu sais très bien pourquoi, répond Raoul. George a dit qu'il conseillerait à tout nouvel employeur de ne pas nous donner les mêmes horaires.

— Eh bien je me sens seul, moi. J'ai proposé trois fois à Alessandra de dîner, et les trois fois elle m'a planté.

*Pas étonnant,* songe Grace. C'est à cause de M. Brownlee de la 309, de M. Yamaguchi de la suite 215 et du Dr Romano de la chambre 107.

— Tu me manques.

— Tu me manques aussi, idiot.

Soudain ils se jettent l'un sur l'autre et s'embrassent. Grace est ravie de voir que la dispute est terminée, que la phase de réconciliation est déjà entamée. Elle s'élève au-dessus du jukebox pour mettre *Take My Breath Away,* de Berlin, puis elle allume le flipper.

Ils ne le remarquent même pas.

*Kimber Marsh pourrait-elle être moins discrète ?* se demande Grace. Quand elle descend dans le hall, il est encore, comme par hasard, 1 h 15 – Adam est parti et le Bar bleu a fermé ses portes –, et elle a la même tenue que la fois précédente (pyjama court, cardigan léger et chaussons fournis par l'hôtel).

— Richie ? murmure-t-elle, car il ne se trouve pas à sa place habituelle, derrière le comptoir.

Grace le trouve dans le bureau de Lizbet, derrière la porte non seulement close mais fermée à clé. Il est au téléphone, sur son portable (interdit au travail sauf pour régler des problèmes professionnels), en pleine conversation animée. Quelle conclusion peut-elle bien en tirer sinon qu'il parle avec son ex-femme ? Avec qui d'autre pourrait-il bien s'entretenir à une heure aussi tardive ? Elle voit alors ce qu'il a posé devant lui sur le bureau et elle entend ce qu'il dit à la personne au bout du fil.

*Doux Jésus !* Voilà donc ce qu'il mijotait... Quelle déception !

Elle souffle pour faire tomber les papiers du bureau et le déranger, pourtant il ne semble même pas le remarquer. Puis elle tente de brouiller la communication, mais c'est trop tard, la discussion est déjà terminée. Il raccroche et s'affale aussitôt sur son fauteuil en se prenant la tête à deux mains.

On frappe un coup à la porte.

— Richie ?

*C'était inévitable,* se dit Grace. Kimber a tellement pris ses marques à l'hôtel qu'elle a franchi la ligne qui sépare les clients des employés. Elle est passée derrière le comptoir de la réception, et elle frappe même à la porte du bureau. Si celle-ci n'était pas verrouillée, elle serait sans doute entrée et aurait surpris Richie en plein dans ses magouilles odieuses.

Il se lève d'un bond si soudain que le fauteuil de bureau de Lizbet va cogner contre le mur. Il ramasse les papiers et les fourre dans la poche de son pantalon. Il prend une inspiration et expire avec un sourire. Il ressemble une fois de plus au papa charmant et affable pour lequel tout le monde le prend.

— Kimber ! s'exclame-t-il en ouvrant la porte. Comment ça va ?

— Je n'arrive pas à dormir.

Elle paraît prendre conscience qu'elle a franchi une ligne invisible parce qu'elle se dépêche de faire le tour du comptoir pour retrouver sa place. Elle agite un morceau de papier qui a l'air de provenir d'un carnet.

— Et je voulais vous montrer quelque chose.

Ce qu'elle veut lui montrer, à 1 h 15, c'est l'article rédigé par Wanda et intitulé : « Le Mystère de l'hôtel hanté ». Richie le lit à voix haute :

— « L'Hôtel Nantucket travairce (faut-il lire "traverse ?") une période difficile depuis presque un siècle. La détective Wanda Marsh en a découvert la raison. Il y a un fantôme qui vit dans le débarras du grenier. »

Il s'interrompt, puis demande :

— C'est Wanda qui a rédigé ça toute seule ?

— Edie lui a donné un coup de main.

— « Ce fantôme est l'esprit de Grace Hadley, une femme de chambre qui a trouvé la mort dans un incendie l'été de l'année 1922, dans ce débarras du grenier. »

Richie regarde Kimber et lui demande :

— C'est vrai ?

— Wanda a insisté pour aller à la bibliothèque faire des recherches. Elle a pu consulter des archives du *Nantucket Standard* sur microfilms.

— Vos enfants sont incroyables. Louie est un prodige des échecs et Wanda une détective en herbe doublée d'une reporter d'investigation. Les trois miens passent tout leur temps devant Fortnite et YouTube.

— Wanda m'a raconté qu'elle avait demandé au fantôme de frapper et qu'il l'a fait.

— C'est drôlement excitant !

Il décolle discrètement sa chemise de son corps – ses activités extrascolaires dans le bureau de la directrice l'ont fait transpirer.

— Ce qu'il y a, reprend Kimber, c'est qu'elle y croit vraiment. Est-ce qu'on monte jeter un œil dans ce placard ?

Il fronce les sourcils.

— Je ne dois pas quitter la réception.

— Ça ne prendra pas longtemps.

— Je ne peux pas me permettre de perdre mon travail.

— Je commence à avoir l'impression que vous ne m'appréciez pas. Vous vous êtes quasiment enfui l'autre soir.

— Je vous apprécie beaucoup, dit-il en lui prenant la main.

— C'est juste qu'il se passe beaucoup de choses dans ma vie personnelle en ce moment.

— Vous pouvez me le dire si je ne vous plais pas. Je m'en remettrai.

Il lui lâche la main – elle ne lui plaît donc pas, apparemment –, puis il fait le tour du comptoir.

— Je ne suis pas celui que vous pensez. Je sais que je donne le change dans le rôle de Richie le chic type...

Elle le fait taire en lui posant un doigt sur la bouche.

— Je ne suis sans doute pas celle que vous pensez moi non plus. Mais peu importe. C'est l'été, et nous sommes sur une île à 45 kilomètres de la côte.

Il la dévisage. Il semble hésiter, et Grace, de toute évidence, est sur des charbons ardents. Il finit par enlacer Kimber et l'attirer contre lui. Elle lève son visage, il retire ses lunettes pour les poser sur le comptoir – la température s'apprête à monter... Il l'embrasse.

Grace se réjouit en silence, même si elle craint que cette histoire ne dure pas. Enfin, qui n'aime pas les amours d'été ? Elle espère juste qu'ils n'oublieront pas l'article pour autant. S'ils résolvent le mystère de sa mort, elle pourra enfin connaître le repos dont elle a tant besoin. Ce siècle a vraiment été épuisant.

C'est vendredi, synonyme autrefois pour Chad de soirée un peu plus débridée que les autres jours de la semaine. Il n'a pas eu de nouvelles de Bryce ou d'Eric depuis des semaines, même s'il a reçu un texto de Jasper le remerciant d'avoir pris les choses aussi bien pour Winston et moi. À quoi il a répondu : Hé, mon pote, je suis content pour toi. Si tu as envie qu'on se retrouve un jour pour manger un bout, fais-moi signe. Jasper ne s'est pas encore manifesté, mais il le fera sans doute à un moment ou un autre. La désintégration de cette bande d'amis est un soulagement pour Chad ; il apprécie plutôt la solitude.

Ce qui ne l'empêche pas de guetter désespérément un mail de Paddy.

Lorsqu'il se connecte à son compte Yahoo ! (c'est son premier réflexe tous les matins), il reçoit une alerte : quelqu'un a piraté le logiciel de la direction générale maritime et de la compagnie de bateaux. Pas un seul ferry ne circule entre Nantucket et le continent. En descendant au rez-de-chaussée, il trouve sa mère devant la télévision.

— Ils ont intérêt à arranger ça fissa, lâche-t-elle. Ton père arrive ce soir.

Chad réagit aussitôt.

— Quoi ? Ce soir ?

— Oui, gros bêta. Il a conclu son affaire, il prend la voiture pour faire la traversée avec. Tu veux que je te fasse griller du pain ? À moins que tu ne préfères une pêche ? Elles sont mûres.

— Je dois aller bosser.

Sa mère n'a toujours pas bien intégré cette nouvelle donnée. Whitney Winslow est passée experte dans l'art d'ignorer les choses qui la mettent mal à l'aise. Elle a forcément remarqué que Chad travaille tous les jours à l'Hôtel Nantucket. Elle ne se sent pour autant pas obligée d'en parler. Il se demande si elle en a informé son mari.

Il prend une pêche parmi les deux douzaines entassées dans le compotier – elle a encore acheté à manger pour un régiment et la moitié des fruits vont pourrir. Il en emporte deux autres. Il les donnera à Bibi, qui pourra les rapporter chez elle et préparer de la compote pour sa fille, ou ce qu'elle veut.

Mais quand il arrive au travail, Bibi est absente, tout comme Octavia et Neves. Bien sûr ! Il n'y a pas de ferry…

Mme English accepte les deux pêches qu'il lui propose d'un air perplexe, puis elle enfile des gants de ménage en caoutchouc.

— On n'est que tous les deux aujourd'hui, Homme de Chambre.

— Vous comptez faire le ménage ?

Il n'en revient pas.

— Et qui d'autre, sinon ? Les fées ?

Il pense qu'ils vont se répartir la tâche, pourtant elle le suit dans la chambre 209 et il comprend qu'ils vont au contraire tout faire ensemble. Ils inspectent d'abord les chambres qui attendent de nouveaux clients : elles sont déjà propres, toutefois il faut remplir les minibars et passer en revue la liste de vérification de A à Z. Chad est nerveux. Et s'il commet une erreur ou oublie quelque chose et qu'elle le renvoie ? Il redouble d'attention, mais il se rend rapidement compte que c'est en réalité un réflexe bien ancré en lui, parce qu'au quotidien en plus de faire son travail il garde un œil sur Bibi pour s'assurer qu'elle ne volera rien. Le travail avance vite. Mme English fredonne – elle a une belle voix – et envoie Chad dans la cuisine pour approvisionner les minibars. En bas il tombe sur Yolanda, la papesse super-canon du bien-être. Adossée à l'une des dessertes, elle mange un *açaï bowl* avec des rondelles de bananes parfaites et des fraises, tout en discutant avec Beatriz, qui s'affaire près des fours.

— Salut, Chad ! lance Yolanda.

Il manque de tomber à genoux. Yolanda le canon connaît son prénom !

— Salut, dit-il du ton le plus décontracté possible.

Il va chercher les rillettes de poisson dans la chambre froide, puis les crackers dans le garde-manger, et enfin le vin et la bière dans le frigo spécial. Il doit noter précisément tout ce qu'il emporte dans un registre. Lorsqu'il revient avec son petit panier en plastique bleu – difficile d'avoir l'air sexy avec, mais il essaie quand même –, Beatriz ouvre justement une baguette qu'elle vient de sortir du four.

— Attends une seconde, lui dit-elle. Je vais te faire goûter un truc hallucinant.

Yolanda glousse.

— Ne l'aguiche pas comme ça.

— Je ne l'aguiche pas...

Elle étale du beurre (« c'est moi qui l'ai baratté ») sur les deux moitiés de pain, ajoute des rondelles de radis « pastèque » aussi fines que du papier (« ils ont été cueillis ce matin à la ferme de Pumpkin Pond »), qu'elle saupoudre d'une pincée de sel marin. Beatriz remet une tartine à Chad et une à Yolanda.

— Merci, dit-il avant de mordre dehors.

L'association du pain croustillant, du beurre doux onctueux et des radis piquants qui relèvent le tout est si parfaite qu'il en a presque les larmes aux yeux.

Quant à Yolanda, elle pousse un gémissement de plaisir décomplexé aux accents si sexuels que Chad en ressent des frissons. Elles l'aguichent, mais ça lui est bien égal. C'est la première réaction physiologique à peu près normale qu'il a depuis mai.

Si le passage en revue des chambres pour les nouveaux arrivants se fait rapidement, celui pour les clients sur le départ est une autre paire de manches. Chad et Bibi ont l'habitude de noter chacune des chambres de 1 à 10 – 1 pour celles qui ont l'air d'avoir été à peine occupées (ça amuse beaucoup Bibi que certains prennent la peine de faire leur lit avant de partir) et 10 pour celles qui évoquent l'apocalypse. La plupart se situent entre 4 et 6, sauf qu'évidemment, le jour où Chad et Mme English sont seuls pour assurer tout le travail, les cinq chambres méritent un 10.

En pénétrant dans la 308, Chad a presque un haut-le-cœur. Non seulement la pièce est dans un désordre sans nom, mais en prime elle empeste. Il se souvient vaguement d'un jeune couple charmant avec des bébés jumeaux. Les deux lits parapluies sont collés dans le coin le plus éloigné de la chambre, et dans l'un d'eux se trouve une couche sale grande ouverte. Il se dépêche de la fermer pour aller la jeter, cependant la poubelle déborde de couches sales et de biberons jetables qui dégagent une odeur de lait tourné. Ce couple a laissé de la nourriture partout, sur le bureau et la commode – des barres de céréales, des amandes, un contenant en plastique avec une salade au thon qui a, malheureusement, passé un peu de temps au soleil. Il y a des fourmis absolument partout. L'essentiel des draps est en boule par terre, et il y a une tache brune sur le drap-housse. Chad retrouve la moitié d'une barre chocolatée fondue sous un oreiller (comprendre que la tache est sans doute due au chocolat est un soulagement). L'un des deux parents a dû se doucher avec la porte grande ouverte parce que le sol de la salle de bains est une vraie pataugeoire, dans laquelle baignent deux des épaisses serviettes en coton turc. Le père, qui s'est rasé dans le lavabo, n'a pas pris la peine de retirer ses poils, et c'est ce qui, pour une raison mystérieuse, révulse le plus Chad.

Il se tourne vers Mme English, horrifié. Il n'en revient pas que les gens soient aussi indélicats. Il a bien sûr une vague notion de la difficulté que représentent des jumeaux en bas âge, mais leurs parents ignorent-ils vraiment que quelqu'un va devoir nettoyer leur bazar ? Un être humain ? Il ressent le besoin de présenter ses excuses à Mme English, comme s'il était en quelque sorte responsable de l'état de la chambre. Il se rend alors compte combien Bibi lui manque : en voyant ça, elle aurait traité les clients de tous les noms d'oiseaux de son répertoire (et il est vaste), ce qui les aurait tous deux soulagés.

Mme English se contente d'enfiler une paire de gants neufs.

— Allez, Homme de Chambre, au travail.

Trente minutes plus tard, la chambre est immaculée. Le lit a été entièrement refait avec des draps propres, les berceaux des enfants ont été repliés et rangés, le tapis a été aspiré ; les restes de nourriture sont à la poubelle, avec les fourmis qu'ils avaient attirées ; la flaque dans la salle de bains a été épongée et les serviettes remplacées ; le lavabo, la baignoire et les toilettes ont été récurés. Le minibar a été entièrement vidé, nettoyé et regarni. Les cintres ont été comptés, des peignoirs propres suspendus aux patères à l'arrière de la porte de la salle de bains, le sèche-cheveux vérifié, les flacons de shampooing, d'après-shampooing et de crème pour le corps remplis. C'est tellement satisfaisant, songe Chad, d'avoir rendu à cette chambre tout son éclat. Il se félicite presque de ne plus être ami avec Bryce et Eric, parce qu'ils ne comprendraient pas ce sentiment.

Paddy pourrait comprendre, lui. L'été, dans sa ville natale de Grimesland, en Caroline du Nord, il tenait un petit business de tonte de pelouses : il chargeait une tondeuse à l'arrière de sa Ford Ranger et rendait visite à ses clients – occupant pour la plupart des petits pavillons qui auraient tenu dans le salon des parents de Chad. Il prenait 15 dollars pour tailler le gazon à l'avant et à l'arrière de la maison. Il visitait cinq ou six clients par jour et mettait tout son argent à la banque en prévision de la rentrée, ce qui ne l'empêchait pas de devoir parfois se montrer économe pendant l'année, à la fac, et de passer certaines soirées dans sa piaule au lieu de sortir au restaurant, même si Chad proposait toujours de lui avancer de l'argent.

Il ferme les yeux. Le grand avantage de bosser avec Bibi, c'est qu'il n'a jamais le temps de penser à Paddy ou de se demander s'il est suffisamment remis pour recommencer à tondre des pelouses puis contempler son travail, admirer les belles diagonales régulières et se sentir fier.

En temps normal, Chad finit sa journée de travail vers 17 heures, mais aujourd'hui, avec Mme English, ils terminent bien après 18 heures. Les difficultés de circulation des ferrys ont désorganisé tous les services de l'hôtel. En additionnant les pourboires laissés par ceux qui ont libéré leurs chambres aujourd'hui, la somme totale représente 65 dollars, et Mme English insiste pour que Chad l'empoche malgré ses protestations.

— Je n'en veux pas, gardez-les.

Ça la fait rire.

— Ne sois pas ridicule, Homme de Chambre.

En fourrant les billets dans la poche de son pantalon, il dit :

— Je les donnerai à Bibi demain.

— À Bibi ? Elle ne les a pas mérités. Elle a eu un jour de congé aujourd'hui, elle.

*Peut-être, mais elle en a besoin.*

— J'espère que vous n'êtes pas en train de tomber amoureux, Bibi et toi. Je n'ai pas envie de m'inquiéter de vous laisser seuls dans une chambre.

Il se sent rougir. L'idée de faire des choses avec Bibi dans l'une des chambres de l'hôtel le met particulièrement mal à l'aise. Il aurait préféré que sa patronne s'abstienne de ce genre de commentaire… Il a peur de ne pas réussir à penser à autre chose demain, et s'il est gêné en présence de Bibi, elle s'en rendra compte.

— Mais pas du tout, finit-il par dire. Vraiment pas.

— Tu lui as quand même apporté des pêches, rétorque-t-elle avec un clin d'œil.

Chad n'est pas très impatient de retrouver son père à la maison, alors il retarde l'inévitable et fait un tour en ville. Par cette soirée d'été, il croise des couples qui se rendent à l'inauguration d'expositions dans des galeries d'art et des gens très chics qui se massent à l'entrée du restaurant le Boarding House. Il aperçoit aussi un groupe de... *Chad* (il ne voit pas comment dire mieux !), qui traversent la rue en dehors des clous et interrompent la circulation sans la moindre considération pour les automobilistes. Il est sûr qu'ils vont boire des coups au Gazebo, où ils commanderont des vodkas sodas et diront des saloperies sur les bateaux de leurs pères, leurs handicaps au golf et les filles.

Chad était comme eux avant, mais c'est terminé, et il s'en félicite. Il fait demi-tour pour rentrer.

Il s'apprête à quitter Eel Point Road quand quelque chose retient son attention. La jeep Gladiator gris métallisé que conduit Mme English, garée devant le numéro 133. La maison est gigantesque, encore plus que celle des Winslow, et plus proche de l'océan. Chad ralentit. Il est à peu près certain que ses parents avaient envisagé d'acheter ce bien pour faire un investissement locatif à 50 000 ou 60 000 euros la semaine – avant de le léguer à Leith ou à Chad.

Mme English descend de voiture.

Il s'arrête et envisage de l'appeler. Mais sa Range Rover est cachée par les grandes haies d'herbes décoratives qui entourent la boîte aux lettres. Qu'est-ce que Mme English fait au numéro 133 ?

Un type en costume de lin beige et panama vient lui ouvrir et lui serre la main. Puis il s'efface pour la laisser entrer.

Chad prend quelques minutes pour réfléchir à la scène à laquelle il vient d'assister. Elle passe sans doute un entretien d'embauche pour faire le ménage à cette adresse. Un petit à-côté.

Il repart avec une légère nausée... sans se douter que le pire reste à venir.

Lorsqu'il arrive chez lui, il découvre la Jaguar de son père garée devant la maison.

Il trouve Paul Winslow dans un fauteuil en rotin sur la terrasse, lunettes de soleil perchées sur le sommet de son crâne chauve, paupières closes. Un gin tonic est posé sur la table à côté de lui. Il porte un short, un polo et des mocassins bateau, soit la tenue qu'il ne quitte pas de l'été, sauf quand il va dîner au restaurant – pour ce genre d'occasion, il aime enfiler un pantalon avec des baleines, des homards ou des flamants roses. Chad le comprend : son père travaille dans le domaine du capital-risque, il est sous pression à longueur d'année et il profite de ses six semaines de vacances pour se détendre. Et si pour ça il a besoin de porter un pantalon avec des flamants roses, très bien. Il mérite de profiter des choses qu'ils possèdent grâce à son argent : la piscine, la plage privée, la vue sur l'océan.

La maison semble vide, et Chad se fait soudain la réflexion que la Lexus de sa mère n'était pas garée devant en effet. Il recule d'un pas et Paul ouvre les yeux.

— Hé, fiston ! Mon fiston !

Il se lève aussitôt et lui tend la main comme si Chad était un client.

— Je t'attendais ! Où étais-tu ?

— Salut papa.

Il a l'impression d'être un gros poisson à l'abdomen perforé par une gaffe. Il donnerait tout pour pouvoir s'en dégager et fuir.

— Où sont maman et Leith ?

— Au salon de coiffure, elles se font belles pour le dîner.

*Le dîner, bien sûr.* Dans le jardin du Chanticleer, c'est leur tradition le soir de l'arrivée de Paul sur l'île. Chad a complètement zappé. Il n'en revient pas que sa famille ait pu reprendre une vie aussi normale après ce qui s'est passé en mai. Peut-être que ça y est, il s'est écoulé suffisamment de temps et ils ont tous l'impression de pouvoir tourner la page – ses parents, du moins, parce que Leith lui en voudra jusqu'à la fin de ses jours, il en est convaincu.

— J'étais au travail, répond-il. J'ai pris un boulot à l'Hôtel Nantucket, je fais le ménage dans les chambres.

Son père n'exprime pas la moindre surprise, son épouse a dû lui en parler. Il s'assied et tend la main pour inviter Chad à l'imiter.

— Discutons-en un peu, tu veux ?

Paul a basculé en mode pro, et son fils n'a d'autre choix qu'obtempérer.

— Je te sers une bière, fiston ?

— Non, merci.

Paul ricane.

— Ne me dis pas que tu as arrêté de boire. Si on avait pensé, ta mère et moi, que tu avais un problème de ce côté-là, on t'aurait envoyé en cure, tu sais.

— Non, répond Chad, même s'il n'a pas bu une goutte d'alcool depuis cette nuit fatidique. Je n'en ai simplement pas envie.

Paul adopte une pose introspective, penché en avant, coude sur les genoux, mains jointes par le bout des doigts, tête baissée.

— Alors comme ça, tu as pris un travail.

— Oui. À l'Hôtel Nantucket. Je fais le ménage dans les chambres. Je travaille pour la gouvernante générale, Mme English, une femme super sympa. Il y a trois filles, enfin trois femmes, dans l'équipe avec moi. Elles vivent toutes à Cape Cod et prennent le ferry chaque jour, et comme il y a eu un problème ce matin elles n'ont pas pu venir aujourd'hui. J'ai dû m'occuper de toutes les chambres avec Mme English, et du coup j'ai terminé plus tard que d'habitude. En règle générale, je finis vers 17 heures.

Paul hoche la tête tout le temps où son fils parle, signe qu'il écoute.

— Je viens de conclure un accord à 5 milliards de dollars. Est-ce que tu sais pourquoi je travaille aussi dur, Chadwick ?

Il n'est pas certain de savoir répondre à cette question… Son père ne négocie pas la paix au Proche-Orient, il ne cherche pas à soigner des enfants atteints d'un cancer, pas plus qu'il n'enseigne les romans de Toni Morrison à l'université. Il parie sur le succès d'idées, de technologies et de ressources naturelles. De temps en temps, ses transactions ont un effet positif sur le monde ; sa boîte rachète une compagnie pharmaceutique qui met au point un médicament important ou soutient une jeune entreprise qui contribue à améliorer le quotidien des gens. Enfin pour l'essentiel, à ce qu'en comprend Chad, Paul évolue dans un milieu très fermé qui lui rapporte beaucoup. Beaucoup d'argent.

— Parce que ça te plaît ?

Sa réponse lui vaut un rire condescendant.

— Je le fais pour vous offrir une vie confortable, à ta mère, ta sœur et toi.

Il lève un bras d'un geste théâtral.

— Moi je n'ai pas eu tout ça dans ma jeunesse.

Chad le sait bien. Son père vient d'un milieu beaucoup plus modeste, bien que pas aussi pauvre que ce qu'il aimerait faire croire. Il a grandi dans un grand pavillon de Phoenixville, en Pennsylvanie, pas très loin de la banlieue la plus chic, mais pas au sein de celle-ci. C'est la mère de Chad, Whitney, qui est détentrice du pedigree de premier ordre – une enfance dans une banlieue huppée, une scolarité dans le privé, un père qui était l'incarnation du grand avocat de Philadelphie, directeur associé du cabinet Rawle and Henderson. Paul a rencontré Whitney dans le bar mythique fréquenté par les étudiants du coin, lorsqu'ils étaient tous deux inscrits dans des universités voisines – lui, grâce à une bourse. C'est le père de Whitney qui a aidé Paul à intégrer l'école de commerce de Wharton, puis qui l'a présenté aux dirigeants de Brandywine Group, où il a depuis fait carrière.

— Je sais, répond Chad.

— Tu as le reste de ta vie pour travailler, insiste son père. Je croyais qu'on était d'accord, tu devais consacrer cet été à prendre du bon temps.

Chad sent une boule se former dans sa gorge.

— Je ne mérite pas de prendre du bon temps.

— Je croyais qu'on était aussi d'accord, notre famille a décidé de tourner cette page.

— Je ne peux pas faire ça, papa.

Il cherche son regard. Paul est un type bien au fond, il connaît la différence entre le bien et le mal. Cette volonté de faire un secret de « ce qui s'est passé » vient de la mère de Chad. Elle a une réputation à sauvegarder. C'est déjà un gros problème que tant de gens de leur quartier soient au courant, Whitney Winslow n'a aucune envie que ses relations à Nantucket fassent aussi des messes basses à ce sujet.

— Tu as eu des nouvelles des avocats ? demande-t-il, la gorge nouée. Et de la famille de Paddy ?

— Oui, dit-il avant de souffler comme s'il s'apprêtait à soulever plus de 100 kilos. L'opération n'a pas marché. Patrick a définitivement perdu la vue côté gauche.

Patrick O'Connor, Paddy, le meilleur ami de Chad à la fac, sans doute son meilleur ami tout court, est à moitié aveugle. Définitivement. Chad a l'impression que cette nouvelle l'aveugle lui aussi. Il se penche vers ses genoux.

— Nous leur faisons une offre très généreuse, nous payons tous les frais médicaux en plus de la compensation pour la perte de son œil.

*Combien vaut un œil ?* s'interroge Chad. Quelle est la valeur d'un champ visuel normal lorsqu'on rencontre la femme que l'on souhaite épouser ou que l'on tient son nouveau-né dans les bras pour la première fois ? Quand on va au MOMA admirer *La Nuit étoilée* de Van Gogh ou qu'on admire le coucher du soleil ? Paddy a perdu la moitié de son champ visuel. Il voit encore, mais – Chad a fait des recherches juste après l'accident – il va perdre en perception de la profondeur, ce qui lui causera des difficultés pour évaluer les distances et les objets en mouvement.

— Je tiens à participer.

— C'est très généreux de ta part, fiston, mais...

Il sort les 65 dollars de sa poche et les pose sur la table à côté du gin tonic de son père. Il a accumulé près de 4 800 dollars depuis qu'il a commencé à travailler. Il donnera tout ce qu'il aura gagné cet été à Paddy. Ce montant paraîtra ridicule à côté de celui versé par Paul, mais Chad tient à ce que Paddy sache qu'il n'a pas passé ses vacances affalé sur une serviette de plage, une bière à la main et un joint aux lèvres, pendant que ses parents géraient la situation. Il s'est donné la peine de prendre un boulot qui l'oblige à nettoyer derrière des gens qui laissent traîner des couches sales ou des barres chocolatées grignotées en pleine nuit, qui transforment les salles de bains en pataugeoires.

Paul considère les billets sur la table.

— Je souhaiterais que tu poses ta démission à l'hôtel demain.

— Non.

— Ta mère n'aime pas l'image que ça renvoie, notre fils qui prend un travail ingrat...

— Ingrat ? Moi j'ai un autre mot : honnête. C'est un travail honnête, je fais le ménage pour des gens qui bossent dur eux aussi et qui viennent se détendre à Nantucket pour leurs vacances. Tu n'as pas vu les chambres de cet hôtel, papa, elles sont aussi belles que les nôtres. C'est un lieu vraiment spécial...

— Ce n'est pas exactement ce que ta mère a entendu dire.

— On s'en fiche !

Il comprend soudain pourquoi son père trime autant. Ça n'a rien à voir avec la piscine, la Range Rover ou le compotier rempli de délicieuses pêches mûres à point. Il le fait pour pouvoir contrôler les autres.

— Je pourrais travailler dans un motel au bord d'une route menant nulle part que ça resterait un boulot respectable. Il y a du désordre dans la vie des gens, et je suis là pour l'arranger.

— Tu donneras ta démission demain, Chadwick.

Il se lève et réplique :

— Sinon quoi ? Tu comptes me punir ? me mettre à la porte ? me déshériter ?

— Ne sois pas ridicule.

— C'est toi qui es ridicule.

Quels parents ne voudraient pas que leur enfant assume la responsabilité de ses actes, enfin ? Les siens. Et c'est d'ailleurs pour cette raison qu'il s'est montré aussi imprudent et inconscient. Sa mère et son père lui ont inculqué, en grandissant, l'idée qu'il était invincible. Ils l'ont laissé penser que rien de mal ne pouvait se produire dans son existence. Et c'était faux.

— Je ne démissionnerai pas, conclut-il. Je ne suis pas un lâcheur.

11 juillet 2022
De : Xavier Darling (xd@darlingent.co.uk)
À : employés de l'Hôtel Nantucket

Bonjour ! Je crois que nous pouvons tous convenir que ça y est, l'été bat son plein ! Une fois de plus cette semaine, les avis en ligne louent le travail exceptionnel de notre cheffe de réception, Alessandra Powell, qui remporte donc le bonus hebdomadaire. J'espère que vous vous efforcerez tous de suivre son excellent exemple.

Merci à l'ensemble de l'équipe de continuer à travailler aussi dur.

XD

Edie se trouve dans la salle de repos avec Zeke lorsqu'elle reçoit une alerte de PayPal. Elle l'ignore. Le portier et elle se sont rapprochés, et il est hors de question qu'elle laisse quoi que ce soit troubler ce moment. Elle a passé toute sa troisième et au moins la moitié de sa seconde (elle était, heureusement !, un peu moins mal dans sa peau) à pister Zeke English en personne et en ligne, alors le fait d'être à présent assise à côté de lui – au point que leurs cuisses se touchent quasiment ! – devant le comptoir en Formica pour manger de la glace tient du miracle. Elle a l'impression de vivre un rêve auquel elle avait renoncé depuis longtemps.

Il exprime soudain tout haut ce qu'elle pense tout bas.

— Je n'en reviens pas qu'Alessandra ait encore gagné l'argent cette semaine. Ça commence à sentir le coup monté…

Edie murmure un assentiment évasif, alors qu'elle aurait envie de hurler qu'elle est d'accord avec lui. Alessandra a forcément manigancé quelque chose. C'est une excellente réceptionniste, aucun doute sur le sujet, mais elle ne se plie pas en quatre comme Edie. Si un client lui demande un oreiller ou une serviette supplémentaire, un autre pot de rillettes de poisson, elle se charge de la livraison sur-le-champ, avec un sourire immense (et sincère). Elle a appris les prénoms de toutes les personnes qui répondent au téléphone chez Cru afin d'obtenir une réservation impossible pour le commun des mortels. Elle a même poussé le bouchon jusqu'à acheter au petit garçon de la chambre 302 un porte-clé avec un phare parce qu'il s'est montré fasciné par celui de Brant Point. Elle dépense son propre argent (et elle n'en a pas beaucoup) au lieu de piocher dans la caisse de l'hôtel – ce qu'Alessandra fait pour s'acheter son déjeuner. (La caisse n'a pas vocation à servir à leurs dépenses personnelles, Lizbet le leur a répété à de nombreuses reprises, et pourtant Edie n'en a rien dit à personne, parce qu'elle déteste les mouchards.) Et puis il ne faut pas oublier les enfants Marsh. Edie a aidé Wanda à rédiger un article sur le « fantôme », et quand la fillette s'est émue que personne n'ait sauvé Grace Hadley, elle l'a prise dans ses bras et l'a réconfortée, en lui disant que cet accident s'est produit il y a très longtemps, bien avant l'invention des détecteurs de fumée. Elle a aussi déniché un professeur d'échecs pour Louie – un peintre en bâtiment du nom de Rustam, champion en Ouzbékistan.

Edie aimerait demander à Kimber de rédiger un commentaire sur RumeursDeVoyages – elle la mentionnerait sans doute nommément –, mais elle ne peut se résoudre à faire campagne auprès des clients.

Alessandra a remporté le bonus trois semaines d'affilée. C'est comme un point de côté dont Edie n'arrive pas à se débarrasser pendant ses heures de travail. Et entendre Zeke exprimer le même sentiment de contrariété a une vertu cathartique.

— Adam et Raoul te parlent parfois de leur colocation avec elle ?

Il lève les yeux au ciel.

— D'après Adam, elle ne dort presque jamais là-bas.

— Quoi ?

— Elle débarque à 5 ou 6 heures, quand il se lève pour faire son sport. Je suppose qu'elle est en quête d'une proie.

Edie n'est pas très surprise par ce qu'elle entend : Alessandra donne l'impression discrète mais indéniable d'avoir une sexualité active. Pour autant, il est hors de question qu'elle ajoute sa voix à cette stigmatisation. Si Edie a réagi ainsi, c'est que cette remarque de Zeke a rouvert une blessure ; elle est vexée de constater que sa collègue ne lui raconte jamais rien alors qu'elles travaillent côte à côte toute la journée. Elle se montre cordiale, mais pas amicale ou chaleureuse. Pourquoi ?

Sous la surface policée d'Alessandra se cache autre chose, elle en est convaincue. Une poupée cassée, un miroir brisé. Cette femme est abîmée. À moins qu'Edie ne lui cherche des excuses. Graydon lui répétait sans cesse d'arrêter d'être aussi indulgente avec tout le monde.

Zeke termine sa glace et se lève.

— Allez, je rentre.

Il lui décoche un de ses magnifiques sourires alanguis.

— Je pense qu'on devrait espionner Alessandra pour comprendre comment elle fait pour gagner cet argent.

*L'espionner ?* Il se croit de retour au collège ou quoi ? Et malgré tout, l'idée est séduisante : ce serait leur petit secret…

— Je vais voir ce que je peux trouver, dit-elle, tout en sachant qu'elle fera chou blanc.

Il n'y a pas plus hermétique qu'Alessandra.

— Je te laisse mon numéro, lance-t-il en prenant le téléphone d'Edie. Ah, un certain Graydon te réclame 500 dollars, ajoute-t-il avec un sourire. C'est qui, Graydon ? Ton bookmaker ?

Elle a envie de lui arracher l'appareil des mains, pourtant elle se contente de rire.

— Tu m'as démasquée !

Elle regarde Zeke enregistrer son numéro dans les contacts, mais l'excitation qui devrait accompagner cet événement – elle a le contact de Zeke English ! – manque au rendez-vous. Quand il lui rend son téléphone, elle voit la requête de PayPal et pique un fard de honte. Elle n'a vraiment aucun droit de juger Alessandra.

— On se voit demain.

— À demain, ouais, répond-il avant de la laisser avec son bol de ce qui ressemble maintenant à de la soupe au chocolat froide.

Cinq cents dollars. Edie regarde la date. Ça fait exactement trois semaines que Graydon lui a envoyé sa précédente requête, qui suivait elle-même de trois semaines la toute première. La régularité de ce chantage est pour elle une étrange source de réconfort. Il ne réclame pas plus régulièrement, ni une somme plus importante. Pourrait-elle assimiler ça à un crédit auto ou une taxe sur sa bêtise ?

Mais non, enfin, qu'est-ce qu'elle raconte ? Elle a déjà perdu 1 000 dollars d'argent gagné à la sueur de son front. Cette fois, elle ne cédera pas. Graydon lui en veut à cause de leur rupture, et il se sent peut-être seul en Arizona, mais il n'oserait jamais poster ces vidéos. Ce serait aussi gênant pour lui que pour elle.

Elle efface la requête, et au même moment – à croire qu'il l'observe d'une façon ou d'une autre – elle reçoit un texto de Graydon.

C'est le numéro de portable de la mère d'Edie, et son adresse mail.

Elle cesse de respirer une seconde. Puis elle lui envoie l'argent.

# 16

# Radio Nantucket

Jordan Randolph, le rédacteur en chef du *Nantucket Standard*, garde sous le coude l'article de Jill Tananbaum au sujet de l'Hôtel Nantucket depuis bien plus d'un mois. Il n'a toujours pas trouvé l'occasion pour le publier. En partie à cause de ses propres préjugés, dus au fait que l'établissement appartient à un célèbre milliardaire londonien qui n'a jamais mis les pieds sur l'île – quel crime ! –, et en partie parce que Jordan préfère consacrer les pages de son journal aux vrais problèmes de Nantucket. Il y a la pénurie de logements, qui pose problème non seulement pour les saisonniers mais aussi pour les travailleurs à l'année. Et la circulation ; en été, Jordan fait carrément un détour pour éviter le carrefour près du lycée. Bien sûr, il faut penser à la protection de l'environnement, argument contre les locations à court terme, et aux problématiques liées aux déchets. Nantucket est, du point de vue de Jordan, beaucoup trop populaire, et si envahie de touristes que ceux qui y vivent ne peuvent plus en profiter. Il se rend bien compte que ça lui donne l'air d'un vieux chafouin. En réalité, il aimerait pouvoir publier un article sur la rénovation de l'hôtel qui ne se résumerait pas à des considérations financières, une densité de tissage ou des teintes Farrow and Ball.

Et puis, soudain, un sujet atterrit sur son bureau.

Edie Robbins débarque à la rédaction avec un article rédigé par une fillette de 8 ans, qui loge à l'hôtel. Wanda Marsh affirme être entrée en contact avec un fantôme qui vit dans un débarras du dernier étage de l'établissement. Jordan rit de bon cœur en lisant l'article : ce n'est pas si mal, il pourrait envisager de l'engager ! Edie lui a aussi remis de la documentation pour étayer la thèse de la jeune enquêtrice, un article du *Standard*, qui remonte à un siècle.

— Je n'en ai jamais entendu parler, avoue-t-il.

Bien sûr, il y a des histoires de revenants à Nantucket, comme dans n'importe quel lieu historique avec de vieilles maisons qui grincent. Pourtant celle-ci pique la curiosité de Jordan. C'est l'association de plusieurs facteurs : l'incendie qui remonte à un siècle, le jeune âge de la fillette et le rôle d'Edie, une jeune femme qu'il connaît depuis qu'elle est née. Il était ami avec son père, Vance Robbins. Ils ont été tous les deux membres du comité des bourses du Rotary Club pendant des années, et sa mort a attristé Jordan.

Il confie les deux articles, celui de la fillette et celui du *Standard*, à Jill et lui demande d'en rédiger un nouveau sur l'hôtel.

— Raconte les travaux de rénovation du point de vue du fantôme qui vit sur place depuis cent ans. Les lecteurs vont adorer ça.

Et il a raison ! L'article de Jill Tananbaum, « Grace Hadley hante l'Hôtel Nantucket » paraît dans l'édition du jeudi 21 juillet et leur vaut plus de réactions que n'importe quel autre paru dans l'année. Donna Fenton, une vacancière habituée de l'île, descendue à l'hôtel avec sa famille dans les années 1980, avait bien senti que cet endroit était « inquiétant ». Sharon la Blonde, elle, s'interroge non pas sur le fantôme, mais sur le linge de bain en coton turc, sur les parois de douches en coquilles d'huîtres et les jetés de lit en cachemire bleu de chez Nantucket Looms. Et Sharon, toujours elle, qui aime tout savoir, ignorait qu'il y avait une piscine réservée aux adultes. Comment pourrait-elle s'y faire inviter ? Elle décide de réserver une chambre à la fin du mois d'août pour sa sœur, Heather, qui voyage dans le monde entier et est d'une grande perspicacité.

Le hasard veut que Yeong-Ja Park, employée de l'agence de presse Associated Press, loge sur l'île à Shimmo, chez ses parents. Après avoir lu l'article du *Standard*, elle en rédige un sur l'hôtel hanté. Elle réussit à interroger une demi-douzaine de personnes y ayant séjourné ces trente dernières années, et trois d'entre elles affirment avoir entendu et vu des choses inexplicables. L'article de Yeong-Ja est repris par quarante-sept journaux dans tout le pays, de l'*Idaho Statesman* au *St. Louis Post-Dispatch* sans oublier le *Tampa Bay Times.* Certains le publient aussitôt, d'autres le gardent en réserve pour des jours plus calmes.

Ici, à Nantucket, l'excitation causée par l'hôtel hanté dure à peine vingt-quatre heures : nous avons d'autres rumeurs à nous mettre sous la dent.

Et en effet, un scandale s'est produit dans Hulbert Avenue. On raconte que Michael Bick, mari d'Heidi Bick et père de quatre enfants, a eu une aventure avec leur voisine Lyric Layton, qui est justement enceinte. Une histoire si révoltante qu'elle pourra occuper tous les dîners en ville de Sharon la Blonde pour l'été. Heidi Bick aurait apparemment retrouvé une ombre à paupières appartenant à Lyric dans sa salle de bains, mais aussi sa paire de chaussures à talon René Caovilla dans sa penderie et son test de grossesse positif entre les pages d'*Alors, heureuse ?*, le roman de Jennifer Weiner. (Le choix de ce livre était-il délibéré ? Forcément !) Heidi a invité les Layton à dîner sur leur terrasse, en feignant que tout allait bien, mais dès le premier cocktail servi, elle a exigé des explications de Michael et de Lyric. Elle avait concocté une attaque-surprise pour les empêcher de se concerter avant sur une version de l'histoire. Elle a créé un sacré tollé ! Ari Layton, qui avait bien remarqué que son voisin reluquait régulièrement sa femme, est sorti de ses gonds. Il les avait toujours soupçonnés de flirter gentiment ensemble, mais il a été fou de rage de découvrir que ça allait bien plus loin. Ari était tellement heureux d'apprendre la grossesse de sa femme – il espérait enfin une petite fille après leurs trois garçons. Et si ce bébé n'était pas de lui ? Il s'est aussitôt levé, prêt à jouer des poings.

Michael et Lyric ont nié avec véhémence, l'un comme l'autre. Ils n'avaient jamais eu la moindre relation, et n'en auraient jamais. Lyric était effarée qu'Heidi ait pu imaginer cela d'elle. Elle était incapable d'expliquer la présence de son maquillage, de ses chaussures et de son test de grossesse chez les Bick, mais elle a justement tenu à faire remarquer que si elle avait eu une aventure avec Michael, elle n'aurait pas été assez bête pour laisser ses affaires chez eux !

Il nous a bien fallu reconnaître qu'elle n'avait pas tort.

Michael a affirmé qu'il était victime d'un coup monté. Sans doute un collègue ayant découvert que Rafe et lui montaient leur propre boîte. Ils avaient envoyé un espion sur l'île. Le type venu réparer Internet peut-être ?

« Mais comment serait-il entré chez nous ? a protesté Ari. Pourquoi aurait-il pris du maquillage, des chaussures et un test de grossesse qui devait se trouver à la poubelle ? »

Très juste, avons-nous pensé. Ça n'avait aucun sens...

Lyric est restée, aux dires de tous, très calme bien qu'intraitable. Elle était prête à procéder à un test de paternité pour l'enfant qu'elle attendait dès que ce serait possible. Michael, lui, continuait à agiter des théories du complot, adoptant le comportement d'un homme qui n'a pas la conscience tranquille.

Ce qui nous a conduits à nous interroger.

Il y a aussi eu du grabuge à La Terrasse, au point que le restaurant a annoncé, dans l'urgence, sa fermeture temporaire le dimanche 17 juillet. La Terrasse n'a pas fermé ses portes l'été un dimanche depuis son ouverture, il y a quinze ans. Que se passe-t-il ?

Romeo, qui travaille à la direction générale maritime raconte avoir vu Christina Cross monter à bord du ferry avec sa jeep orange vif, pleine à craquer de valises. C'est son travail de réguler ce genre de choses – les conducteurs doivent avoir un espace de vision dégagé jusqu'à la lunette arrière –, pourtant en s'approchant du véhicule de Christina, il a vu qu'elle sanglotait et lui a fait signe d'avancer sans rien lui dire. Il fait ce métier depuis des dizaines d'années, il sait reconnaître une femme qui quitte l'île le cœur brisé.

Ainsi, Christina a quitté La Terrasse. Est-ce pour cette raison que le restaurant a fermé ses portes ? Oui et non. Christina aurait aisément pu être remplacée par Peyton à l'accueil et par Goose pour le poste de sommelier. Mais ce dernier, qui est le confident de JJ, a raconté à sa sœur Janice, assistante dentaire, que JJ a fermé afin de prendre « une journée pour lui » – ce qui revenait à vider un pack de bières Cisco, manger deux sandwichs du food truck Yezzi et faire une virée à Great Point pour pêcher. Il a raconté à Goose, qui l'accompagnait, que Christina était partie. Mais ce n'était pas le problème. Le problème, c'était qu'il avait fait l'erreur de se rapprocher d'elle.

« J'étais avec la meilleure femme dont je pouvais rêver. Lizbet était mon amie, ma confidente, j'aurais pu passer le reste de ma vie à ses côtés. Et j'ai tout gâché.

— Tu as tout gâché », lui a confirmé Goose.

# 17

## Passions d'été

Les affaires vont sacrément mieux à l'Hôtel Nantucket ! Grace en est ravie, et même si ça peut passer pour prétentieux, elle sait que c'est à elle qu'on le doit. À la fin du mois de juillet, toutes les chambres sont occupées. Le bruit s'est répandu au sujet de la présence du fantôme de Grace Hadley dans l'établissement, et tout le monde veut faire l'expérience de ce phénomène. C'est le quart d'heure de gloire de Grace, et elle n'a pas l'intention de passer à côté. Elle est très occupée, la nuit, à rendre visite aux clients. Elle frappe aux murs, fait clignoter les lumières, dérègle les volets roulants (c'est vraiment le plus amusant !) et leur passe leurs chansons préférées sans prévenir.

Ces petites frasques réjouissent les clients, mais Grace commence à craindre de ternir son image à force de multiplier ces manifestations sans éclat. Ne pourrait-elle pas employer ses pouvoirs à un meilleur usage ? Mais si ! Elle pense à Juliana Plumb, qui, du haut de ses 17 ans, voudrait avouer son homosexualité à ses parents. Ils occupent la suite 314 et ils viennent de faire un dîner délicieux au Languedoc Bistro. Pendant qu'ils remontaient le couloir vers leur suite, M. Plumb a taquiné sa fille au sujet du serveur qui lui a fait les yeux doux pendant le repas. Juliana n'avait pas l'air à l'aise, et Grace sait pourquoi.

Elle observe la jeune fille qui fixe longuement son reflet dans le miroir de la salle de bains après s'être brossé les dents. Grace s'émerveille que l'on puisse assumer son orientation sexuelle en 2022. En 1922, disons que… elle avait l'impression que le directeur de l'hôtel, M. Leroy Noonan, avait une préférence pour les hommes, mais il n'aurait jamais pu le clamer. Il aurait eu encore plus de mal à sortir de son placard qu'elle !

Elle suit Juliana qui frappe à la porte de la chambre de ses parents.

— Entre, lui répond Mme Plumb.

Grace accompagne la jeune fille dans la pièce et reste près d'elle, elle essaie de lui communiquer son soutien le plus chaleureux.

— Je suis gay, lâche Juliana.

Ses parents semblent… surpris. M. Plumb se racle la gorge et échange des regards avec son épouse. Grace la pousse vers sa fille, et son mari saisit le message. Il ouvre les bras en grand.

— Juliana, ma chérie, on t'aime.

— Merci de nous en avoir parlé, c'est un beau signe de confiance. Nous te soutiendrons de notre mieux.

*Ma mission est terminée,* songe Grace en laissant les Plumb s'étreindre.

Elle découvre peu après que les Elpine de la 203 connaissent des problèmes au lit et qu'ils ont pris ces vacances pour « pimenter les choses » et « raviver la flamme » de leur mariage. Et pourtant, en dépit de l'éclairage tamisé et des beaux draps, ils se dirigent tout droit vers une déception… et, sans doute, des séances de psy.

Elle décide de tenter le tout pour le tout et vient se placer devant le miroir en pied et dans la ligne de mire de M. Elpine. Appartient-il à la catégorie « des hypersensibles au surnaturel » ? Espérons-le, pour le bien-être de Mme Elpine. Grace envoie un courant d'air froid dans la direction de monsieur avant d'écarter les pans du peignoir qu'elle ne quitte plus. Il regarde par-dessus l'épaule de sa femme et ouvre de grands yeux. Il se trouve que le fait d'être observé par le fantôme d'une belle jeune femme nue est ce qu'il fallait pour guérir M. Elpine de son problème chronique. Grace quitte discrètement la chambre et laisse le couple à ses affaires.

Kimber prend rendez-vous au salon de coiffure et en revient avec les cheveux teints en roux vif. Richie adore, Wanda et Louie réagissent avec perplexité, et Doug le pitbull aboie avec tant de virulence que sa maîtresse est obligée de lui mettre sa muselière (ce qui n'est pas pour déplaire à Grace). Désormais, presque tous les soirs après la fermeture du Bar bleu et le départ d'Adam, Kimber se rend dans le hall de l'hôtel pour rejoindre Richie. Leur relation devient de plus en plus intime, bien trop pour qu'ils puissent prendre le risque de rester dans un endroit aussi exposé – et si un client surgissait ? Ou l'un des enfants ? –, et ils sont constamment à la recherche d'endroits discrets.

Kimber a suggéré le débarras du grenier, mais Dieu merci Richie a aussitôt repoussé cette idée.

— J'aurais trop la frousse.

Il lui propose plutôt de sortir près de la piscine pour adultes et de s'installer sur l'un des transats extra-larges. Ils essaient, mais bien que le matériel se révèle très résistant, eux le sont beaucoup moins, et Kimber se plaint rapidement des moustiques. Elle tente ensuite de l'attirer dans sa suite, cependant il pense aux enfants. Ils finissent par consommer leur relation dans la salle de repos. Lorsque Richie choisit une chanson de Marvin Gaye sur le jukebox, Grace comprend ce qui va se passer et s'échappe.

La salle de repos devient le lieu attitré de leurs rencontres furtives. Grace remarque que quand Kimber retourne dans sa suite, Richie s'endort souvent sur le canapé, avant de se réveiller en sursaut comme s'il était pris en chasse – elle n'y est pour rien et soupçonne que c'est sa mauvaise conscience qui se manifeste. Il lui arrive de rester assis de longs moments la tête dans les mains ; parfois, il se rend dans le bureau de Lizbet, ouvre le coffre et contemple les piles d'argent liquide (celui de Kimber). Grace est soulagée de constater qu'il ne prend pas un seul dollar. Il reste à l'hôtel jusqu'à ce que les premiers oiseaux se mettent à chanter, puis il sort par la porte de service comme un vrai cambrioleur.

Kimber lui apprend qu'elle doit faire un aller-retour sur le continent la semaine suivante pour voir l'avocat qui s'occupe de son divorce. N'ayant pas envie d'emmener les enfants, elle lui demande s'il accepterait de dormir dans sa suite après avoir terminé le travail et de passer les deux journées où elle sera absente avec les enfants.

— Oui, bien sûr ! il s'exclame quasiment. Avec joie !

Elle lui explique que le meilleur moyen d'acclimater les enfants à la nuit qu'il passera dans la suite, en son absence, est d'en passer régulièrement en sa présence.

— Ils accepteront très bien la situation, tu verras, le rassure-t-elle.

Elle a passé tellement de temps au soleil que sa peau pâle a désormais un hâle subtil et ses cheveux des ondulations naturelles qui lui vont bien. Et puis, remarque Grace, elle irradie de l'intérieur.

— Ils ne diront rien.

— Peut-être bien, répond Richie, mais c'est contre le règlement. Les employés ne sont pas autorisés à coucher avec les clients, Kimber.

— Viens, on va parler à Lizbet.

— On ne peut pas ! Elle va me renvoyer…

Elle éclate de rire.

— Tu travailles sept jours sur sept ! Tu ne rentres presque jamais chez toi ! Elle ne va pas te renvoyer, pour la simple et bonne raison qu'elle ne trouvera jamais, jamais tu entends, quelqu'un pour te remplacer. Nous sommes deux adultes consentants. Nous allons lui demander sa permission, et elle comprendra.

*Mmh,* songe Grace. C'est un sacré pari. Lizbet n'est pas incapable de faire preuve de souplesse, mais de là à enfreindre une règle de façon aussi ostensible ? Kimber emmène Richie jusqu'au bureau de la directrice. Ils entrent ensemble, même s'il se met légèrement en retrait, comme un enfant coupable.

— Bonjour, Lizbet. Nous voulions juste vous informer, Richie et moi, que nous vivions ensemble un amour de vacances et qu'il passera certaines nuits dans ma suite. Nous savons que c'est théoriquement interdit par le règlement.

— Plus que théoriquement.

Grace est convaincue que Lizbet va étouffer cette idylle dans l'œuf, et pourtant son visage se radoucit lorsqu'elle considère tour à tour Richie et Kimber.

— Mais bon, à ce stade, vous êtes moins une cliente qu'un membre de la famille…

— Oh ! C'est tellement gentil de me dire ça, s'émerveille Kimber. Nous ressentons la même chose, les enfants et moi.

Richie se racle la gorge.

— Je promets de faire passer le travail en premier, comme depuis le début.

— Je compte sur vous, rétorque Lizbet. Et Kimber, vous me promettez d'arrêter de venir distraire Richie pendant qu'il est à la réception, d'accord ? Il pourra vous rejoindre dans votre suite quand il aura terminé. Et soyez discret, Richie, s'il vous plaît.

— Naturellement.

Lizbet s'éclaircit la voix.

— Je ne voudrais pas qu'il arrive quoi que ce soit d'inconvenant dans, disons, la salle de repos.

**LISTE DE CHANSONS DE MARIO POUR LIZBET**

*Love Walks In*, Van Halen
*Strange Currencies*, R.E.M.
*Kiss*, Prince
*Next to You*, The Police
*OMG*, Usher
*Girlfriend*, Matthew Sweet
*Can't Feel My Face*, The Weeknd
*Dreaming*, Blondie
*In a Little While*, U2
*Killing Me Softly*, The Fugees
*Soulshine*, Martin Deschamps
*The Guy That Says Goodbye to You Is Out of His Mind*, Griffin House

*Nothin' on You*, B.o.B.
*Loving Cup*, The Rolling Stones et Jack White
*Are You Gonna Be My Girl*, Jet
*Sister Golden Hair*, America
*Never Been in Love*, Cobra Starship
*Sleep Alright*, Gingersol
*Here Comes the Sun*, The Beatles
*Sexual Healing*, Marvin Gaye
*Summertime*, Kenny Chesney

Lizbet a l'impression d'être une bulle de champagne dans une flûte ; ses perspectives sont brillantes et pétillantes. Comme si tous ses mantras positifs s'étaient réalisés d'un coup.

Pour commencer, l'hôtel connaît enfin le succès. L'article de Wanda Marsh – une gamine de 8 ans, comment inventer une histoire pareille ! – a provoqué une réaction en chaîne qui a conduit à plusieurs articles sur le fantôme de Grace Hadley dans des journaux du pays tout entier ! Le téléphone n'a pas arrêté de sonner à la suite de leurs publications, et le site Internet a même planté ! (Cet incident l'a rendue folle de joie, malgré le désagrément causé : l'Hôtel Nantucket a saturé la toile !) Diriger un hôtel plein rend joyeux, c'est une fête quotidienne. Chaque matin, au moment de franchir son seuil, elle pénètre dans l'endroit le plus animé et le plus intéressant de toute l'île.

Les clients affluent dans le hall pour une tasse de café au percolateur (la richesse de son parfum est constamment évoquée dans les avis sur RumeursDeVoyages) et un croissant aux amandes (lui aussi très présent dans les commentaires !). Ils lisent le journal, engagent la conversation, admirent la photographie de James Ogilvy et regardent Louie jouer aux échecs (il débarque tous les matins à 7 heures précises, bien peigné, lunettes propres, son petit polo boutonné jusqu'au col). Les transats de la piscine sont tous occupés dès 10 heures, et les vans qui proposent aux clients de les conduire gratuitement aux plages du sud sont toujours pleins. Lizbet a fait accorder le piano et tous les soirs avant de prendre son service Adam vient jouer des airs de comédie musicale pendant que les clients se régalent d'un verre de vin et de fromages. Ils lui demandent des titres pour pouvoir chanter, lui glissent des pourboires. Après le dîner, plutôt que d'aller faire la queue pour entrer au Chicken Box ou au Gaslight, beaucoup préfèrent s'asseoir sur la galerie devant l'hôtel. On allume les tables-braseros, et ils achètent à la réception de quoi faire préparer des « s'mores » pour s'offrir un moment de plaisir et de douceur.

Lizbet aimerait croire que l'hôtel a enfin rencontré le succès, mais elle n'est pas dupe, cet attrait est dû… au fantôme. Malgré tout, une fois que les clients potentiels ont été appâtés par l'histoire de Grace Hadley, ils consultent le site Internet et sont séduits par les lits à baldaquin en bois flotté et en corde avec leurs voilages blancs romantiques, les magnifiques bouquets de lys et d'hortensias, les baignoires sabots, la piscine avec le mur de rosiers grimpants, le minibar gratuit et le plafond en teck sculpté du studio de yoga. Et tous se disent : *J'aimerais beaucoup y séjourner.*

La clientèle est si diverse qu'on y croise un éminent poète du Nouveau-Mexique, une famille d'éleveurs du Montana, un cultivateur de champignons de Pennsylvanie, un neurochirurgien de Nashville, les propriétaires d'une équipe de hockey, un producteur de hip-hop réputé, un phénomène YouTube et une éditrice connue, appartenant à l'une des cinq grandes maisons d'édition de New York – laquelle, après avoir lu le *Livre bleu* rédigé par Lizbet, propose de le présenter à son comité de lecture et de lui donner des nouvelles par mail.

*Le secret du changement consiste à consacrer toute son énergie non pas à combattre le passé, mais à créer l'avenir.*

Lizbet est si occupée qu'elle oublie pendant des heures entières et même des journées de guetter la venue de Shelly Carpenter. Et pourtant c'est maintenant qu'elle va leur rendre visite, elle en a la certitude – tout comme elle a la certitude que si elle est déjà venue sans se faire remarquer lors des quinze derniers jours elle a eu droit à un service exceptionnel. Edie, Alessandra, Richie, Zeke, Adam et Raoul sont tous au sommet de leur forme.

La seule chose qui surpasse la vie professionnelle de Lizbet, c'est sa vie amoureuse. Tous les jours, à l'heure de sa pause déjeuner, elle va chez Mario. Ils font l'amour puis il lui prépare à manger : salades composées avec des crevettes grillées, des morceaux d'avocat fondants et quelques-uns des fameux crackers au cheddar qu'il servait au Bistro bleu ou, les rares jours de pluie, une soupe de palourdes et de grosses gougères qu'il sort de son drôle de petit four. Elle apporte parfois son maillot de bain et ils se jettent à l'eau depuis la terrasse. Ensuite elle se douche et tresse ses cheveux mouillés. Quand il arrive à l'hôtel à 16 heures, pour entamer sa journée de travail, il passe par son bureau avec un double expresso – il a compris que la caféine était le meilleur moyen de parler au cœur de Lizbet –, et il lui apporte souvent un petit cadeau : quelques roses, une coquille de palourde parfaite, une glace à l'eau. Il lui concocte une liste de chansons pour remplacer celle qu'elle a écoutée juste après sa rupture. Elle ferme la porte de son bureau et ils s'embrassent comme deux ados pendant quelques minutes volées, avant qu'elle ne lisse sa jupe et la veste de cuisine de Mario, puis ils retournent travailler. Quand il rentre chez lui après avoir fermé le bar, le soir, il lui envoie un texto. *Je suis rentré, Bourreau des cœurs.* Ou : *Fais de doux rêves, Bourreau des cœurs.* Il l'a d'ailleurs enregistrée dans le répertoire de son téléphone sous les lettres *BC. Et non pas CB, comme Cœur brisé !* songe-t-elle. Elle est réparée. Au point que lorsqu'elle apprend que Christina a quitté JJ, elle n'éprouve que de la peine pour lui ; elle aurait dû le prévenir que ça se terminerait mal. Elle envisage même de lui téléphoner pour prendre de ses nouvelles, avant de se raviser. Elle est trop accaparée par son idylle avec l'idole de JJ, l'homme qu'elle a vu en photo sur le mur du bureau de La Terrasse pendant quinze années. Le genre de coup de théâtre insensé qui n'arrive que dans les romans et les films – or elle, elle le vit ! Elle n'en revient pas d'être aussi heureuse.

Jusqu'à ce que.

Jusqu'à ce que, une nuit, Mario ne lui écrive pas à son retour du travail. Elle se réveille à 3 heures pour aller aux toilettes, regarde son téléphone et ne trouve aucun message. *Quoi ?* Elle ne réussit pas à se rendormir. Il fait trop chaud dans sa chambre, son cerveau mouline. Est-il arrivé quelque chose ? Mario va-t-il bien ? Doit-elle l'appeler ? Foncer chez lui ? Elle sait au fond d'elle qu'il ne faut surtout faire ni l'un ni l'autre. Elle se demande alors pourquoi Mario ne lui a jamais demandé à passer la nuit chez elle. Elle reste éveillée jusqu'aux premiers chants des oiseaux, songeant qu'il a décrété qu'ils devaient être prudents pour cette raison précise (ce qu'il voulait dire, bien sûr, c'est que c'était à elle de l'être).

Il était sans doute fatigué, cherche-t-elle à se rassurer. Il a oublié de lui écrire, et alors ?

Le lendemain, un lundi, elle va déjeuner chez lui, comme d'habitude, et tout se passe bien. Le Bar bleu est fermé le mardi, et Mario lui propose de prendre elle aussi sa journée, ou juste son après-midi, pour qu'ils puissent le passer ensemble.

Elle ne rêve que de ça, mais l'hôtel doit gérer dix-sept départs et dix-sept arrivées, et Yolanda a posé son mardi il y a longtemps, si bien que Lizbet doit être présente pour accompagner Warren, le professeur de fitness qui la remplace et qui peut se montrer un peu tête en l'air.

Le mardi soir, l'équipe du Bar bleu fait une partie de softball avec celle du Garden Group. À la fin de sa journée, Lizbet remonte toute la route de Milestone Road jusqu'au terrain de Tom Nevers pour suivre la fin du match. La partie est serrée, même si les paysagistes sont plus jeunes et plus en forme, au point de jouer comme de vrais athlètes. Mario porte un vieux tee-shirt des Ramones et sa casquette des White Sox. Quand vient son tour de tenir la batte, il adresse un clin d'œil à Lizbet. Elle rougit, elle a l'impression d'avoir à nouveau 16 ans et de regarder son petit copain de l'époque, Danny LaMott, qui était joueur de foot.

Mario rate la balle, et elle est presque soulagée qu'il n'ait pas réussi un coup brillant qui lui aurait permis de remporter la partie parce qu'elle se rend compte qu'elle est à deux doigts de tomber amoureuse de lui.

Yolanda lui succède. Alors que Lizbet se demande pourquoi elle participe à ce match – et si l'hôtel créait sa propre équipe ? Mais dans ce cas qui travaillerait ? –, Yolanda envoie la balle bien au-dessus de la tête du joueur au centre et de tous les autres postés sur des bases. Lizbet bondit sur ses pieds pour l'acclamer avec le reste du public pendant qu'elle fait le tour du terrain. Au moment d'arriver sur le marbre, elle saute dans les bras de Mario et l'embrasse sur la bouche. Lizbet se sent aussitôt non seulement exclue, mais aussi sacrément jalouse.

À compter de ce moment-là, elle développe une attention extrême aux interactions entre Mario et Yolanda. Celle-ci se rend depuis toujours régulièrement dans la cuisine du Bar bleu – Lizbet pensait qu'elle avait besoin de reconstituer ses forces tant elle se dépense. Yolanda traverse souvent le hall de l'hôtel avec un *açaï bowl* ou un pudding de graines de chia, qui ne figurent ni l'un ni l'autre au menu. Le mercredi qui suit le match de softball, Yolanda sort du Bar bleu avec une mini-pavlova, qu'elle tient dans le creux de sa paume comme s'il s'agissait d'un oisillon. Elle la montre à Lizbet et Edie. La meringue est fourrée de crème pâtissière parfumée à la rose et surmontée de pétales de rose cristallisés.

— Vous avez déjà vu quelque chose de plus adorable ? Mario l'a faite pour moi.

— Vraiment ? rétorque Lizbet.

Yolanda s'éloigne en mordant à pleines dents dans la pavlova ; elle peut manger ce qu'elle veut et conserver son corps délié et souple de yogi, ce qui constitue une raison suffisante pour l'envier. Zeke se joint à Edie et Lizbet pour la regarder descendre l'escalier jusqu'à l'espace bien-être.

— Vous savez quand même pourquoi Yolanda passe autant de temps en cuisine ?

— Non pourquoi ? répondent-ils en chœur.

Lizbet a le terrible pressentiment que la bulle dans laquelle elle vit depuis un moment s'apprête à éclater.

Zeke hausse les sourcils et prend son élan… mais pour dire quoi ? À cet instant, un grand groupe de clients pénètre dans le hall, et ils se mettent tous les trois au garde-à-vous pour les servir.

Deux jours plus tard, Lizbet est chez Mario à l'heure du déjeuner. Il fait trop chaud pour cuisiner, alors il découpe un melon mûr et bien juteux, qu'il leur sert avec de la burrata et du prosciutto. Ils se baignent puis se douchent ensemble après. Lizbet est folle de joie, elle pense : *Yolanda... qui ? Yolanda... quoi ?* La pauvre s'est retrouvée, par erreur, à incarner le rôle de la méchante dans son esprit. Il est temps de penser à autre chose.

Pendant que Mario s'habille dans sa chambre, son portable, posé sur le plan de travail de la cuisine, juste à côté de Lizbet qui entortille la dernière tranche de jambon autour du dernier morceau de melon vert pâle, tinte pour annoncer l'arrivée d'un texto. L'écran annonce *Yolo*. L'alerte contient le message : Salut, tu pourrais me filer un coup de main pour un truc plus tard ? Il est accompagné de l'émoticône qui fait un clin d'œil et tire la langue.

Lizbet sent aussitôt que le jambon a du mal à passer. Elle est tentée de prendre le téléphone pour ouvrir le message et lire ceux qui l'ont précédé – elle sait que Mario n'utilise pas de code pour bloquer son appareil, elle pourrait donc facilement y accéder, ce qui lui permettrait au moins de savoir ce qui se passe au lieu de tâtonner ainsi dans l'obscurité de l'incertitude –, mais à cet instant précis il l'appelle.

— Tu te prépares, BC ? Il est déjà deux heures moins dix.

Comme elle ne lui répond pas, il sort juste la tête de sa chambre.

— Tout va bien ?

— Oui. Tu as reçu un message.

Il prend son temps pour traverser le salon de sa démarche chaloupée. Il jette un coup d'œil au message sans changer d'expression, puis glisse le téléphone dans la poche de son pantalon en pied-de-poule et se dirige vers la porte. Il prend toujours le soin de la raccompagner sur la vieille jetée jusqu'à sa voiture. Elle s'efforce de contrôler la panique qui monte en elle. *Salut, tu pourrais me filer un coup de main pour un truc plus tard ?* Quel genre de truc ? Et quel genre de coup de main ? Quand ça, plus tard ? Et l'émoticône ? Celle qui a un côté lubrique, avec son clin d'œil et sa langue tirée. Celle qui suggère quelque chose de répréhensible. Et pourquoi « Yolo ? » A-t-elle déjà entendu quelqu'un d'autre l'appeler ainsi ? Non. Lizbet est si obnubilée par ces réflexions qu'elle n'arrive pas à parler, et lorsqu'il lui serre la main en lui demandant, pour la seconde fois, si tout va bien, elle ment et dit que oui.

Le mardi suivant, elle ne peut pas prendre de pause déjeuner parce qu'ils attendent la venue d'un plombier pour la réparation d'une fuite dans la blanchisserie qui implique de couper l'eau pendant quatre-vingt-dix minutes. Elle doit être présente pour répondre aux inévitables plaintes de la clientèle.

Mario passe la journée à la plage avec son équipe, et lorsqu'il vient la chercher pour l'emmener dîner – ils ont réservé au Pearl –, il est non seulement très bronzé mais aussi un peu éméché.

Elle le taquine sur le sujet.

— J'ai participé à un jeu à boire avec les jeunes de la cuisine. On s'est bien amusés. Et, dis donc, Yolanda est une sacrée surfeuse.

— Ah, elle était là ?

— On aurait dit Alana Blanchard.

— Je ne sais pas qui c'est, rétorque sèchement Lizbet.

Il ne remarque pas son ton, parce qu'ils viennent d'entrer dans le petit jardin paisible où se trouve la table du chef. Elle peut accueillir dix convives, mais Mario l'a réservée pour eux deux, dans un geste d'une grande générosité. Lizbet y a déjà dîné avec JJ et des membres de l'équipe de La Terrasse, et elle est impatiente de remplacer ces souvenirs par de nouveaux. Il lui recule sa chaise. C'est elle qu'il emmène dîner, se répète-t-elle. Pas Yolanda. Elle commande un cosmo à la passion.

La magie de la table du chef, c'est que les plats apparaissent d'eux-mêmes : raviolis au homard frits, tartare de thon avec sa crème fraîche au wasabi, steak tout juste saisi avec son œuf de caille, homard au sel et au poivre, sauté au wok. Comme Mario est, dans l'univers de la restauration, Super Mario, chaque mets est accompagné d'un vin qui s'accorde à merveille avec lui. Lizbet boit un peu plus que de raison, mais qui pourrait le lui reprocher ? Yolanda a bien insisté lors de l'ouverture de l'hôtel : elle voulait le mardi comme jour de repos. S'agit-il d'une pure coïncidence ? Elle n'a que 29 ans, soit presque dix de moins que Lizbet, et presque vingt de moins que Mario. Et non seulement elle est belle avec un corps parfait, mais elle possède ce genre de personnalité lumineuse qui attire les gens à elle. Comment Mario ne serait-il pas séduit ?

Au moment où on leur apporte le dessert – des morceaux de mangue fraîche bien brillants sur du riz gluant à la noix de coco, dont Lizbet raffole –, elle fixe son regard dessus et songe : *Ne dis rien.* Mais elle s'est retenue pendant tout le dîner, et le vin n'a fait qu'alimenter ses peurs.

— Tu sais à quoi j'ai pensé ? lui lance-t-il. Avec vos « s'mores », vous devriez proposer des caramels. Histoire de monter le niveau d'un cran.

*Ne dis rien*, se répète-t-elle.

— Je ne veux pas me mêler de ce qui ne me regarde pas. Je n'ai pas à intervenir dans les affaires de l'hôtel, mais reconnais que des guimauves au caramel, ça fait rêver, non ?

— Mario ? Est-ce que tu vois d'autres femmes ?

Il quitte aussitôt son dessert des yeux pour la dévisager.

— Pourquoi cette question ?

Elle soutient son regard. Leur relation est encore si récente qu'elle est toujours un peu soufflée par son charme – ses yeux mi-clos, son sourire en coin –, mais elle se fait aussi la réflexion qu'elle ne le connaît pas assez bien pour savoir s'il lui cache ou non quelque chose.

Elle secoue la tête.

— Laisse tomber. J'ai trop bu, je crois.

— Entendu. Je vais demander l'addition.

Il se retourne et celle-ci apparaît aussitôt. Lizbet tente de sortir sa carte de paiement, et il la repousse sans un mot. Est-il contrarié ? A-t-elle gâché la soirée ? Mais comment les visites incessantes de Yolanda à la cuisine et le fait qu'elle fréquente l'équipe du Bar bleu lors de son jour de repos pourraient-ils être des coïncidences ? Il se passe forcément quelque chose. *Salut...* Voilà comment débutait le texto, signe qu'il y avait déjà eu un échange, ou au moins un contexte à ce message. *Tu peux me donner un coup de main pour un truc plus tard ?* C'est forcément un coup de main sexuel pour un truc qui n'est autre que le désir de Yolanda. Et *plus tard*, c'est-à-dire après la fin du service. L'émoticône coquin parle de lui-même. Pourquoi Mario ne demande-t-il jamais à rejoindre Lizbet chez elle, la nuit ? *Parce qu'il voit aussi Yolanda.* Il a Lizbet pour son déjeuner, et Yolanda pour son encas du soir. « Pourquoi cette question ? » Il n'a pas répondu par un non ferme, d'ailleurs il n'a pas répondu par la négative. Elle est tentée d'insister, mais elle n'est pas certaine de le croire s'il lui dit qu'il ne voit personne d'autre, et elle ne le supportera pas s'il lui avoue que oui, parce qu'ils n'ont jamais pris la décision explicite d'avoir une relation exclusive.

Il l'a pourtant bien mise en garde, il lui a conseillé la prudence. C'est elle qui a plongé tête la première dans cette nouvelle histoire. Comme si sa précédente relation ne lui avait pas fait assez de mal. Quelle belle idiote elle fait. Elle n'a rien appris. Et elle n'a pas changé.

Elle sort du restaurant et file au pick-up de Mario. Une fois qu'ils sont tous les deux assis à l'intérieur, il la regarde.

— Qu'est-ce qui se passe, Bourreau des cœurs ?

— Ne m'appelle pas comme ça, réplique-t-elle, alors qu'elle adore ce surnom.

— Tu veux qu'on aille chez moi pour en discuter ? Ou tu préfères que je te raccompagne chez toi.

Elle fixe ses cuisses. « En discuter... » Ce qui suggère qu'ils ont des choses à régler. Bien sûr. Dès qu'elle ferme les yeux, Lizbet revoit Yolanda, qui saute dans les bras de Mario sur le marbre. Puis l'embrasse sur la bouche. Sans oublier ce maudit texto : *Salut, tu pourrais me filer un coup de main pour un truc plus tard ?* Et cette horrible émoticône (c'est vraiment ça qui la turlupine le plus).

— Chez moi, s'il te plaît.

Ils roulent en silence jusqu'à Bear Street, la confusion de Mario est palpable, et pourtant il ne dit rien, ce dont elle lui est reconnaissante. Lorsqu'il se gare devant chez elle, elle sait qu'elle peut encore tout arranger : l'inviter à entrer dans l'espoir qu'il passera la nuit avec elle. Au lieu de quoi elle lui dit :

— Je n'ai pas été assez prudente. Je me suis laissée aller à éprouver trop de sentiments trop tôt. J'ai besoin de prendre un peu de recul à cause de ce qui m'est arrivé avec JJ. C'est pour mon bien-être mental.

Il pose une main sur la sienne.

— Moi aussi, je ressens beaucoup de choses, Lizbet.

Elle secoue la tête.

— Ce n'est pas pareil.

Il éclate de rire.

— Qu'est-ce que tu en sais ? Pourquoi m'as-tu demandé si je voyais d'autres femmes ?

Elle hausse les épaules. Elle s'interdit de prononcer le prénom de Yolanda.

— C'est juste une intuition.

— Eh bien elle est mauvaise.

*Peut-être, peut-être pas.*

— Je ne peux pas souffrir encore, Mario.

— Arrête, Lizbet. Fais-moi un peu confiance.

Elle rive son regard droit devant elle, sur la minuscule maisonnette à bardeaux qu'elle a achetée avec JJ. Elle savait faire confiance autrefois. Ça n'a pas marché.

Il soupire.

— Est-ce que je peux te raccompagner jusqu'à ta porte ?

Elle ne répond pas, et il le fait sans avoir eu son autorisation, lui offrant une ultime occasion de tout arranger. Pourquoi n'arrive-t-elle pas à traiter leur relation comme un amour d'été léger, avec des parties de jambes en l'air merveilleuses, des repas délicieux et des baignades exceptionnelles ? Ça a commencé comme ça… puis il a fallu qu'il lui apporte des roses dans un verre *Tom et Jerry*, qu'il fonde en larmes lors d'un déjeuner en lui parlant de son cousin Hector, qui a succombé à un cancer du foie. Un autre jour, elle était si fatiguée qu'elle n'a ni couché avec lui ni mangé, elle s'est simplement assoupie sur son lit. Il l'a réveillée une heure plus tard en déposant des baisers sur ses paupières, et il lui a remis un sac en papier avec un pan-bagnat pour l'hôtel. Elle repense à la façon qu'il a eue d'appeler Christina « Tina », au fait qu'il ne démarre jamais sans s'être assuré qu'elle a bien bouclé sa ceinture, qu'il lui tient le visage à deux mains quand il l'embrasse pour lui caresser les lobes des oreilles. Tous ces petits détails se sont accumulés et maintenant, brusquement, elle se surprend à perdre complètement pied. Il se passe quelque chose entre Yolanda et lui, peut-être que c'est quelque chose de refoulé, mais c'est bien là, un attachement, un flirt, et Lizbet est à la fois jalouse et déçue par elle-même de l'être. Elle doit prendre ses distances. Sans tarder.

Mario lui donne un baiser si tendre qu'elle change presque d'avis. Comment peut-elle renoncer à ça ? Elle finit malgré tout par s'écarter.

— Bonne nuit, Mario.

— Bonne nuit, Bourreau des cœurs.

25 juillet 2022
De : Xavier Darling (*xd@darlingent.co.uk*)
À : employés de l'Hôtel Nantucket

Bonjour ! Je tenais simplement à vous dire combien il est encourageant de voir que le monde entier a découvert l'existence de notre hôtel et que les réservations sont au niveau qu'elles méritent, c'est-à-dire avec un taux d'occupation de 100 % ! Les avis sur le site RumeursDeVoyages témoignent de votre travail acharné et de votre implication, à tous. Mais cette semaine, l'un de vous a figuré dans un plus grand nombre de commentaires, et c'est une fois de plus Alessandra Powell ! Continuez votre bon travail, tous !

XD

Chaque fois que Grace repère Alessandra entrant dans la chambre d'un client, la nuit, elle se fait discrète. La cheffe de réception couche avec les clients – M. Bownlee, M. Yamaguchi, Dr Romano – en échange d'avis élogieux sur RumeursDeVoyages qui la mentionnent nommément, et ce stratagème lui a jusqu'à présent rapporté 4 000 dollars de bonus.

Cependant, lorsqu'elle voit Alessandra monter par l'escalier de service avec un homme du nom de Trick Williams, un terrible pressentiment l'envahit. Ça la contrarie, parce que la dernière personne qu'elle a envie de sauver est cette petite garce d'Alessandra, mais elle ne peut pas ignorer son pressentiment.

Quand Trick Williams est arrivé à l'hôtel, la revenante a aussitôt vu des lumières rouges clignoter au-dessus de sa tête, accompagnées d'une sirène stridente et exaspérante, mais elle a pensé que c'était simplement un spécimen type de la masculinité toxique. (*Quel nom, Trick ! Encore un homme obsédé par son pénis !)* Il a emprunté le premier ferry du jour avec sa voiture, a débarqué comme une furie dans le hall à 9 h 30 et demandé à Edie pourquoi, « bordel », il n'y avait pas de voiturier et ce qu'il était censé faire de sa « Corvette Stingray » qui ne pouvait évidemment pas « rester dans la rue » !

Edie a fait preuve d'une patience exemplaire. Elle a dit à M. Williams que l'hôtel ne possédait que douze places de parking réservées aux clients des suites. Trick lui a alors rétorqué avec une agressivité à peine contenue qu'il a bien « essayé » de réserver une suite mais qu'elles étaient toutes « prises » !

— Vous n'allez quand même pas me pénaliser à cause de ça !

C'est un homme petit et très musclé (du genre à « soulever de la fonte »). Grace lui donnerait dans les 35 ans, ce qui est jeune pour se montrer aussi odieux.

— J'espère pour vous que ma chambre est prête.

— Il est 9 h 30, lui a répondu Edie. Nous garantissons une installation dans les chambres à 15 heures, mais nous ferons bien sûr de notre mieux pour que la vôtre puisse vous accueillir bien avant, monsieur Williams.

— *15 heures !* a-t-il hurlé. Vous vous...

Il a ravalé la fin de sa phrase pour dire à la place :

— Vous plaisantez, là !

— Notre petit déjeuner continental est offert à tous nos clients, et vous pouvez le prendre dehors, en terrasse, ou je peux vous le faire apporter au bord de la piscine. Si vous préférez aller vous balader en ville, nous vous recommandons chaleureusement le Lemon Press dans Main Street.

— Je n'ai aucune intention de me « balader ». Je veux m'installer dans ma chambre, pas déambuler dans les parties communes de l'hôtel comme un vagabond alors que j'ai payé cher pour loger ici. Et il me faut une place pour ma Corvette.

— Je vous préviens dès que votre chambre sera faite, a dit Edie. Malheureusement, les clients qui l'occupent avant vous ne sont pas encore partis.

— Oh, j'en ai ma claque de votre baratin. Je veux parler à votre responsable.

Avec un grand sourire, Edie a répondu :

— Bien sûr.

Puis elle s'est tournée vers Alessandra.

— Monsieur Williams, je vous présente Alessandra Powell, notre cheffe de réception.

— J'ai bien entendu, vous conduisez une Corvette Stingray ? C'est bien ce modèle qui a fait office de voiture de sécurité lors de la course des 500 miles d'Indianapolis ?

L'attitude de Trick a aussitôt changé du tout au tout.

— Oui, en effet.

Il s'est décalé le long du comptoir pour se retrouver face à Alessandra et s'est délecté de son physique. Elle avait un foulard bleu hortensia tressé dans ses cheveux, et elle portait l'eye-liner blanc et les strass sous ses yeux qui semblaient hypnotiser tous les hommes auxquels elle s'adressait, notamment Trick Williams.

— Oh, votre badge est à l'envers...

Il a fait semblant de se dévisser le cou pour réussir à lire son prénom – ça se voulait drôle et ça ne l'était pas.

— ... Alessandra.

Grace a roulé les yeux. Tous les hommes seuls que la cheffe de réception avait accueillis cet été lui avaient fait exactement la même remarque. Elle a noté quelque chose sur un post-it jaune, et Grace s'est approchée pour lire par-dessus son épaule. Le mot *oui*, suivi d'un numéro de téléphone.

— Je suis à peu près sûre que le couple qui occupe la suite 217 n'a que des bicyclettes. Je vais vérifier auprès d'eux que vous pouvez utiliser leur place.

— Oh, ce serait génial.

Il a dégainé sa carte de crédit et son permis de conduire, qui indiquait une adresse dans Park Avenue à New York.

*Pffff*, a pensé Grace.

— Edie avait tout à fait raison au sujet de la disponibilité de votre chambre, poursuit Alessandra, mais je peux vous dire que déguster un Bloody Mary au bord de la piscine est une façon très agréable de commencer vos vacances sur l'île, et je passerai m'assurer que tout va bien dès que j'en aurai la possibilité.

Elle a entré les informations de la carte de crédit, puis vérifié la photo du permis de conduire en lui adressant un clin d'œil.

Ça a fait fondre Trick comme une statue de beurre en plein soleil – Grace a découvert leur existence en entendant Lizbet évoquer cette tradition du Minnesota.

— Oubliez la chambre, dites-moi juste que vous acceptez de dîner avec moi demain soir chez Topper's. Je vous y emmènerai en voiture, même si je ne peux pas vous promettre de respecter les limitations de vitesse.

Elle a collé le post-it sur le permis de Trick avant de le lui rendre.

— Le règlement de l'hôtel m'interdit malheureusement de fréquenter les clients. J'aurais adoré. Topper's est un restaurant incroyable, et qui ne rêve pas de faire un tour en Corvette ?

Il a souri en découvrant le message sur le post-it.

— Dommage pour moi, a-t-il répondu. Mais qui ne tente rien n'a rien !

Alessandra a réussi à récupérer la place de parking de la 217 pour le bolide de Trick Williams, et Grace suppose qu'ils sont bien allés dîner ensemble chez Topper's. À présent elle les regarde monter par l'escalier de service – Alessandra veut sans doute éviter Richie et Adam, qui travaillent dans le hall. Ils arrivent devant la porte de la chambre 310, Trick la pousse à l'intérieur.

Grace les suit de mauvaise grâce.

Trick Williams est ivre. (Topper's se trouve à plus de 15 kilomètres par la route en lacets de Polpis Road, et elle frissonne à l'idée qu'il a pris le volant de sa voiture de sport dans cet état ; Alessandra a franchement de la chance d'être en vie.) Il la renverse sur le lit et glisse sa main sous sa robe cache-cœur – une Diane von Furstenberg vintage avec un magnifique imprimé (elle a un goût remarquable, Grace doit bien lui reconnaître ça). Elle le repousse d'un geste adroit.

— Hé, dis donc, sois gentil.

— Tu as commandé un Barolo à 500 dollars au dîner. Tu as une dette.

— Tu m'as laissée choisir le vin et tu voulais quelque chose d'exceptionnel. Et je suis sûre qu'un homme comme toi sait bien que l'exceptionnel a un prix. Si tu avais un budget limité, tu aurais dû me le dire.

— Un budget limité ? répète-t-il avec dédain.

Il attire Alessandra vers lui sur le lit et elle tente de rouler sur le côté.

— Sale petite pute.

Il déchire sa robe, et Grace grimace sans intervenir. Certains ont une sexualité brutale, elle hante cet hôtel depuis assez longtemps pour le savoir.

Lorsqu'il descend la braguette de son pantalon, Alessandra lui dit :

— Non. C'est non, Trick. Je m'en vais.

— Dans tes rêves.

Il lui attrape les poignets et les plaque au-dessus de sa tête. Elle a beau se démener – elle ne crie pas, elle doit avoir peur d'être surprise par quelqu'un –, il tient bon. Il remonte le bas de sa robe. La situation est si critique que ni les lumières, ni la musique, ni les volets roulants ne l'arrêteront, Grace le sait. Elle concentre toute son énergie en une sphère aussi dure qu'une boule de neige bien compacte au cœur gelé et vise Trick Williams dans la mâchoire. Il recule, sonné, ce qui laisse à Alessandra le temps de se relever. Lorsqu'il veut lui saisir le mollet, elle lui donne un coup de pied dans le nez, qui se met à saigner. Elle s'échappe en courant et va se réfugier dans la réserve du deuxième, où elle reprend son souffle et évalue les dégâts. Elle a des traces rouges autour des poignets, sa robe est en lambeaux, elle a perdu une chaussure. Elle se déshabille pour enfiler un peignoir de l'hôtel et des chaussons. Des larmes coulent sur ses joues. Elle les essuie puis elle regarde ses doigts comme si elle ne s'expliquait pas pourquoi ils sont mouillés.

Elle jette un coup d'œil dans le couloir. Elle a la sagesse de ne pas repasser devant la chambre 310, préférant emprunter l'escalier de l'autre côté pour disparaître dans la nuit.

*Je t'ai sauvé la mise, la miss,* songe Grace. Elle se sent épuisée. Elle devient trop vieille pour ça.

Et malgré tout, elle ne peut résister à la tentation d'aller détraquer les lumières de Trick Williams, de lui passer *I Think We're Alone Now*, de Tiffany, à fond les ballons, de monter et de baisser ses volets roulants, et de lui envoyer un souffle d'air arctique à l'endroit où son cœur devrait se trouver.

# 18

# Dernier vendredi du mois de juillet

La première photo du post de Shelly Carpenter montre un mannequin assis sur une vieille malle et éclairé par des rayons de soleil obliques. Lizbet se demande aussitôt si elle s'est trompée de compte Instagram. Après avoir vérifié l'adresse, elle lit la légende. Elle clique sur le lien dans la bio au moment où Adam, venu exprès à l'hôtel pour pouvoir commenter la publication avec tout le monde, et Edie entrent dans son bureau.

Ensemble ils lisent.

*Hôtels Confidentiels*, par Shelly Carpenter

29 juillet 2022

Le bed and breakfast Sea Castle, à Hyannis Port, dans le Massachusetts, 3 clés

Bonjour, bonjour, mes amis !

Il y a les amateurs de bed and breakfast… et il y a votre humble servante. Cependant, dans l'esprit de tester toutes sortes d'hébergements, je suis allée me faire un avis sur le Sea Castle dans la bourgade animée de Hyannis Port, l'une des stations balnéaires de la mythique presqu'île de Cape Code.

L'établissement occupe une demeure victorienne restaurée par ses propriétaires en 2015, dans le respect le plus méticuleux des détails historiques. Il comporte huit chambres et un espace commun au rez-de-chaussée composé d'un salon et d'une salle à manger, où l'on peut prendre un petit déjeuner de champion tous les matins entre 8 et 9 heures.

Ma chambre, située au premier, possédait un lit à baldaquin king size si haut qu'un marchepied en bois était fourni.

La literie se composait, à mon humble avis, de beaucoup trop d'épaisseurs pour l'été : un drap plat, une couverture en veloutine, une couette et un épais couvre-lit en brocart. Le reste du mobilier semblait tout droit sorti de la maison d'une grand-mère dans un conte de fées : une vieille commode en bois avec un napperon légèrement taché, un fauteuil à bascule et une malle au pied du lit. En ouvrant celle-ci, j'ai découvert un buste chauve et sans visage qui m'a causé une telle frayeur que j'en ai lâché le couvercle et me suis fait mal. Que faisait cet objet dans ma chambre ? J'ai interrogé la maîtresse des lieux, qui m'a expliqué que la première propriétaire était modiste et qu'elle utilisait ce mannequin pour ses chapeaux.

Voilà résumé, mes amis, le principal problème que me causent les bed and breakfast : vous vivez sous le toit de quelqu'un d'autre.

Je me suis sentie grossière de réclamer à ce qu'on retire ce buste de ma chambre, mais je l'ai fait.

La salle de bains était minuscule, sans aucun endroit pour les produits de beauté, j'ai donc posé ma trousse de toilette sur les WC, ce qui m'a valu de faire tomber ma crème hydratante dans la cuvette. Il y avait un tapis rose épais au sol, et vous savez bien, mes amis, ce que je pense des tapis et de la moquette dans les salles d'eau. L'eau s'écoulait très lentement dans le lavabo, et la douche, bien que la pression ait été correcte, était sujette à des changements de température soudains et drastiques (sans doute à cause de la chasse d'eau des Hubertson installés au même étage).

Même si la faible amplitude horaire du petit déjeuner m'avait irritée, j'étais attablée à 8 heures précises. Mon hôtesse m'a apporté une orange pressée et une salade de fruits contenant des myrtilles, des framboises, des mûres, des pêches et des figues fraîches – c'est ce dernier détail qui m'a conquise. Le « plat de résistance » était une frittata aux champignons, aux fines herbes et au brie coulant, accompagnée de bacon bien croustillant et d'une galette de pommes de terre dorées. On m'a aussi proposé des muffins à la banane et aux noix de pécan ainsi que des scones au cheddar. Je n'avais jamais mangé de petit déjeuner aussi délicieux de toute ma vie - oui, mes amis, il était meilleur que le croissant avec du beurre et de la confiture d'abricots du Shangri-La à Paris, meilleur que le congee du Raffles à Singapour -, mais mon engouement pour la nourriture a été tempéré par la nécessité de faire la conversation avec la maîtresse de maison et les Hubertson, au sujet des boutiques vendant les meilleurs caramels et du prix exorbitant des sorties en mer pour aller admirer les baleines. À la fin du repas, je regrettais la liberté et l'anonymat qu'offre un vrai hôtel.

Au bout du compte, j'ai mis en balance la médiocrité des installations du Sea Castle (la plomberie encrassée, le contenu déconcertant de la malle) et l'exceptionnel petit déjeuner, ce qui m'a fait arriver à une note de trois clés. Ceux d'entre vous qui raffolent des courtepointes, des vitraux, des buffets anciens, du point de croix, des bougies parfumées à la pomme verte, « du charme de la campagne », et des conversations à cœur ouvert auraient peut-être décerné quatre clés, mais je n'en fais pas partie.

Qui choisit bien son hôtel a la vie belle !

SC

— Je n'en reviens pas qu'elle soit descendue dans un bed and breakfast, lâche Adam. C'est déjà arrivé ? À ce compte-là, elle va bientôt chroniquer des logements trouvés sur Airbnb.

— Je la trouve sévère, ajoute Edie. Ma mère a été tentée de reprendre celui qui se trouve dans Winter Street, il y a quelques années, quand Mitzi Quinn a voulu s'en séparer, et mon père l'en a dissuadée. C'est beaucoup de travail de tenir ce genre d'endroit. J'aime bien les bed and breakfast, moi. Ils ont un côté pittoresque et douillet.

Adam gémit.

— Tu connais quelque chose de plus mortel que le point de croix ?

Lizbet partage l'avis d'Adam, mais elle ne se mêlera pas au débat : elle a bien autre chose en tête.

— Hyannis Port, dit-elle. Shelly Carpenter se rapproche.

# 19

# La couverture, la ceinture et le cambriolage

1er août 2022
De : Xavier Darling (xd@darlingent.co.uk)
À : employés de l'Hôtel Nantucket

Nous voici en août, très chers tous ! Et cette semaine je suis heureux d'offrir le bonus de 1 000 dollars à un autre membre de notre belle équipe : Raoul Wasserman-Ramirez. La qualité de son service de portier a été louée par une famille nombreuse ayant récemment séjourné dans notre hôtel. Il s'est plié en quatre pour répondre à leurs demandes, et toujours avec le sourire. Voilà ce que j'aime lire !

Je vous verrai tous dans quelques semaines maintenant !

XD

Août est le mois le moins apprécié des travailleurs estivaux, et Lizbet ne fait pas exception. Juillet est en quelque sorte la répétition générale de la pièce parfaitement absurde qui se joue en août. C'était vrai à La Terrasse – il y avait quelqu'un d'important à caser chaque soir. Et un jour Lizbet a même dû refuser Blake Shelton et Gwen Stefani qui voulaient une table pour huit, parce qu'elle ne pouvait pas annuler la réservation d'un de ses habitués (mais ça lui a beaucoup coûté).

À l'hôtel, s'il n'y a pas plus de monde en août qu'en juillet – impossible de remplir un hôtel au-delà de sa capacité maximale –, la clientèle se montre plus exigeante. Une femme du nom de Diane Brickley insiste pour qu'Edie lui donne « la chambre que vous gardez sous le coude pour les personnes importantes qui viendraient à l'improviste ». La réceptionniste est contrainte d'aller chercher Lizbet.

— J'ai besoin d'aide. Alessandra est en pause déjeuner.

— Encore ?

La cheffe de réception commence à dépasser les bornes dans ce domaine : la veille, elle s'est absentée pendant une heure et demie et, lorsque la directrice lui en a parlé, elle s'est contentée de hausser les épaules et de répliquer « virez-moi ».

Ce que, bien sûr, Lizbet ne peut pas faire. Pas en août.

Elle jette un coup d'œil hors de son bureau. Diane Brickley doit approcher des 80 ans. Elle ressemble à ces dames qui déjeunent tous les midis sur la terrasse du Yacht Club. Elle a sans doute acheté sa jupe, du rose typique de Nantucket et qui lui arrive aux genoux, dans les années 1960, chez Murray, car celle-ci est devenue très pâle. Sa tenue est complétée par un ciré jaune et un capuchon de pluie (la météo a annoncé des orages, c'est vrai, pourtant on voit le soleil briller dehors à cette heure). Un panier en osier rond, typique de l'île, est passé sur son avant-bras. Lizbet comprend soudain qu'il s'agit de l'une des dames du Yacht Club, qui siège au conseil d'administration du musée historique du Panier de Nantucket. Elle vit dans Main Street, au 388.

— Bonjour, Madame Brickley, je suis Lizbet Keaton.

Diane agite la main.

— Ah, enfin quelqu'un qui me connaît ! Je reçois ma fille avec ses quatre adolescents, rien que des garçons, et je ne supporte plus ni le bruit, ni l'odeur, ni le désordre. Donnez-moi s'il vous plaît la chambre que vous réservez aux dignitaires.

Les hôtels ne font pas ce genre de chose, c'est un mythe.

— Je suis désolée, Madame Brickley. Nous sommes complets, nous n'avons plus une seule chambre.

— Complets ? Le White Elephant est complet, le Beach Club aussi, comme le Wauvinet, mais j'étais persuadée que vous auriez de la place ici. L'hôtel n'est pas hanté ?

Les clients ont posté les « visites » du fantôme de Grace Hadley sur les réseaux sociaux. Aucune de ses manifestations n'est visible sur leurs photos, ce qui ne les empêche pas d'obtenir des likes, des reposts et de nouveaux followers. Derek White, un instituteur de CM1, originaire de Shaker Heights, a raconté avoir aperçu le reflet d'une revenante dans la vitre de sa chambre plongée dans le noir ; il a affirmé qu'elle portait « un peignoir de l'hôtel et une casquette des Minnesota Twins ». Quelques jours plus tard, Elaine Backler appliquait son crayon à sourcils quand elle a vu, dans le miroir, « un peignoir et une casquette bleu marine qui flottaient ». (Lizbet est convaincue qu'ayant entendu parler de l'expérience de Derek elle a décidé de corroborer ses dires, histoire de donner corps à ce mystère. Et cependant le détail de la casquette des Minnesota Twins travaille Lizbet. Elle a justement égaré la sienne, bleu marine également, pendant sa première semaine à l'hôtel, et ne l'a jamais retrouvée.)

Le *Washington Post* appelle, puis c'est au tour d'*USA Today*, mais tout ce qu'elle peut affirmer avec certitude aux journalistes, c'est qu'une femme de chambre a été tuée dans un incendie au sein de l'hôtel un siècle auparavant. Grace Hadley hante-t-elle désormais les lieux ? « Qui peut l'affirmer ? » rétorque-t-elle d'un ton badin. Le téléphone sonne sans discontinuer, les gens commencent à réserver pour l'été suivant.

Elle a envie d'en parler à Mario, de lui dire qu'il avait tort de penser que l'hôtel risquait de fermer ses portes – ils affichent déjà complet à 50 % pour le mois de juin 2023 –, mais elle s'est employée avec beaucoup d'application à éviter toute situation où elle risquerait de le croiser. Elle ne lui a pas envoyé de texto, elle ne lui a pas téléphoné. Il a tenté de la joindre un soir à minuit et l'a réveillée. Il lui a fallu faire appel à toute sa volonté pour laisser le répondeur se déclencher. Il n'a pas laissé de message. Il lui a aussi envoyé Beatriz avec une boîte de merveilles – les petites pizzas maison, les gougères, les donuts –, que Lizbet s'est empressée d'aller déposer dans la salle de repos pour l'ensemble du personnel.

Il lui manque chaque seconde de chaque journée.

Elle a une nouvelle obsession : suivre les visites de Yolanda à la cuisine du Bar bleu. Elle s'y rend essentiellement le matin et l'après-midi, or Lizbet sait que Mario n'arrive pas avant 16 heures (ou 15 h 30 quand il voulait avoir le temps de l'embrasser dans son bureau). Yolanda y fait aussi un tour en fin d'après-midi, juste avant le début du service, et c'est le moment où Lizbet l'observe avec le plus d'attention. A-t-elle l'air troublée ? Pas vraiment. Elle paraît aussi sereine que jamais, elle n'est pas mal à l'aise ou crispée en sa présence. Un jour, elle passe par son bureau et l'observe un instant. Lizbet se dit que le moment est arrivé. *Elle va me dire : je suis désolée, je ne savais pas, j'espère que vous me pardonnerez, je ne voulais pas vous blesser...*

— Vous m'avez tout l'air d'avoir bien besoin d'un cours de yoga. Qu'est-ce que vous diriez de passer une demi-heure en savasana ?

Lizbet réussit à lui sourire. Yolanda a beau avoir raison, elle se voit mal pratiquer à nouveau avec elle, pas après tout ça.

— Ça ira, merci. C'est juste la folie d'août.

Lizbet ressasse en boucle les mêmes pensées : *Mario, Mario, Yolanda, Mario, Yolanda.*

Jusqu'à ce qu'un jour un événement l'accapare entièrement.

Il est 11 heures en ce jeudi 4 août, et le hall est très animé. Louie joue avec M. Tennant de la 201, et la partie est si serrée qu'un petit attroupement s'est formé autour d'eux ; Richie et Kimber (exaspérée) comptent parmi eux : ils attendent que Louie en finisse pour pouvoir enfin aller acheter des burgers au thon au marché aux poissons puis aller sur la plage de Cisco. Edie est en ligne avec le Galley pour tenter d'obtenir une table sur la plage pour la 110, et Alessandra avec la compagnie de ferrys pour réserver les places retour de la famille Keenan qui a oublié de s'en occuper.

Lizbet s'apprête à aller se servir un café au percolateur – sa huitième tasse, ce qui représente beaucoup, même pour elle – lorsqu'elle remarque une femme qui vient d'entrer dans l'hôtel. Elle incarne à la perfection l'élégance décontractée : un jean bien coupé, une blouse blanche immaculée et des spartiates. Elle tire une valise à roulettes kaki – Lizbet possède exactement le même modèle de la même marque. Son carré brun lui arrive au menton et elle porte des lunettes très chics. Aucun de ces détails n'est particulièrement remarquable en soi, mais la directrice a un pressentiment. La femme s'arrête juste après avoir franchi le seuil de l'hôtel pour prendre le temps d'observer le hall. Puis elle sort son portable pour faire des photos et noter ses premières impressions. Lizbet se précipite à sa rencontre.

— Bienvenue à l'Hôtel Nantucket, lui lance-t-elle.

Adam le dit en chantant, lui, mais elle n'y arrive pas.

— Je peux prendre votre valise ? ajoute-t-elle.

— Merci, lui répond la femme.

Elle la suit jusqu'à la réception, où elle sort son permis de conduire, délivré à Washington, et une carte American Express, les deux au nom de Claire Underwood.

Comme le personnage de la série *House of Cards*, qui se passait justement à la Maison-Blanche ! (Lizbet et JJ ont regardé les six saisons.) C'est exactement ce à quoi elle s'attendait : un pseudonyme qui est aussi un clin d'œil. Elle s'efforce de se conduire avec naturel. Elle aimerait pourtant pouvoir dire à Edie, Alessandra, Raoul, Adam et Zeke que « Shelly Carpenter est enfin là ! ». Ils auraient dû mettre au point un mot de passe, comme *Amsterdam* ou *monocycle*. Pourquoi Lizbet n'y a-t-elle pas pensé ? Ils savaient tous que ce jour viendrait. Shelly a posté sa critique du bed and breakfast à Hyannis Port cinq jours auparavant seulement. Elle a peut-être fait un saut à Martha's Vineyard pour voir le Winnetu ou le Charlotte Inn, et maintenant la voici à Nantucket. Elle est arrivée exprès à 11 heures, soit au moment le plus animé de la journée, à cause des clients sur le départ. Lizbet vérifie rapidement sur l'ordinateur : trois nuits en chambre supérieure, réglées à l'avance lors de la réservation le 5 juillet, soit le jour de son premier rendez-vous avec Mario, ne peut-elle s'empêcher de penser. Claire Underwood s'est intéressée à l'hôtel bien avant toute cette effervescence autour du fantôme.

— Nous sommes très heureux de vous avoir parmi nous, Madame Underwood. Vous venez à Nantucket pour une raison particulière ?

Claire-potentiellement-Shelly sourit.

— Juste pour une petite escapade. J'étais curieuse de voir votre hôtel.

Lizbet se mord la lèvre inférieure pour ne pas décocher un immense sourire à Claire-potentiellement-Shelly.

— En théorie, les chambres sont disponibles à partir de 15 heures...

— Je comprends, l'interrompt-elle.

— Mais je vais faire tout mon possible pour que la vôtre soit prête avant.

Elle lui parle ensuite de la piscine réservée aux adultes et de l'espace bien-être, puis elle lui remet un exemplaire du *Livre bleu*.

— Il contient tous nos conseils en matière de boutiques, restaurants, plages, galeries, bars et vie nocturne. Si vous avez la moindre question, je me ferai un plaisir d'y répondre.

Se rendant alors compte avec horreur qu'elle a oublié de se présenter, elle ajoute :

— Je suis Lizbet Keaton, la directrice de l'hôtel.

— J'ai quelques questions justement, dit Claire-potentiellement-Shelly, en sortant un morceau de papier de sa jolie pochette tressée. Avant toute chose, serait-il possible d'avoir une meilleure chambre.

*Une meilleure chambre ? Mais l'hôtel est plein !* Elle se rassure aussitôt : c'est normal que Claire-potentiellement-Shelly pose la question, c'est ce que les clients malins (et les blogueurs qui ont de l'influence dans le milieu de l'hôtellerie) font toujours. Comment décrocheront-ils la cinquième clé si Lizbet ne peut pas accéder à cette demande ? Ils ne la décrocheront pas, tout simplement.

Soudain, elle songe qu'ils ont bien une chambre libre : la suite de Xavier, qui attend son arrivée le 24 août. Richie lui a demandé pourquoi elle tenait à la laisser vide, puisque le propriétaire des lieux les a informés à l'avance de la date de sa visite, et elle lui a répondu que ça ne lui semblait pas correct d'y installer des inconnus. Xavier lui a demandé de lui garder cette chambre, et il a d'ailleurs payé chacune des nuits depuis l'ouverture de l'hôtel. Elle est persuadée que le jour où elle acceptera de la donner à un client il débarquera pour une visite surprise.

Toutefois Shelly Carpenter est une exception. « J'ai acquis cet établissement dans le but d'impressionner deux femmes. » Si Lizbet ne propose pas la suite du propriétaire à Shelly, Xavier sera furieux, se raisonne-t-elle.

— Je peux vous proposer la suite du propriétaire, lui dit-elle.

Elle remarque que Claire-potentiellement-Shelly hausse un sourcil.

— Merveilleux, merci. J'ai aussi d'autres requêtes.

Elle pose le papier sur le comptoir.

*Jeudi 19 h 30 : une place au bar du Pearl*

*Vendredi 19 h : une place au bar du Nautilus*

*Samedi 20 h : une place au bar du Bar bleu*

*Jeep décapotable à quatre portes pour le samedi, merci de prévoir aussi un plateau de charcuterie à récupérer au bar à vin Petrichor*

*Cours de paddle vendredi après-midi*

*Visite de la brasserie Cisco vendredi à 17 heures*

*Cours de yoga avant 10 heures le vendredi et le samedi.*

— Je m'en occupe tout de suite, dit Lizbet, soulagée que La Terrasse ne figure pas sur la liste de Claire-potentiellement-Shelly. Vous avez d'autres bagages ? Je demanderai à Zeke, notre portier, de vous les monter tout de suite.

— Non, juste cette valise à roulettes.

— Dans ce cas, laissez-moi quelques minutes pour vérifier auprès de notre gouvernante générale que la chambre est prête et je vous y accompagnerai moi-même. En attendant, si vous le voulez, nous avons du café Blue Mountain de Jamaïque préparé au percolateur.

— Fantastique ! s'exclame la cliente. Je n'ai pas pu en prendre ce matin. Et j'adore le café au percolateur. C'est vraiment un petit plus appréciable.

Un cri de joie leur parvient : Louie a battu M. Tennant. Lizbet veut y voir un bon signe. L'hôtel va réussir à séduire Claire-potentiellement-Shelly. Ils obtiendront cette cinquième clé.

Ce qui est beaucoup moins bon signe, c'est le silence glacial au bout du fil lorsque Lizbet appelle Madga pour lui demander de vérifier la suite 317 en vue d'y installer une cliente.

— C'est la chambre de Xavier.

— De M. Darling, oui. Mais en son absence...

— Je pense que c'est une très mauvaise idée. Il paie pour que cette suite reste vide.

— Shelly Carpenter est là, murmure Lizbet. Elle a demandé à être surclassée.

Magda se racle la gorge.

— Vous êtes sûre que c'est elle ? Sûre et certaine ?

— Je ne peux pas être sûre et certaine. Mais il y a tout un faisceau d'indices en effet.

— Entendu. Donnez-moi un quart d'heure pour remplir le minibar, faire la poussière et retaper les oreillers de Mme Carpenter.

— Il ne faut pas vous arrêter là. Vous devez passer en revue tous les éléments de la liste de vérification. Et s'il y avait des toiles d'araignées ? Et si les fenêtres coinçaient ? Et si le système audio faisait ce drôle de bégaiement ? N'oubliez pas de vérifier que les stylos écrivent et que l'eau s'écoule bien dans le lavabo.

— Vous voulez peut-être monter faire mon travail à ma place ?

Lizbet pince les lèvres. Depuis un moment elle soupçonne la gouvernante générale de considérer que c'est elle qui dirige l'hôtel et de la prendre pour sa subordonnée.

— Bien sûr que non, lui répond-elle. Merci, Madga.

Elle informe discrètement l'ensemble du personnel que la femme qui se fait appeler Claire Underwood et qui occupe la suite 317 est très probablement Shelly Carpenter. Elle demande à tout le monde de ne surtout pas en faire trop. Claire-potentiellement-Shelly ne doit pas se croire démasquée et comprendre qu'elle a droit à un traitement de faveur. Si ça se produit, elle n'écrira pas la moindre critique.

En tout cas, elle a l'air de passer un séjour merveilleux. Elle boit son café au percolateur le matin, s'intéresse aux parties d'échecs de Louie, n'a pas assez de louanges pour les cours de yoga de Yolanda, emprunte l'un des vélos de l'hôtel pour aller en ville faire du lèche-vitrine et déjeuner au Beet. Elle se prélasse ensuite au bord de la piscine, suit les visites et les cours réservés pour elle, et elle se fait belle pour sortir dîner en solo – la tenue que Lizbet préfère est la suivante : jean blanc, body noir sans manches et chaussures compensées léopard.

En fin d'après-midi le samedi, Claire-potentiellement-Shelly s'arrête à la réception pour poser une question :

— Où avez-vous trouvé ces couvertures en cachemire bleu ? J'aimerais beaucoup en rapporter une chez moi.

— Chez Nantucket Looms, lui répond Lizbet, avant de regarder sa montre. Ils sont fermés à cette heure, mais ils ouvrent demain à 10 heures.

— Ah zut ! C'est l'heure à laquelle décolle mon avion.

— Je vais voir ce que je peux faire.

Elle monte dans la réserve du premier, où ils en gardent une demi-douzaine. Elle en emballe une dans une feuille de papier de soie du même bleu. Est-ce qu'à trop vouloir en faire, elle en devient maladroite ? Est-ce que Claire-potentiellement-Shelly comprendra qu'elle cherche à la soudoyer – ce qui est bien le cas ?

Elle prend ce risque et lui remet la couverture le lendemain matin au moment de son départ. Claire-potentiellement-Shelly semble sincèrement touchée par le geste – « c'est si attentionné de votre part, merci, ce séjour a été un véritable bonheur... »

— Et je suis une cliente difficile, ajoute-t-elle. Je n'ai jamais été aussi enchantée par un séjour !

*Oui !* se félicite la directrice. *Oui, oui, oui !*

Dès que la cliente a quitté l'hôtel en tirant sa valise à roulettes derrière elle, Lizbet est tentée d'aller taper dans les mains de tous ses employés, mais elle se contient. Ils pourront célébrer cette victoire le dernier vendredi du mois, lorsque l'Hôtel Nantucket sera le seul établissement à avoir obtenu cinq clés. Pour l'heure, elle se contentera de rester… prudemment optimiste.

Le lendemain matin, Edie frappe à la porte du bureau de Lizbet. Claire Underwood est en ligne et a demandé à lui parler personnellement. Il se passe quelque chose.

Dans son bureau, Magda charge Octavia et Neves de s'occuper des départs du rez-de-chaussée, puis, au lieu d'envoyer Chad et Bibi au premier, elle ferme la porte.

— C'est bien vous qui avez vérifié la suite 317 hier après le départ de la cliente, n'est-ce pas ? leur demande-t-elle.

— Oui, répond Chad.

Il a d'ailleurs été soufflé que Magda les choisisse Bibi et lui plutôt que les deux autres femmes de chambre pour s'occuper de la suite du propriétaire, et il a voulu y voir un signe de confiance. Ils forment une bonne équipe, avec Bibi, même si hier il est le seul à avoir réellement bossé. Elle était d'humeur morose, et quand il s'est inquiété elle lui a expliqué que le « père de sa fille », un certain Johnny Quarter, a quitté l'État sans laisser la moindre trace. Par conséquent, elle peut dire adieu à sa pension alimentaire mensuelle de 500 dollars. Elle a chargé sa tante de le dénoncer auprès des services sociaux, et il a été convoqué par la justice.

« Mais ce n'est pas ça qui va remplir mon compte en banque. »

Pendant l'essentiel du temps qu'ils ont passé dans la 317, elle a donné l'impression d'être submergée. Il faut dire que la suite du propriétaire est plus grande et plus impressionnante que toutes les autres. La fresque au plafond représentant le ciel étoilé a été réalisée avec une plus grande finesse, la bibliothèque est équipée de rails en laiton et d'une échelle coulissante pour atteindre les rayons du haut. Le dressing est une véritable pièce à part entière, et la seconde chambre peut aussi servir de bureau, avec une élégante table de travail encastrée. Les murs sont décorés de tirages du début du XX<sup>e</sup> siècle représentant l'hôtel. Les tapis persans sont dans les tons blanc cassé et bleu contrairement aux Annie Selke multicolores des autres chambres, et la salle de bains contient un sauna. Le nec plus ultra.

— Pourquoi est-ce que la suite a été occupée ? s'est étonnée Bibi. Le proprio n'est pas là...

— Apparemment ils ont pensé que la cliente en question était Shelly Carpenter, lui a-t-il expliqué.

— Je suis censée la connaître ?

— Elle a un compte Instagram et un blog qui s'appelle *Hôtels Confidentiels*. Tu ne la suis pas ?

— Pourquoi je suivrais un compte avec un nom aussi ridicule ?

*Parce que tu bosses dans un hôtel ?* a-t-il pensé. Et pourtant, il doit bien reconnaître qu'il n'avait jamais entendu parler de ce blog avant, lui non plus. En voulant y jeter un simple coup d'œil, il s'est laissé absorber par plusieurs posts et il a fini par cliquer sur le lien dans la bio pour lire ses critiques en ligne. Cette influenceuse est allée partout – de l'Angama Mara dans une réserve au Kenya, au Malliouhana sur l'île d'Anguilla et au Las Ventanas al Paraiso de Los Cabos au Mexique, sans oublier des endroits plus simples, comme des motels le long de la route 66 et des bungalows de plage à Koh Samui en Thaïlande. Elle décrit ces endroits de façon si détaillée et vivante que Chad a l'impression de s'y être rendu lui aussi. Et il a partagé l'excitation de Lizbet à l'idée qu'elle était descendue dans leur hôtel (enfin peut-être, impossible d'en avoir la certitude). Il s'est demandé ce qu'elle allait écrire dessus.

— Elle est plutôt connue, a-t-il expliqué à Bibi, sur Internet en tout cas, et Lizbet l'a surclassée en l'installant dans cette suite.

— Connue sur Internet ? a-t-elle répété avant de réfléchir. Tu t'occupes de la salle de bains, Homme de Chambre ? Je me charge de terminer le lit.

Mme English reprend :

— La cliente a appelé pour dire qu'elle avait oublié une ceinture Gucci en daim noir. Je suis allée moi-même la chercher dans la suite, mais je ne l'ai pas trouvée.

Elle les fusille tour à tour du regard.

— Est-ce que l'un de vous l'a vue ?

— Pas vu de ceinture Gucci. Ni de ceinture tout court d'ailleurs. Vous avez vérifié à la blanchisserie ?

— Oui, Barbara.

Chad et Bibi se raidissent aussitôt. Ont-ils déjà entendu le prénom de Bibi dans la bouche de la gouvernante générale ? Non. Autrement dit, ils vont au-devant de gros ennuis. Enfin, Bibi. Parce qu'elle a pris la ceinture, évidemment, tout comme elle avait pris le foulard Fendi de Mme Daley. Pendant qu'il faisait le ménage dans la salle de bains de la suite, il a remarqué qu'elle était venue fermer la porte dans son dos. Il a entendu l'aspirateur et il a failli jeter un coup d'œil dans la chambre pour voir ce qui se passait. S'il ne l'a pas fait, autant être honnête avec soi-même, c'est parce qu'il préférait ne pas savoir si elle le passait vraiment ou si elle utilisait le bruit pour couvrir un larcin. Elle était contrariée par sa situation personnelle et la perte des 500 dollars mensuels, sans parler du spectre d'avoir à engager un détective privé pour retrouver le « père de sa fille ». La cliente, Claire-potentiellement-Shelly, avait laissé un pourboire de 60 dollars et, comme toujours, Chad lui a dit de les garder, ce qu'elle a accepté le plus naturellement du monde alors qu'en théorie la moitié aurait dû lui revenir à lui.

Et ça ne lui a apparemment pas suffi, puisqu'elle a aussi raflé la ceinture Gucci de Claire-potentiellement-Shelly.

— À quoi ressemblait-elle ? demande Chad.

— Elle était en daim noir avec une boucle dorée en forme de double G.

*Bibi l'a sans doute déjà mise en vente sur eBay*, songe Chad. *Elle en tirera 600 balles, parce que ce genre de truc vaut dans les 800.* Chad le sait parce que sa mère en possède une et qu'elle a cette habitude choquante de se plaindre du prix de ce qu'elle porte.

— C'est la deuxième fois qu'un objet disparaît d'une chambre que je vous ai confiée à tous les deux.

Bibi darde sur la gouvernante générale deux yeux aussi froids et imperturbables que des billes.

— Je parie que vous n'avez pas interrogé Octavia et Neves, je me trompe ?

— Elles n'ont pas fait la chambre.

— Mais elles ont un passe ! Je vous l'ai déjà dit, elles cherchent à me piéger.

La même accusation insensée que la dernière fois. On dirait une gamine pointant du doigt ses camarades dans la cour de récréation. Cependant la colère indignée exprimée par ses traits est si convaincante que Chad envisage cette piste un instant. Octavia et Neves ont l'air de chics filles, mais si elles œuvraient en sous-main pour faire renvoyer Bibi ?

Parce qu'il a bien peur que ça se termine comme ça pour sa collègue.

— Si elle ne réapparaît pas demain, intervient-il en appuyant bien sur chaque mot, est-ce qu'on ne pourrait pas en racheter une ?

— J'ai déjà regardé en ligne, répond Mme English. Ce modèle particulier, avec la boucle de cette couleur, ne se fait plus.

Son regard passe de Chad à Bibi, puis retourne à Chad.

— Je n'ai pas besoin de vous rappeler que c'était une cliente importante ni que lorsqu'un client oublie accidentellement une de ses affaires, vous n'êtes pas autorisés à la garder. Vous devez immédiatement l'apporter aux objets trouvés.

Chad hoche la tête, tandis que Bibi se renfrogne un peu plus. Il n'en revient pas qu'elle ne se montre pas plus inquiète. Si elle perd son travail, elle sera fichue.

— J'ai pourtant été bien claire la fois précédente, ça ne devait pas se reproduire.

— C'est peut-être le fantôme qui l'a prise ? suggère Bibi. Vous y avez pensé ?

— Si la ceinture ne réapparaît pas demain, il y aura des conséquences. Tu m'entends, Barbara ?

Pendant qu'ils montent au premier avec leur chariot, Bibi glisse à Chad :

— Pourquoi est-ce qu'elle n'a utilisé que mon prénom, d'après toi ?

— Rapporte la ceinture demain. On la planquera à la blanchisserie.

— Parce que tu crois aussi que je l'ai prise ? Sérieux, Homme de Chambre ?

Elle a l'air si blessée qu'il en vient à douter. Peut-être que Bibi n'a rien fait. Peut-être que c'est un coup d'Octavia et de Neves. À moins que Claire-potentiellement-Shelly n'ait oublié qu'elle l'avait rangée dans une poche de sa valise et ne la retrouve la semaine prochaine lorsqu'elle sera à Dubaï ou à Carthagène. Dans ce cas, elle appellera l'hôtel pour présenter ses excuses. Ou alors la voleuse d'affaires de luxe n'est autre que... Mme English.

*Non*, conclut-il. *Non, malheureusement, c'est Bibi.*

À son retour du travail, il trouve toute une file de voitures garées devant chez lui et, à l'emplacement où il a l'habitude de se mettre, la camionnette d'un traiteur de l'île. Il cherche à se rappeler la date du jour. Lundi 8 août. Ses parents auraient-ils maintenu leur traditionnel cocktail du 8/8 malgré ce qui s'est passé ? La réponse est de toute évidence oui, même si ni Paul ni Whitney ne lui en ont parlé (n'est-ce pas ?), ce qui implique sans doute qu'il n'est pas attendu. C'est un soulagement, et ça facilite aussi considérablement ce qu'il s'apprête à faire.

Il est accueilli, dans la maison, par des bruits de conversations et des rires sur fond de Christopher Cross (Whitney est en pleine phase « *soft rock* ») qui proviennent de la terrasse. Chad prend le temps de repérer qui est présent : les parents de Bryce, ceux de Jasper, l'associé de Paul, Holden Miller, et Leith avec son amie Divinity, qui portent des robes assorties de la marque LoveShackFancy. Chad se creuse à nouveau la cervelle, mais il n'a vraiment aucun souvenir d'avoir entendu parler de cette petite réunion entre amis. Et ça le contrarie. Il comprend que ses parents veuillent continuer à vivre comme si de rien n'était, enfin de là à faire une fête ? Sérieux ?

Il s'empresse de monter au premier. Il dira peut-être qu'il s'est absenté pour marquer sa désapprobation ou qu'il ne pensait pas mériter de s'amuser après ce qu'il a fait. Il se rend dans la suite parentale, qui est un monde à part entière. Elle se compose d'une chambre, du petit salon de sa mère, du bureau de son père, de la grandiose salle de bains en marbre avec un jacuzzi pouvant contenir deux personnes et de leurs deux dressings. Chad pénètre dans celui de sa mère, où il n'a pas mis les pieds depuis ses 8 ans et leur installation ici. Où Whitney peut-elle bien ranger ses ceintures ? Les vêtements suspendus sur des cintres occupent trois murs de la pièce, le quatrième est entièrement couvert de casiers, du sol au plafond, pour les chaussures. Il y en a... soixante-quatre paires, alors qu'ici, à Nantucket, on doit pouvoir se contenter d'une paire de baskets, une paire de tongs et une paire de sandales.

Il essaie de ne pas penser à Paddy.

Au centre du dressing se trouve un meuble design composé de tiroirs et d'étagères où Whitney entrepose quelques affaires pliées – pulls légers, pashminas, tee-shirts, tenues de yoga. Il y a aussi un grand chiffonnier étroit près de la porte. Chad évite les deux tiroirs du haut – dont il suppose qu'ils contiennent les sous-vêtements de sa mère – et ouvre le troisième. Des chaussettes et des bas. Le quatrième est rempli d'une demi-douzaine de petits sacs à main et de pochettes. Il s'agenouille pour passer au cinquième tiroir et là... bingo ! Les ceintures sont enroulées sur elles-mêmes comme des serpents endormis et Chad les sort une par une : Hermès, Tiffany, Louis Vuitton et, oui – il n'en revient pas de sa chance, vraiment pas –, la Gucci en daim noir avec boucle double G. Il n'y réfléchit pas à deux fois ; il la prend.

Juste avant de redescendre, il observe la petite fête de ses parents par la grande fenêtre de la chambre. Avec la lumière dorée du soleil déclinant, on dirait que les convives enjoués et bien habillés ont été plongés dans de l'or rose. Il mesure combien il lui serait facile de se changer, d'enfiler un short en madras et une chemise rose pâle, puis de se mêler aux gens en bas, de serrer des mains, de dire sans baisser les yeux : « Oui, moi aussi, ça me fait plaisir de vous voir, oui, je suis impatient de travailler avec mon père en septembre. J'ai vraiment hâte de me plonger dans le milieu du capital-risque. »

Chad sait qu'il pourrait démissionner demain et ne plus avoir à se préoccuper de la cleptomanie de Bibi, ni à écouter ses jérémiades ; il n'aurait plus à récurer des cuvettes de toilettes, à plier des serviettes ou à trouver des cheveux entortillés sur les savons. Il pourrait jouer au golf toute la journée, boire un rhum tonic et manger des petits friands au crabe avec des gens dont les sujets de conversation se limitent à Wimbledon et à leur portefeuille de titres. Pour autant, il ne pourra jamais agir comme si le 22 mai n'avait pas eu lieu. Il doit faire pénitence. C'est la raison d'être de ce boulot à l'hôtel : une expiation. Paddy ne saura peut-être jamais que Chad travaille ou, s'il le découvre, ça lui sera sans doute égal. Mais Chad ne va pas renoncer pour autant. Il aime avoir enfin un but dans l'existence.

Il enroule la ceinture de sa mère autour de sa main comme un poing américain et s'éloigne dans le couloir pour aller se terrer dans sa chambre.

Le lendemain matin, il part pour le travail une heure plus tôt que d'habitude. Personne ne s'en rend compte ; ses parents et Leith dorment encore. (Ils ont dansé sur du Bob Seger et du Madonna jusqu'à près de minuit, et quand sa mère est évidemment montée frapper à la porte de sa chambre pour lui demander de « descendre faire une brève apparition, s'il te plaît, Chaddy, les gens demandent de tes nouvelles », il a répondu qu'il allait venir d'ici une minute, sachant pertinemment que sa mère oublierait… ce qu'elle a fait.)

Il arrive à l'hôtel à 7 heures et passe par l'entrée de service. La ceinture est cachée dans un vieux sac à dos de Leith qu'il a déniché dans la penderie de l'entrée. Il attend que Joseph, chargé de la blanchisserie, sorte fumer une cigarette, pour fourrer la ceinture au fond de l'un des immenses paniers de linge sale.

*Tous les superhéros ne portent pas de cape*, pense-t-il. Il a toujours voulu pouvoir s'appliquer cette maxime, mais il n'en avait, bien sûr, jamais eu l'occasion. Jusqu'à maintenant.

Lorsqu'il se rend dans le bureau de Mme English cinquante-cinq minutes plus tard, elle annonce à l'ensemble de l'équipe que la ceinture Gucci a été retrouvée au milieu d'un drap à la blanchisserie.

— C'est vrai ? lance Bibi.

— Tu as l'air surprise, Barbara.

— Non, pas du tout.

C'est une menteuse et une voleuse. Mais Chad admire son audace, et il espère qu'elle a tiré un bon prix de la ceinture de Claire-potentiellement-Shelly.

— Je savais qu'elle réapparaîtrait.

Lizbet finit par trouver un moment pour voir Heidi Bick, qui lui repropose un dîner au Bar bleu.

— Je suis prête à manger absolument n'importe où mais pas là. Je passe mes journées à l'hôtel, j'ai besoin d'un changement de décor.

— N'importe où mais pas à La Terrasse non plus, je suppose ?

— Non plus, je suis désolée.

Elle pourrait y retourner maintenant que Christina est partie. Dans un moment de faiblesse, elle a envoyé un message à JJ pour savoir comme il allait, et il lui a répondu : Tu me manques. Elle a longuement observé ce texto sans ressentir la moindre colère ni la moindre tristesse. La réciproque n'est pas vraie.

C'est Mario qui lui manque.

Lizbet et Heidi se retrouvent au Bar Yoshi sur les quais. On les place sur une table haute près des fenêtres donnant sur le port. Le restaurant possède une élégance dépouillée, tout en bois clair, avec une vitrine contenant de l'alcool et de ravissantes suspensions en osier. Lizbet adore cet endroit, et elle a la ferme intention de ne pas se limiter sur les sushis.

Elle se sent bien. Elle est de sortie, avec une amie.

Elle commande du saké, Heidi un cocktail à la tequila – ce qui ne lui ressemble pas, elle la buveuse invétérée de rosé.

— Tout va bien ? lui demande son amie.

Heidi ouvre de grands yeux étonnés.

— Tu veux dire que tu n'es pas au courant des rumeurs ?

— Non, avoue-t-elle. Qui me les répéterait ? Je suis constamment fourrée au travail. Je ne vois jamais personne de mon ancienne vie.

— Moi, j'ai entendu dire que tu sortais avec Mario Subiaco. Quelqu'un vous a vus ensemble au Pearl.

Leurs boissons arrivent, et Lizbet lève son petit bol de saké pour trinquer avec le grand verre d'Heidi.

— Je suis contente qu'on se voie toutes les deux.

Elles boivent, et Heidi vide presque la moitié de son cocktail d'une seule gorgée.

— Mario et moi, ça n'a pas marché, lâche Lizbet.

— C'est le type idéal pour rebondir, non ? Il est tellement sexy. Et puis c'est une légende de l'île.

Lizbet n'a vraiment aucune envie de parler du fait qu'il est sexy ou légendaire.

— Mais toi, raconte-moi ces rumeurs. Je suis prête.

Du moins elle le croyait avant d'entendre ce qu'Heidi a à lui dire.

— Tu te souviens, je te l'avais dit, que Michael a passé le printemps ici tout seul pour bosser sur un projet ? Avec son collègue, Rafe, ils veulent faire scission et monter leur propre boîte.

Lizbet se rappelle très bien que Michael était seul sur l'île. Oh, ça oui.

— Eh bien, quand j'ai débarqué en juin, j'ai trouvé une ombre à paupières dans mes affaires de maquillage. Qui n'était pas à moi.

— Ah...

Elle n'aime déjà pas le tour que prend cette histoire.

— Puis il y a eu la paire de chaussures à talon René Caovilla dans ma penderie. En taille 36.

*Quoi ?* Il n'y a qu'une femme assez téméraire pour porter ce genre de chaussures à Nantucket, et c'est Lyric Layton, la meilleure amie d'Heidi. Dans une vie antérieure, avant le mari, les enfants et le yoga, elle était mannequin chaussures à New York.

— Lyric ? demande-t-elle.

— Et ensuite je suis tombée sur un test de grossesse positif glissé entre les pages d'un livre sur ma table de nuit.

— Mais non !

— Et je suis sûre que tu es au courant que Lyric attend justement son quatrième.

Lizbet n'est pas au courant, non. L'hôtel est véritablement une forteresse.

— Alors tu penses qu'il y a quelque chose entre Michael et Lyric ?

En voilà une affaire scandaleuse. Pas étonnant qu'Heidi boive de la tequila ! Lizbet est curieuse d'en savoir plus, mais aussi soulagée d'entendre qu'Alessandra n'est pas la maîtresse de Michael.

— C'est ce que j'ai cru, oui. C'est en tout cas ce qu'on a voulu me faire croire.

— Tu veux dire que ce n'est pas Lyric ?

— Elle jure que non. Elle affirme que s'ils avaient eu une liaison, Michael et elle, elle n'aurait jamais laissé traîner des affaires chez moi.

*C'est vrai,* songe Lizbet. *Ce n'est pas son genre.*

Heidi avale une nouvelle longue gorgée de son cocktail.

— On a la clé des Layton chez nous, sur un crochet dans le placard de l'entrée. Avec une étiquette. Michael pense que quelqu'un de sa boîte a découvert que Rafe et lui avaient l'intention de partir et a décidé de le piéger.

Lizbet n'en croit pas ses oreilles.

— Il est convaincu que le type qu'il a fait venir pour réparer notre wifi était en réalité un espion qui a vu la clé, puisque notre box se trouve dans ce placard. Il en aurait profité pour s'introduire chez les Layton en leur absence, puis cacher ces affaires chez nous.

— Michael accuse l'employé de votre fournisseur Internet ?

— Oui.

— La vache !

Elle avale une gorgée de saké. Cette histoire est décidément très louche. Un homme n'aurait jamais eu l'idée de cacher une ombre à paupières, des chaussures et un test de grossesse...

— Tu dois être soulagée que ce ne soit pas Lyric.

— Oui, profondément. Même si ça a bien abîmé notre amitié. Elle m'en veut de l'avoir soupçonnée.

Heidi se penche vers son amie.

— Reconnais que c'est un peu dur à avaler, cette histoire de technicien Internet qui aurait piégé Michael...

Lizbet hoche la tête. *Très dur à avaler, oui. Aussi dur qu'une poignée de vis en acier.* Heidi soupire.

— En même temps, Michael évolue dans l'univers du pétrole, et on sait tous que c'est un milieu impitoyable.

Impitoyable, peut-être, mais dans le genre à planquer un test de grossesse dans un livre sur la table de nuit de la femme du type à piéger ? Ou une ombre à paupières d'une autre marque que celle à laquelle elle est fidèle ? Une paire de chaussures inhabituelle pour elle ?

*Non,* conclut-elle. Ce n'est ni le technicien ni Lyric. Mais il pourrait très bien s'agir d'une femme avec laquelle Michael couchait, une femme qu'il a rencontrée sur le ferry et décidé d'héberger un temps parce qu'il faisait frisquet au printemps sur l'île et qu'il est toujours partant pour fricoter avec une belle femme, parce que Michael est un parieur né et parce que sa maîtresse est habile et n'a pas de moralité. Alessandra a vu la clé des Layton dans le placard et elle a sans doute compris, en discutant avec Michael ou en laissant traîner une oreille, que ceux-ci étaient des amis proches des Bick. C'est elle qui s'est introduite chez eux et qui a planqué ces objets pour faire croire à Heidi que son mari couchait avec Lyric.

— Je prends les ramens. Et toi ?

— Je n'ai même pas regardé, répond Lizbet. J'ai envie de sushis.

Elle n'arrive pourtant pas à se concentrer sur la nourriture. Elle ne sait pas quoi faire. Doit-elle parler à Heidi d'Alessandra, qui aurait rencontré un « ami » à bord du ferry, en avril, lequel l'aurait hébergée dans Hulbert Avenue ? Doit-elle lui raconter qu'elle a suivi son employée à vélo et que celle-ci l'a aperçue pile au moment où elle s'arrêtait devant chez les Bick ? Devrait-elle ajouter qu'Alessandra est une menteuse désinvolte qui s'est présentée à son entretien d'embauche avec des références pour le moins douteuses – toutes européennes, comme si elle était une sorte de talentueuse Mme Ripley ? Devrait-elle enfin préciser que la beauté d'Alessandra est si époustouflante qu'elle a réussi à subjuguer toute la clientèle masculine de l'hôtel ?

Un véritable dilemme, digne de figurer dans les pages conseil d'un magazine. Si je soupçonne le mari d'une amie de lui être infidèle avec quelqu'un que je connais, dois-je lui en parler ? Ou la laisser croire qu'il est irréprochable et a simplement été piégé par ses infâmes collègues de travail ?

Leur aventure est terminée, se raisonne Lizbet. Heidi et Michael ont retrouvé leur routine estivale, ponctuée de baignades à la plage, de parties de tennis, de conduite des enfants à leurs activités et de dîners au restaurant. Qui est-elle pour bouleverser leur vie sur la base d'une intuition ? Elle n'a aucune preuve qu'Alessandra est réellement mêlée à cette histoire.

Lizbet a toutefois une certitude : elle va observer les faits et gestes de son employée plus attentivement désormais.

— Les rolls au thon épicé me tentent bien, dit-elle. Et je vais compléter par quelques sashimis.

8 août 2022
De : Xavier Darling (xd@darlingent.co.uk)
À : employés de l'Hôtel Nantucket

Bonjour à tous !

Cette semaine, sur RumeursDeVoyages, j'ai remarqué un commentaire délicieux qui faisait la mention de notre portier Ezekiel English. Il a vanté sa connaissance hors pair de l'île, et notamment sa suggestion de faire un saut au Stubby's pour satisfaire une « dalle » nocturne. Beau boulot, Ezekiel !

XD

Edie et Zeke sont, une fois encore, dans la salle de repos à partager une glace lorsque Raoul passe la tête par la porte.

— Félicitations, Zeke ! Tu as remporté le bonus cette semaine.

— C'est vrai ? rétorque-t-il.

*C'est vrai ?* pense Edie. Ils sortent leurs portables et trouvent, en effet, le mail de Xavier.

Zeke s'esclaffe.

— Ces clients étaient complètement torchés ! Ils venaient de rentrer du Chicken Box, et le type était affamé. Je pense qu'il s'attendait à trouver du poulet là-bas, à cause du nom, Chicken Box...

Edie lui adresse un pauvre sourire qu'il ne semble pas remarquer.

— Mais on le sait bien, nous, qu'il n'y a pas un seul petit morceau de poulet qui traîne au Chicken Box, je les ai envoyés au Stubby's. Quand je pense qu'il m'a laissé un commentaire positif pour ça, ha ha ha !

*Ha ha ha !* pense Edie. Son faible pour Zeke la torture un peu plus à chaque jour qui passe, ce qui ne l'empêche pas d'éprouver de l'amertume à l'idée qu'il a remporté le bonus pour avoir simplement recommandé un endroit qui est en quelque sorte la version, à Nantucket, du Drive du McDonald's.

— Mais pourquoi tu bossais aussi tard ? s'étonne-t-elle. Où était Adam ?

— C'est le soir où il est allé au White Heron avec Raoul, voir cette pièce. Je l'ai remplacé.

*Il mérite cet argent,* se dit-elle. Il a fait le double d'heures pour permettre à ses collègues de passer une soirée en amoureux. Elle s'en veut... de ne pas réussir à lui en vouloir vraiment.

Il jette son bol de glace à peine entamée dans la poubelle.

— Je file chez Indian Summer voir ce qu'ils ont comme longboards.

Il prend Edie par les épaules et ajoute :

— Ton petit gars vient d'être promu.

En temps normal, elle devrait être aux anges après ce quasi-câlin et le choix de cette expression « ton petit gars », mais après le départ de Zeke elle se sent abattue.

Soudain son téléphone requiert son attention.

8 août 2022
Abigail Rashishe, école hôtelière de Cornell
Page Facebook des anciens élèves

Je tiens à prévenir mes collègues du milieu hôtelier, et plus particulièrement ceux qui partagent mon obsession pour Shelly Carpenter (c'est-à-dire tous je suppose !) : il y a une femme qui cherche à se faire passer pour elle. Elle débarque seule dans les établissements et présente une de ses nombreuses pièces d'identité, toutes avec des pseudos assez évidents. À son arrivée au Woodstock Inn (où j'ai récemment été promue cheffe de réception, les amis !), sa carte d'identité indiquait Diana Spencer. Elle a demandé si elle pouvait être surclassée et m'a remis une liste de requêtes. Elle a aussi pris des photos et noté des choses sur son portable faussement discrètement. Je n'ai pas honte d'avouer que je me suis complètement fait avoir. Je me suis pliée en quatre pour obtenir un surclassement à « Diana Spencer », et je lui ai même offert un peignoir parce qu'elle m'avait demandé d'où il venait. J'ai été horrifiée quand elle a téléphoné le lendemain pour dire qu'elle avait oublié un cabas en crochet Prada. Impossible de remettre la main dessus - personne dans l'équipe de ménage ne l'avait vu -, mais nous avons proposé de lui en racheter un, ce qui nous a coûté plus de 1 000 dollars (évidemment que nous l'avons fait, puisque nous pensions avoir affaire à Shelly Carpenter !!!).

Et puis, deux jours plus tard, j'ai eu des nouvelles de mon ancienne camarade Chayci Peck, qui est concierge au Round Pond à Kennebunkport, dans le Maine. Chayci a accueilli une femme qui prétendait s'appeler Miranda Priestly et qui a suivi exactement le même procédé : une demande de surclassement, des requêtes précises et une interrogation sur l'origine d'un objet de l'hôtel pour l'obtenir gratuitement. Le lendemain de son départ, elle a appelé Round Pond et prétendu qu'elle avait oublié un bracelet en or Tiffany T. Les femmes de chambre n'ont pas réussi à remettre la main dessus, et l'hôtel l'a donc racheté, à ses frais.

Cette femme n'est PAS Shelly Carpenter ! C'est une arnaqueuse ! Je fais ce post aujourd'hui pour qu'aucun autre hôtel ne tombe dans le panneau. Shelly Carpenter est devenue un tel phénomène qu'elle a désormais l'honneur très discutable d'être imitée.

*Est-ce que cette journée pourrait encore empirer ?* se demande Edie. Elle jette, elle aussi, sa glace et va frapper à la porte du bureau de Lizbet.

La directrice prend aussitôt connaissance du post Facebook et gémit.

— C'est une blague ?

Lorsque Chad apprend la nouvelle, il est impatient de la répéter à Bibi : Claire-potentiellement-Shelly, la femme qui a occupé la suite du propriétaire, était une arnaqueuse, et elle n'a jamais oublié de ceinture Gucci.

— Alors maintenant tu me crois ? lui riposte-t-elle.

— Je suis désolé. Je ne comprenais pas comment elle avait pu disparaître, et je sais… que tu aimes les belles choses…

— Je ne suis pas une voleuse, Homme de Chambre. J'ai une fille, je te rappelle. Je dois lui montrer l'exemple.

— J'ai pensé que tu avais pu le faire, à cause de l'argent.

— C'est vrai que j'ai besoin d'argent.

Elle plisse les yeux et le dévisage.

— Si c'était une arnaqueuse, alors d'où venait la ceinture que Mme English a retrouvée à la blanchisserie ?

Il est tenté de répondre « elle devait appartenir à quelqu'un d'autre », pourtant il bredouille la vérité :

— Elle appartenait à ma mère. Je la lui ai piquée et je l'ai planquée dans le linge sale parce que je ne voulais pas que tu aies des ennuis.

Il ne sait pas très bien à quelle réaction il s'attendait – peut-être un merci, peut-être un « tu es vraiment chou » –, mais Bibi aboie un bref éclat de rire.

— Et c'est qui le voleur maintenant ?

# 20

# Le début des ennuis

Edie vient d'envoyer dix CV dans d'autres hôtels, dont le Little Nell à Aspen (sa mère, Love, y a travaillé dans les années 1990) et le Breakers à Palm Beach. Elle a décidé de trouver un autre établissement pour l'hiver et de revenir ici, à l'Hôtel Nantucket, l'été prochain. Lizbet lui a déjà dit qu'ils affichaient complet pour certaines semaines de juin et de juillet. Zeke compte aussi reprendre du service dans un an – il va passer son hiver à surfer au Costa Rica –, et Adam et Raoul idem.

La seule personne qui ne s'est pas engagée pour le futur, c'est Alessandra. Peut-être compte-t-elle retourner fissa en Italie à la fin de la saison… Edie a pourtant l'impression qu'elle s'est un peu adoucie dernièrement. Adam a raconté à Zeke qu'elle passait toutes les soirées dans sa chambre désormais, où elle prend même ses repas seule, porte close.

« Je crois qu'il lui est arrivé un truc. Mais elle ne veut pas en parler », a ajouté Adam.

Par un magnifique après-midi ensoleillé, Edie tient la réception toute seule. Alessandra a pris sa pause déjeuner, et les clients sont soit à la plage, soit à la piscine, soit partis à vélo manger une glace à Sconset ou fuir le soleil au musée de la Chasse à la baleine. Elle en profite pour sortir son portable et voir si ses dix CV et leur courrier d'accompagnement sont bien partis par mail. Elle aperçoit alors la requête de Graydon, qui lui réclame 1 000 dollars.

Un petit rire d'indignation lui échappe. Non mais le culot de ce type ! Franchement ! Elle ne sait pas très bien pourquoi, peut-être parce qu'elle a un projet d'avenir à présent, peut-être parce que ce travail à la réception lui a permis de gagner en assurance, peut-être parce qu'elle veut s'inspirer de Lizbet et de son parcours, mais elle décide à cet instant précis que ça suffit. Elle ne se laissera plus intimider ! Elle supprime la requête sur l'application et envoie un texto à Graydon : Je ne veux plus rien avoir à faire avec toi. Laisse-moi tranquille.

Des points de suspension s'animent aussitôt dans la bulle de réponse, et elle sent un picotement brûlant sillonner sa peau tandis qu'elle imagine Graydon en train de taper sa réponse.

Paie-moi ou j'enverrai les vidéos à tous tes employeurs potentiels.

Retenant un cri, elle balaie le hall du regard. Il est calme, paisible. Jack Johnson chante de sa voix douce qu'il compte tout mettre sens dessus dessous. Elle entend des enfants s'ébattre dans la piscine familiale et une mobylette qui passe dans Easton Street. Elle est prise d'un tremblement. Comment Graydon sait-il qu'elle a envoyé des CV ?

Il doit avoir accès à ses mails, et peut-être même à ses textos, voire à son cloud dans sa totalité. A-t-elle eu l'imprudence de lui donner son mot de passe ? Non, mais il est facile à deviner : edienantucket0712 (sa date d'anniversaire).

Elle est tentée de l'appeler, toutefois ce coup de fil ne peut avoir que deux issues : elle hurlera ou elle le suppliera en pleurant. Il sait qu'elle a un prêt étudiant à rembourser. Il sait que l'avenir financier de Love et Edie est incertain. Celle-ci a carrément demandé à Lizbet si elle avait besoin d'une autre réceptionniste – elle a prétendu qu'elle proposait ça pour « rendre service », mais elle a besoin d'argent –, et Lizbet a sauté sur l'occasion. Dorénavant, la mère d'Edie travaillera en soirée un jour par semaine pour permettre à Richie de souffler. Graydon sait aussi pertinemment qu'Edie a honte de ce qu'elle a fait, qu'elle a honte d'avoir accepté, que c'est douloureux pour elle et qu'elle est prête à tout pour effacer ce souvenir.

La vue brouillée par les larmes, elle étudie le hall. Aucun client n'a besoin d'elle, les téléphones ne sonnent pas. Zeke est posté près de la porte en cas d'urgence.

Elle court se réfugier dans la salle de repos. Dès que la porte se referme, elle se met à pleurer.

— Edie ? Tout va bien ?

Alessandra est assise dans un coin de la pièce devant... une sorte d'œuvre plastique. Entre ça et l'inquiétude inhabituelle qui perce dans la voix de la cheffe de réception, Edie se reprend aussitôt.

— Oui, dit-elle en s'empressant de s'essuyer sous les yeux.

Elle s'approche d'Alessandra comme elle le ferait d'un serpent venimeux et observe son projet. C'est un grand cadre rectangulaire, à l'intérieur duquel se trouve une surface adhésive. Alessandra y colle des éclats de poterie et de verre coloré. Elle n'en est encore qu'à la moitié, mais à ce qu'en voit Edie, on dirait...

— Je fais une mosaïque.

— Je ne savais pas que tu aimais les travaux manuels, répond la jeune femme, ce qui provoque l'hilarité d'Alessandra.

— Ce n'est pas vraiment le cas. J'avais envie d'essayer. C'est plus dur qu'il y paraît. On colle les morceaux sans aucune visibilité sur le résultat final, il faut espérer qu'en reculant suffisamment une image apparaîtra.

— C'est un visage de femme... On dirait le tien. C'est toi ?

Alessandra hausse les épaules.

— J'ai toujours pensé que la mosaïque était une métaphore de mon existence. Tous ces petits bouts irréguliers et sans lien entre eux...

Elle lui montre un petit éclat de verre dépoli d'un vert laiteux.

— C'est un peu comme ce qui nous arrive à chacun. Mais si on les dispose d'une certaine façon, et qu'on prend le recul nécessaire, tout s'éclaire.

Edie pense à sa propre existence : l'enfant chérie de deux parents merveilleux, qui a grandi sur une île où elle s'est toujours sentie en sécurité, soutenue et encouragée, où elle a fait une scolarité si brillante qu'elle a pu intégrer une des meilleures universités du pays. Et Cornell était aussi un rêve en soi. Edie a adoré cette école hôtelière, ses cours, les intervenants venus de New York, de Zurich et de Singapour, le magnifique cadre naturel dans lequel se trouvait le campus. Il n'y a rien de plus joli que Cascadilla Gorge à l'automne.

Et puis un beau jour de janvier, lors de sa troisième année, de retour d'un cours sur les services généraux, elle a trouvé Love et le doyen des étudiants assis côte à côte sur un banc devant sa résidence universitaire. En la voyant approcher, ils se sont tous deux levés, et elle a failli prendre ses jambes à son cou. Elle savait que sa mère détestait conduire sur le continent, surtout en hiver – c'était toujours son père qui l'accompagnait à la fac puis revenait la chercher ; il l'avait d'ailleurs déposée quelques semaines plus tôt. Love n'aurait jamais fait le trajet de sept heures de Hyannis à Ithaca si des circonstances terribles ne l'avaient pas exigé. Il y avait aussi cette expression si peu familière sur les traits de Love : un mélange de chagrin et d'appréhension. Edie s'est débarrassée de son sac à dos et elle a couru dans les bras de sa mère, devinant avant même d'entendre l'annonce que son père était mort.

Elle s'est absentée dix jours, et à son retour elle avait acquis cette aura discutable de mystère et de célébrité qui enveloppe ceux qui ont surmonté une disparition tragique. Des étudiants qu'elle ne connaissait que de vue, parmi lesquels Graydon Spires, le garçon le plus populaire et le plus accompli de l'école hôtelière, est venu lui présenter ses condoléances. Tout le monde parlait de l'assurance de ce beau parleur, de son charme, de ses facilités relationnelles. La meilleure amie d'Edie, Charisse, lui avait un jour fait remarquer : « C'est presque flippant de voir à quel point il sait toujours dire ce qu'il faut. » Non seulement ça, mais aussi, Edie l'a découvert en apprenant à le connaître, toucher la corde sensible. Il n'était pas là pour alimenter la conversation ou combler les silences, les banalités ne l'intéressaient pas. Il écoutait son interlocuteur et lui répondait avec authenticité et intelligence. Quand il a jeté son dévolu sur Edie – il lui a proposé d'aller manger un burger et un café au Jack's un soir à minuit (« j'imagine que tu ne dors pas beaucoup en ce moment ») –, elle est tombée amoureuse de lui.

Ils se sont rapidement rapprochés. (« Trop rapidement », selon Charisse, blessée par la soudaineté avec laquelle Edie l'avait délaissée, c'est-à-dire quelques jours à peine après leur premier rendez-vous au Jack's, car ils ne se quittaient plus, Graydon et elle.) À la fin de leur année universitaire, ils ont tous deux accepté un boulot d'été au Castle Hill de Newport, dans le Rhode Island. Ils ont tenu la réception ensemble et découvert que leur duo possédait une belle dynamique. L'atmosphère du hall a été électrique cet été-là, elle crépitait de la tension amoureuse et sexuelle (pas encore sublimée) entre eux deux. Animés par une émulation joyeuse, ils cherchaient chacun à être le meilleur, et les clients (comme leurs supérieurs) buvaient du petit-lait. Ils s'étaient arrangés pour être de repos ensemble le mercredi, et ils ont coché toutes les cases du tourisme à Newport : déjeuner au Annie's, flâner dans Thames Street, faire la balade du bord de mer, monter à bord du voilier de l'hôtel, le *Sunfish*, faire le tour de Fort Adams à vélo. Edie n'en revenait pas que Graydon ait surgi dans sa vie au moment où elle avait le plus besoin de lui. Elle imaginait la vie qu'ils auraient une fois qu'ils seraient diplômés, ils travailleraient ensemble dans des hôtels en Alaska, en Australie, aux Açores. Ils graviraient les échelons côte à côte dans l'une des plus grandes chaînes hôtelières, à moins qu'ils ne créent la leur ! Ils se marieraient et auraient des bébés.

De retour à Ithaca, pour leur dernière année d'étude, c'est Edie qui a été choisie pour occuper le poste d'apprentie à la direction du Statler Hotel, un hôtel qui accueillait les étudiants. Une chance inouïe ! Elle s'attendait, en annonçant la nouvelle à Graydon, à ce qu'il la soulève dans ses bras et la fasse tourner comme s'ils étaient dans un film et venaient d'apprendre la fin de la guerre, elle s'attendait à ce qu'il prenne un selfie avec elle et le poste sur son compte Instagram avec la légende : #championne. Au lieu de quoi, elle a tout de suite compris qu'il était jaloux et aigri.

Juste après, Graydon a commencé à lui demander de faire des choses au lit, des choses qui ne la mettaient pas entièrement à l'aise – et qui à la fin la mortifiaient même franchement –, mais elle a accepté parce qu'elle se sentait obligée de se faire « pardonner » sa réussite. Graydon a tout filmé, au prétexte que c'était « plus excitant », et Edie, qui voulait simplement lui faire plaisir, s'est pliée au moindre de ses désirs et a suivi les scénarios qu'il lui dictait.

Pendant qu'elle se trouve là, devant Alessandra et sa mosaïque à moitié terminée, elle reçoit un message de Graydon. La photo d'une boîte de Pocky, ces biscuits japonais, en forme de longs bâtonnets recouverts de chocolat, et Edie sent déferler une vague de nausée. Elle se précipite dans les toilettes attenantes à la salle de repos, mais ne sait si elle a envie de pleurer ou de vomir. C'est un étrange mélange des deux qui se produit, et elle croise les doigts pour qu'Alessandra soit partie quand elle ressortira. *Pitié, remballe ta mosaïque et va-t'en.* Si Edie devait en faire une à l'image de sa vie, elle serait mignonne sur les bords – des éclats de verre rose et de porcelaine peinte à la main –, mais au milieu il y aurait un gros morceau de bitume bien noir et suintant.

Lorsqu'elle ressort des toilettes, Alessandra lui tend un bol de glace à la vanille avec des M&M's sur le dessus, le snack préféré d'Edie. Elle ne savait pas qu'Alessandra l'avait remarqué.

— Assieds-toi, lui ordonne-t-elle. Et raconte-moi ce qui se passe. Je veux t'aider.

Pendant deux mois, les deux jeunes femmes ont travaillé côte à côte, et la cheffe de réception s'est cantonnée au rôle de nation hostile, incarnant les forces de l'Axe alors qu'Edie représentait les Alliés. Sa froideur inébranlable lui a procuré bien des heures d'angoisse et, elle n'a pas peur de l'avouer, un peu de peine. C'est injuste de la part d'Alessandra de se montrer gentille maintenant, quand Edie s'est enfin habituée à leur distance.

Mais elle a besoin de parler à quelqu'un, et à qui d'autre pourrait-elle le faire ? Elle est fâchée avec Charisse (grâce à

Graydon), elle ne peut pas en discuter avec sa mère, et ni Lizbet ni Zeke ne sont des options envisageables.

Elle tient le bol dans une main et prend sa cuillère dans l'autre, pour les occuper.

— Mon ex me fait du chantage avec des vidéos que je l'ai laissé tourner quand on était ensemble. Il vient de me demander 1 000 dollars via PayPal. Et il a ajouté que si je ne le payais pas, il ferait suivre les vidéos aux employeurs auxquels j'ai proposé ma candidature. Avant ça, il m'a menacée de les envoyer à ma mère.

— Ah, dit-elle avec un léger hochement de tête.

Elle n'a pas l'air choquée ni rebutée – d'un autre côté, elle n'a pas vu les vidéos en question. Elle n'a pas entendu les mots qu'Edie a prononcés face caméra, elle n'a pas regardé leurs ébats. *Personne ne doit jamais voir ces images, personne !* Edie doit verser les 1 000 dollars à Graydon, même si ça représente quarante heures de travail.

— Je vais le payer.

Alessandra ricane.

— Certainement pas. Tu es consciente que ce qu'il fait est considéré comme un crime, j'espère ? C'est de la délinquance en col blanc. Tu pourrais appeler la police.

Edie imagine sa conversation avec le chef de la police, Ed Kapenash. C'est hors de question. Voilà pourquoi les femmes ne dénoncent pas leurs agresseurs, se dit-elle. Par peur de l'humiliation. Sans oublier qu'on culpabilise souvent les victimes.

— Je ne peux pas appeler la police, murmure-t-elle. Il est en Arizona.

— À Phoenix ?

— Marana.

Les sourcils d'Alessandra font un bond sur son front.

— Il bosse au Dove Mountain ? Je connais cet hôtel. Je suis sûre que le directeur n'apprécierait pas du tout son comportement.

— Je ne veux pas… Je ne vais pas appeler son directeur.

— Il te menace de diffuser des vidéos sans ton consentement, j'ai bien compris ?

Elle hoche la tête.

— Et il te fait chanter. Combien d'argent lui as-tu envoyé jusqu'à présent ?

Elle pique du nez vers ses chaussures.

— Edie ?

— 1 500.

— Quoi ? s'exclame Alessandra en se relevant d'un bond. On va récupérer ce fric. File-moi son numéro de téléphone, je m'en occupe.

— Je ne peux pas...

— Edie. Je vais lui coller la frousse de sa vie. Je vais me faire passer pour quelqu'un d'autre. Je sais que tu n'as aucune raison d'avoir confiance en moi, pas avec mon attitude depuis le début de notre collaboration. Mais tu ne dois pas avoir trop de doutes sur ma capacité à me transformer en harpie et à obtenir de ce... comment il s'appelle ?

— Graydon Spires.

— À obtenir de ce Graydon Spires qu'il fasse exactement ce que je lui dirai de faire. Tu me crois, non ?

Edie réfléchit. Est-ce qu'Alessandra peut être une vraie harpie ? Oui. Et est-elle capable d'obtenir ce qu'elle veut des hommes ? Toujours oui. Elle lui donne le numéro de Graydon, puis elle ferme les yeux. Des bribes de conversation lui parviennent.

— Monsieur Spires, ici Alessandra Powell du bureau du shérif du comté de Pima... Des rapports de menaces à l'encontre... un crime sévèrement puni par la loi, avant même que vous n'en veniez à vous adonner à du chantage... crois comprendre que vous travaillez au Dove Mountain... Nous pouvons soit venir vous chercher... soit vous remboursez, via PayPal, le montant de 1 500 dollars à la victime... escroquerie sur Internet, vol d'identité... poursuite en justice pour...

Alessandra marque une pause. Edie entend la voix de Graydon à l'autre bout du fil. Trouve-t-il les mots justes à son habitude ? Touche-t-il la corde sensible d'Alessandra, en se montrant à la fois contrit mais charmant ? Il plaisantait bien sûr... il n'aurait jamais un seul instant envisagé de poster...

— Je n'ai pas de temps à perdre avec votre baratin, Monsieur Spires. Remboursez sur-le-champ la somme que vous devez à Mlle Robbins et laissez-la tranquille, ou nous délivrerons une mesure d'éloignement électronique. Si vous la menacez à nouveau de diffuser ces vidéos, nous vous arrêterons sur-le-champ. Ai-je été claire ?

Le petit strass sous l'œil droit d'Alessandra semble adresser un clin d'œil à Edie.

— Ai-je. Été. Claire ?

Elle se tait un instant.

— En tout cas je l'espère. Je ne vais pas vous dresser la liste de mes faits d'armes au sein des forces de l'ordre, Monsieur Spires, mais sachez que j'ai la réputation de transformer les minables dans votre genre en serpillière.

Elle conclut l'appel et dit à Edie :

— S'il ne te rembourse pas ce qu'il te doit dans la minute qui suit, je prends un avion pour l'Arizona et je vais l'attraper par les couilles jusqu'à ce qu'il cède. Mais ça ne sera pas nécessaire.

— Merci.

Alessandra lui sourit – et ce n'est pas le sourire froid, factice auquel Edie est habituée, non, c'est un sourire chaleureux et sincère, qui illumine son visage et la transforme en une tout autre personne.

— Je t'en prie, répond-elle.

Le téléphone d'Edie sonne. Elle vient de recevoir un paiement PayPal de Graydon Spires de 1 500 dollars.

Richie et Kimber vivent le genre d'amour de vacances dont on parle dans les chansons, comme *Summertime*, de Cole Porter, *A Summer Song*, de Chad et Jeremy, *Summer*, de Calvin Harris... Grace ne sait pas très bien quoi en penser pour sa part. D'un côté, elle voit bien que ça ne se terminera pas bien – ils ne sont pas honnêtes l'un avec l'autre ! –, mais d'un autre côté, ils semblent... si heureux ensemble ! Comment cela pourrait-il être une mauvaise chose ? Maintenant qu'ils sont tombés amoureux – elle lâche le mot, oui, même si eux n'ont pas encore osé –, les insomnies de Kimber se sont envolées, et elle laisse Richie travailler sans venir le déranger, la nuit. Elle se couche après avoir bordé les enfants et ne se réveille que lorsqu'il la rejoint, à 2 heures. C'est leur moment fougueux entre adultes consentants. Ensuite ils dorment enlacés (toujours en pyjamas, à cause des enfants), jusqu'à 7 heures, puisque Louie se rend alors dans le hall jouer aux échecs, et Wanda l'accompagne pour demander aux clients qu'elle croise s'ils ont entendu parler du « Mystère de l'hôtel hanté ». (C'est cette gamine de 8 ans qui assure les relations publiques de Grace.) Kimber descend avec eux, puis remonte deux tasses de café – léger et sucré pour elle, avec une pointe de lait pour Richie. Les enfants mangent le petit déjeuner offert dans le hall – ils ont tous deux un faible pour les croissants aux amandes de Beatriz –, tandis que leur mère et Richard sautent ce repas pour profiter de ce moment en tête-à-tête. Ensuite ils se douchent et se mettent en route pour la journée. Kimber semble avoir renoncé à l'idée d'écrire ses mémoires dans l'immédiat, elle n'a pas ouvert son ordinateur depuis près de deux semaines.

Ils déposent Louie à son cours d'échec avec Rustam et Wanda à la bibliothèque pour lui offrir une heure de lecture tranquille – elle a attaqué un nouveau « Alice Détective », elle en est au tome 26, *Alice et le vase de Chine.* Ils rentrent alors à l'hôtel, mettent Doug en laisse et empruntent la sortie de service pour aller le promener. L'après-midi, ils partent à l'aventure et suivent les itinéraires sélectionnés avec soin par Kimber dans le *Livre bleu* de Lizbet et que Grace vit par procuration à travers les photos qu'elle aperçoit sur le portable de la mère de famille. Des clichés des sandwichs assez gros pour deux qu'ils achètent chez Something Natural (à la dinde, au gruyère et à la tomate, avec des jeunes pousses et de la moutarde sur leur fameux pain aux herbes), et des vidéos que Kimber a tournées lors de leur virée au phare de Great Point. Le long bras de sable doré sous le soleil de l'après-midi est si séduisant que Grace regrette de ne pouvoir quitter l'hôtel, ne serait-ce que quelques heures. Elle n'est pas retournée à Great

Point depuis la mort de son frère – il avait l'habitude de l'y conduire avec son bateau de pêche. Il y a des photos de Richie, pêchant dans les vagues avec une canne qu'il a empruntée à Raoul (Grace les a entendus en parler), et des enfants qui s'ébattent dans l'eau avec des phoques – Kimber ignore-t-elle que la présence de phoques implique celle de requins ? Richie aussi ? Et lui qui veut se faire passer pour un amoureux de la nature…

Un autre après-midi ils prennent les vélos de l'hôtel jusqu'à Madaket et déjeunent chez Millie's (Grace aperçoit la photo d'un taco avec une coquille Saint-Jacques juste saisie et accompagnée d'un coleslaw au chou rouge). Ils profitent aussi d'un week-end pour aller faire la promenade du bord de mer à Siasconset. (Grace se rappelle la côte avant la construction des nombreuses maisons qui s'y trouvent maintenant ; elle payait une pièce de 5 cents pour prendre le train jusqu'à « Sconset » !) Il y a une jolie photo de Richie qui tient la main de Wanda d'un côté et la laisse de Doug de l'autre, et une autre amusante de Louie qui a l'air de tenir le phare de Sankaty Head dans le creux de sa main.

Les fins d'après-midi sont toujours en demi-teinte parce que Richie doit prendre son poste à 18 heures. Il se douche puis se change dans la suite, échange un long baiser passionné avec Kimber avant de gagner la réception. Il continue à passer des coups de fil au milieu de la nuit dans le bureau de Lizbet, porte close, ce qui déçoit Grace. Elle lui souffle un courant glacial dans la nuque, à l'intérieur du col de sa chemise, ce qui ne l'arrête pas.

Soudain, une nouvelle arrange les affaires de Richie et Kimber ! La mère d'Edie, Love Robbins, est prête à travailler un soir par semaine, ce qui permet à Richie de prendre sa soirée !

À cause des enfants, ils ne peuvent aller dîner en amoureux que dans un seul endroit, le Bar bleu, et tant mieux car c'est le seul endroit où ils ont envie de s'attabler.

— Je ferai passer la note sur ma chambre ! propose Kimber.

Grace ne manque pas de remarquer combien Richie est soulagé.

Elle va jeter un coup d'œil aux deux tourtereaux pendant leur soirée. Ils commandent un cocktail intitulé Bonjour les ennuis, et se régalent de petites portions de nourriture à manger avec les doigts ou à tartiner. Après leur second Bonjour les ennuis, Kimber jette son dévolu sur une petite folie : les sandwichs au caviar. Beatriz finit par leur apporter des verrines de crème fouettée au chocolat et à la menthe, et ils se donnent la becquée avec de minuscules cuillères, avant de s'embrasser. Grace lit dans les pensées de la barmaid Petey, qui est une vraie pile électrique : *Prenez une chambre !* À 21 heures précises, elle actionne un interrupteur sous le bar et la boule à facettes cuivrée descend du plafond. Les premières notes de *White Wedding* résonnent, Richie prend la main de Kimber pour la conduire sur la petite piste de danse devant le mur couvert de pièces. Ils se déchaînent sur *Burning Down the House, Hit Me with Your Best Shot* et *You May Be Right,* tandis que des faisceaux lumineux cuivrés tourbillonnent autour d'eux. Kimber rejette la tête en arrière et agite les bras en l'air comme des essuie-glaces, tandis qu'il exécute des pas tels que « la tondeuse à gazon » ou « le chariot de supermarché ». Kimber rit ; Richie en fait des caisses. Puis vient *Faithfully,* de Journey, et ils pressent leurs corps transpirants l'un contre l'autre tout en se balançant quasiment sur place (*quelques leçons de danse ne leur feraient pas de mal,* songe Grace). À la fin de la chanson, Richie emmène Kimber au bar, où elle signe la note et laisse, au passage, un généreux pourboire à Petey.

Elle vide ce qu'il reste de son dernier Bonjour les ennuis et lance, en citant l'un des plus grands films du XX$^{e}$ siècle, *Top Gun,* « Emmène-moi au lit ou perds-moi pour toujours ! »

Quelques jours plus tard, il est 17 h 30 et Richie est en train de se raser dans la salle de bains avant d'aller au travail. Kimber, elle, est assise sur son lit, encore en maillot de bain, pleine de sable de la plage, la peau dorée par le soleil, les cheveux récemment teints en rose vif, ce qui lui va plutôt bien. Elle le regarde retirer la crème à raser avec des gestes nets et réguliers, le menton légèrement relevé. Tout à trac elle lance :

— Je t'aime.

Il a un léger mouvement de surprise – une chance qu'il ne se blesse pas ! –, et il croise son regard dans le miroir. *Oh, oh*, songe Grace. Est-ce que Kimber va trop loin trop vite ? Il faut toujours qu'elle en rajoute. Pourtant il pose son rasoir et, le visage encore plein de crème, va l'embrasser.

— Je suis fou amoureux de toi. Peut-être plus que je ne l'ai jamais été de ma vie entière.

*Ça, c'est ce qui s'appelle doubler la mise !* s'exclame intérieurement Grace.

Ce soir-là, très tard, lorsqu'il rejoint Kimber au lit, elle lui murmure :

— Tu sais ce qu'on devrait faire demain ? Aller chez toi. Les enfants se demandent où tu vis quand tu n'es pas ici.

Elle lui gratte légèrement le torse avec ses ongles.

— Et je dois bien avouer que je suis curieuse, moi aussi.

Il se crispe.

— C'est minuscule chez moi. Un vrai taudis, tu sais. Je n'ai pas envie que Wanda et Louie voient ça, parce que je ne tiens pas à ce qu'ils aient de la peine pour moi.

Kimber balaie ses craintes d'un geste de la main.

— Tu parles, ce sont des enfants. Ils n'y feront même pas attention. On passera juste une tête avant d'aller à la plage. Tu as dit que c'était dans Cliff Road ? C'est sur le chemin en plus.

— Non, vraiment, ce n'est pas une bonne idée. Ma logeuse, Mme Felix, m'a bien dit qu'elle ne voulait pas que je reçoive de visite.

— On n'entrera pas, et on ne restera pas plus de deux minutes. Les enfants voudraient juste...

— Kimber, non.

Le ton de Richie est cassant. Elle laisse s'écouler une seconde puis elle s'assied dans le lit.

— Je trouve quand même ça bizarre de n'avoir jamais vu l'endroit où tu vis alors qu'on est amoureux. C'est même...

louche. Et après ce que Craig m'a fait vivre, je dois te poser la question… Il y a quelque chose entre Mme Felix et toi ? Ou il y a eu par le passé ?

— Non !

— Alors je ne comprends pas pourquoi…

— Parce que je n'ai pas de logement en réalité. Il n'y a pas de Mme Felix. Je l'ai inventée. Je t'ai menti parce que je ne voulais pas que tu me trouves minable, et j'ai menti à Lizbet pour décrocher ce poste, dont j'avais désespérément besoin.

— Quoi ? Mais tu vivais où, alors, avant d'emménager ici ?

— Dans la salle de repos. Et dans ma voiture.

— Dans ta voiture ?

Son expression trahit son effroi, et comment le lui reprocher, se demande Grace. Qui vit dans sa voiture ? Un va-nu-pieds ? *Et voilà,* songe-t-elle, *c'est la fin de cette jolie idylle.*

— Je dois garder l'argent que je gagne, explique-t-il. J'ai de sacrées dettes, Kimber. Le divorce m'a mis à genoux financièrement. Et j'ai eu peur que tu penses, si tu apprenais que je n'avais pas d'endroit où vivre, que je t'utilisais pour être hébergé dans ta suite.

Elle ferme les yeux brièvement puis les rouvre en sursaut.

— Je t'ai demandé de passer la nuit avec moi et tu as refusé. J'ai pratiquement dû te supplier.

— Je te l'ai dit, je ne voulais surtout pas que tu me prennes pour quelqu'un d'intéressé. C'est pour ça que j'étais réticent à ce qu'on commence une histoire. Ce n'était évidemment pas à cause de toi, tu es belle, drôle et spontanée, tu es une maman formidable, tu as emmené tes enfants ici au lieu de les envoyer en colo ou de les garder à New York dans les pots d'échappement tout l'été. Moi, je n'ai plus de domicile… mon ex-femme a gardé la maison dans le Connecticut et j'ai renoncé à mon appartement en venant ici. Tu peux trouver tellement mieux que moi, Kimber.

*Ce n'est sans doute pas tout à fait faux,* observe Grace.

— Mais je ne veux pas trouver mieux. Je n'ai pas besoin d'un homme riche. J'en ai eu un, et il m'a quittée pour la baby-sitter ! Je veux un homme qui m'aime et qui ne me quittera pas.

— Je ne te quitterai pas. Il faudrait qu'on vienne m'arracher physiquement à toi, sous la menace d'un pistolet.

*Ce n'est sans doute pas tout à fait faux non plus. Ni tout à fait improbable.*

15 août 2022
De : Xavier Darling (xd@darlingent.co.uk)
À : employés de l'Hôtel Nantucket

Bonjour à tous,

Je suis heureux de pouvoir me montrer généreux cette semaine encore et d'offrir le bonus de 1 000 dollars à Adam Wasserman-Ramirez. Un client de l'hôtel a chanté (hé hé !) les louanges de notre bête de scène, qui se produit au piano pendant l'heure de l'apéritif. Il s'est plié à la requête dudit client en interprétant *Libérée, délivrée*, avec tant de talent que celui-ci, à ses propres dires, en a eu « la chair de poule ».

Bien joué, Adam ! En espérant que vous ne nous lâcherez pas pour Broadway !

XD

Adam mérite cette prime, Lizbet en convient. Il se met au piano après avoir terminé sa journée de travail, simplement par plaisir. Ce qui la chagrine, c'est que tous les employés la méritent. Semaine après semaine. Elle croise les doigts pour que Xavier s'en rende compte lorsqu'il viendra.

Son téléphone sonne pour annoncer l'arrivée d'un texto, qui déclenche en elle le même réflexe pavlovien depuis des semaines : *Mario ?*

Ce n'est pas lui qui lui écrit, c'est JJ. Je prends ma journée demain. On peut se parler ?

Elle inspire, expire, avale une gorgée de café.

Très bien. On se retrouve à notre endroit à 20 heures.

Leur endroit, c'est le Proprietors, dans India Street. Le samedi soir, hors saison, la barmaid, Leigh la Coriace, leur gardait toujours les deux tabourets à l'extrémité du bar. Lizbet n'y a pas mis les pieds depuis des mois, et même si elle éprouve des sentiments mêlés à l'idée de revoir JJ – elle se répète que c'est un rendez-vous en tout bien tout honneur, pas un rancard amoureux –, elle ne ressent que de la joie en descendant jusqu'à la maison de bardeaux blancs, construite en 1800, puis en poussant la porte rouge carmin.

*Bonsoir, lieu chéri,* songe-t-elle. La décoration du restaurant est l'une de celles qu'elle préfère sur l'île. Parquet ancien à larges lames rénové, murs de briques, simples ampoules en guise de suspensions et un long bar en chêne blanc avec une façade constituée de médaillons d'étain. Au mur on trouve sur des étagères en hauteur de la vaisselle dépareillée et une collection de vieilles serrures ; sur les tables des bocaux sont remplis de fleurs sauvages de l'île, et les serviettes en toile épaisse ont des rayures sauge. Lizbet a failli exclure cet endroit de son *Livre bleu,* parce qu'elle ne veut pas que le bar soit envahi de rangées de touristes commandant des Cape Cod – cocktail à la vodka et à la canneberge. Elle a fini par le classer avec les restaurants gastronomiques, qualifiant l'endroit d'éclectique, de lieu pour ceux qui veulent « vivre une expérience contemplative et goûter aux cocktails les plus créatifs de l'île ».

Elle arrive délibérément avant JJ. Elle fait signe à Leigh, l'étreint au-dessus du bar puis commande son cocktail habituel, le Monsieur Céleri, à base de mezcal Joven (elle n'a, volontairement, pas non plus bu une goutte de tequila depuis des mois) et de sirop de céleri. Des grains de poivre blanc concassés sont collés sur le pourtour du verre. Lizbet préfère les cocktails salés – désolé, le Bourreau des cœurs. Elle savoure sa première gorgée glacée. Cet endroit lui avait manqué.

— Tu attends quelqu'un ? lui demande la barmaid.

Elle hausse les épaules.

— Peut-être.

Leigh hausse un sourcil, juste avant d'afficher un immense sourire.

— Regarde qui voilà ! Comme au bon vieux temps ! Je te sers ta boisson habituelle, chef ?

— S'il te plaît.

Lizbet se lève et donne une accolade à JJ comme elle le ferait avec un vieux camarade de lycée. Il en profite pour la serrer contre lui et elle respire son odeur – il sort de la douche et elle reconnaît le parfum du savon, celui de l'after-shave, ainsi que les discrets effluves de la cigarette qu'il a fumée en venant.

Quand elle s'écarte, il lui dit :

— Tu es superbe, Libby. Je ne pense pas connaître cette robe.

— Non, c'est vrai.

Elle est en gaze de coton rouge, assez courte pour dévoiler ses jambes, mises en valeur par des chaussures compensées beiges.

Ils s'installent sur leurs tabourets habituels, où ils ont pris place des centaines de fois déjà. Lorsque le verre de JJ arrive, ils trinquent. Lizbet s'avise qu'elle s'est, bien malgré elle, coulée dans le moule de son ancienne vie. C'est un rendez-vous amical, se rappelle-t-elle. Il n'y a aucun sous-entendu. Elle sait que Leigh est non seulement coriace mais aussi discrète ; n'importe qui d'autre aurait déjà envoyé des textos en majuscules à tout son carnet d'adresses : LIZBET ET JJ SONT ENSEMBLE AU BAR DU PROPRIETORS !!!

Lizbet ne sait plus très bien comment parler à l'homme qu'elle est pourtant censée connaître le mieux sur terre. Doit-elle lui poser des questions sur Christina ? (Non.) Lui raconter l'anecdote sur l'arnaqueuse qui se fait passer pour Shelly Carpenter ? (Non, il ne comprendrait pas.) Il a l'air nerveux. La carte du restaurant tremble dans sa main.

Pour le mettre à l'aise – elle n'en revient pas de retomber dans son vieux travers et de s'inquiéter pour son confort à lui –, elle l'interroge sur La Terrasse.

— C'est le pire été depuis toujours.

— On disait ça chaque année en août.

— Je suis sérieux, Libby. Rien ne va. Le restaurant a perdu son âme. Ma cuisine reste correcte, techniquement parlant, et l'équipe en salle sait ce qu'elle fait, mais il n'y a plus d'amour, plus de magie.

*Ben...*

— Les avis sur RumeursDeVoyages sont atroces. Tout le monde parle d'expérience « décevante ». Comme si on était punis d'avoir été aussi géniaux par le passé. Tu imagines à quel point ça rend fou ? Les gens entendent dire que La Terrasse est « le meilleur endroit de l'île », et ils débarquent avec des attentes délirantes. On est des êtres humains après tout. On a nos défauts.

— Je comprends.

— Il faut que tu reviennes, Libby.

Elle hurle de rire, et Leigh lui jette un coup d'œil. Lizbet lui fait signe d'approcher :

— On est prêts.

Il n'y a ni débat ni cafouillage au moment de la commande, parce qu'ils ont toujours pris la même chose. Ils commencent par des beignets de tomates vertes avec une sauce au fromage frais pimenté et au miel relevé au poivre noir, ainsi qu'un os à moelle. Puis Lizbet prend la truite meunière et JJ le plat de côtes à la coréenne avec son gruau de maïs au kimchi.

— Je vous sers autre chose à boire ? propose Leigh.

— Pour moi ça ira, répond Lizbet. Je dois me lever tôt demain.

Elle se lève tôt tous les jours maintenant, elle ne peut pas se permettre de sortir du restaurant en titubant comme elle le faisait autrefois.

Dès que Leigh s'est éloignée, Lizbet se tourne vers JJ :

— Je ne reviendrai pas. Tu as tout fait foirer.

Il pivote vers elle sur son tabouret, de sorte que ses genoux touchent sa jambe. Il pose une main sur le dossier derrière elle, se penche et murmure tout bas à ses oreilles. Elle ne distingue pas tout dans le brouhaha, mais elle saisit l'essentiel : « J'ai été un imbécile, un fou, un pauvre type, je m'en veux tellement de ce que j'ai fait, je donnerais tout pour revenir en arrière, j'ai été si malheureux avec Christina, elle est superficielle et mesquine, elle manque de confiance en elle et elle est si jalouse de toi, elle a presque fait couler le restaurant, l'équipe la détestait, elle a accepté des mineurs un dimanche et leur a servi du vin alors qu'un aveugle se serait rendu compte que leurs pièces d'identité étaient des fausses, je suis prêt à tout pour que tu reviennes, et si tu ne reviens pas je ne sais pas ce que je ferai... »

— Tu feras ce qu'on fait tous, JJ. Tu continueras ta route.

— Je vais vendre le restaurant à Goose. Partir d'ici.

— Tu ne ferais jamais ça.

— Tu verras.

— J'ai l'impression que tu cherches à me menacer. Mais ça m'est bien égal que tu vendes La Terrasse, tu sais. Ça ne changera rien pour moi, il t'appartient.

— Tu es en train de me dire que La Terrasse ne représente rien pour toi ?

Elle vide la fin de son Monsieur Céleri.

— Cet endroit comptait tellement pour moi. Ce restaurant, c'était ma... notre... maison. L'équipe était notre famille. Mais ce n'est pas moi qui ai tout détruit. C'est toi qui as allumé l'incendie, JJ, pas moi.

Leigh leur apporte les entrées.

— Et voilà, les amis, beignets de tomates vertes et os à moelle. Il vous manque quelque chose ?

*Des boules Quies*, pense Lizbet. *Un valium. Une excuse pour partir avec classe.*

Elle fait glisser un beignet dans l'assiette de JJ, comme elle l'a toujours fait. Il étale de la moelle bien luisante sur une épaisse tranche de pain grillé pour elle.

— *Bon appétit !* disent-ils en chœur, en français.

Lizbet se dépêche de prendre la première bouchée de beignet. C'est un condensé de Nantucket à lui tout seul. Cette soirée est un véritable enfer émotionnel, mais au moins le cadre est agréable, le service irréprochable et la nourriture incroyablement délicieuse.

Entre l'entrée et le plat, Lizbet fait un saut aux toilettes, où les murs sont tapissés de pages d'un vieil exemplaire du livre de cuisine culte de June Platt qui propose un menu pour chaque journée de l'année. *24 mars : soupe de petits pois, crabe à l'anglaise et pudding au chocolat.* Ce papier peint lui remonte le moral – envisager chaque journée comme une fête ! De retour au bar, elle décide de raconter à JJ le drame entre Heidi Bick et Lyric Layton. Il se passionne pour cette histoire – bordel, il n'en revient pas ! Et non, il n'en a pas du tout entendu parler, même si, à la réflexion, il n'a pas croisé les Bick de tout l'été et il n'a vu les Layton qu'un seul soir.

— Oui, celui où j'étais là, confirme Lizbet. Lyric était à la table 3 avec Michael, et elle pleurait.

JJ se racle la gorge.

— À propos de cette soirée, vous en êtes où, Mario et toi ?

Elle aimerait tellement pouvoir lui répondre qu'ils vivent une passion torride... Elle se contente pourtant de hausser les épaules.

— J'ai mis un terme à notre histoire.

JJ se met à jouer avec la bretelle de la robe de Lizbet, et aussitôt elle se souvient de toutes les fois où il a remonté la fermeture Éclair d'une de ses robes, fermé le crochet d'un de ses vêtements, attaché un de ses colliers dans son cou. Devant n'importe quelle tenue il pourrait lui dire où ils étaient la dernière fois qu'elle la portait, ce qu'ils ont mangé, ce dont ils ont parlé, qui ils ont croisé. Sa mémoire exceptionnelle est son superpouvoir, Lizbet a toujours eu l'impression, à cause d'elle, qu'il était attentif. Il l'avait aimée, voilà où était le problème. Elle ne doutait pas un seul instant de la sincérité de ses sentiments. Alors comment Christina avait-elle réussi à lui mettre le grappin dessus ?

— Qu'est-ce qui s'est passé ? lui demande-t-il.

— Je n'étais pas prête.

Elle fait signe à Leigh et lui indique son verre. (Elle se sent comme une femme dans les affres de l'accouchement : « J'accepte la péridurale finalement ! ») Cette pensée conduit à d'autres qu'elle tient précisément à éviter : sa courte grossesse, la joie inégalée, la proximité qu'elle a ressentie avec JJ quand ils étaient blottis, tous les trois !, dans le lit. Elle sait qu'elle n'était plus la même après sa fausse couche. Elle a cessé d'avoir des rapports avec JJ, elle l'a tenu à distance, elle l'a repoussé même. Elle se sentait si perdue... elle faisait le deuil d'une chose qu'elle n'avait pas conscience d'avoir désiré.

Son cocktail arrive et lui procure un engourdissement glacé. Après une gorgée, elle lâche :

— Je n'arrive plus à accorder ma confiance à un homme.

Il prend son visage entre ses immenses mains tièdes, l'attire vers lui comme s'il avait l'intention de l'embrasser et se lance dans un discours, sa voix tient presque de la mélopée, les mots se bousculent sur ses lèvres, presque inintelligibles :

— J'ai commis une terrible erreur, j'ai tout gâché, ça ne se reproduira pas, je le jure devant Dieu, Libby, je t'aime, tu es la seule, ça a toujours été le cas et ça le sera toujours. On a toujours adoré les histoires de retour de flamme, toi et moi, non ? Ça pourrait être la meilleure de toutes, je suis prêt à n'importe quoi, tu entends, si seulement tu acceptes, je t'en supplie, de m'épouser par pitié, d'être ma femme, on essaiera à nouveau d'avoir des enfants, ou on en adoptera, ou bien les deux, la vie est une folle aventure, une virée sur les routes, et je ne veux pas d'autre femme sur le siège passager ou dans mon lit, je ne veux que toi, Lizbet Keaton. S'il te plaît. S'il te plaît écoute-moi. Je t'aime.

Aux mots « virée sur les routes », elle se rappelle comment, lorsqu'ils se rendaient chez les parents de JJ, ou plus loin, à Minnetonka, chez les siens, et qu'il était au volant, il baissait la radio pour la laisser dormir – alors qu'elle mettait toujours la musique à fond quand elle conduisait. Elle entend l'expression « dans mon lit », et elle se souvient qu'il aime avoir un lit défait (oreillers de travers, couette entortillée sur elle-même), alors qu'elle déteste ça, et que pendant quinze années il s'est efforcé de le faire correctement, draps bien tirés, oreillers bien alignés.

Il l'a aimée, oui. Où trouvera-t-elle un homme qui l'aimera autant ?

Elle prend une inspiration, prête à capituler, à lui dire : « D'accord, c'est bon, je renonce, tu as gagné, je reviens. » Pourtant, à ce moment-là, derrière JJ, elle voit la porte du restaurant s'ouvrir. Une femme entre. Lizbet a du mal à en croire ses yeux. C'est Yolanda. Si Mario l'accompagne, elle ne le supportera pas. Mais la personne qui suit la prof de fitness est une autre femme. Beatriz.

*Hein ?*

Elles vont trouver Orla, la propriétaire des lieux, qui s'occupe de l'accueil. Elles rient toutes les trois. Beatriz enlace Yolanda et l'embrasse sur la joue. Orla sort deux cartes de son pupitre et les accompagne à la salle du premier étage. Yolanda et Beatriz montent les marches en se tenant par la main.

*Quoi ?* Soudain, tout s'éclaire.

« Vous savez quand même pourquoi Yolanda passe autant de temps en cuisine ? » Voilà ce qu'a dit Zeke.

Et pourquoi elle est toujours fourrée avec l'équipe du Bar bleu le mardi, pourquoi elle a demandé à avoir ce jour-là de congé, pourquoi Mario se montrait aussi ouvertement affectueux avec elle. Lizbet comprend maintenant que le « truc » pour lequel Yolanda sollicitait l'aide de Mario était la préparation de l'anniversaire surprise de Beatriz : tous les employés de cuisine se sont cotisés pour faire venir sa mère de Mexico.

— Ça va ? s'inquiète JJ, qui s'est retourné pour regarder ce qui avait attiré l'attention de Lizbet.

Si Yolanda passe sa vie en cuisine, ce n'est pas à cause de Mario mais de Beatriz.

— Tu prendras ma truite à emporter, pour chez toi. Je dois filer.

Elle se hâte de descendre India Street jusqu'à Water Street, marchant aussi vite que le lui permettent ses chaussures compensées. *On est mardi,* se dit-elle, *c'est son jour de congé, il risque d'être dehors, peut-être avec une autre femme... C'est Mario Subiaco, enfin, pas n'importe qui !* Et pourtant elle ne rebrousse pas chemin. Elle tourne à gauche dans l'allée de gravier blanc derrière les quais et aperçoit son pick-up gris métallisé.

Il est chez lui.

Ce qui donne presque envie à Lizbet de retourner au Proprietors, de retrouver JJ et la sécurité qu'il représente

– comment peut-elle se considérer en sécurité après ce qu'il lui a fait ! Il vaudrait mieux parler de familiarité. Cependant, tous les mantras qu'elle a ingurgités pour combler les vides en elle, comme une ado rembourrant désespérément son soutien-gorge, lui intiment de continuer à aller de l'avant.

*Pas à combattre le passé...*

*... mais à créer l'avenir.*

Elle arpente à grandes enjambées la jetée sans vaciller ni trébucher, et lorsqu'elle atteint la porte elle prend son élan, consciente que ce qui suit pourrait être très gênant.

Ça ne l'empêche pas de frapper.

Elle entend des bruits de pas approcher, puis un silence, et enfin Mario lui ouvre. Il porte un short de sport, un tee-shirt gris, sa casquette des White Sox à l'envers. Il est si beau qu'elle doit prendre appui sur la façade en bardeaux de la maisonnette. Elle jette un coup d'œil dans le séjour. Il y a une bière sur la table, un carton de pizza ouvert, une seule assiette.

Semble-t-il surpris de la voir ? Pas vraiment. Il appuie son épaule au chambranle de la porte et lui décoche un de ses sourires en coin.

— Bonsoir, Bourreau des cœurs.

— Bonsoir, murmure-t-elle.

# 21

## Radio Nantucket

Au cœur du mois d'août, une forme de mélancolie s'installe, comparable à celle que l'on éprouve le dimanche après-midi. L'été, qui semblait ne jamais devoir se terminer en juin, connaîtra pourtant son terme dans quelques brèves semaines.

Certains d'entre nous font déjà leurs adieux. L'une de nos autrices locales mouille de larmes le tee-shirt de son fils qu'elle a accompagné au ferry (il retourne à l'université, en Caroline du Sud – très populaire auprès des lycéens de Nantucket depuis que Link Dooley y a fait ses armes). Plus tard dans la soirée, on retrouve cette autrice au Bar bleu entourée de ses proches et noyant son chagrin avec un Bourreau des cœurs.

— Pourquoi est-ce que la rentrée a lieu aussi tôt maintenant ? À notre époque, c'était le mardi qui suit la fête du Travail, début septembre.

Oui, certains d'entre nous se rappellent que nos parents nous emmenaient en panique chez Murray's Toggery le samedi précédant la fête du Travail pour nous acheter une paire de chaussures neuves. Puis direction le barbier ou le salon de coiffure, pour rafraîchir nos coupes – le sol se couvrait de mèches décolorées par le soleil. Sharon la Blonde garde un souvenir ému de ses parents, qui réservaient toujours le dernier ferry au départ de l'île le jour de la fête du Travail – son père faisait ensuite la route de nuit pour rallier le Connecticut. Sharon et sa sœur, Heather, reprenaient l'école dès le lendemain matin, et elles avaient souvent encore du sable dans les oreilles.

— On était fatiguées mais on ne se plaignait jamais. On voulait profiter de l'été jusqu'à la toute dernière seconde.

Presque tous les gens attachés à Nantucket partagent ce sentiment, et nous nous hérissons face à ceux qui précipitent sa fin. Lorsque Jill Tananbaum croise, dans son fil Instagram, un post avec un « pumpkin spice latte » le 18 août, elle se désabonne sur-le-champ de ce compte.

Une rumeur affirme que Lizbet Keaton et JJ O'Malley ont été vus en train de dîner ensemble au bar du Proprietors. Selon nos sources, ils se tenaient très près l'un de l'autre et semblaient avoir une « conversation très passionnée ». Se seraient-ils réconciliés ? Une partie d'entre nous le souhaitait – le retour de Lizbet à La Terrasse est indispensable tant le service s'est dégradé depuis son départ –, pourtant un ou deux jours plus tard ces espoirs ont été déçus lorsque nous avons appris que Lizbet et Mario Subiaco s'étaient remis ensemble. Tracy Toland et Karl Grabowski, deux de nos vacanciers préférés (et jeunes mariés en prime !), dînaient sur la terrasse du Straight Wharf quand ils ont aperçu Lizbet et Mario qui s'embrassaient au clair de lune, devant la maisonnette isolée près du port.

L'idylle entre Lizbet et le chef Subiaco est confirmée le troisième samedi d'août, car ils assistent ensemble à notre événement caritatif préféré de la saison, au profit du centre d'animation pour la jeunesse de l'île, le Nantucket Boys and Girls Club. Lizbet porte une robe en soie lilas et elle a relevé ses tresses blondes en couronne. Mario, lui, a une veste bleu marine et une cravate du même lilas. Ils se tiennent par la main pendant toute la durée de la soirée. Au bar à coquillages, il assaisonne des palourdes avec du citron et de la sauce cocktail, ajoute un peu de vinaigre aux échalotes sur des huîtres, puis les offre à sa cavalière. Ils goûtent les amuse-bouche servis sur des plateaux argentés bien que la nourriture servie à cette fête soit loin d'être aussi divine que celle qu'ils ont pu déguster tout l'été au Bar bleu. (La « box du boulanger » nous a rendus très exigeants.) Il se trouve que Lizbet et le chef Subiaco ont fait don de l'un des lots mis aux enchères pour l'occasion – un séjour de trois nuits à l'Hôtel Nantucket pour l'été prochain, avec un « menu dégustation » pour deux au Bar bleu (cocktails compris !).

Les enchérisseurs sont nombreux, tous plus acharnés les uns que les autres, et le séjour s'arrache pour la somme de *35 000 dollars* ! Les gens sont fous !

Une légère gêne parcourt l'assemblée à l'annonce du lot suivant : un dîner pour dix à La Terrasse, incluant les fameux verres permettant de se resservir autant que l'on veut à la fontaine à rosé. Les années passées, c'est le lot qui obtenait l'enchère la plus élevée, mais cette fois une seule main se lève dans le public. Celle de Janice, l'assistante dentaire dont le frère, Goose, est sommelier dans ce restaurant. Elle surenchérit sans le vouloir contre elle-même (elle a bu beaucoup de vin), ce qui ne l'empêche pas de remporter le dîner pour 2 500 dollars, soit bien moins que sa valeur réelle.

Discrètement, nous cherchons JJ dans l'assemblée, et nous sommes soulagés de constater son absence.

Cet événement caritatif est non seulement le meilleur de l'été, mais aussi le dernier. Au réveil, le lendemain matin, nous avons le bourdon. Il ne nous reste plus qu'à guetter les « dernières fois » à présent. Les dernières belles journées à la plage, le dernier déjeuner au Galley – omelette au homard et rosé –, la dernière balade sur le pont de « Sconset », la dernière occasion de pêcher dans les brisants à Miacomet, le dernier long après-midi à déguster de bonnes bières chez Cisco Brewers, les dernières courgettes et les derniers épis de maïs ramassés à la ferme Bartlett (il y aura encore des tomates jusqu'en septembre et… non ! serait-ce déjà des citrouilles qui pointent ?). Nous pouvons encore nous entasser à bord d'un bateau pour aller admirer les kitesurfeurs, aller choisir un ultime roman d'été bien croustillant à l'Atheneum et nous régaler d'un dernier sandwich au poisson à L'Huîtrier pendant que le soleil se couche dans l'eau et que le guitariste Sean Lee chante combien c'est dur d'oublier un sourire pareil.

Et puis il suffit que Romeo, de la direction générale maritime, annonce qu'un « type super riche » envoie sa Bentley, avec chauffeur, par le ferry, tandis qu'il arrive de Londres à bord de son jet privé.

— Il sera là mercredi, précise-t-il.

De qui pourrait-il bien s'agir ? nous demandons-nous, avant de comprendre. Xavier Darling arrive.

# 22

# Cèdre et sel

22 août 2022
De : Xavier Darling (xd@darlingent.co.uk)
À : employés de l'Hôtel Nantucket

Très chers tous, bon matin à vous !

Même si je suis très occupé à préparer ma venue de l'autre côté de l'Atlantique, je n'ai pas oublié le bonus de la semaine. J'ai le plaisir de vous informer qu'Edith Robbins est notre grande gagnante hebdomadaire. Une cliente enthousiaste a en effet relaté la multitude de moyens par lesquels elle s'est employée à rendre le long séjour de sa famille inoubliable. Merveilleux travail, Edith !

J'arriverai mercredi après-midi à 14 heures.

Préparez les hérauts et les valets de pied ! (Je plaisante, bien sûr.)

XD

Lizbet savait depuis des mois que Xavier arriverait le 24 août, mais la date lui a d'abord paru incroyablement lointaine puis, quand celle-ci a commencé à se rapprocher, elle a été accaparée par d'autres choses. Et pourtant le temps a fait ce qu'il fait toujours : il est passé.

Xavier arrive demain.

Elle guette une pause entre deux cours de sport pour se rendre au studio de yoga, plongé dans une pénombre agréable. Elle installe un des matelas épais au centre de la salle et envisage de mettre un peu de musique de gamelan avant de conclure que le gargouillement de l'eau sur les galets de la fontaine est bien suffisant. Elle choisit la posture de l'enfant et essaie de se vider la tête.

Une demi-heure plus tard, au moment où ses paupières se rouvrent naturellement – cette pièce doit avoir des pouvoirs surnaturels, car elle s'est endormie ! –, elle entend frapper discrètement à la porte. Puis celle-ci s'entrouvre.

— Bourreau des cœurs ?

C'est Mario. Elle adore le son de sa voix. Elle se rallonge et se retient de lui dire de verrouiller la porte derrière lui pour qu'ils puissent baptiser le studio de yoga – non mais franchement, qu'est-ce qu'elle a dans la tête ?

Il s'approche et lui tend un expresso.

— Edie m'a assuré que tu étais en bas et j'ai eu du mal à la croire. Qu'est-ce qui t'arrive ?

— J'avais besoin de me recentrer.

Elle se lève pour l'embrasser.

— Et j'ai réussi !

— Ça en fait au moins un, dit-il en lui donnant son café.

— La visite de Xavier te rend nerveux ?

— C'est aussi mon patron, tu sais... Tu n'as pas remarqué que j'avais beaucoup bougé cette nuit ?

— Non.

Depuis qu'ils se sont remis ensemble, Mario a passé toutes les nuits chez elle. Elle se couche à une heure raisonnable, se réveille lorsqu'il la rejoint, puis se rendort aussitôt.

— Tu n'as pourtant pas de raison d'être nerveux, si ?

— Je sais bien, mais...

— Le bar est incroyable, Mario. Il est plein tous les soirs, il obtient des notes délirantes sur tous les sites en ligne. Il est sur la voie pour devenir aussi culte que le Bistro bleu, sinon davantage.

Il a beau sourire, elle sent bien qu'il n'est pas convaincu.

— Je suis très sérieuse, tu sais.

— Je sais, mais les hommes comme Xavier...

— C'est moi qui devrais être fébrile. J'ai un hôtel entier à lui faire visiter : douze suites, trente-six chambres, le hall, les piscines, la salle de sport et le sauna, le studio de yoga. Mais je suis confiante, on a construit quelque chose de solide.

Elle passe les bras autour du cou de Mario et plaque son corps contre le sien.

— Je sais que tu as peur parce que tu as déjà perdu un restaurant à Nantucket, mais Xavier va nous adorer. On n'a pas le moindre souci à se faire.

À la fin de la journée, elle convoque l'ensemble du personnel dans la salle de repos. Elle charge Love de tenir la réception pour que Richie puisse être présent, avec Edie, Alessandra, Adam, Raoul, Zeke, Magda et Yolanda. Elle se rappelle sa toute première réunion, le jour de l'inauguration de l'hôtel, quand celui-ci n'était encore qu'un faon chancelant sur ses jeunes pattes. Elle connaissait à peine les gens composant son équipe, et eux-mêmes étaient des inconnus les uns pour les autres.

Richie a perdu 15 kilos, son teint s'est hâlé et il sourit avec bien plus de spontanéité que le soir où elle l'a rencontré pour lui faire passer un entretien. Il est amoureux de Kimber Marsh, leur cliente au « long séjour » – c'est vraiment une histoire de comédie romantique ! (Lizbet a cependant décidé de ne pas en toucher mot à Xavier, au cas où il désapprouverait.) Edie fait preuve, depuis le début, de constance en matière de prévenance et de gentillesse, et il n'y a rien de tel pour contrebalancer la personnalité d'Alessandra, avec sa beauté farouche et son assurance inébranlable. Mais même elle, elle s'est un peu adoucie, au point que Lizbet l'a vue rire avec Edie. (Elle a eu du mal à en croire ses yeux au début : était-ce un rire sincère ? Apparemment, oui.) Zeke a trouvé ses marques, il fait un portier exceptionnel ; si sa mère pouvait le voir, elle serait infiniment fière de lui. Yolanda est aussi tranquille qu'un étang caché dans une forêt enchantée, et Lizbet se félicite souvent de ne pas avoir parlé à Mario de ses craintes, parce qu'une fois la boîte de Pandore ouverte, il aurait été impossible de la refermer : elle se serait sentie mal à l'aise, tout comme Yolanda, Mario et Beatriz.

Magda est assise dans une posture parfaite, au bord du canapé, jambes croisées aux chevilles. Elle demeure impénétrable, un véritable sphinx. Lui est-il jamais arrivé de baisser la garde, de s'épancher même momentanément sur sa vie ? Non. Il n'y a pas de plus grande professionnelle : Lizbet ne s'est pas inquiétée une seule fois du ménage. Il n'y a pas eu une seule récrimination sur la propreté des chambres. Ils ont déploré la disparition de deux objets, mais Magda s'est occupée de régler ces incidents personnellement, tant auprès de ses employés que des clients. Le ménage est le socle de tout hôtel – s'il n'est pas impeccable, c'est foutu –, ce qui fait d'elle l'employée la plus essentielle de l'équipe, peut-être même plus que Lizbet encore.

Elle se remémore ce qu'elle a pensé au tout début : elle ne tenait surtout pas à connaître les secrets du personnel. À présent que l'été touche presque à sa fin, elle se dit qu'elle aurait tout de même bien aimé découvrir ceux de Magda.

— M. Darling arrive demain, dit-elle. Je tiens à ce que vous ne changiez pas vos habitudes de travail pour autant. Il viendra se présenter personnellement, à chacun d'entre vous, au cours de son séjour. Nous veillerons bien sûr à ce qu'il soit bien installé et ne manque de rien, comme n'importe quel client. Est-ce que quelqu'un a une question ?

— Il reste combien de temps ? demande Adam.

— Quatre nuits. Il a prévu de repartir dimanche.

Alessandra lève la main.

— Est-ce qu'il a déjà réservé ses soirées ? S'il veut dîner chez Cru ou au Nautilus...

— Excellente question, rétorque Lizbet.

— Il aurait dû le faire il y a un mois, observe Edie. Mais Alessandra a ses entrées au Nautilus, et j'ai d'excellents rapports avec l'équipe des réservations chez Cru. Alors surtout, n'hésitez pas.

Xavier n'a pas fait la moindre remarque concernant ses projets durant sa visite. C'est la première fois qu'il vient à Nantucket ; il faudra qu'il consulte le *Livre bleu*, ou elle pourra toujours lui concocter quelques circuits sur mesure. Elle se demande si le chauffeur (qui loge au Beach Club parce qu'ils affichent complet !) sait conduire une jeep sur la plage.

— Je me renseignerai sur ses intentions dès que je le rencontrerai en personne. Si vous n'avez pas d'autres questions, la réunion est terminée. Rentrez chez vous et faites une grande nuit, s'il vous plaît. Je vous attends tous en forme de bonne heure demain.

*Xavier arrive !* se réjouit Grace. *Xavier arrive !* Elle sent son niveau d'énergie monter brusquement. Elle a envie de jouer quelques tours aux clients – Mary Perkowski, de la 205, a fait la route depuis l'Ohio, parce qu'elle espérait faire une expérience inquiétante –, mais Grace doit se réserver pour l'arrivée en fanfare de demain.

Elle n'est pas la seule à être aussi survoltée. Zeke débarque à l'hôtel avec une nouvelle coupe de cheveux ; Alessandra remplace les cristaux transparents sous ses yeux par d'autres couleur saphir. Edie anticipe avec tant d'enthousiasme les attentes des clients que Lizbet lui rappelle gentiment que certains préfèrent qu'on les laisse tranquilles.

Richie, quant à lui, va trouver Kimber alors qu'elle commande des fournitures scolaires en ligne (à faire livrer à son adresse new-yorkaise).

— Tu dois déjà penser à la rentrée ?

Elle referme aussitôt son ordinateur portable.

— Il faut bien que je m'en occupe. L'école attend des enfants qu'ils soient prêts dès le premier jour, avec des crayons bien taillés. Et puis tu commences à connaître Wanda, non ? Ça fait déjà des semaines qu'elle me tanne.

Richie s'affale sur la banquette devant la baie vitrée et regarde un couple sur un tandem, dans Easton Street.

— Il va falloir que je commence à me préparer mentalement, dit-il. La fin approche. J'ai promis à Lizbet de rester jusqu'à la mi-octobre, mais ce ne sera pas pareil sans toi ni les enfants. Il ne nous reste plus que quelques jours ensemble.

Elle vient s'asseoir entre ses jambes et abandonne sa tête contre son torse. Doug est allongé à leurs pieds. Il redresse sa truffe en sentant Grace flotter au-dessus de lui et gémit. Il ne s'est toujours pas habitué à elle.

— Tu pourrais nous rejoindre à New York quand tu auras terminé ici, propose Kimber. T'installer avec nous.

— Non, je ne peux pas.

— Pourquoi ? Tu trouverais facilement du travail. Mon divorce sera prononcé, ou presque.

— Je te rappelle que tu voulais un amour de vacances.

— Peut-être que j'ai changé d'avis et que je veux un amour qui dure.

Elle lui attrape les bras pour les refermer autour d'elle.

— Je n'ai pas envie que ça s'arrête, ajoute-t-elle.

Grace soupire. Ils sont tellement mignons ! Elle aime imaginer Kimber et Richie ensemble à New York. Elle a envie de croire que cet hôtel n'est pas seulement fait de cèdre et de sel. Que c'est un lieu où pourrait naître au moins une histoire qui se finirait bien.

Le matin du 24, Chad arrive de bonne heure à la demande de Mme English. Il suppose que c'est à cause de la venue de M. Darling. L'hôtel doit être encore plus rutilant que rutilant.

Dans le bureau de la gouvernante générale, il découvre une inconnue en uniforme – pantalon en toile et polo bleu hortensia –, plus âgée que les autres femmes de chambre, et qui passe en revue la liste de vérification en cent points avec Mme English. Elle a des cheveux roux vif qui forment un nuage de barbe à papa autour de son crâne. Son visage est dodu, ridé et avenant. Elle est sans doute venue en renfort pour la visite de M. Darling.

— Chadwick, je te présente Doris Mulvaney, avec qui tu feras désormais équipe.

— Comment...

— Je te laisse lui expliquer le fonctionnement du service ? Je lui ai dit que tu étais l'un de nos meilleurs éléments !

Ce qui n'a rien de très remarquable vu qu'ils ne sont que quatre personnes, mais il ne peut s'empêcher d'en ressentir de la fierté. Il tend la main à Doris.

— Enchanté de faire votre connaissance, Madame Mulvaney.

Elle rit et ses yeux bleus pétillent.

— Appelle-moi Doris, s'il te plaît, mon grand. Et tutoie-moi.

Elle a un accent irlandais irrésistible.

— Où est Bibi ? demande-t-il en se tournant vers Mme English.

— Doris et toi, vous serez chargés des départs au second. Il faut que tout l'étage soit fait avant l'arrivée de M. Darling.

— Aucun problème, mais…

— Merci, Chadwick. Si tu veux passer dans mon bureau avant de rentrer chez toi, nous pourrons prendre le temps de discuter. Mais pas maintenant. Nous avons beaucoup de pain sur la planche.

Doris et lui prennent l'ascenseur de service.

— Quel âge tu as, mon grand ?

— 22 ans.

*Bibi a été renvoyée*, pense-t-il. *Mme English l'a virée !* Pourtant, elle n'a pas volé la ceinture Gucci ! C'était une ruse de la fausse Shelly Carpenter ! Et elle n'a sans doute pas non plus pris le foulard Fendi de Mme Daley, qui a dû l'oublier au Ventuno.

— Et tu vas à la fac ?

— J'ai eu mon diplôme en mai. De l'université de Bucknell en Pennsylvanie.

— Et maintenant tu travailles ici ?

— Mmh-mmh.

Bien sûr, il veut se montrer poli, mais il n'a pas envie de l'encourager à discuter.

— Mes parents ont une maison de vacances ici, c'est mon boulot pour l'été.

Il se demande si la situation est plus grave qu'il ne l'imaginait : et si on avait diagnostiqué un horrible cancer à Smoky, la fille de Bibi, et s'il y avait eu un problème avec le père de la petite, Johnny Quarter, et si Octavia et Neves avaient été si odieuses avec Bibi sur le ferry qu'elles l'avaient poussée à démissionner ?

— Mon fils est le plombier de l'hôtel, explique Doris. Quand j'ai appris que l'équipe de ménage manquait de bras, j'ai proposé mon aide. J'ai été femme de chambre dans un hôtel du New Hampshire pendant des années, et en Irlande lorsque j'avais ton âge.

Elle lui tapote le bras en ajoutant :

— Je sais ce que je fais.

— Quand avez-vous entendu dire qu'on manquait de bras ?

Elle hausse les épaules.

— En début de semaine dernière je crois.

La semaine dernière ? Mais Bibi est venue travailler tous les jours. Hier encore, elle a appris à Chad que la direction avait décidé de multiplier par trois les compositions florales dans les suites pour l'arrivée de Xavier Darling. Il y aurait désormais un bouquet dans le salon et dans chacune des chambres. Ils avaient gémi de conserve – trois fois plus d'anthères de lys à couper, trois fois plus de poussière d'hortensia à ramasser ! –, et elle n'avait pas laissé entendre qu'elle ne serait pas là pour retirer les fleurs fanées des gueules-de-loup. Quand ils se sont quittés, la veille, tout en glissant la bretelle de son sac à dos sur son épaule, elle lui a dit :

— À plus, Homme de Chambre.

Comme toujours.

Il est tenté de lui envoyer un texto pour s'assurer que tout va bien. Mais il n'a pas son numéro. À plusieurs occasions il a eu envie de le lui demander, et il s'est toujours retenu... Pourquoi ? Il pensait souvent à elle quand il n'était pas au travail – de façon amicale, rien d'autre. Il aurait aimé partager des TikTok avec elle, des infos sur les requins qui auraient été aperçus sur la côte sud (Bibi a une fascination pour eux), bref autant de sujets dont ils auraient pu discuter le lendemain au travail. Mais il ne voulait pas paraître intrusif ou entreprenant, et il ne voulait surtout pas qu'elle se fasse des idées. Du coup, aujourd'hui, il n'a aucun moyen de la contacter.

Chad sait que l'arrivée de Xavier Darling est prévue entre 14 et 15 heures. À ce moment-là, il se trouve dans la 111, qui donne sur la piscine, il ne peut donc pas le guetter par la fenêtre. Doris est vive et efficace, et elle ne voit aucun inconvénient à s'occuper de la salle de bains.

— Les toilettes, lui lance-t-elle, c'est mon gros point fort.

Chad est donc chargé du gros point fort de Bibi, c'est-à-dire le lit : il y a des semaines, peut-être même des mois qu'il n'en a pas fait un tout seul, mais il le fait à la perfection, même si ses gestes sont machinaux. Il a la tête ailleurs – il pense à Bibi, oui, et à l'arrivée du propriétaire des lieux. Il s'attend à percevoir un changement d'atmosphère dans l'hôtel, un peu d'électricité dans l'air, un léger tremblement du sol, le hurlement d'alarmes ou le déclenchement d'une alerte sur son téléphone.

Par la fenêtre entrouverte ne lui parviennent que les rires d'enfants qui s'amusent dans la piscine. À 15 h 45, ils passent, Doris et lui, à la 108, qui offre une belle vue sur Easton Street. La rue est calme.

À 17 heures, ils terminent la dernière chambre de la journée, puis Chad range le chariot dans le réduit et le remplit en prévision du lendemain. Les clients avaient laissé 120 dollars de pourboire qu'ils se partagent, avec Doris. Il essaie de ne pas avoir l'air trop pressé, alors qu'il l'est, un peu.

— Enchanté d'avoir fait ta connaissance, lance-t-il à sa collègue d'un ton enjoué qui sonne faux. À demain !

Il se dépêche de filer dans le bureau de Mme English.

Elle n'est pas là. Il n'en revient pas ! Il est 17 h 15, soit l'heure à laquelle il a l'habitude de terminer sa journée, et elle lui a proposé de passer la voir à ce moment-là pour discuter.

Il patiente quelques minutes, consulte son téléphone – ce qui ne sert à rien puisque plus personne ne lui envoie ni texto ni snap. Au moment où il va tourner les talons, il manque de percuter une femme qui entre dans le bureau.

— Oh, Homme de Chambre ! Je t'avais oublié.

Il n'en croit pas ses yeux. Il est face à Mme English, mais au lieu de porter sa tenue de tous les jours – une blouse bleu hortensia, le cardigan assorti qu'elle quitte rarement tant elle trouve les chambres de l'hôtel frisquettes – et d'être coiffée avec un chignon plus pratique pour travailler, elle est vêtue d'un haut en soie fuchsia avec une épaule dénudée et d'un pantalon blanc ajusté. Ses cheveux, relevés sur le sommet de sa tête, sont dissimulés par un foulard à fleurs aux couleurs vives dont dépassent de jolies boucles, qui encadrent son visage. Cette Mme English-là porte aussi des lunettes papillon avec des petits strass et une paire de sandales à plateforme et à talon aiguille en lieu et place des mocassins que Zeke surnomme affectueusement ses « chaussures de tata ».

Chad finit par retrouver l'usage de sa voix.

— Vous êtes très en beauté.

— Merci.

Elle le dévisage un instant.

— J'ai des projets pour la soirée, ainsi que tu l'as sans doute déduit, mais mon dîner n'est pas avant 20 heures, alors allons prendre un verre ensemble en attendant, d'accord ?

Il en reste, une fois de plus, coi. Aller boire un verre avec Mme English ?

— Euh, oui, d'accord.

Il se sent rougir. Parce que sa patronne ressemble moins à une gouvernante générale qu'à une femme mûre sexy et qu'il a un peu l'impression qu'elle est en train de lui proposer un rendez-vous galant.

— Je propose qu'on s'installe au bar du Brant Point Grill. Il est grand temps que nous ayons une petite discussion, tous les deux.

Le matin du 24 août, Alessandra reçoit un mail de Xavier Darling dont elle est la seule destinataire.

> Je suis très impatient de faire votre connaissance plus tard dans la journée, Alessandra. L'étoile montante de notre réception !
>
> XD

*Eccezionale !* se réjouit-elle. Elle a encore de l'argent à la banque, mais bien moins que ce qu'elle espérait – son loyer lui coûte cher, la voiture peu maniable qu'elle a achetée a besoin d'une nouvelle transmission qui coûte la bagatelle de 4 000 dollars et il lui reste encore 17 000 dollars de crédit à solder de sa vie passée. Elle aspire à trouver, enfin, une situation stable et pérenne. Serait-ce si insensé d'imaginer que Xavier Darling et elle pourraient peut-être...

Aucun des clients avec lesquels elle a couché ici à l'hôtel n'était assez riche ou dépensier à son goût – à l'exception de David Yamaguchi qui, malheureusement, était attendu chez lui par une belle épouse envers laquelle il se disait très « loyal ». Ce connard arrogant de Trick Williams a réussi à la faire flipper un temps et à la pousser à l'introspection. Qu'est-ce qu'elle faisait enfin ? Elle a toujours aspiré à être différente et meilleure que sa mère ; et cependant elle a la lucidité de constater qu'en dépit des fioritures attrayantes de son mode de vie – d'abord en Europe puis maintenant à Nantucket, le champagne, les dîners hors de prix, les accessoires de luxe –, elle est exactement pareille, mais elle n'a même pas de fille. Alessandra n'a jamais voulu d'un mari, d'enfants, de pavillon de banlieue ou (l'horreur suprême) de vacances à Disneyland. Cependant elle ne dirait pas non à un peu de stabilité. Xavier Darling pèse 11 milliards de dollars. Il a des maisons à Londres, Gstaad et Saint-Barthélemy, des appartements à New York et Singapour. Il n'est ni grand ni bien charpenté contrairement aux hommes qui lui plaisent (ah, Michael Bick...), mais il a de l'allure, un gentil sourire et une belle tignasse argentée. Elle se souvient d'avoir lu qu'il a investi 30 millions dans cet hôtel – c'est d'ailleurs la raison pour laquelle elle a préféré Nantucket à Martha's Vineyard ou Newport. Sur le moment, elle a aussitôt pensé à la clientèle fortunée même si, inconsciemment, elle avait peut-être déjà Xavier dans son viseur.

Il est un peu plus âgé que ses proies habituelles... mais ça pourrait bien être ce qu'il lui faut justement. Quelqu'un de plus âgé.

À 14 h 15, Lizbet surgit en trombe de son bureau. Elle porte une de ses jolies tenues, remarque Alessandra avec approbation, une robe droite en lin blanc avec un ourlet festonné. Malheureusement, elle a décidé de se faire ses habituelles tresses, ce qui lui donne l'air d'une chanteuse de yodel.

— Xavier vient d'atterrir ! s'écrie-t-elle. Il sera là dans vingt minutes !

Elle ne fait pas le moindre effort pour se donner l'air détendu, mais c'est ce qui touche tout le monde chez elle, non, son incapacité à cacher ce qu'elle ressent ? Edie est calme, au moins. Depuis qu'Alessandra l'a débarrassée du prédateur qui la faisait chanter – la seule réussite dont elle puisse se targuer cet été –, la jeune femme lui voue une admiration chaleureuse (« Tu es tellement forte ! Comment pourrai-je te remercier un jour ? »), qu'Alessandra savoure. Elle a pris un pied immense à crucifier ce salopard de Graydon, au point qu'elle a même envisagé de suivre une formation pour travailler dans un service de police au service des victimes – sauf que, bien sûr, elle serait recalée à l'étape de la vérification des antécédents.

Lizbet se poste à l'entrée de l'hôtel comme la présentatrice d'un jeu télévisé, flanquée de Zeke et de Raoul. Louie joue aux échecs avec l'adolescente qui occupe la 210 (elle vient de regarder la série *Le Jeu de la dame* sur Netflix et est persuadée de pouvoir battre le petit garçon, alors même qu'elle a perdu trois parties de suite, et très rapidement). Du café est en train de passer au percolateur, et Sheryl Crow chante qu'elle veut juste s'amuser un peu avant de mourir.

Lizbet fait soudain volte-face et glapit :

— Il arrive !

Le cœur d'Alessandra bondit légèrement. Elle jette un coup d'œil à Edie, au téléphone avec le salon de coiffure pour réserver un soin des pieds au nom de Mme Baskin, de la 304. Alessandra lui tape doucement le dos pour la prévenir que Xavier est là.

— Je suis en attente, murmure Edie. Je ne peux pas raccrocher, Mme Baskin espère un rendez-vous pour demain matin.

Alessandra la trouve tellement plus professionnelle qu'elle... Elle aurait reposé le combiné sans hésiter.

D'un autre côté, elle est jalouse qu'Edie soit occupée. Elle se contente, elle, de sourire à la porte, puis de regarder son écran d'ordinateur sans raison. Xavier n'a pas de réservation comme les autres clients, et Lizbet a préparé ses cartes magnétiques il y a plusieurs heures de ça.

Soudain, Alessandra entend des voix – celles de Zeke et Lizbet, on dirait deux acteurs sur scène –, et un instant plus tard celui que tout le monde guette fait son entrée.

*Eh bien...* Il est plus grand que ce à quoi elle s'attendait – tant mieux ! –, et il dégage l'assurance naturelle des ultra-riches. Il porte un costume blanc cassé et une chemise corail au col ouvert, une ceinture avec une boucle en argent mat – rien de trop clinquant, tant mieux aussi ! – et des mocassins en cuir souple et tressé dont elle identifie aussitôt la marque, Fratelli Rossetti. Xavier Darling ne déparerait pas à Capri. Alessandra a un petit pincement au cœur en repensant à ses derniers étés en Italie, et tout ce qui lui manque : l'eau turquoise, plonger de la proue du yacht de Giacomo, les déjeuners interminables composés de langoustines grillées, de pain croustillant avec de l'huile d'olive vierge et de copeaux salés de parmesan. Xavier est si bronzé qu'elle en déduit qu'il a passé un bel été, à la barre de son voilier ou dans son cabanon réservé sur la plage d'Il Riccio, à Capri.

— Tout est absolument magnifique, Elizabeth, dit-il en levant les bras vers les poutres anciennes avant d'admirer la carcasse du vieux baleinier convertie en lustre, la photo de James Ogilvy, en un mot le hall dans toute son élégance balnéaire. Quel endroit accueillant !

Beatriz sort alors de la cuisine pour lui apporter un cocktail rouge profond – un Bourreau des cœurs (Alessandra n'a pas arrêté d'en entendre parler) –, ainsi qu'une petite panière de gougères. Celles-ci, dorées et odorantes, sortent tout droit du four, même si la cheffe a dû les préparer un peu en avance pour qu'elles soient à la température parfaite... et que Xavier ne se brûle pas la langue. Quand Alessandra partagera sa vie, elle aura la chance d'être aussi bien accueillie.

Il lève son verre en direction de la réception.

— À votre santé !

Il goûte le cocktail, puis Lizbet se charge des présentations. Edie, qui vient de raccrocher, contourne le comptoir pour venir se placer devant Xavier et lui fait une petite révérence. Alessandra grimace intérieurement, pourtant il rit à gorge déployée. Pendant qu'il serre la main de la jeune femme, et que Lizbet chante ses louanges (« Edie est une des meilleures élèves de Cornell ! »), Alessandra s'avance elle aussi et patiente à une distance respectueuse, le temps que son tour vienne. Xavier se montre plus intéressé par Edie lorsqu'il découvre qu'elle a grandi sur l'île. Elle invite Zeke à se joindre à la conversation, puisqu'il est également natif de Nantucket. Lizbet précise à son sujet que c'est un surfeur accompli, et le neveu de Mme English, la gouvernante générale, et à cette information Xavier n'a plus d'yeux que pour le jeune homme. Il explique qu'il connaît Magda depuis plus de trente ans. Alessandra commence à se sentir mal à l'aise, elle se fait l'impression d'être une dame d'honneur qui poireaute dans un coin. Raoul, qui se trouve dans la même situation qu'elle, mais derrière Xavier, semble trouver un intérêt à la conversation qui ne l'inclut pourtant pas. Alessandra prend une profonde inspiration et se rappelle qu'elle va patienter le temps nécessaire ; quand viendra son tour de se placer avec sa batte face au lanceur, elle réussira un coup magistral.

Le téléphone sonne alors, et bien qu'elle soit la plus proche, elle n'esquisse pas le moindre geste dans sa direction. Elle n'a pas encore été présentée à Xavier ! Elle prie intérieurement pour qu'Edie entende la sonnerie et pressente que c'est à elle de décrocher, mais elle est trop absorbée par la conversation pour ça. Alessandra remarque le regard appuyé de Lizbet (qui n'aime pas qu'on laisse le téléphone sonner plus de deux fois). Elle retourne derrière le comptoir pour décrocher.

C'est la secrétaire d'un certain M. Ianucci, qui arrivera plus tard dans l'après-midi. Elle souhaite avoir confirmation de la réservation d'une chambre avec vue sur la piscine pour deux nuits.

Oui, oui, la réservation est bien confirmée, M. Ianucci n'a pas reçu le mail ? Alessandra connaît la réponse : il l'a sans doute reçu mais est trop débordé pour avoir pris le temps de l'ouvrir.

— Nous sommes impatients de l'accueillir cet après-midi, conclut Alessandra d'une voix légèrement plus forte que nécessaire afin que Xavier puisse être témoin de son professionnalisme et vienne à se dire que quelqu'un travaille pendant que tout le monde lui lèche les bottes.

Au moment où elle raccroche, Lizbet dit :

— Je vais vous montrer la salle de repos.

Edie retourne à son poste, Zeke et Raoul regagnent l'entrée.

— Ce fut un plaisir de faire votre connaissance ! leur lance Xavier.

Sauf qu'il n'a pas encore fait celle d'Alessandra, malgré le mail qu'il lui a spécifiquement envoyé ! Après un instant d'hésitation et dans un rare mouvement de désespoir, elle décide de rejoindre Xavier et Lizbet dans la salle de repos.

Il se trouve devant le flipper.

— Hokus Pokus ! J'y ai joué pendant le seul été que j'ai passé aux États-Unis, dans les années 1970. Je logeais chez ma tante et mon oncle dans le Wyoming, à Casper. Ils possédaient un ranch là-bas, et le troquet du coin avait un flipper comme celui-ci.

Il presse les boutons latéraux et les manettes cliquettent. Il se tourne vers Lizbet.

— Vous n'auriez pas une pièce de 25 cents par hasard ?

Alessandra s'éclaircit la voix.

— J'en ai une, monsieur.

Lizbet et lui se retournent. Alessandra s'attend à ce que la directrice soit contrariée de la voir là, pourtant elle lui sourit et dit, de sa voix de pom-pom girl enjouée :

— Xavier, je vous présente Alessandra Powell, notre cheffe de réception !

Elle lui serre la main en le regardant droit dans les yeux, puis elle fait semblant de sortir une pièce de derrière son oreille, comme une magicienne. Seule Lizbet paraît impressionnée.

Alessandra a souvent joué au flipper cet été. Une occasion de revivre son adolescence – il y avait le même dans la pizzeria d'Haight-Ashbury où elle avait ses habitudes avec Duffy (ah non, elle ne peut pas penser à sa vieille amie maintenant, qui lui a envoyé une invitation sur Facebook qu'elle a laissée pourrir).

— Tenez, Monsieur Darling. Je suis ravie de vous rencontrer.

Il accepte la pièce, et Alessandra attend qu'il la complimente sur son travail exceptionnel à la réception, ce qui lui permettra de mentionner ses précédentes expériences en Europe. Ils pourront ensuite avoir un échange complice sur l'Italie, Ibiza ou Saint-Tropez, mais il se contente de répondre :

— Je vous remercie.

Il insère la pièce dans le flipper, tire sur le ressort et envoie la première boule argentée. La machine s'anime, toute en sonneries et lumières qui clignotent. Il est naturel que Lizbet reste pour le regarder jouer, mais Alessandra sent rapidement que sa présence est de trop. Elle retourne à la réception.

Peu après, elle les voit sortir de la salle de repos et se diriger vers les piscines. Viendra ensuite le tour de l'espace bien-être, du Bar bleu et enfin la suite 317.

Zeke pousse le chariot avec les bagages de Xavier – une valise, un petit sac de voyage et une housse à vêtements –, et elle doit se retenir de lui proposer de prendre le relais. Ce serait tellement incongru qu'elle attirerait les soupçons. Elle doit trouver une autre excuse pour se rendre dans la suite du propriétaire. Il faut qu'elle ait une conversation en tête-à-tête avec lui. Il n'en faudra pas plus, songe-t-elle. Elle baissera la tête et le regardera par en dessous. Puis elle lui touchera le poignet, entre la manche de sa chemise et sa montre. Il n'en faut jamais plus.

Quand Lizbet revient à la réception, elle est aussi rouge et essoufflée que si elle venait de faire une course d'obstacles.

— Il est installé, annonce-t-elle. Et il a tout adoré. Il n'avait que des compliments à la bouche, et aucun détail ne lui a échappé. Je ne sais pas pourquoi je m'inquiétais. Cet endroit est absolument parfait.

Alessandra résiste à la tentation de rouler les yeux d'exaspération.

— J'ai l'impression d'avoir rencontré un membre de la famille royale, ajoute Edie. Il est tellement... élégant.

Élégant. C'est le bon terme, en effet. Voilà ce qu'Alessandra aurait dû viser depuis le début – les bonnes manières, l'éducation, l'expérience, la générosité –, au lieu de quoi elle s'est laissé distraire par le physique et le charme de façade de ses cibles, ce qui explique pourquoi sa situation actuelle n'est pas ce qu'elle devrait être. Maintenant qu'elle a rencontré Xavier Darling en personne, les contours de leur avenir commun se précisent. Le jet et la Bentley avec chauffeur, bien sûr, mais aussi les îles privées, les pavillons de chasse en Écosse, les soirées tranquilles dans le quartier de Belgravia, à Londres, où il suivra les cours de la Bourse en fumant une pipe tandis qu'elle, pelotonnée sur le canapé près du feu, lira une édition reliée en cuir de Dante. Elle remisera les strass qu'elle colle sous ses yeux et l'eye-liner blanc ; elle portera un chignon. Elle l'appellera X. Après s'être épris d'elle et consumé de passion, il l'aimera d'un amour profond. Il sera captivé par son intelligence, son aisance avec les langues étrangères, sa débrouillardise. Il insistera pour qu'elle l'accompagne à Davos, où elle retiendra l'attention d'autres magnats. Conscient qu'il pourrait la perdre, Xavier se sentira contraint d'avancer sa demande en mariage. Ou si cela l'effraie, ce qu'elle soupçonne, il la tranquillisera en modifiant son testament – et en lui achetant un énorme diamant qui prouvera son engagement sans passer par la case de la cérémonie religieuse.

Il suffit qu'elle trouve une excuse pour monter dans sa chambre.

Lizbet retient soudain un cri.

— J'ai oublié de lui donner un exemplaire du *Livre bleu* !

Ah, mais ne dirait-on pas que l'ange gardien d'Alessandra vient de l'entendre et de lui donner un sacré coup de pouce ? Elle attrape aussitôt un guide sur la pile.

— Je vais le lui monter de ce pas ! Je dois déposer des billets à la 315 de toute façon.

Elle agite l'enveloppe qui contient, c'est bien vrai, quatre places pour le cinéma en plein air destinées à la famille Hearn, de la suite 315. Elle les a gardées sous le coude toute la journée. Au cas où.

Une sensation inhabituelle se diffuse en elle lorsqu'elle approche de la porte de la 317. Elle a des papillons dans le ventre !

Elle a toujours été celle que les hommes pourchassent, jamais l'inverse.

Après avoir frappé, elle s'empresse de faire gonfler ses cheveux puis de se composer une expression avenante, avec un sourire innocent. Xavier Darling ouvre la porte. Il a retiré sa veste mais (Dieu merci !) pas ses chaussures, et il a un verre de rosé à la main (elle sait que son minibar a été garni, à sa demande, de bouteilles des Domaines Ott).

Il semble vaguement la resituer, comme s'il savait qu'il l'a déjà croisée, mais sans se souvenir où précisément…

— Je suis désolée de vous déranger, Monsieur Darling. Je suis Alessandra Powell, la cheffe de réception ?

« Vous m'avez envoyé un mail personnel pour me dire combien vous étiez impatient de faire ma connaissance ? » Elle comprend alors, non sans un soupçon d'effroi, que Xavier a dû envoyer le même message à tout le monde. Ou, pire !, que sa secrétaire s'en est chargée pour lui !

— Oui, répond-il d'un ton un peu sec, voire teinté d'impatience.

Elle se racle la gorge. Elle n'est là que depuis dix secondes et elle a déjà raté son entrée en matière.

— Je tenais à vous remettre en main propre le *Livre bleu*, monsieur. Ce guide contient nos recommandations de visites sur l'île – musées, plages, restaurants, etc. Enfin je dis « nos », mais c'est l'œuvre de Lizbet en réalité. Elle l'a rédigé et nos clients ne tarissent pas d'éloges à son propos. C'est vraiment l'une des choses qui nous distingue des autres hôtels de luxe de l'île.

Elle cherche à se présenter comme un parangon de vertu : « Regardez, je n'hésite pas à mettre en avant les autres femmes et à vanter leurs mérites. »

— Elle m'en a fait la mention, oui, merci.

Il tend la main pour prendre le guide et, par réflexe, elle le retient. *Viens à moi !* se dit-elle.

— Si vous souhaitez que je fasse une réservation dans un restaurant ou que j'organise une excursion pour vous, surtout dites-le-moi, s'il vous plaît. Je suis à votre service.

À regret, elle le laisse prendre le *Livre bleu*, qu'il feuillette distraitement.

— Je regarderai ça quand j'aurai le temps.

— Je me tiens à votre disposition si vous voulez réserver…

— J'ai pris mes dispositions il y a des semaines de cela, l'interrompt-il en reculant d'un pas et en attrapant le battant de la porte, comme s'il s'apprêtait à la lui refermer au nez. Je vous remercie, Alexandra.

*Et voilà*, se dit-elle. Il ne lui a pas montré le moindre intérêt. Il n'a même pas essayé de flirter, il ne lui a pas fait ne serait-ce qu'un clin d'œil ou un sourire. Ses yeux ne se sont pas attardés sur elle. Elle n'a pas réussi à piquer sa curiosité, à se montrer attirante. Il n'a même pas retenu correctement son prénom.

De retour à la réception, elle a du mal à avoir les idées claires. Edie est au téléphone, elle n'aura donc pas à raconter tout de suite son entrevue, même si elle est tentée de confier son désarroi à sa collègue – elle a besoin d'une amie. Mais que lui dirait-elle ? « J'ai cherché un homme bien tout l'été, quelqu'un qui rendrait mon quotidien plus facile. » Edie en serait consternée ! C'est une idéaliste, qui non seulement croit au mariage d'amour, mais aussi au fait que les femmes doivent tracer leur propre voie dans ce monde. Y a-t-il plus dépassé qu'une femme qui se cherche un vieux plein aux as ? « Je ne peux pas me contenter de rencontrer un type normal et de mener une vie banale de citoyenne lambda, je n'ai pas été programmée pour ça. Il me faut quelqu'un de l'acabit de Xavier, et les milliardaires hétérosexuels et célibataires ne courent pas les rues, Edie. »

Alors qu'elle s'apprête à déclarer forfait – elle restera réceptionniste toute sa vie, sa beauté s'estompera comme les couleurs de la toile d'un grand maître oubliée en plein soleil, elle mourra seule avec ses rêves brisés –, elle se rappelle soudain qu'elle a prévu un parachute. Elle se réfugie dans la salle de repos avec son téléphone. Elle ressent vivement la morsure de la culpabilité parce qu'elle se trouve à l'endroit exact où elle a aidé Edie à se libérer du genre de chantage qu'elle s'apprête à exercer.

Enfin, désolée, mais elle n'a pas d'autre recours.

Elle trouve les photos qu'elle a prises chez les Bick et les envoie une par une à Michael.

Il me faut 50 000 dollars de plus, écrit-elle ensuite. Sinon je fais suivre ces photos à ta femme.

Elle aimerait prétexter des douleurs menstruelles pour rentrer chez elle, mais il ne lui reste qu'une heure de travail, et elle doit attendre Raoul à cause de la transmission pourrie de sa jeep. Elle va donc se montrer forte et terminer sa journée. Elle a l'impression d'avoir pris la bonne décision, et d'être peut-être même récompensée de ses efforts, lorsqu'un bel homme aux épaules larges, avec une valise à roulettes et un attaché-case, entre dans le hall. Son regard passe d'Edie à elle, et même si elle a cessé de considérer la réception comme un concours de beauté, elle lui sourit. Il sourit à son tour et se dirige vers elle.

*Gentil garçon*, se dit-elle. Il lui mangera dans la main en moins de temps qu'il n'en faut pour le dire.

— Bonjour, soyez le bienvenu à l'Hôtel Nantucket. Vous avez une réservation ?

*Va au diable, Xavier Darling. Tu as laissé passer ta chance.*

Le client sort son permis de conduire – Robert Ianucci d'Holliston, dans le Massachusetts – et sa carte American Express.

— Bob Ianucci, annonce-t-il. Pour deux nuits.

Il ajoute avec un clin d'œil :

— Et votre badge est à l'envers !

— Ah, vous avez remarqué alors ! Je suis Alessandra, la cheffe de réception. Enchantée de faire votre connaissance.

Ianucci, c'est un nom italien, ça lui plaît. Et il ne porte pas d'alliance. Elle saisit les informations dans l'ordinateur. *Une American Express et pas une carte Platinum, une chambre pas une suite, une banlieue de Boston, Holliston – une banlieue charmante, mais une banlieue.* Bob Ianucci n'est pas assez intéressant pour elle, cependant Alessandra a besoin de regonfler son ego – ah ça ! –, voilà pourquoi, au moment de lui remettre sa carte magnétique, elle colle dessus un post-it jaune avec son numéro de portable.

— Si vous avez besoin que je vous réserve un restaurant, dites-le-moi. Je vous laisse mon numéro personnel. Je suis là pour répondre à *tous* vos besoins.

Il décolle le post-it de la pochette contenant la carte magnétique et le considère d'un air intrigué.

— Vous êtes en train de racoler ?

Alessandra l'observe aussitôt d'un autre œil et remarque des détails qui lui avaient échappé, dans la précipitation : son style vestimentaire d'employé de bureau (pantalon de costume gris, chemise blanche, cravate à rayures bleu marine, montre Seiko), sa coupe courte presque militaire, ses joues rasées de près, sa mâchoire carrée et son regard franc. Elle conclut aussitôt : *Oh, mon Dieu !* Elle n'en revient pas de ne pas l'avoir remarqué plus tôt. Ce type est un flic. Ou, pire, un détective privé.

— Quoi ? rétorque-t-elle. Non !

Elle éclate de rire et il l'imite.

— Dommage.

L'affaire tourne à la bonne blague et il traîne sa valise à roulettes jusqu'à l'ascenseur. Dès que les portes se sont refermées sur lui, Alessandra se tourne vers Edie et lui dit :

— J'ai l'impression d'être l'émoticône verte sur le point de vomir. J'ai dû attraper un truc, je ne me sens pas très bien…

— Rentre à la maison, je peux me débrouiller toute seule.

Alessandra voudrait la serrer dans ses bras, tant elle lui est reconnaissante, mais il ne faudrait pas qu'elle la « contamine ». Elle se contente d'attraper son sac à main et de se précipiter dehors, dans ce nouveau monde si étrange.

# 23

## Sans limites

Le Brant Point Grill est le restaurant du White Elephant, autrement dit le principal rival de l'Hôtel Nantucket, et le choix de ce lieu paraît donc un peu étrange – d'un autre côté, c'est Mme English qui l'a choisi et de quel droit Chad discuterait-il ? Le bar, spacieux, tout en bois sombre et immenses miroirs, accueille une clientèle plus âgée et plus sophistiquée que celle des endroits que Chad fréquente habituellement (ou du moins fréquentait dans une vie antérieure). Un groupe de jazz joue dans un coin – piano, batterie, contrebasse. Après le bar, il aperçoit l'élégante salle du restaurant, où de gigantesques baies vitrées offrent une vue sur l'étendue bleue et plate du port de Nantucket, parsemée de bateaux.

Il est déjà venu ici avec ses parents, pour un brunch de Pâques une année où Paul et Whitney ont trouvé « amusant » d'aller à Nantucket hors saison, mais il se rappelle que Leith et lui ont été déçus par l'expérience – il faisait si froid qu'ils devaient porter des parkas un 9 avril et tout était fermé en centre-ville, y compris le Juice Bar et le Yacht Club, raison pour laquelle ils avaient atterri au Brant Point Grill.

Mme English le guide jusqu'à deux tabourets le long de l'immense bar. Ceux-ci font face à un miroir, ce qui signifie qu'il se retrouve nez à nez avec son reflet et celui de sa patronne toute pomponnée.

— Qu'est-ce qui te ferait plaisir, Homme de Chambre ? C'est moi qui t'invite.

— Je peux payer, réplique-t-il.

Elle rit. Elle fait signe au barman, qui s'empresse de venir prendre leur commande.

— Comme d'habitude pour moi, Brian. Sec.

— Un Appleton Estate de 21 ans d'âge minimum, Magda, c'est parti, répond Brian avec un clin d'œil.

Ils se connaissent, alors. Mme English fréquente un établissement concurrent de celui qui l'emploie. C'est sans doute mieux que d'aller boire au Bar bleu, où elle serait encore techniquement sur son lieu de travail et où tout le monde la connaît. L'autre avantage du Brant Point Grill, s'avise alors Chad, c'est qu'ils sont anonymes ici, des clients comme les autres.

— Et moi je vais prendre…

Il hésite à commander sa boisson préférée, une vodka soda, parce que c'est celle typique d'un Chad. Lors du brunch de Pâques, il y a longtemps, ses parents avaient pris des Bloody Mary, accompagnés d'amuse-gueules incroyables (une queue de homard sur une brochette et un mini-cheeseburger), mais il ne veut surtout pas faire exploser l'addition de sa patronne.

— Une bière, dit-il. Une Whale's Tale, si vous en avez à la pression ?

— Nous en avons, confirme Brian avant de se décaler le long du bar pour aller préparer leurs verres.

Bien que Chad brûle de poser la question qui tourne en boucle dans son esprit, il a suffisamment d'éducation pour savoir qu'il doit d'abord attendre qu'ils aient trinqué.

— Merci pour l'invitation, dit-il.

— Merci d'avoir accepté, Homme de Chambre. Ça faisait longtemps que j'aurais dû te le proposer.

*Ah bon ?* Il n'a pas le temps de se demander depuis combien de temps Mme English veut lui proposer de sortir boire un verre, parce qu'il a trop besoin de savoir ce qui est arrivé à Bibi.

— Alors qu'est-ce…

— Barbara a démissionné au début de la semaine dernière. Elle a été acceptée à l'université du Massachusetts avec une bourse, elle va pouvoir suivre sa formation en droit pénal.

— Quoi ? C'est vrai ?

— Oui ! Incroyable, hein ? Elle m'a fait suivre le mail de la fac… Sans doute parce qu'elle avait peur que je ne la croie pas, malheureusement. Elle a suivi son premier jour de cours aujourd'hui.

Bibi n'a pas été renvoyée. Elle n'est pas partie à la recherche de Johnny Quarter. Elle n'a pas été harcelée par Octavia et Neves (cette théorie-là était sans doute la plus insensée !). Elle a eu sa bourse pour la fac ! Chad a honte de sentir les larmes lui monter aux yeux… Il est si fier d'elle !

— Pourquoi ne m'a-t-elle rien dit ?

Au milieu de toutes ses émotions mêlées, il ressent une légère pointe de vexation. Bibi est partie, la veille au soir, comme si de rien n'était. « À plus, Homme de Chambre. »

— Elle préférait que je te l'annonce. Elle avait peur que la séparation soit difficile, je suppose. Certaines personnes ont peur de ça, tu sais.

Elle lui donne un coup de coude.

— Et vous étiez devenus très proches, tous les deux !

— Ce n'est pas ce que vous vous imaginez.

Il avale une longue gorgée de bière. C'est la première fois qu'il boit de l'alcool depuis le 22 mai, et il sent aussitôt un léger étourdissement.

— On était amis, reprend-il.

— Vous étiez plus que ça. Tu as caché cette ceinture à la blanchisserie pour la protéger.

« Non, c'est faux », est-il tenté de répondre, mais il ne veut pas mentir, alors il hausse les épaules.

— J'en déduis qu'elle appartenait à ta mère ? Elle ne s'est pas plainte de sa disparition ?

Ha ha ha ! Non… Et c'était bien la dernière inquiétude de Chad, que Whitney se rende compte de quelque chose.

— J'ai pensé que Bibi l'avait prise, c'est vrai, et je ne voulais pas qu'elle ait d'ennuis.

— Tous mes employés sont extrêmement honnêtes, Chad. Leurs CV sont irréprochables. J'y mets un point d'honneur.

— Et moi ?

Il termine sa bière. Il n'aurait sans doute pas dû boire aussi vite. Une autre apparaît devant lui sans qu'il n'ait rien demandé.

— Vous avez enquêté sur mon passé ?

— Non. Toi, tu es ma recrue du désespoir.

Elle éclate de rire et il ne peut retenir un sourire.

— J'avais un bon pressentiment à ton sujet, mais c'était un pari, Homme de Chambre.

Il comprend. Les types BCBG issus de familles friquées ne font pas le ménage dans des hôtels – sauf que cet été il a créé l'exception, et il a relevé le défi haut la main, du moins il en a l'impression.

— Merci d'avoir pris ce risque. Cet été m'a beaucoup aidé.

— Comment ça ?

Il plonge son regard au fond de sa bière puis avale une longue gorgée.

— Vous vous souvenez, le jour de mon entretien d'embauche, je vous ai dit que j'avais déconné.

— Oui, Homme de Chambre, je m'en souviens. Et pour être honnête j'ai souvent repensé à cette phrase au cours de l'été. Tu travailles si dur, si bien, de façon efficace et respectueuse. Et comme je l'ai souligné au sujet de ta relation avec Barbara, tu es gentil et attentionné. J'ai du mal à imaginer que tu puisses faire du mal.

— Oh que si, et vous ne vous doutez pas à quel point.

Elle lui tapote le dos.

— Rien ne t'oblige à partager ton histoire. Sauf si tu en as envie, auquel cas je t'écouterai avec attention.

Il réfléchit à cette proposition. Il a tout entrepris pour réparer son erreur cet été, mais il n'a pas fait le pas décisif afin de tourner la page : il n'a parlé à personne de ce qui s'était passé. *Partager*, voilà le mot que sa patronne a employé, et qui lui donne l'impression qu'elle est prête à accepter une partie du fardeau qu'il porte seul depuis des mois.

— C'est arrivé au printemps dernier, dit-il. Le 22 mai...

Le matin du 22 mai, Chad s'est réveillé fraîchement diplômé de l'université de Bucknell, grâce à l'influence financière de ses parents (il n'est pas dupe). Un long et délicieux été dépourvu de toute responsabilité l'attendait à Nantucket, aux côtés de ses parents et de sa sœur Leith, avant qu'il n'intègre la société de son père, Brandywine Group, en septembre. Ses parents étaient en route pour aller chercher Leith dans sa pension, où elle venait de terminer sa première. Paul et Whitney avaient décidé de partir un jour plus tôt histoire d'en profiter pour passer une nuit romantique au Mayflower Inn. Chad n'aimait pas trop réfléchir à leur programme détaillé, bien entendu – il s'agissait de ses parents... Tout ce qui l'intéressait, c'était d'avoir la maison de Radnor pour lui tout seul, et d'en profiter pour organiser une petite fête de fin d'année.

Avant de partir, sa mère l'a embrassé sur la joue et lui a dit :

— Sois sage, Chaddy. Et n'oublie pas de sortir Lulu toutes les deux heures. Elle ne peut plus aller seule dehors, tu devras la porter.

— Promis.

Lulu était leur teckel de 15 ans, qu'il aimait comme s'il s'agissait de sa seconde sœur. Il serait un gentil garçon et s'occuperait de la chienne – ce qui ne l'empêchait pas d'avoir hâte que ses parents partent.

Il avait invité tous les gens qu'il connaissait à sa fête, notamment une bande de mecs de Bucknell qui, pour certains, avaient fait des heures de route. Il voulait que cette soirée soit un cran au-dessus de celles qu'il avait organisées au lycée, il avait donc acheté des steaks à faire griller au barbecue et quelques-unes des filles invitées sont arrivées avec de la salade de pommes de terre et du guacamole. Tindley Akers, que Chad connaissait depuis la maternelle, a apporté des brownies au cannabis, et il en a goûté un en guise d'apéritif – ce qui l'a directement placé en orbite ! Après le dîner, il a fait un feu de joie dans le jardin, pendant que quelques invités s'amusaient dans la piscine. C'est à partir de là que ça a commencé à dégénérer. Pour être honnête, il ne se rappelle pas tous les détails. Il s'est agenouillé à plus d'une reprise sous l'entonnoir à bière, il a pris des shots de Jägermeister et de la cocaïne sur la coiffeuse dans la salle de bains du rez-de-chaussée – c'est devenu la blague de la soirée : « je vais me repoudrer le nez ! », même s'il se sentait un peu coupable en voyant les petites serviettes brodées de sa mère et ses jolies savonnettes.

En pensant à elle, il s'est brusquement souvenu de la chienne. Il était censé la sortir toutes les deux heures, depuis combien de temps ne l'avait-il pas fait ? Il l'a trouvée dans son panier, sur la véranda. Il l'a portée dehors, a patienté le temps qu'elle fasse ses affaires, puis l'a réinstallée dans son panier en tissu écossais. Elle lui a paru si vieille et si mélancolique qu'il a failli dire à tout le monde de rentrer pour qu'ils puissent se blottir tous les deux sur le canapé de la salle télé et regarder *Les Griffin* – c'était leur truc, il était convaincu qu'elle comprenait cette sitcom parce qu'elle la suivait toujours avec énormément d'attention... Mais il était fou ou quoi ? C'était une fête ! Tous ses amis étaient là !

Et malgré tout il ne pouvait pas laisser Lulu broyer du noir dans son coin, alors il est parti en quête d'un os à mâcher ou d'une friandise, ce qui impliquait de descendre au sous-sol... où la cave de ses parents a soudain attiré son attention. (Ils prononçaient ce mot à la française, « câââve », c'était si ridicule que Leith et lui grimaçaient systématiquement.) Il a pris une bouteille de champagne sur l'une des étagères et, remonté au rez-de-chaussée, il s'est muni d'un couteau de cuisine d'une trentaine de centimètres. Pendant sa dernière semaine de cours, son professeur de civilisation française leur avait montré comment sabrer le champagne.

Il est sorti dans le jardin, mais la fête était devenue si incontrôlable qu'il était illusoire de vouloir attirer l'attention générale. Ils étaient tous dans la piscine ou autour – à nager, boire, fumer, s'embrasser, danser. L'enceinte d'extérieur diffusait à pleins tubes *What You Know 'Bout Love*, de Pop Smoke.

Chad a fait glisser la lame le long du goulot, comme le professeur Legris le leur avait appris et quand il est arrivé en haut – *paf !* –, la bouteille s'est retrouvée décapitée de façon nette et précise. Des bulles ont jailli sur ses doigts. Il a savouré un instant cette réussite merveilleuse – ça avait marché ! il pourrait réutiliser ce tour tout au long de sa vie dans les soirées ! –, jusqu'à ce qu'il aperçoive son meilleur ami, Paddy, avec qui il avait partagé sa chambre à la fac, plié en deux, le visage dans les mains.

Avant même de comprendre ce qui s'était passé, il a su.

Il s'est précipité vers son ami.

— Ça va, mec ?

Du sang s'écoulait entre les doigts de la main que Paddy plaquait sur son œil gauche. Le bouchon et la partie en verre épais qui était partie avec l'avaient atteint en plein visage.

— Appelez une ambulance ! a hurlé Chad.

Personne ne l'a entendu, son téléphone était posé près de l'enceinte, puisque c'était de là que provenait la musique. Il a empoigné la première personne qui passait par là, en l'occurrence Tindley, et a composé le numéro des secours sur son téléphone.

Paddy n'émettait pas le moindre son et il était pâle comme un linge. Tindley a eu la présence d'esprit d'aller lui chercher un torchon humide pour son œil. Chad l'a soutenu par le bras – pas celui avec lequel il se protégeait le visage –, tout en regrettant que le bouchon n'ait pas atteint quelqu'un d'autre, n'importe qui d'autre ! Paddy Farrell était non seulement son meilleur ami mais quelqu'un de profondément gentil et malin. Il était boursier. Son père était routier et sa mère secrétaire juridique ; ils vivaient dans un bourg de 400 habitants en Caroline du Nord, Grimesland.

— Je suis tellement désolé, mec, a-t-il dit en se demandant ce qui avait bien pu lui prendre de sabrer le champagne alors qu'il y avait du monde autour de lui… c'était complètement irresponsable !

Il n'avait pas remarqué la présence de Paddy sur la terrasse plongée dans la pénombre. Et c'était encore pire : Paddy devait être assis là tout seul. Il ne connaissait personne à part les trois autres types de Bucknell, et il était d'un naturel réservé. Il avait fait la route depuis Grimesland, parce que Chad avait insisté. *Tu dois venir, mec ! Il y aura des tonnes de filles !*

À l'arrivée de l'ambulance, quelques invités ont pris la fuite, croyant qu'il s'agissait de la police. Chad a attrapé son téléphone au passage, sans prendre la peine de couper la musique avant de monter à l'arrière avec Paddy, qui répétait en boucle qu'il n'avait pas besoin d'aller à l'hôpital et qu'il ne devait pas y aller, parce que ses parents n'avaient pas d'assurance médicale.

— C'est moi qui paierai, enfin, lui a dit Chad. C'est ma faute.

La secouriste, une femme du nom de Kristy plutôt canon, a réussi à écarter suffisamment la main de Paddy de son œil pour dire, d'un ton impassible :

— Il va falloir t'opérer.

— Je n'ai pas les moyens, a répété Paddy.

— Je paierai, a insisté Chad.

Il a pensé à ce moment-là que ce qu'il voulait dire, en réalité, c'était que ses parents – lesquels, à cet instant précis, se regardaient sans doute amoureusement au-dessus d'une table éclairée à la bougie tout en partageant une mousse au chocolat – paieraient. Ils seraient au courant pour la fête sauf s'il réussissait à faire partir tout le monde illico presto. Son cœur a balancé un instant : est-ce que ce serait mal s'il n'accompagnait pas Paddy à l'hôpital et restait plutôt chez lui pour limiter la casse ?

*Très mal*, a-t-il conclu. Et pour la première fois depuis très longtemps, peut-être toujours, il a récité une prière.

À leur arrivée à l'hôpital, Paddy a été emmené. Chad a entendu quelqu'un mentionner un ophtalmologue. Sous l'effet combiné de la cocaïne, du cannabis et de l'alcool, il risquait de basculer, d'un instant à l'autre, dans la paranoïa la plus complète. Une infirmière lui a tendu un formulaire, mais il ne connaissait qu'une partie des réponses. Il fallait qu'il parle aux parents de Paddy, ou aux siens, toutefois il préférait attendre le verdict des médecins. Il espérait encore que Paddy s'en tirerait avec quelques points de suture et un œil au beurre noir.

Au moment de rendre le formulaire à l'infirmière, il lui a dit :

— Je réglerai la facture, quel que soit le montant, mais surtout apportez-lui les meilleurs soins.

Ils se trouvaient dans l'hôpital où Chad avait vu le jour. Il n'avait jamais eu l'occasion d'y revenir en vingt-deux ans. Ni lui ni aucun membre de sa famille. Ils avaient de la chance, tellement de chance qu'il a failli fondre en larmes, pourtant, il a plutôt titubé jusqu'à la fontaine à eau qu'il a tenté d'assécher.

Son portable a sonné. C'était Raj, ce qui n'avait rien de très surprenant. Après Paddy, Raj était le type le plus sympa qu'il connaissait. Il venait de Potomac dans le Maryland, et il était brillant. Ses parents étaient médecins. Il appelait sans doute pour prendre des nouvelles de Paddy, et Chad n'était pas en état de lui parler. Il ne voulait parler à personne avant d'avoir la certitude que Paddy s'en sortirait indemne.

Il a rejeté l'appel. Raj a immédiatement retenté de le joindre. Comme Chad raccrochait une seconde fois, il lui a envoyé un texto : Décroche, frérot, ça urge.

Peux pas parler, a-t-il répondu. Suis aux urgences.

Raj lui a envoyé l'émoticône d'un feu, que Chad a ignoré. Alors Raj l'a rappelé, et il a décroché.

— Quoi ? a-t-il murmuré.

— Quelqu'un a foutu le feu à ta baraque.

Chad a raccroché. Raj était bourré et défoncé, il devait se croire drôle. Super. Un homme en blouse bleue est entré dans la salle d'attente.

— Chadwick Winslow ?

Chad a levé la main comme en primaire. L'homme est venu à sa rencontre.

— Je suis le docteur Harding, enchanté de vous rencontrer. C'est bien vous qui accompagnez Patrick ?

Chad a hoché la tête.

— Il est parti au bloc. Apparemment, la cornée a été lacérée. Nous allons essayer de sauver son œil, mais il y a de grandes chances pour que Patrick perde au moins partiellement la vue de ce côté.

Chad a eu un haut-le-cœur, pourtant il s'est contrôlé : non, il n'allait pas gerber là, dans cette salle d'attente. Il a respiré par le nez.

— Je tiens à payer l'opération.

Son portable a sonné. Encore Raj. Le docteur Harding lui a tapé sur l'épaule.

— On va le garder cette nuit. Rentrez et reposez-vous un peu. Une de nos infirmières a déjà pris contact avec la famille de Patrick.

*Non !* Il avait rencontré M. et Mme Farrell une poignée de fois. Ils n'étaient pas aussi chics et sophistiqués que ses propres parents, mais c'étaient des gens bien, gentils. Paddy avait un grand frère, Griffin, membre de la marine et posté à Honolulu. Ils se parlaient par FaceTime une fois par semaine.

Le médecin a disparu dans le couloir par lequel il était arrivé. Quand Chad a sorti son portable pour appeler un Uber, il a vu un nouveau texto de Raj.

Ta maison a pris feu. Les pompiers ont éteint l'incendie mais la terrasse et la véranda ont cramé. Tu dois rappliquer. Tes voisins sont là. Et aussi, mec, je suis désolé de t'apprendre ça par SMS, mais ton chien est mort.

*Lulu !* a intérieurement crié Chad. Pendant quelques secondes, il n'a pas réussi à respirer.

Puis son téléphone a sonné. L'écran indiquait PAPA.

— J'ai détruit une partie de ma maison, dit-il à Mme English en conclusion de son récit. Et ce n'est pas le pire. J'ai tué ma chienne que j'adorais, que toute ma famille adorait, et ma sœur refuse encore de m'adresser la parole. Elle me hait.

Une boule douloureuse se forme dans sa gorge.

— Je n'arrête pas d'imaginer Lulu en train de s'enflammer ou de tousser à cause de la fumée.

Il s'interrompt. C'est une tragédie ce qui s'est passé, et tout ça c'est sa faute ! Il repousse sa bière sur le comptoir. Il pensait être capable de boire maintenant, mais son estomac proteste autant que cette nuit-là à l'hôpital.

— Et mon meilleur ami, un type que j'aimais comme mon frère et que j'ai toujours cherché à protéger, un type auquel Bibi me faisait un peu penser, parce qu'ils viennent d'un autre milieu que le mien, a perdu son œil gauche. Pour toujours. Et on est fâchés. Je n'ai pas eu de ses nouvelles depuis qu'il est rentré chez lui.

Chad a attendu à l'hôpital que ses parents et ceux de Paddy débarquent. Deux jours après l'opération, Paddy a pu sortir. Quand il l'a vu apparaître sur un fauteuil roulant poussé par une infirmière, avec un bandeau sur son œil gauche, Chad s'est confondu en excuses, insistant sur le fait qu'il s'agissait d'un accident, qu'il n'avait pas vu son ami assis dans le noir, mais il a entendu sa voix ricocher sur la carapace d'acier derrière laquelle Paddy s'était réfugié – Chad a espéré que c'était une conséquence des antidouleurs avant de comprendre qu'il s'agissait de colère. « Tu es superficiel, inconscient et tu ne te rends même pas compte de la chance que tu as. Tu n'as pas pris le temps de vérifier s'il y avait quelqu'un sur la terrasse quand tu as décapité une bouteille en verre avec un immense couteau de cuisine, parce que tu t'en foutais, tous ceux qui pouvaient se trouver dans ton périmètre n'étaient qu'une gêne, ils t'empêchaient de t'amuser, et on sait tous les deux que rien ni personne ne fait le poids lorsque Chad Winslow veut s'amuser. Ta vie entière est remplie de plaisirs creux et inconsistants, et ça continuera parce que tu n'auras jamais de comptes à rendre. Tu ne sais pas ce qu'est le sens moral, et tu n'iras ni au paradis ni en enfer parce que tu n'as pas d'âme. »

Paddy avait raison, au moins en partie : personne n'a tenu Chad pour responsable. Ses parents ont tout mis en œuvre pour limiter les dégâts, profitant que le *Philadelphia Inquirer* leur devait un renvoi d'ascenseur pour obtenir que l'incident n'apparaisse pas dans ses pages et appelant personnellement les parents de tous ceux qui avaient assisté à la fête pour leur promettre de futurs services si leurs enfants gardaient le silence ou, le cas échéant, pour agiter la menace d'un procès parce que quelqu'un – à ce jour Chad ne sait toujours pas qui – avait lancé un bidon d'essence à briquet dans le feu de joie. Celui-ci a explosé et des fragments enflammés ont traversé la porte moustiquaire de la véranda et instantanément embrasé le tapis en sisal, les tentures... et le panier en tissu de Lulu. Chad a entendu sa mère mentir au téléphone, prétendre qu'ils avaient fait « piquer la chienne » : « Elle était si vieille et si affaiblie, la pauvre. » Paddy n'a rien dit à personne ; il est rentré à Grimesland, qui se trouve très, très loin des banlieues chics de Philadelphie et du bruissement des rumeurs.

— Je n'ai pas eu d'ennuis, ajoute Chad. Mes parents étaient furax, bien sûr, et déçus. Mais ils s'inquiétaient surtout des conséquences de cette affaire pour leur image. Ils craignaient que tout le monde les traite de mauvais parents, et ils ont donc fait tout leur possible pour planquer le problème. Ils m'avaient acheté une Range Rover toute neuve pour mon diplôme. Elle a été livrée le lendemain du jour où Paddy est rentré chez lui, et j'ai vraiment eu l'impression qu'on me récompensait d'avoir fait toutes ces choses abominables.

Il secoue la tête, des larmes brûlantes lui montent aux yeux alors qu'il se dit : *non mais qu'est-ce que...*

Mme English pose une main apaisante sur son bras.

— Mais tu as rectifié ta trajectoire tout seul. Tu es venu me voir et je t'ai appris à travailler dans un endroit où on ne planque jamais les problèmes.

Il s'essuie les yeux du revers de la main.

— Vous m'avez dit qu'il n'y avait aucun désastre qu'on ne pouvait pas remettre en ordre.

— Et c'est ce que tu as fait pendant toutes ces semaines. Tes parents doivent être très fiers de toi.

— Pas du tout. Aucun d'eux ne m'a félicité d'avoir pris ce boulot. Mon père m'a même demandé de démissionner !

— Mais tu ne l'as pas fait. Parce que tu as un sens moral, Homme de Chambre.

— Je n'ai aucune envie de travailler dans la boîte de mon père. Je veux rester à l'hôtel jusqu'à la fin de la saison.

Elle claque la langue.

— Tu dois reprendre le cours de ta vie, Chadwick.

— Mais je n'ai pas envie...

Ils sont interrompus par l'arrivée d'un homme aux cheveux argentés et à la chemise rose, qui place une main dans le bas du dos de Mme English.

— Bonsoir, Magda.

Elle se lève et lui tend la main. Il lui fait un baisemain à l'ancienne. *C'est qui, ce type ?* se demande Chad. Il dévore Mme English du regard comme si elle était un mannequin Victoria's Secret sur un podium, et le jeune homme est mal à l'aise – à croire que c'est lui qui vient de les interrompre et pas l'inverse. Il sent aussi monter un instinct protecteur.

— Bonsoir, dit-il en se levant à son tour. Je travaille avec Mme English.

Le nouveau venu se tourne vers lui, puis regarde la gouvernante.

— C'est ton homme de chambre ?

Elle glousse.

— Eh oui. Xavier, je te présente Chadwick Winslow. Chadwick, voici Xavier Darling.

**LISTE DE CHANSONS D'AMOUR DE MARIO POUR LIZBET**

*XO,* Beyoncé
*Let My Love Open the Door,* Pete Townshend
*Whatever It Is,* Zac Brown Band
*Never Tear Us Apart,* INXS
*Come to Me,* The Goo Goo Dolls
*Everlong,* Foo Fighters
*Head Over Feet,* Alanis Morissette
*Never Let You Go,* Third Eye Blind
*Wonderful Tonight,* Eric Clapton
*Swing Life Away,* Rise Against
*Something,* The Beatles
*You're My Home,* Billy Joel
*I Believe,* Stevie Wonder
*Better Together,* Luke Combs
*You and Me,* Lifehouse
*All I Want is You,* U2

*In My Feelings*, Drake
*Lay Me Down*, Dirty Heads
*Sunshine*, World Party
*Crazy Love*, Van Morrison
*Stand By My Woman*, Lenny Kravitz

Il est tard le soir du 24, si tard qu'on est déjà le 25, et Mario se glisse dans le lit de Lizbet, puis se livre à son rituel en lui défaisant ses tresses. Il adore ça, voir ses cheveux si ondulés et emmêlés, alors elle le laisse faire. À demi-inconsciente encore, elle sent le désir monter alors qu'il glisse les mains dans ses cheveux, front pressé contre son dos. Comme elle se trouve dans cet état intermédiaire entre la veille et le sommeil, son instinct animal prend le dessus et elle n'a plus aucune inhibition. Leurs ébats sont une tempête – et cette nuit-là elle entend le tambourinement de la pluie sur le toit de sa maison, les branches des arbres qui raclent les fenêtres, puis un bruit sec suivi d'un grondement de tonnerre. Leurs corps se meuvent dans une obscurité brièvement ponctuée d'éclairs. C'est cinématographique. Ils doivent être si beaux pendant ces instants fugaces où leurs corps deviennent argentés à cause de la charge électrique dans l'atmosphère.

Après, ils s'allongent côte à côte sur le drap-housse – la couette a fini par terre –, et Lizbet se demande si elle a déjà été aussi heureuse. Elle a consacré toute son énergie non pas à combattre le passé, mais à créer l'avenir, ainsi que l'affiche en face de son lit la pressait de le faire depuis presque un an. Elle regrette de ne pas avoir su, quelque part, le 30 septembre dernier, qu'un jour elle serait étendue nue à côté du célèbre Mario Subiaco (oui !) après avoir réussi à impressionner le nouveau propriétaire de l'Hôtel Nantucket, dont elle est la directrice. Y aurait-elle cru ?

Il pousse un soupir.

— Je t'aime, dit-il.

La pluie a cessé, le vent est retombé, les éclairs et le tonnerre se sont éloignés.

— Quoi ? demande-t-elle, alors qu'elle l'a, bien sûr, parfaitement entendu.

Il se tourne vers elle.

— Je t'aime. Je suis amoureux de toi.

Il éclate de rire.

— J'ai du mal à y croire, sincèrement. J'ai... quoi... 46 ans, presque 47, et depuis tout ce temps je n'ai déclaré mon amour qu'à trois autres femmes. Allie Taylor en sixième, et oui, c'était un véritable amour, pur, maladroit et à sens unique. Il y a eu aussi ma mère, évidemment. Et Fiona. J'aimais Fee de tout mon cœur, mais c'était différent, parce que même si j'aurais été prêt à m'allonger en travers de la route pour elle, on n'avait pas construit de relation intime, elle et moi.

Lizbet a l'impression qu'une étoile vient d'exploser dans sa poitrine. Elle sait qu'elle doit répondre à cette déclaration, mais elle veut en entendre davantage.

— Comment peux-tu être aussi sûr de toi ? le presse-t-elle. Explique-moi.

— Alors en reprenant le fil des choses... Quand tu m'as quitté il y a quelques semaines, je me suis dit « OK, elle n'est pas prête, aucun problème ». C'est vrai que les choses étaient devenues sérieuses assez rapidement, et je savais que tu avais eu une histoire longue juste avant, bref j'ai essayé de me persuader que je comprenais. Mais j'étais blessé, et c'était un sentiment nouveau pour moi, en tout cas depuis la sixième et ce jour où Allie Taylor est allée au bal de la Saint-Valentin avec Will Chandler plutôt qu'avec moi.

Il sourit. Elle lui caresse le visage. Il l'aime.

— Avant ça, je ne parlerais pas de coup de foudre, mais lorsque je t'ai vue dans le parking de l'hôtel, le premier jour, avec tes chaussures à talon sexy, et que tu disais à JJ de te laisser tranquille alors qu'il avait un genou à terre pour te demander en mariage, j'ai pensé : *Ce pauvre type a tout fait foirer, et je ne ferai pas la même erreur.*

— Arrête, lui dit-elle, même si elle sourit.

— Et avant ça...

— Il n'y a pas d'avant ! On s'est rencontrés ce jour-là.

— Avant ça, Xavier m'a dit qu'il avait engagé une lionne du nom d'Elizabeth Keaton pour diriger son hôtel. Il m'a expliqué que tu tenais La Terrasse avec ton petit ami mais que vos chemins s'étaient séparés et que tu cherchais à prendre un nouveau départ.

— Une « lionne » ?

— C'est le terme qu'il a employé. On n'oublie pas un truc pareil. Il a tellement piqué ma curiosité que j'ai mené ma petite enquête. J'ai trouvé l'article sur JJ et toi dans le *Coastal Living*, puis j'ai regardé le site Internet de La Terrasse, et j'ai commencé à en pincer pour toi.

— N'importe quoi !

— C'est vrai. Tu me rappelais Allie Taylor.

Elle lui donne une petite tape et il insiste :

— Je suis très sérieux. Elle avait les mêmes cheveux blonds que toi, des yeux bleu clair, et cette douceur qui cache une grande force, que je n'ai jamais revue chez aucune femme avant de te rencontrer. Je m'étais toujours promis de retrouver Allie Taylor un jour et de l'épouser.

Lizbet commence à être un peu jalouse de cette Allie Taylor.

— Mais j'ai vu sur Facebook qu'elle était mariée avec quatre gosses dans des écoles privées à Manhattan et j'ai compris que j'étais content pour elle. La magie n'opérait plus. Alors que quand je te regarde…

Du bout de l'index, il suit une ligne imaginaire qui va de l'épaule au poignet de Lizbet.

— J'ai l'impression d'avoir à nouveau 12 ans, c'est comme si je redécouvrais le monde, avec toutes ses belles couleurs qui brillent, c'est merveilleux. Voilà comment je sais que je t'aime.

— Je t'aime aussi, Mario.

— Si je te le dis maintenant, c'est pour une bonne raison. Je suis amoureux de toi presque depuis le début de l'été.

— Quelle raison ?

— Xavier a été dingue du bar, nos chiffres sont bons et tu m'as dit qu'il avait été très enthousiaste en découvrant l'hôtel.

— Il était fou de joie, oui.

— Aujourd'hui, tout ça est enfin devenu réel. Durable. J'ai eu l'impression que j'allais pouvoir me poser ici. M'occuper du bar pendant que tu diriges l'hôtel, et à la saison basse on irait où nos envies nous conduiraient. J'ai toujours un point de chute à Los Angeles. Un genre de bungalow avec une petite piscine et un avocatier.

— Un avocatier ?

Elle embrasse Mario avant de remonter la couette sur le lit. Elle a envie de s'endormir en rêvant de piscines et de stars de cinéma, d'un avocatier et du bungalow de Mario qui doit contenir du mobilier artisanal. Demain, elle devra continuer à charmer Xavier, à s'assurer que tout dépasse ses attentes ; on ne se fait pas une opinion sur un hôtel en un après-midi ou même une nuit. Elle ferme les yeux, elle entend la respiration de Mario s'approfondir… mais elle a du mal à trouver le calme. Elle est dans une bulle de bonheur, bien protégée, bien à l'abri. Et s'il y avait un tout petit accroc qui menaçait de la faire éclater ?

*On verra bien.*

Le dernier vendredi du mois arrive dans deux jours, et avec lui un nouveau post sur *Hôtels Confidentiels*. Soit Shelly Carpenter est descendue chez eux sans qu'ils la repèrent, soit elle n'est pas venue. Si elle a séjourné à l'hôtel et qu'elle leur décerne moins de cinq clés, ou bien si elle ne rédige au contraire aucun billet… que se passera-t-il ?

# 24

# Bourreau des cœurs

Xavier Darling est sorti dîner, Grace en profite donc pour se livrer à quelques petites facéties. Elle réjouit Mary Perkowski, venue d'Ohio, en faisant clignoter les lumières, puis elle lui passe sa chanson préférée, *Thunder Road*, avant d'agiter doucement les voilages qui entourent le lit comme s'ils étaient la robe de la chanson. Ensuite, elle prend la direction de la suite 114, pour voir les enfants Marsh, qui repartent demain matin. Aujourd'hui, Louie a eu sa dernière leçon d'échecs avec Rustam, et Wanda a rendu ses romans de la série « Alice Détective » à la bibliothèque – elle est arrivée jusqu'au tome 45, *Alice en safari*. Kimber n'est vraiment pas très organisée pour faire les bagages, elle a fourré les affaires dans les valises au petit bonheur la chance, tout en s'interrompant régulièrement pour s'asseoir sur son lit et se prendre la tête à deux mains ou ouvrir son ordinateur et avancer dans ses « mémoires », les joues mouillées de larmes.

Grace s'est attachée à elle avec le temps. À Wanda et Louie aussi, et même à Doug. Elle a du mal à imaginer l'hôtel sans eux, pourtant c'est dans la nature même de cet endroit d'être marqué par la fugacité. Bonjour, au revoir, voilà comment ça se passe. Si les gens s'y installaient pour toujours, ça deviendrait une maison.

Elle s'approche de Wanda, la seule personne avec une hypersensibilité au surnaturel à avoir cherché, depuis un siècle, à la comprendre, elle. Elle l'embrasse sur la joue, laisse un peu d'humidité fraîche sur sa peau.

Les paupières de Wanda battent et s'ouvrent.

— Grace ?

*Je suis là, douce enfant.* Puis Doug grogne – il est tellement ronchon ! D'un autre côté, elle aime à penser qu'il est là pour protéger Wanda. Grace quitte la chambre.

Bonne nuit !

Elle monte jusqu'à la suite du propriétaire, un endroit qu'elle a soigneusement évité tout l'été – et à juste titre, car aussitôt le vieux traumatisme se réveille. En dépit du fait que les pièces sont désormais blanches et lumineuses, qu'elles évoquent le bord de mer de façon très contemporaine, Grace se revoit aussitôt à 19 ans, accroupie sur le parquet pour tenter d'amadouer ce maudit matou, Mittens, et le faire sortir de sous le lit. Elle se dit qu'une femme capable de lancer un chandelier en argent sur son propre animal de compagnie a une crotte à la place du cœur. Elle entend la porte s'ouvrir. Elle imagine aussitôt Jackson Benedict venu l'embobiner, l'embrasser et prendre sa main pour la plaquer sur son entrejambe. Elle saura alors, à cet instant précis, qu'elle est perdue. Mais pas encore qu'elle est condamnée.

Ce n'est pourtant pas Jackson Benedict qui pénètre dans la suite – évidemment, il y a des dizaines d'années qu'il est mort –, mais Xavier Darling, accompagnée de nulle autre que… Magda English !

*Ça alors,* pense Grace. Voilà qui ressemble fort à une redite : le propriétaire des lieux avec un membre du personnel d'entretien. Sauf que Magda n'est pas une employée comme les autres, elle est, en langage moderne, une « femme de poigne ». Personne ne la malmène, et personne ne lui dicte ce qu'elle doit faire, pas même un homme aussi fortuné que Xavier Darling.

Il allume la lumière dans le séjour ; l'éclairage tamisé plonge la pièce dans une atmosphère romantique, dorée. Il relève les stores de la baie vitrée pour qu'ils puissent admirer Easton Street jusqu'au port de Nantucket et le point lumineux rubis du phare de Brant Point.

— Champagne ? propose-t-il.

Une bouteille de Pol Roger attend sagement dans un seau rempli de glace sur une table basse en bois de noyer plein de caractère.

— Tu sais bien que je ne dis jamais non à quelques bulles, voyons.

Il débouche la bouteille d'un geste théâtral, remplit deux flûtes, puis ils s'asseyent côte à côte sur le canapé et lèvent leurs verres.

— À l'hôtel ! dit-elle.

Ils boivent.

— Je l'ai acheté pour toi, tu sais.

Ça la fait hurler de rire

— Je suis très sérieux. Quand tu travaillais sur mes bateaux, je savais où tu te trouvais.

— Tu faisais ça si subtilement... Poster ton hélicoptère sur le pont du paquebot ou débarquer sur ta vedette comme un kéké. Je n'oublierai jamais ce jour où tu es arrivé dans le port d'Ischia sur cette maudite embarcation.

Elle lui caresse la joue.

— Tu étais si élégant.

Il soupire.

— J'ai changé à ce point ? Dès que tu m'as annoncé que tu prenais ta retraite et que tu partais t'installer à Nantucket, j'ai fait des recherches et trouvé cet hôtel. C'est pour toi que je l'ai voulu aussi grandiose.

Il avale une gorgée de champagne.

— Tu sais qu'une autre femme serait sans doute flattée ?

— Elle penserait sans doute que tu cherches à contrôler ses faits et gestes...

— Personne ne peut te contrôler. De toutes les femmes que j'ai connues dans ma vie, tu es la seule à m'avoir hanté.

*Ha ha ha ! Le terme est bien choisi*, songe Grace.

— Tu es si indépendante. Si... insaisissable.

Elle presse un doigt sur la bouche de Xavier pour le faire taire. Il lui prend la main et l'attire vers lui pour l'embrasser. Ils se jettent l'un sur l'autre avec tant de fougue qu'il donne un coup de genou dans la table et renverse sa flûte. Le champagne coule sur le bois irrégulier puis goutte sur le tapis persan, mais ni Xavier ni même Magda, pourtant toujours à l'affût quand il s'agit de propreté, ne remarquent rien.

En bas, à la réception, le téléphone sonne... mais Richie ne se trouve pas à son poste. Non, il est dans le bureau, sur son portable. *Encore ?* s'étonne Grace. Sans doute une réaction au départ de Kimber et des enfants. Elle se sent à la fois triste et déçue. Il s'est conduit de façon si irréprochable tant qu'il a laissé son cœur parler – ces appels avaient complètement cessé.

Il ne décroche pas le téléphone de la réception la première fois qu'il sonne. Ni même la deuxième. (Il voit, en s'approchant suffisamment pour y jeter un coup d'œil, qu'il s'agit des Sparacino de la suite 316). Quand ils rappellent une troisième fois, il conclut abruptement son appel personnel sur son portable et se résout à répondre.

— Bonsoir, que puis-je pour vous ? dit-il d'une voix aussi suave qu'un DJ au cœur de la nuit.

Mme Sparacino souffle dans le combiné.

— Le couple de la suite voisine fait beaucoup de... bruit. La 317. Mon mari a frappé au mur, mais ils n'ont pas l'air de saisir le message. Pourriez-vous les appeler ? Et leur demander d'être un peu plus discrets ?

Richie lui certifie qu'il s'en charge... avant de s'aviser brusquement que le client de cette suite est Xavier Darling.

Grace patiente le temps qu'elle estime nécessaire aux deux amants pour épuiser leur passion, puis elle retourne dans la 317. Dieu merci, ils sont à présent blottis sous les draps et savourent leur plaisir lovés au milieu des coussins.

— J'ai l'impression que tu aimes ton travail ici.

— Tout à fait. J'ai aimé mon métier sur les bateaux de croisière et je l'aime encore plus ici, sur la terre ferme.

— Mais Magda, tu as tellement d'argent. Tu as vu les derniers résultats ? Nous avons amplement dépassé les 20 millions.

Il la chatouille sous la couette et elle rit comme une gamine avant de repousser sa main.

— Tu as fait beaucoup de chemin depuis notre rencontre.

— J'ai gagné près de 250 000 dollars ce soir-là. J'ai misé l'argent que j'avais gagné à la sueur de mon front et j'ai lancé les dés.

— Mais tu l'as investi grâce à mes conseillers...

— Oui, oui, tu m'as aidée à bâtir ma fortune. Et il est très possible que je n'aie jamais vraiment eu l'impression que cet argent était à moi pour cette raison. Enfin, ne te méprends pas sur mes propos, c'est très rassurant de savoir qu'il est là.

— J'aimerais tellement te voir en profiter.

Elle se redresse dans le lit et se recoiffe – des mèches se sont échappées de son chignon et elle les remet en place.

— On se ressemble beaucoup au fond. Tu as des milliards et tu travailleras jusqu'à ta mort.

— Je suis prêt à prendre ma retraite sur-le-champ si tu acceptes de m'épouser.

Elle pousse un cri.

— C'est complètement stupide de dire ça !

— Je suis tombé amoureux de toi à la seconde où je t'ai rencontrée sur ce bateau. Je sais que tu veux être proche de Zeke et de William, mais ça fait presque un an. Je suis sûr qu'ils veulent avant tout ton bonheur. Épouse-moi, Magda. Viens à Londres.

*Heinnnn ?* Grace tourbillonne dans la chambre comme une tornade. Xavier aime Magda ! Il lui demande sa main et, contrairement à Jack, qui promettait à chacune de ses visites au grenier de divorcer de Dahlia et d'épouser Grace, Xavier est sincère. Il a sans doute déjà une bague.

Il tend le bras vers la table de nuit, ouvre le petit tiroir bombé et sort un écrin de chez Harry Winston.

Il s'assied dans le lit, et présente la boîte à Magda.

— Mais qu'est-ce que tu as fait ?

— J'ai sorti le grand jeu. Ouvre.

Elle découvre une bague de fiançailles digne d'une star de cinéma. Un diamant ovale rose pâle – Grace ne comprend rien aux carats, pour elle c'est du charabia, mais il est *énorme* – sur une monture en or rose pavée de diamants.

— Eh bien...

— Essaie-la, lui dit-il.

Elle referme l'écrin d'un geste sec.

— Je ne peux pas l'essayer, Xavier. Je ne vais pas t'épouser. Je pense que tu es quelqu'un de merveilleux et je te suis reconnaissante de tout ce que tu as fait pour moi.

Elle lève les yeux vers l'endroit précis où Grace se trouve ; la revenante soutient son regard, même si elle sait que Magda ne voit que le ciel étoilé de Nantucket peint au plafond.

— Tu m'es très cher, tu sais. Tu me fais rire ; j'apprécie ta compagnie, et une petite partie de jambes en l'air, parce qu'à mon âge je suis heureuse de pouvoir encore les lever, mais je ne t'aime pas. J'aime cet hôtel, ce métier, et veiller sur Zeke et William. J'ai visité des maisons dans Eel Point Road, avec vue sur l'océan, piscine et jardin. Je n'ai pas encore trouvé la bonne, mais j'ai la ferme intention de rester ici, Xavier. Je suis heureuse.

— Tu ne veux pas de moi ?

Elle presse la paume de sa main sur la joue de Xavier.

— Non. Je ne veux pas de toi, mon doux ami, je suis désolée.

Grace s'échappe pour monter jusqu'au débarras du grenier. Si seulement elle avait eu le courage et l'aplomb de prononcer les mêmes mots il y a un siècle – « Je ne veux pas de vous, Monsieur Benedict, je suis désolée » –, elle aurait pu vivre la suite de sa vie. Toutefois ces mots n'étaient pas à sa portée en 1922. Elle se sent fière soudain, non seulement de Magda, mais de toutes les femmes. Ce siècle a vu des progrès.

Elle glousse. Elle a dans l'idée que Wanda, elle, refusera plus d'un homme.

Lizbet a tout organisé pour que Yolanda emmène Xavier à la plage de Great Point le jeudi. À ses yeux, c'est la visite de l'île à ne pas manquer, et Yolanda possède la voiture la plus cool de Nantucket, un vieux tout-terrain à capote blanche. La directrice a chargé Beatriz de préparer un pique-nique avec des sandwichs froids au homard, un gaspacho de tomates jaunes, de la salade de maïs et les œufs mimosa de Mario, le tout présenté dans un vrai panier en osier avec une ou deux bouteilles de rosé des Domaines Ott, le préféré de Xavier. Elle se demande s'il lui proposera de l'accompagner, étant donné qu'il connaît à peine Yolanda. Et dans ce cas elle a prévu de lui répondre qu'elle adorerait, qu'elle a rêvé de s'allonger sur le sable tout l'été mais que, bien sûr, elle doit rester pour tenir la barre du navire et s'assurer que tout va bien. Il invitera peut-être Edie à sa place – ils ont eu l'air de bien s'entendre –, ou sa vieille amie Magda. (Lizbet ne peut pas vraiment se passer d'elle, ni aujourd'hui ni jamais, mais elle y sera contrainte si Xavier le lui demande.) La seule personne qu'elle ne veut pas voir partir en excursion avec Xavier, c'est Alessandra. La façon dont elle s'est jetée sur lui dans la salle de repos était vraiment embarrassante pour elle.

Lizbet arrive au travail de bonne heure, enfin apparemment pas suffisamment, car, en entrant dans son bureau, elle trouve un mot de Xavier sur son bureau. Il est parti.

— Quoi ? hurle-t-elle.

Le message dit simplement : *J'ai dû quitter l'île inopinément. Je suis navré. XD*

Elle sort du bureau comme un diable de sa boîte, mais il n'y a encore personne. Il est 7 heures. Richie passe sa dernière matinée avec Kimber et les enfants avant leur ferry. Edie et Alessandra ne seront pas là avant un quart d'heure, et Adam ou Zeke non plus. La seule autre personne présente dans le hall est Louie. Il occupe sa place habituelle, derrière l'échiquier près de la fenêtre et joue tout seul. Même à cette heure matinale il porte son petit polo bien boutonné, et ses cheveux blonds sont soigneusement peignés.

Lizbet va le trouver. Depuis le 6 juin, il vit pour ainsi dire dans le hall – soit depuis quatre-vingt-un jours d'affilée –, et elle n'a pas eu le temps de faire une seule partie avec lui. Elle se le reproche, mais elle n'a pas le temps de penser à ça dans l'immédiat.

— Louie ? As-tu vu un monsieur d'un certain âge aux cheveux gris passer dans le hall ce matin ?

Il cligne des yeux derrière les verres épais de ses lunettes.

— Vous voulez parler de M. Darling ?

— Oui. Tu l'as vu ?

Il déplace un pion.

— Je l'ai battu en seize coups. Il n'était pas si mauvais, ajoute-t-il en haussant les épaules.

— Tu as joué aux échecs avec lui ? Ce matin ?

— Il y a un moment. Puis son chauffeur est venu le chercher, et M. Darling lui a demandé de nous prendre en photo parce qu'il dit que je deviendrai célèbre un jour. Ensuite il est parti.

Il est parti.

Elle l'appelle depuis son bureau.

— Xavier ? Est-ce que tout va bien ?

Elle craint que quelque chose ne lui ait déplu – et que son éducation l'empêche d'en faire part à Lizbet. Le lit n'était pas assez confortable ? Les volets électriques l'auraient-ils agacé ? A-t-il reçu la visite du fantôme ? (Ils n'ont jamais abordé ce sujet ensemble, elle était trop gênée pour en parler, mais il a forcément lu les remarques de certains clients à ce propos sur RumeursDeVoyages.)

— Tout va bien, répond-il.

Sa voix paraît lointaine et brouillée. Il l'a mise sur haut-parleur dans sa voiture, à moins qu'il ne soit déjà dans le ciel.

— Je dois rentrer pour mes affaires. C'était sans doute inéluctable, même si j'ai tout fait pour l'éviter.

Ses affaires ? Il n'a pas des employés pour ça ? Il a passé moins de vingt-quatre heures dans l'île !

— Je suis vraiment désolée, Xavier.

S'il n'est pas encore à bord de son jet, elle réussira peut-être à le faire revenir.

— Je vous avais organisé une excursion à la plage de Great Point. Nous avions préparé un pique-nique.

— Je suis déçu de rater ça. J'aimerais vous dire que ça sera pour la prochaine fois, mais je ne suis pas certain qu'il y en aura une.

Elle manque de lâcher le téléphone. Comment ça, il n'est pas certain qu'il y aura une prochaine fois ?

— Il s'est passé quelque chose ? Quelque chose de... grave ?

Est-ce que Richie l'aurait pris à rebrousse-poil ? (Impossible, il sait y faire.) Xavier a-t-il découvert la présence de Doug dans une des suites ? (De là à partir...)

— Ça n'a aucun lien avec vous, ni avec l'hôtel, rassurez-vous.

Il se racle la gorge avant de poursuivre :

— Vous avez accompli un travail remarquable à tous points de vue. Je suis fier de vous, Lizbet.

Elle en reste coite. Il l'a appelée Lizbet pour la première fois. Elle voudrait y voir une victoire, mais son ton semble par ailleurs si... définitif.

Quand elle ouvre la bouche pour répondre, pour lui dire « merci de m'avoir donné ma chance, j'attends avec impatience l'année prochaine, nous aurons vraiment pris nos marques et la plupart des membres de l'équipe comptent revenir... », elle entend un bip à l'autre bout du fil. Il a raccroché.

C'est Edie qui a accueilli la famille Marsh le 6 juin, et comme Alessandra est en pause déjeuner, c'est aussi elle qui règle les formalités de son départ.

Elle se rappelle le jour de leur arrivée, Kimber avec ses cheveux couleur paon, Wanda et Louie avec leurs petites lunettes, et le débarquement surprise de Doug ! S'ils se présentaient aujourd'hui et plus à l'époque où Edie était prête à tout pour remporter le bonus de 1 000 dollars, se montrerait-elle aussi arrangeante ? Leur réserverait-elle une chambre pour plus de onze semaines sans carte de crédit pour la caution ? Les surclasserait-elle dans une suite et les autoriserait-elle à y faire entrer leur chien ? C'est un débat stérile. Elle peut seulement affirmer, et tous les employés partagent son avis, que la présence de la famille Marsh tout l'été a été une source de joie. L'hôtel paraîtra vide sans eux.

Elle remet à Kimber sa toute dernière facture.

— Nous vous offrons votre dernière nuit, ainsi que le room service d'hier soir. Vous allez vraiment nous manquer.

La cliente agite la main devant son visage.

— Arrêtez, vous allez me faire pleurer.

— Je tiens à vous remercier d'avoir mentionné mon nom dans votre commentaire sur RumeursDeVoyages.

— De quoi est-ce que vous parlez ? Je n'ai pas laissé de commentaire sur ce site.

— C'est vrai ? Ah, j'étais convaincue...

Kimber se tourne vers Wanda et la jeune femme retient son souffle.

— C'est Wanda qui l'a écrit ?

Un immense sourire étire les lèvres de Kimber.

— Non, c'est bien moi. Vous êtes une sacrée nana, Edie Robbins.

Richie approche avec le chariot chargé de bagages.

— Zeke fait sortir Doug par la porte de derrière.

Il regarde Edie et ajoute :

— J'ai aussi fait mes valises.

— Super. On a préparé ta chambre, lui répond-elle.

Le départ des Marsh entraîne un autre grand changement : Richie va s'installer avec Edie et Love jusqu'à la fermeture de l'hôtel pour la basse saison. Kimber a confié à la jeune réceptionniste que Richie vivait dans sa voiture avant de s'installer dans la suite 114. Edie en a parlé à Love, qui a proposé de lui louer leur chambre d'amis à un tarif très raisonnable.

Lizbet sort de son bureau pendant que Kimber vérifie le total de la facture.

— Ça m'a l'air bon.

Elle paie le solde en liquide et ajoute un pourboire de 1 000 dollars.

— À partager avec l'ensemble du personnel.

Ses yeux s'embuent de larmes.

— Venir passer l'été ici avec mes enfants a été la meilleure décision de toute ma vie, ajoute-t-elle. Merci.

Elle prend la main de Richie.

— Si on finit par se marier, vous serez tous invités.

— Revenez nous voir, lui dit Lizbet.

Elle serre Kimber dans ses bras puis, comme convenu, Edie va chercher deux cadeaux dans le bureau : les trois derniers tomes de la série « Alice Détective » pour Wanda et un échiquier en marbre pour Louie. Edie les étreint tour à tour ; le petit garçon gigote et Wanda se met à pleurer :

— Je ne veux pas partir… Et Grace ? Elle va se sentir très seule sans moi…

Kimber la pousse vers la sortie.

— Viens, on va prendre une photo d'Adam et de Zeke, ma chérie.

Elle adresse un sourire las à Lizbet et Edie.

— La route du retour va être longue…

— Soyez prudents ! lui lance Edie.

Elle agite la main le temps que la famille Marsh quitte le hall pour aller trouver l'extérieur ensoleillé, puis elle se retourne vers Lizbet.

— C'est le plus dur, dans ce métier.

— Et de loin, admet la directrice en passant son index sous chacun de ses yeux. Quand je pense que j'ai eu envie de te tuer au moment où tu m'as appris que tu avais accepté une cliente sans carte de crédit. Et que tu l'avais surclassée dans une suite pour un séjour de onze semaines. Et qu'il y avait un pitbull. Et pourtant c'était la bonne décision en réalité, pour toutes sortes de raisons.

— Parce que Wanda a écrit cet article sur le fantôme qui a attiré du monde.

— La fréquentation a plus que doublé grâce à elle !

— Et Louie animait le hall avec ses parties d'échecs. Il y a tant de commentaires sur RumeursDeVoyages qui parlent de lui.

— Et Richie a été heureux, il a trouvé un toit. Sans Kimber, il aurait peut-être démissionné, et je me serais retrouvée coincée. Il a tellement l'esprit d'équipe. Je n'ai pas eu besoin de m'inquiéter de la facturation, il s'est chargé de tout l'aspect financier tout seul, ce qui m'a permis de me concentrer sur la clientèle et l'équipe.

— Au final, tout s'est arrangé.

— Mais tu ne pouvais pas prédire ce qui est arrivé. Tu as pris ta décision sur la base de ta conception de l'hospitalité, à savoir qu'il faut dire oui plutôt que non.

Lizbet se penche vers elle pour ajouter :

— L'année prochaine, c'est toi que je veux comme cheffe de réception.

Edie est folle de joie.

— C'est vrai ? Et Alessandra ?

La directrice secoue la tête.

— Je doute qu'elle revienne. Mais si c'est le cas… il faudra qu'elle l'accepte.

L'hôtel paraît bien vide après le départ des Marsh, et Edie doit se rappeler qu'ils affichent pourtant encore complet. Elle appelle Magda pour la prévenir que la suite 114 a été libérée et peut être nettoyée de fond en comble. Par chance, personne ne s'y installera avant le lendemain.

Sur ce, M. Ianucci, le client de la 307 arrive de la piscine familiale en maillot de bain, une serviette bleu hortensia sur les épaules comme une cape. Il relève ses lunettes de soleil sur le sommet de sa tête.

— Je suis navré de vous déranger…

Edie sait que c'est loin d'être le cas. M. Ianucci semble au contraire prendre énormément de plaisir à les déranger. C'est elle qui a eu sa secrétaire au téléphone et qui a pris la réservation juste après l'article sur le fantôme. On l'a suppliée d'accepter un séjour de deux nuits alors que Lizbet avait instauré un minimum de trois vu la demande. Bien, elle a accepté. Hier, il lui a demandé de lui trouver une place au bar de l'American Seasons une heure avant celle à laquelle il espérait dîner. C'est gonflé, non ? Edie a fait le nécessaire malgré tout. Ce matin, il a débarqué dans le hall en pantalon de pyjama et en débardeur. Il s'est installé avec son ordinateur portable et tout en buvant du café il a mangé deux croissants aux amandes de Beatriz, alors qu'il y a un panneau pour encourager les clients à se limiter à un par personne. Il a ensuite demandé à Edie si elle pouvait lui réserver un cours de surf pour « la fin de matinée ».

— Je vais essayer, lui a-t-elle répondu avec son plus beau sourire, tout en pensant : « Ça aurait été sympa de me prévenir un peu avant. »

Heureusement, Zeke est resté ami avec tous les profs de l'école de surf et ils lui ont trouvé un cours particulier avec le meilleur de tous, Liam. Formidable, parfait, M. Ianucci était fou de joie – enfin pas au point de laisser un pourboire ni à Edie ni à Zeke, mais ce n'est pas pour ça qu'ils font leur métier. Puis il a appelé la réception de sa chambre pour dire que la température de l'océan sur la côte sud n'était que de 22 degrés.

— C'est un peu froid pour moi, je vais plutôt rester à la piscine.

Edie a tout de suite appelé l'école de surf et présenté ses plus plates excuses, tout en se disant que la prochaine fois qu'elle leur demanderait la même chose ils lui répondraient par la négative.

— Que puis-je faire pour vous, Monsieur Ianucci ? lui dit-elle à présent.

— La gentille dame de la cuisine a apporté de la citronnade et des cookies.

Elle écarquille les yeux. Il est déjà 15 heures ?

— Mais les enfants se sont jetés dessus avant que je puisse me lever de mon transat. Est-ce que je pourrais en avoir d'autres ?

Edie va devoir obtenir une nouvelle faveur, cette fois auprès de Beatriz.

— Aucun problème, je vais demander à la cuisine de lancer une seconde fournée.

Il joint les deux mains en prière mais dit-il « merci » ? Non. Il tourne les talons pour regagner son transat. Edie appelle la cuisine, et au moment où elle raccroche Lizbet sort de son bureau.

— Je vais rentrer plus tôt aujourd'hui, Edie. Cette histoire avec Xavier… et le départ des Marsh… je suis morte. J'ai besoin de recharger mes batteries pour demain.

Demain, le dernier vendredi du mois, jour de publication sur *Hôtels Confidentiels*.

— Pas de problème. Vous pouvez partir l'esprit tranquille.

Le front de Lizbet se plisse.

— Où est Alessandra ?

— Elle déjeune, répond Edie d'un ton léger, comme si sa collègue n'avait pas disparu depuis plus de deux heures.

Quelques minutes plus tard, Beatriz apparaît avec une nouvelle assiette de cookies. Elle secoue la tête en faisant la moue – ça ne l'arrange pas d'avoir dû faire cette seconde fournée, parce qu'elle doit préparer le service du soir au Bar bleu.

Edie lui lance :

— Dis-toi que tu vas faire le bonheur d'un client...

— J'espère que c'est Shelly Carpenter, rétorque Beatriz.

Edie éclate de rire, pourtant, lorsqu'elle sort pour aller à la piscine familiale et qu'elle aperçoit M. Ianucci sous un parasol avec son portable, elle se pose la question. *Serait-il... Shelly Carpenter ?* C'est vrai qu'il y a eu beaucoup de requêtes de sa part, à commencer par le séjour de deux nuits, ce qui implique qu'il devra être parti pour 11 heures au plus tard, demain, soit une heure avant la parution du billet mensuel.

— Et voilà, Monsieur Ianucci, dit-elle en lui présentant l'assiette.

Elle a tellement faim qu'elle pourrait la vider à elle toute seule. Les cookies, tout juste sortis du four, ont des pépites de chocolat au lait, de chocolat blanc et des morceaux de caramel ; ils sont croustillants sur les bords mais bien moelleux à cœur.

— Quel service ! s'exclame-t-il en en prenant deux.

Encore une fois, pas un « merci ». Elle est tentée de jeter un coup d'œil à ce qu'il écrit sur son ordinateur. Shelly Carpenter serait-elle vraiment Bob Ianucci ? Un homme ?

Oh, elle espère que non ! Ce serait une telle déception...

De retour dans le hall, elle voit une femme fondre sur la réception telle une flèche blonde. Elle dévisage Edie, puis l'ordinateur vide à côté d'elle.

— Où est-elle ? rugit-elle.

— Je vous demande pardon ? Où est qui ?

Et pourtant, Edie croit malheureusement deviner la réponse à cette question.

— Elle ! ajoute-t-elle en lui tendant son téléphone.

Elle fait défiler des photos : Alessandra dans une cuisine, Alessandra sur un pèse-personne, Alessandra étendue sur un magnifique lit king size qui ne doit pas être celui dans lequel elle dort chez Adam et Raoul.

— Elle a envoyé ces images à mon mari et l'a menacé de me les faire suivre s'il ne lui donnait pas 50 000 dollars.

Bien qu'elle ait le ventre vide, Edie a envie de vomir.

— Elle le fait chanter ! Où est-elle ?

— Elle déjeune, chuchote Edie.

Qu'est-ce qui se passe ? C'est pour ça qu'Alessandra a su comment faire peur à Graydon. Elle fait chanter les gens elle aussi ! Quelle faux cul ! Elle a couché avec le mari de cette femme et s'est prise en photo chez eux (habillée et pas nue, c'est déjà ça...).

Il est à présent 15 h 15, Alessandra est partie déjeuner il y a deux heures et demie. Évidemment. Son instinct a dû la prévenir que le vent allait tourner.

— Je vais l'appeler sur son portable, propose Edie. Vous êtes ?

— Heidi Bick. Elle me connaît.

Edie compose le numéro d'Alessandra, les yeux brûlant de larmes. Elles étaient devenues amies, toutes les deux, elles partageaient quelque chose. Non seulement parce qu'Alessandra avait fait plier Graydon et récupéré l'argent d'Edie, mais aussi parce qu'elle est intelligente et drôle, et que c'est la seule à comprendre vraiment à quoi ressemble son quotidien depuis plusieurs mois. Graydon lui a reproché d'accorder trop facilement sa confiance, et c'est quelque chose dont elle est fière désormais. Enfin cette fois, elle s'est trompée. Sur toute la ligne.

Elle tombe sur la messagerie. Elle considère Heidi Bick d'un air navré.

— Elle ne décroche pas.

— Elle a couché avec mon mari, elle a vécu dans ma maison !

Edie ferme les yeux. Elle songe brusquement que, dans la nature, les insectes et les reptiles aux couleurs les plus vives, ou avec une marque distinctive, sont les plus venimeux. Alessandra avait tous les signes – la chevelure de sirène, les strass sous les yeux, le badge accroché à l'envers. Elle attirait les êtres fragiles, elle les prenait au piège et se servait d'eux.

— Et ensuite, poursuit Heidi, le clou du spectacle ! Elle a volé ma voisine Lyric pour cacher ses affaires chez moi et me conduire à penser que Michael avait une aventure avec elle !

*Bonté divine*, gémit intérieurement Edie.

Heidi plisse les yeux.

— C'est tellement machiavélique que si je n'étais pas ulcérée je serais impressionnée.

Elle a un mouvement de recul.

— Mais je suis folle de rage. C'est une personne méprisable.

Elle agite son téléphone et ajoute :

— C'est du chantage. Cinquante mille dollars ? C'est de l'extorsion de fonds, et je vais la traîner en justice.

La porte de la piscine familiale s'ouvre et M. Ianucci entre dans le hall.

— Traîner en justice ? Ça chauffe par ici.

Edie sort son plus beau sourire factice comme elle dégainerait un pistolet.

— Qu'est-ce que je peux faire pour vous, Monsieur Ianucci ?

— J'ai visiblement égaré la clé de ma chambre. Pouvez-vous me donner une autre carte.

*S'il vous plaît*, songe-t-elle. *Ce que vous voulez dire, c'est : Pouvez-vous s'il vous plaît me donner une autre carte !*

— Avec joie ! lui répond-elle de sa voix faussement enthousiaste.

M. Ianucci n'y voit que du feu, mais Alessandra ne serait pas dupe, elle. Elle sait reconnaître les petits arrangements de la réception. Edie n'a pas envie de lui en vouloir. Elle n'a pas envie que ces accusations soient vraies. Elle aurait cambriolé la maison des voisins pour cacher des affaires chez son amant ?

En s'occupant de préparer une nouvelle carte pour la chambre 307, elle découvre une enveloppe en papier kraft sur laquelle son prénom a été griffonné, *Edie*. C'est l'écriture d'Alessandra.

Elle a tout à coup l'impression d'évoluer dans un roman de la série « Alice Détective ». D'où sort ce message ? Il est forcément là depuis qu'Alessandra est partie déjeuner et elle ne le remarque que maintenant.

Faut-il en conclure qu'Alessandra ne reviendra... jamais ? Cette pensée désole Edie, et elle se demande comment elle peut éprouver autant de colère et de tristesse à la fois.

Elle remet la clé magnétique à M. Ianucci et attend qu'il se soit éloigné en faisant claquer ses tongs (sans un merci, bien sûr) pour se tourner vers Heidi Bick.

— Alessandra ne reviendra pas aujourd'hui.

— Vous la protégez.

— Pas du tout, croyez-moi. Je trouve ses agissements terribles... épouvantables.

Elle cherche un autre synonyme.

— Odieux. Je veillerai à ce qu'elle prenne contact avec vous pour vous présenter ses excuses.

— Mais je ne veux pas qu'elle me contacte ! Je ne suis pas venue ici pour provoquer une scène spectaculaire digne d'une émission de téléréalité. Je lui ai envoyé un texto pour lui dire que j'étais au courant et que j'allais prévenir la police.

Elle range son téléphone dans son sac.

— Puis j'ai pensé que c'était lâche d'avoir fait les choses par écrit, alors je suis venue ici. Et plus je m'approchais de l'hôtel, plus la colère est montée.

Elle prend une inspiration et considère Edie d'un air implorant.

— Écoutez, j'ai tout à fait conscience que mon mari est responsable de la moitié de ce fiasco. Je veux juste qu'elle laisse ma famille tranquille.

— Je comprends. Je lui passerai le message.

Heidi Bick tend la main au-dessus du comptoir pour attraper le poignet d'Edie.

— Merci. Lizbet a de la chance d'avoir trouvé une perle comme vous.

— J'ignorais que vous la connaissiez...

C'est donc encore plus compliqué qu'elle ne le pensait.

— Nous sommes amies. J'ai envisagé de l'appeler en premier et de lui demander de renvoyer cette petite intrigante, mais Lizbet est débordée, je sais que c'est compliqué de recruter à l'heure actuelle, et je n'ai besoin de personne pour me défendre.

Edie se met un peu à paniquer : elle a beau être remontée contre Alessandra, elle n'a aucune envie que celle-ci soit renvoyée. Et comment feront-ils si elle ne revient pas ? La solution de facilité serait de proposer à la mère d'Edie, Love, de tenir la réception avec elle la journée, mais... hors de question. (Toutefois, comment pourrait-elle expliquer à Lizbet ou à sa mère ses réticences ?)

— Je comprends.

Heidi s'éloigne vers la sortie.

— Dites-lui bien d'aller pourrir la vie de quelqu'un d'autre !

À la seconde où Heidi Bick a disparu dehors, Edie déchire l'enveloppe. Celle-ci contient un mot : *Je suis désolée. Cet argent te revient de droit.* Et une liasse de billets de 100 dollars. Elle les compte : 4 000 dollars.

Les bonus hebdomadaires qu'elle a touchés.

Dès qu'Edie a fini sa journée et que Richie vient la relayer – il a très envie de lui dire combien il trouve leur maison, à Love et à elle, charmante, combien il leur est reconnaissant, bla-bla-bla, mais elle l'interrompt, elle n'a pas de temps à perdre –, elle enfourche un des vélos de l'hôtel et file vers Hooper Farm Road, où Adam, Raoul et Alessandra vivent. Elle répète dans sa tête son discours. Elle évacuera d'abord la colère : « Comment as-tu pu me faire ça, tu es une vraie faux cul, je te faisais confiance ! » Puis, une fois qu'elle aura vidé son sac, elle lui accordera son pardon. En arrivant dans la voie privée qui mène à la maison, elle trouve Raoul et Alessandra occupés à charger les faux sacs Louis Vuitton de cette dernière dans le coffre de la voiture de Raoul, et elle oublie aussitôt d'évacuer sa colère.

— Attendez ! crie-t-elle en s'arrêtant dans un beau dérapage.

Ils se retournent vers elle, ne disent rien. Raoul finit par regarder sa montre.

— Je dois aller bosser. Je suis déjà en retard, et on sait tous qu'Adam ne me le pardonnera pas.

Il considère Alessandra d'un air interrogatif.

— Je te dépose au ferry ou pas ?

— J'ai parlé à Mme Bick, intervient Edie. C'est bon, tu n'es pas obligée de partir, elle ne dira rien à Lizbet, elle veut juste que tu... la laisses tranquille.

L'expression de Raoul demeure impassible, et Edie se demande si elle est en train de provoquer une scène spectaculaire digne d'une émission de téléréalité, mais même si c'est le cas Raoul n'en parlera à personne. C'est une tombe.

Alessandra hoche la tête.

— Va travailler, dit-elle à Raoul. Je vais rester pour discuter avec Edie.

— Et ton ferry...

— Je changerai mon billet.

Elle laisse ses sacs de voyage sur le perron et invite Edie à l'intérieur, ce qui est un sacré motif de réjouissance, car qui ne rêve pas de voir où vivent ses collègues, surtout quand ils habitent au 23 Hooper Farm Road ? D'après la mère d'Edie, cette maison a hébergé plusieurs personnalités hautes en couleur au fil des ans. Des serveurs du Bistro bleu l'ont louée plusieurs étés de suite, suivis par des pilotes de Cape Air et, ensuite, des filles qui appartenaient à une équipe de paysagistes de haute volée.

Mais si Edie s'attend à trouver des murs troués par les poings de types jaloux ou des traces de brûlure en souvenir de soirées fondue ayant mal tourné, elle va être déçue. Le salon est envahi par les appareils de musculation de Raoul, le linoléum de la cuisine part en lambeaux et le petit couloir qui doit conduire aux chambres est court, mal éclairé. Alessandra l'emmène dans le jardin clos à l'arrière, où la table de la cuisine est installée sur une pelouse qui vient juste d'être tondue (sans doute par Raoul). Une guirlande lumineuse blanche est accrochée dans les branches de l'immense arbre qui fournit une arche d'ombre généreuse.

Alessandra s'assied à table, et Edie s'installe à côté d'elle. *Je vais devoir la supplier de rester*, pense-t-elle, *c'est complètement tordu, non ?*

— Tu as fait chanter le mari de cette femme ! s'exclame-t-elle.

Elle est fière d'elle, elle n'a pas complètement renoncé à sa colère.

— C'est vrai, répond Alessandra. Pour ma défense, même si, honnêtement, Edie, il n'y a aucune excuse pour ce que j'ai fait, Michael m'a raconté que sa femme et lui prenaient leurs distances, ce qui m'a laissée croire que la voie était libre.

Elle secoue la tête avant de poursuivre :

— J'ai compris presque tout de suite qu'il mentait, mais c'était son péché, pas le mien. Et puis, quand l'arrivée de sa femme pour l'été est devenue imminente, j'avais... un levier de négociation, et je l'ai utilisé pour me faire de l'argent.

Edie cligne des yeux, sonnée.

— Et ensuite tu as caché des affaires de leur voisine chez eux ?

Alessandra soupire.

— Oui. À ce stade, c'était comme un jeu. J'ai piqué une ombre à paupières, une paire de chaussures... ça aurait suffi. Je savais que Michael n'avait pas remarqué que sa femme portait du Bobbi Brown et sa voisine du Chanel, ou qu'elles ne faisaient pas la même pointure. Mais je suis tombée sur un test de grossesse positif dans la poubelle de la salle de bains, et je n'ai pas pu résister à jeter de l'huile sur le feu.

— Quoi ?

Alessandra pose une main sur le bras d'Edie.

— C'est pour cette raison que je ne voulais pas qu'on devienne amies. Je suis quelqu'un d'affreux. Je suis pourrie jusqu'à la moelle.

Tout s'éclaire. Edie ne doit effectivement pas devenir amie avec Alessandra. Elle ne doit surtout pas en faire un modèle. Et pourtant même maintenant, alors qu'elle est au plus bas, Alessandra reste naturellement époustouflante. Elle s'est fait une queue-de-cheval, son maquillage du matin s'est estompé, les strass sous ses yeux sont tombés, mais elle reste chic dans son jean décoloré, son vieux tee-shirt et le seul jonc en or qu'elle ne retirera jamais, un bracelet « Love » de chez Cartier. Quelqu'un a suffisamment tenu à elle un jour pour le lui offrir.

— Puis j'ai commencé à coucher avec des clients de l'hôtel en échange de la mention de mon nom dans leurs critiques élogieuses en ligne.

Elle se penche en avant pour abattre les deux paumes sur la table.

— C'est comme ça que j'ai gagné les 4 000 dollars. Je me suis prostituée. Je voulais cet argent, et je me suis arrêtée parce que...

— Parce que tu t'es dit que tu devais laisser une chance aux autres de gagner ?

Alessandra éclate de rire.

— Non ! J'ai arrêté parce que cet abruti avec la Corvette, celui de la 310, tu te souviens ?

— Très bien... beurk !

— Il m'a emmenée dîner chez Topper's. Il n'a fait que parler de lui, mais je n'étais pas là pour sa conversation de toute façon. De retour à l'hôtel, il m'a jetée sur le lit, il a déchiré ma robe et il m'a immobilisée. Il m'aurait violée si je n'avais pas réussi à le repousser.

— Oh, non, Alessandra ! Comment as-tu fait pour le repousser ? Ce type était hyper costaud.

— Si cette expérience a eu un côté traumatisant, elle m'a aussi permis de me ressaisir. J'ai arrêté de chercher à séduire des clients et je me suis concentrée sur mon travail.

Elle s'interrompt.

— Et puis Xavier Darling a débarqué, et je me suis dit : « Il est riche et célibataire, pourquoi ne pas le séduire, lui ? »

— Oh, Alessandra, il doit avoir 70 ans.

— De toute façon, je ne l'intéressais pas. Alors j'ai envoyé à Michael les photos que j'avais prises et gardées au cas où.

Elle plonge ses yeux dans ceux d'Edie.

— Je ne t'en voudrais pas si tu refusais de m'adresser la parole pour toujours. Je savais très bien que tu avais été victime de chantage, et ça ne m'a pas empêchée de faire pareil.

— Ouais, murmure Edie.

— Je n'ai pas eu des parents comme les tiens dans mon enfance. Des parents qui s'évertuent à montrer l'exemple, qui t'apprennent à faire les choses correctement. Je n'ai pas grandi dans un entourage aussi bienveillant, dans une ville où tout le monde m'aurait appelée « Princesse Alessandra » et aurait été là pour moi. J'ai conscience que ce n'est pas une excuse, je sais quand même faire la différence entre le bien et le mal, et j'ai systématiquement choisi le mal. Heidi Bick aurait raison de me poursuivre, elle aurait raison de vouloir me faire renvoyer...

— Ce n'est pas son intention. Tant que tu les laisses tranquilles.

— Bien sûr.

Elle adresse un sourire las à Edie.

— J'aimerais parfois que les hommes soient moins prévisibles.

*C'est cet aveu surtout qui trahit leur différence d'âge*, songe sa cadette. Les hommes sont prévisibles du point de vue d'Alessandra, alors que pour Edie ils restent un mystère.

— Je veux que tu restes. Je t'en veux de ce que tu as fait, mais l'idée de terminer la saison sans toi me panique. À qui est-ce que je me plaindrais de M. Ianucci ?

— Ianucci... Je te le dis, ce type est un flic.

Edie sourit.

— J'ai imaginé qu'il pourrait être Shelly Carpenter.

— Elle publie un billet demain.

— Raison supplémentaire pour toi de rester. Allez, Alessandra !

— D'accord, dit-elle, les larmes aux yeux. Merci pour... je ne sais pas, pour avoir débarqué ici, pour avoir été dure et compréhensive en même temps.

Les coins de sa bouche se soulèvent légèrement.

— Je t'ai bien élevée.

Edie sort l'enveloppe en kraft de son sac à dos.

— Tiens, je te rends ton argent d'ailleurs.

— Non ! J'ai triché. Il est à toi.

— Tu es une super réceptionniste. Il te revient.

— Je ne le reprendrai pas, Edie. Je ne le mérite pas.

Edie sort les billets.

— On partage, alors ?

— D'accord, soupire Alessandra.

Edie compte 2 000 dollars et les pose devant son amie. Elle pense alors à son petit club d'espionnage avec Zeke et se demande si elle est tenue de lui raconter cette histoire.

Elle en conclut que non. Celle-ci fera partie des petits arrangements de la réception.

# 25

## Dernier vendredi du mois d'août

Lizbet et Edie se retrouvent dans le bureau de la directrice à 11 h 58, et à 11 h 59 Lizbet ouvre son application Instagram. Dès que son téléphone indique 12 heures, elle se rend sur le compte *Hôtels Confidentiels* et rafraîchit la page, mais elle ne voit que le dernier avis de Shelly Carpenter sur le bed and breakfast de Hyannis Port.

— Allez, Shelly !

Elle se tourne vers Edie.

— Ça lui est déjà arrivé de poster en retard ?

— Rafraîchissez la page, lui conseille Edie.

Lizbet inspire puis s'exécute.

Sur son écran apparaît une photo de Zeke et Adam, qui s'encadrent dans l'entrée de l'hôtel. Ils sont tous les deux souriants et agitent la main ; on voit aussi les pots de fleurs sur les marches du perron, un des grands fauteuils à bascule et une table-brasero sous la galerie. Elle cligne des yeux. C'est bien vrai ? C'est leur hôtel ? Avec leurs portiers ? Parce qu'elle a l'impression que son imagination lui joue un tour. Qu'elle a des visions.

Edie, qui s'est connectée sur son propre téléphone, pousse un cri, et Lizbet lit la légende.

Elle bondit de son fauteuil de bureau, attrape les mains d'Edie et, ensemble, elles dansent dans le bureau. Des larmes brouillent les yeux de Lizbet, elle n'en revient pas, et pourtant elle savait, oui elle le savait, qu'ils réussiraient. Au fond d'elle, elle le savait. Elle croyait, autrefois, qu'avoir rencontré JJ et travailler à La Terrasse était son rêve, et elle se trompait... C'est ça, ici. Elle était faite pour cet hôtel.

— On a réussi ! hurle Edie. On ! A ! Réussi !

Adam et Zeke accourent ; Adam est en ligne avec Raoul, qui vient de voir le billet chez eux. Alessandra fait une entrée discrète, et Lizbet la serre dans ses bras, parce que, qu'on le veuille ou non, ils n'auraient jamais obtenu cinq clés sans elle. Lizbet envoie un message à Mario : *5 CLÉS !!!*

— Quelqu'un a lu la critique ? demande soudain Adam.

— Non ! s'exclame Edie. Allez, on la lit en même temps. Un, deux…

— Attends, je ne suis pas prêt, la coupe Adam, avant de trouver le bon lien. OK, c'est parti !

Ils cliquent tous dessus.

*Hôtels Confidentiels*, par Shelly Carpenter

26 août 2022

Hôtel Nantucket, à Nantucket dans le Massachusetts, 5 CLÉS

Bonjour, bonjour, mes amis !

Il y a près de quinze ans que je chronique mes expériences dans les hôtels, et je n'ai jamais été tentée d'utiliser l'adjectif « meilleur ». Je ne le trouve pas pertinent dans le domaine de l'hôtellerie. Comment pourrait-on comparer le Siam de Bangkok à l'Auberge du Soleil de Napa ou au Dulini River Lodge d'Afrique du Sud ? La réponse est qu'on ne peut pas. Ces établissements sont tous remarquables mais ils n'appartiennent pas à la même espèce.

Et cependant, depuis mon récent séjour à l'Hôtel Nantucket, je me débats pour trouver un autre terme que « meilleur ». J'ai, pour la première fois, accordé cinq clés à un établissement, et il ne fait pas le moindre doute pour moi que cette cinquième clé si convoitée est parfaitement méritée.

L'Hôtel Nantucket, construit dans les années 1910, a survécu à un incendie, à des difficultés financières et à des propriétaires aux goûts douteux. Il se trouvait dans un état de délabrement avancé et n'avait pas trouvé d'acheteur depuis plus de dix ans lorsque le milliardaire londonien Xavier Darling s'en est porté acquéreur.

Vous le savez depuis le temps, mes amis, pour moi, la qualité essentielle d'un hôtel tient à sa façon de faire vivre un lieu. Contrairement aux trois autres établissements de luxe de l'île - le White Elephant, le Nantucket Beach Club and Hotel, le Wauvinet -, l'Hôtel Nantucket n'est pas situé au bord de l'océan. Il occupe tout un pâté de maisons dans Easton Street, qui se trouve à quelques pas seulement des rues pavées du centre historique de la ville. Dans son hall vaste et lumineux, l'histoire (les poutres en chêne du bâtiment d'origine, un véritable baleinier reconverti en lustre) rencontre la modernité (fauteuils et poufs confortables, tables chargées de livres et de jeux). Contrairement à certains espaces communs, celui de l'Hôtel Nantucket attire les clients. Le petit déjeuner continental, simple mais impeccable, y est servi tous les matins entre 7 heures et 10 h 30 (ne ratez ni le café au percolateur ni les croissants aux amandes), et pendant mon séjour un jeune prodige des échecs faisait des parties avec tous les clients assez courageux pour l'affronter. Souvent, un petit attroupement se formait autour de lui.

J'ai été, tout au long de mon séjour, frappée par les largesses du personnel, qui ont commencé dès mon arrivée. On m'a proposé l'une des merveilleuses suites de l'hôtel pour le tarif d'une chambre standard donnant sur la rue. La partie séjour de la suite comporte un mur entier de livres - un mélange de best-sellers du moment (avec une étagère entière dédiée aux « livres de plage ») et de classiques. La banquette devant la baie vitrée est suffisamment longue et large pour qu'un adulte puisse s'y étendre (j'ai si souvent l'impression que ces sièges ne sont là que pour la décoration). Il ne faut pas que j'oublie de parler du minibar garni de produits offerts.

Vous avez bien lu, mes amis. Offerts.

On y trouve des bières locales, du vin, de l'alcool, des rillettes de poisson fumé et du guacamole, tous deux provenant du marché aux poissons de l'île, ainsi que des crackers et des chips - avec la possibilité d'en demander sans gluten.

La principale chambre contient le plus grand lit dans lequel il m'a été donné de dormir jusqu'à présent (on appelle ça une taille empereur). Les draps viennent de chez Matouk (ma marque préférée, comme vous le savez) et le dessus-de-lit en cachemire est tissé sur l'île chez Nantucket Looms. Le plafond de la chambre a été peint à la main par l'artiste Tamela Cornejo, qui a représenté le ciel nocturne de l'île, et c'est un choix particulièrement judicieux - la célèbre astronome Maria Mitchell est née à Nantucket.

La salle de bains est devenue mon nouvel étalon en la matière : spacieuse, luxueuse, parfaitement équipée. La douche a été tapissée de coquilles d'huîtres, l'éclairage au-dessus du lavabo me donnait l'air aussi fraîche qu'Anne Hathaway dans *Le Journal d'une princesse* (est-ce que je me vieillirais ?), et les toilettes sont séparées, ce qui a ma préférence.

L'hôtel possède un espace bien-être que, je tiens à être franche, je n'ai pas visité après mon inspection initiale (mais j'ai entendu beaucoup de clients s'extasier sur la salle de sport, le sauna et le studio de yoga), et deux incroyables piscines, l'une qui se transforme en ruche joyeuse grâce à la présence des familles, et l'autre qui constitue un havre de paix réservé aux adultes.

Mes amis, j'ai officiellement atteint mon nombre maximal de signes, mais je refuse de m'arrêter, parce que je n'ai pas encore parlé du meilleur !

Le restaurant, le Bar bleu, est la création du chef Mario Subiaco (je n'ai pas la place de lister ici toutes ses distinctions, allez sur Google). Cet endroit offre une expérience qui n'a pas sa pareille à Nantucket : on a l'impression de participer à une soirée chic et sélecte à laquelle on n'en revient pas d'avoir été invité. Les cocktails sont fabriqués avec les meilleurs alcools du marché, la nourriture est à la fois régressive (saucisses feuilletées), un peu rétro (œufs mimosa) et parfois franchement raffinée (des petits sandwichs au caviar). Tous les repas se terminent avec une crème fouettée sublime (version végane disponible sur demande !). Une boule à facettes cuivrée se met à tourner tous les soirs à 21 heures, et la musique change alors pour une sélection de tubes des années 1980.

Mais le meilleur, à l'Hôtel Nantucket, ce n'est ni la convivialité du hall, ni le luxe du lit, ni l'atmosphère festive du Bar bleu.

Non, le meilleur, c'est son personnel. Il m'a peut-être fallu quinze années pour le comprendre, mes amis, toutefois je l'ai enfin compris : les hôtels, ce n'est pas une histoire de chambre. Ce n'est pas non plus une histoire d'équipements. C'est une histoire de personnes. Et celles qui travaillent à l'Hôtel Nantucket sont ce qui lui a valu la cinquième clé.

Les réceptionnistes, les portiers, le veilleur de nuit, l'équipe de ménage et la directrice, Lizbet Keaton, se sont montrés attentifs. Ils sont à l'écoute. Amicaux et serviables. Ils connaissent leur île. Et, surtout, ils sont gentils.

Certains d'entre vous se demandent sans doute si je compte aborder le sujet qui fâche : l'Hôtel Nantucket est-il hanté par le fantôme de Grace Hadley, une femme de chambre qui a péri lors d'un incendie en 1922, ainsi que le prétendent l'Associated Press, le *Washington Post* et *USA Today* ? Je ne crois pas aux fantômes, ou plutôt je n'y croyais pas avant mon séjour dans cet hôtel. Pendant le temps que j'y ai passé, j'ai entendu parler de lumières qui clignotent, de musique qui hurle sans prévenir, de volets électriques qui deviennent fous. Aucune de ces histoires ne m'a vraiment convaincue. Et néanmoins j'ai senti une présence attentive, protectrice presque. J'ai donc acquis la conviction inébranlable que Grace Hadley veille sur la clientèle de l'hôtel (et qu'elle a veillé sur moi le temps de ma présence entre ces murs) et qu'elle l'aime, oui. (Mais comme avec toute femme de caractère, mieux vaut éviter de la prendre dans le mauvais sens du poil, si vous voulez mon avis !)

Je suis sûre que certains d'entre vous ont déjà deviné ce que je m'apprête à ajouter maintenant : c'est mon dernier billet sur le blog *Hôtels Confidentiels.* Vous penserez peut-être que j'arrête parce que j'ai enfin trouvé la perfection, mon Shangri-La personnel, et il y a sans doute une forme de vérité là-dedans. Tous les hôtels que je visiterai après une expérience aussi complète me décevront forcément. Mais la véritable raison de mon renoncement à poursuivre ce blog, la plus essentielle, c'est que je veux avoir plus de temps à consacrer à mes enfants. (Eh oui, surprise ! J'ai deux enfants... et un chien !)

J'aimerais vous remercier, mes amis, de m'avoir accompagnée lors de mes voyages autour du monde. Si la critique hôtelière peut se révéler une pratique solitaire (je voyageais seule et incognito, sans pouvoir partager ma véritable identité ni parler de ma vie aux gens que je rencontrais), j'ai toujours eu le sentiment que vous, mes lecteurs, étiez à mes côtés. Et vous n'avez pas fini d'entendre parler de Shelly Carpenter ! Je commence un nouveau blog sur la reconstruction amoureuse après l'échec d'un mariage. Il s'appellera *Le Second Chapitre.*

Qui choisit bien son hôtel a la vie belle !

SC

Lizbet s'étrangle en lisant les adjectifs utilisés par Shelly pour décrire le personnel. Attentifs. Amicaux. Serviables. Gentils.

Edie renifle, et Zeke prend un mouchoir dans la boîte posée sur le bureau de la directrice pour le lui tendre. (*Attentifs,* songe Lizbet. *Et gentils.*)

Puis, arrivée au paragraphe sur le fantôme, Grace Hadley, elle se dit d'abord : *c'est bien notre veine, ça va attirer d'autres clients fascinés par les esprits,* avant de se rendre compte que Shelly a raison. Grace Hadley veille sur eux tous.

Vient ensuite la nouvelle de la fin du blog.

— Quoi ? s'exclame Edie. Shelly Carpenter veut rester chez elle pour s'occuper de ses deux enfants et de son chien ?

— Son chien ? répète Zeke d'un ton chargé de sous-entendus.

— Beaucoup de gens ont deux enfants et un chien, tempère Adam. Le monde entier.

Puis Lizbet arrive au passage dans lequel Shelly Carpenter évoque son nouveau blog. Adam lit par-dessus son épaule :

— « ... sur la reconstruction amoureuse après l'échec d'un mariage. »

Un hurlement de rire lui échappe.

— C'est bien Kimber ! Kimber est Shelly Carpenter !

À cette seconde, la porte du bureau de Lizbet s'ouvre, et Richie entre.

— On a les cinq clés, tu as vu ? lui lance Edie.

Puis elle écarquille les yeux.

— Tu savais ? Tu savais que Kimber est Shelly Carpenter ?

— Je l'ai découvert la veille de son départ. Elle ne voulait pas m'en parler avant d'avoir terminé son billet. C'est une vraie professionnelle.

Une vibration se fait alors entendre, et Richie sort son portable de sa poche.

— Salut, mon chou... Oui, ils ont compris. On est tous dans le bureau de Lizbet... Ah, d'accord, je leur dis. Je t'aime.

Il raccroche avec un sourire triste.

— Vous lui manquez déjà.

28 août 2022
De : Xavier Darling (xd@darlingent.co.uk)
À : employés de l'Hôtel Nantucket

Ce fut un plaisir et un honneur de vous rencontrer tous en personne la semaine dernière. Je suis désolé de ne pas avoir pu rester plus longtemps.

Vous méritez des félicitations pour la cinquième clé décernée par Shelly Carpenter d'*Hôtels Confidentiels*. Bravo !

Cette critique hôtelière redoutable a arpenté le globe, et c'était mon objectif pas si secret de décrocher cette cinquième clé, mais c'est vous tous qui avez impressionné Mme Carpenter. J'ajouterai donc un bonus de 1 000 dollars au salaire de chacun d'entre vous cette semaine.

Malheureusement, je me dois maintenant de vous faire part d'une nouvelle attristante : je mets l'Hôtel Nantucket en vente dès demain. J'ai déjà reçu l'offre d'un ami et collègue qui voudrait transformer les lieux en bureaux. Autrement dit, à moins qu'un autre acquéreur se présente et me fasse une offre aussi intéressante, l'Hôtel Nantucket ne sera plus un hôtel.

Je vous remercie toutes et tous pour votre temps, votre énergie, votre professionnalisme et votre investissement cet été. Que chacun d'entre vous n'hésite pas à me demander une lettre de recommandation pour la suite de ses aventures professionnelles, quelles qu'elles soient.

Je vous souhaite le meilleur,

XD

Le mail de Xavier arrive dans la boîte de Lizbet à 17 heures le dimanche, et elle est tentée de l'ignorer, parce qu'elle est épuisée par l'excitation de la semaine passée. Elle a envie d'aller chercher une pizza chez Pi, de se faire couler un bain puis de se mettre au lit pour regarder *Ted Lasso* jusqu'à ce que Mario ait fini au bar. Mais c'est Xavier, alors elle ne peut pas attendre jusqu'au lendemain.

Mettre l'hôtel en vente… transformer les lieux en bureaux ? Elle a l'impression de lire sa propre nécrologie.

Edie entrouvre la porte du bureau.

— Lizbet ? Vous avez vu ?

— Je… Je…

Les mots lui manquent. Depuis deux jours, elle flottait sur un petit nuage. Tous les habitants de l'île se sont manifestés – un appel, un texto, un message sur Facebook ou Instagram – pour la féliciter, et avec elle toute son équipe, d'avoir obtenu la cinquième clé. JJ lui a fait livrer un bouquet (le premier en un an qu'elle n'a pas renvoyé). Ses parents l'ont appelée de Minnetonka. Elle a été contactée par de nombreux médias, parmi lesquels le *New York Times*, *Travel and Leisure*, *CBS Sunday Morning*, *Afar*, le podcast *Armchair Explorer*... Tous voulaient réaliser des interviews, rédiger des articles ou des chroniques. Mais surtout, Lizbet a reçu des nouvelles de sa vieille camarade de chambre, Elyse Perryvale, grâce à laquelle elle est venue à Nantucket la première fois. Elyse lui a écrit que sa famille a, malheureusement, vendu sa maison sur l'île, mais qu'elle réserverait des chambres à l'Hôtel Nantucket l'année prochaine pendant deux semaines.

Lizbet voulait discuter avec Xavier de la possibilité d'augmenter légèrement leurs tarifs, parce que le téléphone sonne en continu depuis deux jours : à ce rythme, ils allaient afficher complet pour l'été suivant d'ici la fête du Travail, et ils devraient ouvrir une liste d'attente. On ne vend pas un hôtel quand on a la garantie d'avoir une clientèle un an plus tard ! Xavier aurait-il omis de regarder les comptes ? C'est une affaire florissante, et maintenant qu'ils ont la cinquième clé et qu'ils ont retenu l'attention des médias, ils devraient foncer. Elle rêve de rénover le dernier étage pour créer de nouvelles chambres, et peut-être de prolonger l'ouverture de l'établissement jusqu'au tout début du mois de décembre. Elle aimerait beaucoup créer une vraie terrasse pour admirer le coucher de soleil sur le toit, peut-être embaucher Adam à temps plein pour se charger de l'animation musicale du hall, faire un peu de compétition au piano-bar du Club Car. Leur compte Instagram aurait bien besoin d'un petit coup de boost, elle pourrait proposer à Edie comme mission supplémentaire d'alimenter les réseaux sociaux. Il y a tant à faire encore... ils n'en sont qu'au tout début !

— Il vend l'hôtel, dit Edie. Il a déjà un acheteur.

Lizbet lui fait un clin d'œil rassurant.

— Il doit y avoir autre chose, une contrariété, je ne sais pas. Ce n'est pas possible, il ne peut pas vendre.

— Vous croyez ?

— Je vais l'appeler.

Le temps que la connexion soit établie, elle se demande une fois encore s'il s'est passé quelque chose pendant son séjour. Il est parti si vite, si précipitamment, sans même dire au revoir. C'était peut-être réellement un problème professionnel... pourtant l'instinct de Lizbet lui souffle autre chose.

Elle tombe directement sur la messagerie. Il est 23 heures à Londres, et on est dimanche soir, mais il a envoyé le mail il y a seulement dix minutes. Il ne peut pas déjà dormir. Elle rappelle de son portable. Répondeur.

Elle lui envoie un texto, ce qu'elle n'a encore jamais fait. Ça lui a toujours semblé trop informel, trop familier, mais il s'agit d'une urgence. Xavier, pourrait-on s'il vous plaît parler de votre mail dès ce soir ? Je ne suis pas certaine de trouver le sommeil autrement.

Elle fixe l'écran de son téléphone dans l'espoir de faire apparaître une réponse. Presque aussitôt, trois points s'animent dans la bulle de réponse. Que va-t-il lui écrire ? Elle a besoin de lui parler, de comprendre. À supposer qu'il ait fait une expérience négative lors de son séjour, ce mauvais souvenir n'a-t-il pas été déjà effacé par les cinq clés de Shelly ?

Les points disparaissent, mais aucun message ne les remplace. Lizbet relève ses mails : rien. Il ne veut pas lui parler ; c'est ce qui l'emplit d'une panique brûlante qui lui fait monter les larmes.

Elle se précipite dans la cuisine de Mario, même si le bar se remplit déjà et qu'il a commencé son service. Elle l'aperçoit, plus beau que jamais dans sa veste de cuisine blanche, son pantalon en pied-de-poule et sa casquette des White Sox, il examine les assiettes sur le passe-plat. Elle s'attend à ce qu'il lui demande de partir – elle ne l'a encore jamais dérangé pendant le service –, pourtant il s'écarte de son poste.

— Beatriz, tu peux prendre ma place, s'il te plaît ? J'en ai pour une minute.

Il emmène Lizbet dans la cuisine adjacente, plus calme à cette heure de la journée. Un énorme pâton est en train de lever dans un plat – celui des croissants du petit déjeuner.

— Tu es au courant ?

— Il a fait exactement ce que je craignais qu'il fasse, répond Mario. Il a tout débranché.

— Mais pourquoi ? Il ne voit pas à quel point tout est merveilleux ?

— Il a obtenu ce qu'il voulait. La cinquième clé. Les types comme Xavier ne font pas ça pour l'argent ou pour l'intérêt général, restaurer un bâtiment historique, encourager l'économie locale, créer des emplois... Une seule chose les intéresse : la frime. Il a sans doute parié avec un type rencontré dans son club londonien qu'il était capable d'acheter un hôtel et de décrocher la fameuse cinquième clé. Il a réussi, et maintenant il veut se débarrasser de son joujou.

Lizbet voudrait éprouver de la colère, mais elle est si fatiguée que la tristesse prend le dessus. Elle pleure à nouveau contre la veste immaculée de Mario, et il la serre dans ses bras, lui caresse le dos.

— Ça va aller... On ira en Californie. Tu pourras travailler dans un hôtel là-bas. Je connais le directeur du Shutters, ça te plaira, tu verras, tu bosseras sur la plage, à Santa Monica.

— Je n'ai pas envie d'être sous les ordres de quelqu'un d'autre.

Est-ce que sa réaction peut sembler puérile ? Sans doute, mais elle n'a aucune envie de prendre un boulot à Los Angeles. Elle ne se voit pas non plus travailler ailleurs sur l'île. Pour arriver où elle en est arrivée, elle a pris un virage à 180 degrés, et ça lui a réussi !, mais elle ne peut pas revenir en arrière et recommencer.

— On trouvera une solution ensemble, d'accord ?

Il s'écarte légèrement pour pouvoir la regarder dans les yeux.

— Tu n'es plus seule, tu sais. Je suis là, et je n'ai plus de boulot, moi non plus.

— On doit le faire changer d'avis.

Mario soupire.

— Xavier ne changera pas d'avis, Lizbet.

Soudain, Zeke déboule en courant. Sa présence est si inattendue qu'elle s'imagine aussitôt que Xavier est en ligne. *Il a rappelé, il veut bien me parler !*

— On a besoin de vous à la réception, il y a un problème.

Il y a en effet un sacré problème : de retour dans le hall, elle aperçoit Richie avec trois hommes en costume, et l'un d'eux lui passe des menottes !

— Attendez ! s'écrie-t-elle.

Elle a l'impression qu'elle est littéralement en train de perdre la tête.

— Que se passe-t-il ? demande-t-elle.

— M. Decameron est en état d'arrestation pour recel de données personnelles, lui répond l'un de ceux qui ne tient pas les menottes.

Il présente son badge.

— Agent Ianucci, du FBI.

Lizbet n'en croit pas ses yeux. M. Ianucci, de la chambre 307 !

— Richie ?

Il baisse la tête, penaud.

— Je suis désolé, Lizbet.

# 26

# Radio Nantucket

Le dimanche soir, Eddie l'Éclair se rend à son agence immobilière de Main Street pour rédiger une annonce de vente. Il a reçu un appel de Xavier Darling plus tôt dans l'après-midi ; le propriétaire de l'Hôtel Nantucket veut le céder, et rapidement. Il a déjà reçu une offre d'un collègue à Londres qui veut transformer l'établissement en immeuble de bureaux, mais celui-ci refuse de monter au-delà de 16 millions.

— Mettez-le à 25. De vous à moi, je suis prêt à accepter 20, a dit Xavier.

— Vous avez investi 30 millions, a rétorqué Eddie, 32 en comptant les travaux.

— Je le ferai passer en pertes dans mon bilan annuel. Enfin, en pertes raisonnables.

Eddie poste l'annonce sur son site Internet à 19 heures. Xavier a informé Lizbet et l'ensemble du personnel de son intention de vendre à 17 heures.

*Pauvre Lizbet,* se dit l'agent. Elle s'est investie corps et âme dans ce lieu, et grâce à elle c'est une réussite magnifique, un phénix qui a surgi de ses cendres. Elle est si douée qu'il va lui proposer de travailler pour lui, chez Bayberry Properties. Il lui paiera sa formation.

Il se rend ensuite au Ventuno pour trinquer à son succès. Il informe le barman, Johnny B, qu'il remet en vente l'Hôtel Nantucket pour 25 millions de dollars. Ceux d'entre nous qui sont témoins de cet échange ne manquent pas de remarquer la note d'enthousiasme mal contenue dans la voix d'Eddie. Il peut espérer toucher une jolie commission s'il trouve l'acquéreur.

L'une des clientes assises assez près d'Eddie au bar du Ventuno pour l'entendre n'est autre que Charlene, l'aide-soignante employée par la maison de retraite Our Island Home. Elle est venue noyer son chagrin parce que son résident préféré, Mint Benedict, a attrapé une pneumonie et que les médecins doutent qu'il survive encore une semaine.

Le lendemain matin, lorsqu'elle lui rend visite à l'hôpital, il lui demande d'aller vider son coffre à la Nantucket Bank.

— Il y a certains bijoux de ma mère que j'aimerais vous donner, lui explique-t-il d'une voix rauque et cassée. Et des papiers que je voudrais vous charger de passer en revue, des lettres, le journal intime de mon père...

Charlene lui tapote la main, brûlante malgré les antibiotiques en intraveineuse.

— J'apporterai tout ici, nous regarderons ça ensemble, d'accord ?

Elle envisage d'informer Mint qu'elle a entendu dire, la veille au soir, que l'Hôtel Nantucket allait à nouveau être mis en vente, mais elle n'est pas certaine que cette nouvelle lui fasse plaisir – il avait raison, cet endroit semble définitivement maudit –, et elle ne veut pas prendre le risque d'empirer son état. Elle décide donc de garder cette information pour elle.

Jordan Randolph du *Nantucket Standard* remarque la nouvelle annonce de Bayberry Properties dès sa parution. Il appelle Lizbet pour savoir ce qui se passe, mais elle n'est pas disposée à faire de commentaire.

Il apprend ensuite que le FBI a arrêté quelqu'un dans l'enceinte de l'hôtel et il contacte sur-le-champ la police de l'île pour savoir ce qu'Ed Kapenash peut lui apprendre à ce sujet.

— Recel de données personnelles.

Ed est ronchon même dans ses bons jours, et ce soir il a l'air particulièrement épuisé. Jordan compatit – c'est la fin d'un été long et chaud, tout le monde sur l'île aurait bien besoin d'une sieste de trois jours.

— Leur réceptionniste de nuit vendait des informations concernant les clients, numéros de cartes de crédit, adresses, permis de conduire. Il se faisait une petite fortune avec son trafic.

— Ah oui !

— Apparemment, les agents fédéraux le surveillaient depuis un moment. Il a détourné des fonds d'une compagnie d'assurances dans le Connecticut, il prélevait sur son compte sa pension alimentaire. L'entreprise ne l'a pas poursuivi à cause de son ancienneté, et parce que son ex-femme ne l'a vraiment pas épargné lors de leur divorce. Puis il a été en cheville avec un de ces types qui spéculent sur les baskets de marque, qui s'est fait pincer pour fraude fiscale. Je suppose que Decameron était au courant et acceptait de toucher un petit quelque chose pour la boucler.

— Lizbet l'a engagé malgré tout ? s'étonne Jordan.

— Elle devait avoir désespérément besoin d'un coup de main. Au bout du compte, elle a embauché un type qui présentait bien mais qui avait complètement perdu pied.

Après un silence il ajoute :

— Certains jours, je me sens comme lui.

— Ouais, moi aussi...

Et leur conversation se conclut dans un éclat de rire.

Sharon la Blonde n'en revient pas de sa chance. L'Hôtel Nantucket est au cœur de tous les cancans de l'île au moment précis où sa sœur, Heather, arrive pour y passer une semaine. Sharon attend Heather (qui est brune !) à l'aéroport, la conduit jusqu'à Easton Street, et l'accompagne dans l'hôtel au prétexte de l'« aider à s'installer ». En réalité, Sharon aimerait bien découvrir ce qui se passe exactement. Elle croise Princesse Edie Robbins sur les marches du perron. Edie la salue et lui explique qu'elle sort déjeuner mais que sa collègue Alessandra se fera un plaisir d'accueillir Heather.

*Bingo !* se réjouit Sharon. Alessandra est justement l'une des personnes qu'elle veut voir, parce qu'on raconte que c'est elle qui a couché avec Michael Bick puis tout manigancé pour faire croire que Lyric Layton était sa maîtresse. Sharon s'attend à découvrir une créature digne d'incarner une méchante dans un James Bond, et si elle n'est pas déçue par le physique d'Alessandra – une bombe avec de longs cheveux blond-roux et un maquillage sophistiqué (elle porte de l'eye-liner blanc et Sharon se demande si elle pourrait oser ou si elle a vingt-cinq ans de trop, et les petits strass sous les yeux ?) –, celle-ci n'a rien d'un démon. Elle est sympathique et chaleureuse, mais aussi incroyablement serviable et organisée. Elle imprime une liste avec tous les restaurants où les deux sœurs ont une table réservée, et elle a même réussi à leur trouver de la place pour un golf le lendemain après-midi au Miacomet Golf Club – ce qui relève quasiment de l'impossible, car, et tout le monde le sait, il existe une liste top secrète des clients privilégiés alors même qu'il s'agit d'un terrain public.

*Bien joué, Alessandra !* songe Sharon.

— Est-ce que Lizbet est là par hasard ? demande-t-elle.

— Je vais voir si elle est libre, répond la réceptionniste.

Une seconde plus tard, Lizbet sort de son bureau, aussi époustouflante que jamais dans sa robe fourreau en lin noir avec des œillets à la taille et une adorable ceinture.

— Le noir c'est parce que vous êtes en deuil ? lui demande-t-elle. J'ai appris que l'hôtel était en vente.

— Je suis optimiste, je suis sûre que son acquéreur ne voudra rien changer et que nous retrouverons tous nos postes l'été prochain.

— Mmh... Je ne voudrais pas jouer les oiseaux de mauvais augure, mais j'ai entendu parler d'un acheteur qui voudrait transformer le bâtiment en bureaux.

Lizbet pince les lèvres.

— Sharon, vous savez bien qu'il ne faut pas colporter les rumeurs.

— J'ai des sources fiables.

— Eh bien dans ce cas j'irai m'installer à Los Angeles.

Sharon en est réduite un instant au silence. Personne sur cette île ne veut voir Lizbet partir.

— Et votre réceptionniste de nuit ? demande Sharon. J'ai entendu parler d'une arrestation par le FBI.

Lizbet sourit sans découvrir ses dents. Sharon n'est pas idiote, elle sait qu'elle passe les bornes avec sa question.

— Richie est quelqu'un de très attachant. Et c'est Love Robbins qui tiendra la réception de nuit jusqu'à notre fermeture à la fin de la saison.

Sharon lui tend la main.

— Nous vous souhaitons tous le meilleur, ma belle.

Et c'est vrai, nous le lui souhaitons. C'est l'une des rares choses sur laquelle nous nous accordons. Après avoir vu cet été, contre toute attente, l'Hôtel Nantucket éclore, nous voulons qu'il continue à prospérer.

Pourtant, il faut bien le reconnaître, ça s'annonce compromis.

# 27

# Homme de Chambre

À 20 heures le lundi soir, on frappe à la porte. Chad est en train de jouer sur sa console dans sa chambre, alors qu'il devrait commencer à faire ses valises. Il prend ses fonctions au sein de Brandywine Group le lendemain de la fête du Travail, autrement dit dans huit jours.

Après son verre avec Mme English le mercredi de la semaine précédente, en rentrant chez lui, il a invité sa mère, son père et Leith dans le salon de réception. Ils ont obtempéré, sans doute parce que c'était une requête inattendue de la part de Chad – ils n'utilisaient jamais cette pièce.

Chad avait des choses à leur dire.

— Avant tout, j'aimerais vous présenter des excuses. À cause de moi, Paddy a perdu un œil, Lulu est morte et notre maison a été en partie détruite.

— Chaddy, est intervenue sa mère, je croyais qu'on était tous d'accord pour tourner la page.

Il a ignoré cette intervention prévisible.

— J'ai pris un boulot à l'Hôtel Nantucket parce que je voulais consacrer mon été à quelque chose d'exigeant. Je n'avais pas envie de me contenter d'apprendre à des gosses à faire un chip ou un putt, au contraire j'avais envie d'un travail difficile, désagréable même.

Il s'est interrompu.

— Je n'ai pas pris cet emploi pour vous rendre fiers, je l'ai fait pour moi. Mais ça ne m'empêche pas d'être surpris que vous ne sembliez pas trouver mon attitude louable.

— En tout cas, bravo pour la richesse de ton vocabulaire, frérot, a ironisé Leith.

— Ça a eu l'air de vous gêner que je fasse le ménage, a-t-il poursuivi en regardant ses parents. Vous n'avez jamais parlé de mon travail, vous ne m'avez jamais demandé comment s'était passée ma journée.

— Ce n'est pas ce que nous voulons pour toi, ta mère et moi, a répondu Paul Winslow. Nous tenions à ce que tu reprennes des forces avant d'occuper ta place à mes côtés.

— À ce propos, je n'irai pas travailler avec toi.

La mère de Chad a poussé un cri aussi strident que si elle venait d'apercevoir un rat sous son canapé adoré.

— Ça commence à devenir intéressant, a observé Leith.

— J'aime travailler à l'hôtel. Je veux faire carrière dans ce domaine, j'envisage peut-être de retourner à la fac pour suivre une formation spécifique.

Paul a gardé son calme, parce que c'était son métier de garder son calme.

— Nos employés gagnent plus de 200 000 dollars par an, ce qui représente plus du double de ce que tu toucherais si tu diriges un Holiday Inn.

— Je me fiche de l'argent.

— Ça, c'est facile à dire, tu en as toujours eu. Tu ne sais pas ce que c'est qu'être pauvre, ou même appartenir à la classe moyenne, Chadwick. Tu n'as jamais eu à payer quoi que ce soit.

— Peut-être, mais je sais que l'argent ne fait pas le bonheur. Il suffit de vous regarder tous les trois.

Sur ce, il est monté dans sa chambre en tapant des pieds dans l'escalier, porté par le sentiment d'avoir raison. Il resterait à Nantucket jusqu'à la mi-octobre, puis il trouverait une formation de gestion hôtelière. Il travaillerait à l'Hôtel Nantucket l'été suivant, même s'il devait pour cela faire encore le ménage – en secret, il espérait décrocher une place à la réception et il se demandait ce que Mme English en penserait.

Et cependant aujourd'hui, cinq jours plus tard, tout a changé. Pour commencer, il a appris que Richie Decameron, le réceptionniste de nuit, a été arrêté pour avoir vendu les numéros de cartes de crédit de clients. C'est plutôt une bonne nouvelle de son point de vue (même s'il ne l'a évidemment dit à personne), puisqu'il peut envisager de reprendre le poste de réceptionniste de nuit l'été suivant. Mais ensuite il a découvert que Xavier Darling mettait l'hôtel en vente et que l'acheteur risquait d'installer une autre activité dans le bâtiment.

Voilà comment Chad se retrouve une fois encore sur le point de démarrer une carrière dans la société de son père. Il joue aux jeux vidéo parce que c'est une façon pour lui d'éviter de se préparer à une nouvelle existence qu'il n'a aucune envie de mener.

Quand il entend frapper à la porte d'entrée, il se lève d'un bond. Il a peur que ce soit l'un de ses (anciens) amis, venu chercher à l'embarquer pour une folle soirée avant la fin de l'été. Qui d'autre cela pourrait-il bien être ?

Il jette un coup d'œil par sa fenêtre et aperçoit la jeep gris métallisé de Mme English.

*Waouh !* Il se précipite au rez-de-chaussée, ouvre la porte et découvre, mais ce n'est pas une surprise, sa patronne sur le perron.

Elle lui sourit.

— Bonjour, Homme de Chambre.

— Madame English !

Elle est bien là, dans Eel Point Road ? Il se rappelle soudain l'avoir aperçue plus bas dans la rue, au numéro 133, au milieu de l'été. Il ne lui en a jamais parlé parce qu'il ne voulait pas la mettre mal à l'aise quand il a compris qu'elle faisait le ménage chez des particuliers. Un frisson le parcourt : et si elle était venue dans l'idée de proposer ses services à ses parents ? Maintenant que l'hôtel va fermer ses portes, elle doit être à la recherche de travail.

Il se sent honteux de ce qu'elle a déjà pu apercevoir : la longue allée de gravier blanc bordée de part et d'autre par des buis bien taillés, les hortensias qui fanfaronnent le long de la façade et surtout la gigantesque demeure avec vue sur l'océan dans laquelle il habite.

— Est-ce que ton père est là ?

— Mon père ?

— Oui.

Elle porte une tenue à mi-chemin entre celle avec laquelle elle vient travailler tous les jours et celle de l'autre soir, au bar. Un pantalon blanc et une tunique bleu marine avec des hibiscus blancs. Ses cheveux lâchés tombent en anglaises sur ses épaules et elle a des perles aux oreilles.

— Il m'attend, ajoute-t-elle.

— Ah bon ?

À cet instant, Paul Winslow arrive dans l'entrée à grandes enjambées.

— Madga ! Bonjour !

Chad manque de s'évanouir tellement il est scié. Son père connaît Mme English ? Il est pris d'un bref vertige à l'idée que l'été entier pourrait être un coup monté. Paul Winslow aurait-il joué les marionnettistes tout du long ? Voulait-il que son fils travaille à l'hôtel pour qu'il apprenne les leçons que la vie lui avait enseignées, lui ?

— Je suis sorti acheter une bouteille de rhum Appleton tout à l'heure. Pour en avoir sous la main au cas où. Je vous en offre un verre ?

— Avec plaisir, Paul, merci.

— Emmène Magda dans mon bureau, mon grand, dit-il en prenant son fils par l'épaule. Je vous rejoins dans une seconde avec les verres.

Paul disparaît vers la cuisine, et Chad dévisage Mme English pendant une seconde. Est-ce qu'elle va encore lui expliquer, comme la semaine dernière au sujet de Bibi, que la situation n'est pas telle qu'il l'avait imaginée ? Peut-être que Paul lui fait passer un entretien non pas pour s'occuper du ménage chez eux mais pour travailler dans sa société. Si elle est employée par Brandywine Group, est-ce que la position de Chad là-bas sera tenable ?

*Non. Pas vraiment, non.*

— Le bureau, Homme de Chambre, lui rappelle-t-elle.

— Ah oui !

Il l'accompagne et elle s'assied dans l'un des fauteuils club en daim caramel puis croise les jambes. Elle sort son téléphone et un bloc-notes de son sac.

— Bon, à demain matin alors, lui dit-il.

— Tu ne veux pas rester ?

— Rester ? Si vous m'autorisez cette question, qu'est-ce qui se passe ? Pourquoi vous êtes ici ?

Elle rit.

— Oh, Homme de Chambre, tu devrais voir ta tête, c'est tellement drôle !

Elle se penche en avant pour chuchoter :

— Ton père et moi, on va s'associer pour acheter l'hôtel.

# 28

# Radio Nantucket

Nous retrouvons Eddie l'Éclair assis à l'immense table d'hôtes chez Cru, où il a commandé un magnum de Dom Pérignon, que deux serveurs lui apportent. Trois cierges magiques ont été collés dessus.

Pas si étonnant, en réalité. Il ne lui a pas fallu plus de trois jours pour trouver une offre à 20 millions de dollars pour l'Hôtel Nantucket. L'acheteur est une société immobilière connue sous le mystérieux nom de Trust du Risque, mais comme Eddie a la langue bien pendue (ce que sa sœur Barbie lui reproche d'ailleurs constamment), l'un d'entre nous a découvert que le bien était acheté à parts égales par deux personnes. Paul Winslow, l'un des directeurs de Brandywine Group qui possède une maison dans Eel Point Road. Et Magda English, la gouvernante générale de l'Hôtel Nantucket.

« Je savais que Madga cachait quelque chose, a déclaré Nancy Twine, de la paroisse de Summer Street. Je me suis toujours demandé comment elle faisait pour donner autant à la quête le dimanche, et aujourd'hui j'apprends qu'elle aurait pu donner dix fois plus. Elle a des millions ! »

Oui, Magda English pèse autour de 24 millions de dollars. On raconte (mais ça n'a pas été confirmé) qu'elle a retenu l'attention de Xavier Darling il y a trente ans, alors qu'elle travaillait sur l'un de ses bateaux de croisière. Il l'a invitée à dîner à Monte-Carlo, et ils ont fini la soirée au casino, où elle a misé 500 dollars (de l'argent qui lui appartenait, s'empresse-t-elle toujours de préciser) au craps. Après avoir lancé les dés pendant près de deux heures, misant tous ses gains à chaque tour, elle est repartie avec 215 000 dollars. Elle a investi cette somme auprès des banquiers de Xavier Darling, et celle-ci a crû régulièrement. En 2012, le milliardaire lui a fait part d'une opportunité financière exceptionnelle : il investissait dans une entreprise développant un logiciel de sécurité personnel. Après avoir lu la brochure de la société, elle a décidé de le suivre. La société a ouvert son capital en juillet 2021, et la petite fortune de Magda s'est transformée en immense fortune. Le mois suivant, sa belle-sœur, Charlotte English, est brusquement décédée dans son sommeil, et Magda a emménagé à Nantucket pour être près de son frère, William, et de son neveu, Zeke. Elle s'est rapprochée d'Eddie l'Éclair dans le but d'acheter un bien sur l'île et a même visité des maisons dans Eel Point Road, mais elle n'a pas eu de coup de cœur. Elle a postulé pour devenir gouvernante générale à l'hôtel parce qu'elle aimait travailler.

« Enfin, c'est ce que j'en ai compris à nos petits échanges », a déclaré Brian, le barman du Brant Point Grill.

C'est lui qui a vendu la mèche au sujet de Magda et de Xavier.

« Il y avait forcément un truc entre eux. Elle m'a dit que c'était un "vieil ami", mais moi j'ai eu l'impression que c'était plus que cela. »

La décision de Magda d'acheter l'hôtel n'en est que plus intrigante. Apparemment, lorsque Eddie lui a appris que Xavier avait déjà une offre à 16 millions, elle aurait répondu :

« Je suis sûre qu'il bluffe. Cet ami qui veut faire de l'hôtel un immeuble de bureaux n'est qu'à moitié sérieux. Qui installe son bureau sur une île, franchement ? Mon associé et moi sommes prêts à lui accorder le bénéfice du doute et à lui proposer 18 millions.

— Il conclura la vente à 20.

— Alors on tope. »

Quant à l'associé de Magda, Paul Winslow, quelqu'un l'aurait entendu dire :

« Je suis sûr qu'on va m'accuser d'acheter cet établissement pour mon fils alors qu'en réalité Magda English est venue me trouver avec une proposition financière alléchante. Cet hôtel appartient à l'histoire de l'île, mais il est aussi destiné à être l'un des hébergements les plus remarquables de Nantucket pour plusieurs générations. Qui ne voudrait pas participer à cette aventure alors qu'il en a l'occasion ? Et pour ce qui est de mon fils, Chad, j'espère que cette transaction lui fera toucher du doigt les opportunités que ma société permet de saisir. Et qu'il aura, au bout du compte, envie de venir travailler à mes côtés. Mais s'il préfère rester à Nantucket, je respecterai sa décision. L'essentiel dans cette histoire, c'est que l'Hôtel Nantucket garde ses portes ouvertes. »

Charlene de la maison de retraite Our Island Home perçoit l'enthousiasme du personnel de l'hôtel à la seconde où elle pénètre dans le hall. L'air embaume le café de qualité et les viennoiseries sorties du four, Aretha Franklin demande un peu de respect et l'atmosphère vibre de conversations et de rires. Charlene se fait l'effet d'une trouble-fête, car la mission qui l'amène ici risque de dégriser tout le monde. Elle se dirige vers la réception tenue par Princesse Edie Robbins – Charlene la connaît depuis l'époque où son père, Vance, l'emmenait au supermarché dans le porte-bébé… Aujourd'hui, Edie est une adulte très chic avec sa blouse soyeuse bleu hortensia.

— Bonjour, Edie, lui dit Charlene. Je vois que tu es occupée, mais aurais-tu une petite minute à m'accorder ?

— Bien sûr !

Elle se tourne vers sa collègue, une femme aux magnifiques cheveux blond-roux et lui dit :

— Je reviens.

Edie conduit Charlene dans la salle de repos du personnel et ferme la porte derrière elle. L'aide-soignante a entendu parler de cet endroit, et la réalité ne la déçoit pas. Edie l'invite à s'asseoir.

— Je n'ai que quelques minutes.

— Je m'en doute ! rétorque Charlene. Tu dois te demander ce que je fais ici.

Elle sort un sac en plastique de son sac à main et, de celui-là un vieux journal avec une reliure en cuir, sur la couverture duquel les lettres JFB ont été gravées et dorées.

— Mint Benedict nous a malheureusement quittés hier.

Edie fait une mine surprise.

— Je suis désolée, je ne sais pas qui était ce monsieur. L'un de tes résidents ? Il était âgé ?

— 94 ans. C'était le fils unique de Jackson et Dahlia Benedict.

Edie sourit poliment.

— Je ne vois toujours pas très bien...

— Ils étaient les propriétaires de cet hôtel entre 1910 et 1922. À l'époque de l'incendie pendant laquelle une femme de chambre a trouvé la mort.

— Notre fantôme.

— Votre fantôme, confirme Charlene en remettant à Edie le volume en cuir. C'est le journal de Jackson Benedict pour l'année 1922. Mint l'avait mis au coffre. Sa mère, Dahlia, est décédée des suites de son alcoolisme lorsque Mint n'avait que 10 ans, et Jackson a succombé à un cancer en 1943. J'ai aussi retrouvé des photos et quelques petits objets provenant de l'hôtel, une sonnette, quelques clés, un peu de porcelaine provenant de l'ancienne salle de bal. Mint a décidé d'en faire don à la Société historique de Nantucket. Mais il tient à ce que ce soit le personnel de l'hôtel qui hérite du journal de Jackson. Il a été très clair sur ce point : il tient vraiment à ce que quelqu'un le lise.

— Je le ferai, mais pas tout de suite. Je dois retourner travailler.

— Promets-moi juste...

— Bien sûr que je te le promets ! J'ai hâte de m'y mettre.

Elle soulève la couverture et voit que la première page est datée du 22 août 1922.

— C'est l'histoire de l'hôtel, conclut-elle.

— Pour tout te dire, je l'ai lu avant. Et tu y trouveras la révélation de quelques secrets sur cet endroit. Notamment, si tu me passes l'expression, d'un cadavre dans le placard. Très littéralement.

— Vous devriez le lire en premier.

Edie pose le journal de Jackson Benedict sur le bureau de Lizbet.

— C'est à toi que Charlene l'a donné, rétorque la directrice.

— Je préférerais qu'on le lise ensemble. Et je suis un peu pressée parce que ce soir je dîne avec Zeke.

— Quoi ? Est-ce que cet hôtel aurait permis à une autre histoire d'amour d'éclore ?

Edie hausse les épaules.

— On veut juste fêter l'acquisition de l'hôtel.

Elle baisse la voix pour ajouter :

— Zeke ne se doutait pas une seule seconde que sa tante avait autant d'argent. Son père et lui ont été soufflés.

— Magda est une envoyée des dieux ! Sans elle, je serais devenue concierge au Peninsula, à Beverly Hills.

Alessandra les rejoint dans le bureau.

— Concierge au Peninsula ? Mais c'est le poste pour lequel j'ai envoyé ma candidature.

— Je sais, répond Lizbet. Ils m'ont appelée aujourd'hui pour m'interroger.

— Et ?

— Et je pense que l'été prochain vous serez de retour sur la côte ouest.

— Chez moi.

*Oui,* pense Edie. Alessandra lui manquera, mais elle est enthousiaste à l'idée d'occuper la place de cheffe de réception.

— J'espère que les hommes à Los Angeles savent ce qui les attend avec toi.

— Pas du tout, rétorquent en chœur Alessandra et Lizbet.

— Asseyez-vous une minute, propose cette dernière, Edie va nous lire un passage du journal à voix haute.

22 août 1922

Voici pour mes descendants, si j'ai l'heur d'en avoir, ainsi que pour les historiens et enquêteurs de la police, le récit factuel et véridique des événements des 19 et 20 août 1922. Je n'ai aucun don pour l'écriture et n'ai pas, jusqu'à présent, développé beaucoup de goût pour l'introspection, mais j'ai le sentiment de devoir coucher ces mots sur le papier, ne serait-ce que pour exorciser mon esprit noir de suie.

Mon épouse, Dahlia, et moi-même avions organisé une réception dans la salle de bal de mon hôtel samedi dernier. Après la soupe à la tortue, nous avons servi un bœuf Wellington et des queues de homard. Tous nos convives ont apprécié les cocktails au gin et le champagne. Dahlia a bu plus que de raison, à son habitude. Elle a batifolé éhontément avec Chase Yorkbridge et lui a demandé de la raccompagner à notre suite pour me rendre jaloux - mais je ne l'étais pas du tout, j'étais au contraire soulagé. J'ai quitté la fête juste après elle pour monter au grenier voir Grace.

Grace Hadley, ma maîtresse. J'étais amoureux d'elle. Je le suis toujours.

Edie interrompt sa lecture.

— C'est pour ça que Mint Benedict voulait nous faire lire ces pages. Grace Hadley était la maîtresse de Jackson Benedict.

— Je m'en suis toujours doutée, rétorque Alessandra.

— N'importe quoi ! dit Lizbet.

— Une femme de chambre installée dans un débarras du grenier ? Vous imaginiez qu'elle faisait quoi là-haut ?

Lizbet balaie ces questions d'un geste de la main.

— Continue, Edie.

Lorsque j'ai frappé, Grace a entrouvert la porte de sa chambre, prudente comme toujours. Elle avait peur, une nuit, de se retrouver nez à nez avec Dahlia qui lui pointerait un revolver sur le front.

Elle connaissait ma femme bien mieux que moi, l'avenir l'a prouvé.

Quand je suis redescendu, Dahlia était profondément endormie et ronflait. J'ai pensé, comme chaque fois que je montais passer un moment avec Grace, que je m'en étais tiré.

Je me suis réveillé en pleine nuit au beau milieu d'un épais nuage de fumée noire. Le fauteuil en chintz près de la fenêtre était en feu, et les flammes montaient le long des tentures. J'ai cherché Dahlia, j'ai regardé partout, elle était introuvable. Je suis sorti dans le couloir, les gens criaient. Leroy Noonan, le directeur de l'hôtel, m'a pressé de sortir.

Je ne pensais qu'à Grace. « Je dois m'assurer qu'elle va bien », lui ai-je dit. Noonan, évidemment, a cru que je parlais de Dahlia. « Elle est déjà dans la rue, Monsieur Benedict. Allons-y maintenant, par pitié. » Il m'a poussé vers l'escalier, mais j'ai résisté. « Je dois monter au grenier. »

« Le grenier est en feu, monsieur, vous ne pouvez pas monter. » Noonan est un grand homme, de 1,95 mètre et de près de 140 kilos. Il aurait pu me jeter en travers de son épaule et me porter dehors. Et j'ai d'ailleurs pensé qu'il serait obligé de le faire, parce que j'étais déterminé à monter sauver Grace. Je me suis frayé un chemin dans la cohue paniquée des clients en vêtements de nuit jusqu'au pied de l'escalier de service. Mais ce n'était plus qu'un gigantesque brasier. Impossible de monter.

Arrivé dans la rue, j'ai trouvé Dahlia, qui semblait parfaitement calme au milieu de l'agitation générale. Sa robe de chambre en soie était ceinturée avec soin sur sa chemise de nuit, elle avait ses pantoufles aux pieds, sa mise en plis était impeccable, elle portait du rouge à lèvres, elle fumait et… elle tenait notre chat, Mittens, dans ses bras. Une pensée m'a traversé l'esprit, une pensée que je ne pouvais me résoudre à embrasser. J'ai cherché Grace dans la foule. Était-elle là ? S'était-elle échappée ? Je ne l'ai pas vue. Je me suis dit qu'elle devait se cacher, naturellement, parce qu'elle n'avait aucune raison valable de se trouver dans l'hôtel en pleine nuit. Je suis allé trouver le capitaine des pompiers qui m'a certifié que l'incendie était à présent maîtrisé et que tout le monde était sorti indemne du bâtiment.

« Même les personnes du dernier étage ? ai-je insisté.

– Il n'y avait personne au dernier étage. Nous avons vérifié. »

S'il avait vérifié, cela signifiait que Grace avait réussi à s'échapper et devait, à présent, se cacher quelque part.

Je suis retourné auprès de Dahlia.

« La fille ne s'en est pas tirée, m'a-t-elle assené. Je l'ai enfermée dans le débarras. »

Je lui ai saisi le bras.

« Qu'as-tu fait, enfin ? »

L'extrémité incandescente de sa cigarette m'est apparue comme un œil orangé et diabolique.

« C'est toi qui as mis le feu, Dahlia ? »

Le chat s'est libéré de ses bras pour sauter à terre malgré sa patte folle.

« Je ne le crierais pas sur les toits à ta place, Jack. Pense à l'assurance. Sans assurance tu seras ruiné. » Elle a pressé un doigt sur ma bouche. « Les accidents, ça arrive. »

J'aurais voulu déverser ma rage sur elle, mais il ne m'a fallu que quelques instants pour comprendre qu'elle avait raison. Elle avait mis le feu et enfermé Grace dans sa chambre… Toutefois c'était moi qui l'avais installée clandestinement au grenier, moi qui la retenais en captivité comme Dahlia retenait ce maudit chat. Si Grace m'avait défié, je n'aurais eu d'autre choix que de la renvoyer et de faire en sorte qu'elle ne trouve pas de travail ailleurs sur cette île. Je suis responsable de la mort de ma maîtresse bien-aimée, Grace Hadley.

Jackson Floyd Benedict

Lorsque Edie termine sa lecture, un silence s'installe dans le bureau de Lizbet. C'est Alessandra qui finit par le rompre :

— Quel sale type…

— Pas étonnant que Grace hante ce bâtiment. Je ferais pareil à sa place.

Edie tourne la page et constate que la suivante est vierge.

— Il n'y a pas de suite.

Elle hausse les sourcils.

— C'est tout ce qu'il voulait qu'on sache.

# 29

# Mosaïque

Grace était suspendue – littéralement suspendue ! – à Edie pendant la lecture du journal de Jack, et ses mots sont encore plus apaisants et purifiants qu'elle ne l'espérait. Dahlia a allumé l'incendie, Dahlia a verrouillé la porte pour prendre Grace au piège, mais Jack a compris qu'il était, au bout du compte, responsable de sa présence dans le grenier de l'immeuble, et responsable également de la jalousie infernale de Dahlia.

Une confession écrite, comme dans les films.

Lizbet range le journal dans le coffre de son bureau. Demain, annonce-t-elle à ses collègues, elle ira le montrer à Jordan Randolph, du *Nantucket Standard*. Grace espère qu'il écrira un article pour faire suite à celui publié un siècle auparavant. « Résolution d'un crime vieux de cent ans ! Grace Hadley a été assassinée par les propriétaires de l'hôtel ! »

Depuis, Grace se sent plus légère. Elle n'est plus lestée par la colère, elle n'est plus enchaînée à ce bâtiment par l'indignation ou une angoisse de plomb. Elle est libre à présent de partir profiter du repos éternel. Elle emportera le peignoir, mais elle laisse la casquette de Lizbet sur le bar en Formica de la salle de repos.

*Qu'elle se pose des questions !*

Elle trouve le loquet de la trappe menant au toit-terrasse ouvert, et lorsqu'elle s'élève dans l'air plaisant de l'après-midi, chargé d'un soupçon de sel, elle aperçoit Lizbet et Mario appuyés contre la rambarde. Ils sont montés s'embrasser en douce. Grace teste sa nouvelle liberté de mouvement, elle monte au-dessus d'eux. Elle a une nouvelle perspective sur le monde. Elle peut voir l'hôtel en entier. Edie et Alessandra sont à la réception. Alessandra est au téléphone, pendant qu'Edie accueille de nouveaux clients. Zeke pousse un chariot de bagages dans le hall et fait un clin d'œil à cette dernière. Raoul se trouve près de la porte d'entrée et il s'occupe d'un client qui vient d'arriver avec son oiseau exotique, un ara hyacinthe. (Est-ce que le bruit aurait couru que les animaux, bien qu'officiellement interdits dans l'enceinte de l'hôtel, soient parfois tolérés ?) Dans le studio de yoga, Grace regarde Yolanda donner cours à des femmes en périménopause, installées en posture du papillon. Au Bar bleu, Petey prépare des jus de fruits frais et des garnitures. Beatriz fourre des gougères chaudes et aériennes tout juste sorties du four avec de la béchamel. Octavia et Neves font la chambre 108 et, sans surprise, Neves trouve un boxer-short sur le téléphone, et elle grimace tandis qu'Octavia pouffe. Chad et la nouvelle femme de chambre, Doris, poussent leur chariot dans le couloir du premier. Ils s'arrêtent devant chaque hublot cuivré au mur parce que c'est le jour du polissage. Chad verse un peu de produit sur un chiffon et commence à frotter. *C'est ça, Homme de Chambre, montre-lui comment on fait !* l'encourage Grace. Car Doris n'est pas aussi douée qu'elle aime à le croire.

— Alors comme ça, dit-elle, M. Darling a vendu l'hôtel parce que Magda avait refusé sa demande en mariage ?

— Oui, répond Chad. Mais ça doit rester notre secret.

*Et le mien,* ajoute Grace.

À cet instant précis, Magda est dans son bureau, en ligne avec ses comptables. La mère d'Edie, Love, et Adam montent les marches du perron, ils viennent prendre le relais des travailleurs de jour.

— Bienvenue à l'Hôtel Na-a-antucket ! chantonne Adam en franchissant les portes.

Grace continue son ascension et constate qu'elle peut voir d'autres personnes qu'elle connaît. Bibi Evans est en cours de justice pénale à l'université ; elle porte une adorable queue-de-cheval et autour de l'élastique se trouve… ce qui ressemble à un foulard Fendi noir et doré. (Grace retient un cri de surprise.

C'est soit celui que Mme Daley a perdu, soit une copie que Bibi a achetée à un vendeur de rue. Elle choisit de croire la seconde option.)

Grace monte un peu plus haut encore et c'est New York qui apparaît. Quelle ruche, cet endroit ! Et pourtant, malgré l'effervescence, elle réussit facilement à se focaliser sur l'Upper East Side. Elle retrouve Louie dans un élégant appartement d'avant-guerre dans Park Avenue. Il prend une leçon d'échecs avec un grand maître. Grace repère Wanda dans Central Park, où elle promène Doug autour du Réservoir. Le pitbull n'a pas perdu sa sensibilité aux phénomènes surnaturels : il se fige et lève sa tête carrée vers le ciel. Grace parvient presque à lire dans ses pensées. *Encore toi ? Ici ?* Kimber marche quelques pas derrière sa fille. Elle est au téléphone, et Grace craint qu'elle ne soit retombée dans ses vieux travers d'éducation libérale – avant de comprendre son erreur : Kimber cherche un avocat pour Richie.

Elle a décidé de le soutenir ! Et ça, ça plaît à Grace.

Tous ces gens, qui forment son univers, scintillent à leur façon (*surtout Wanda !* se dit-elle), mais à cette distance ils appartiennent aussi à un ensemble qui les dépasse. C'est une mosaïque, peut-être pas aussi grandiose et admirable que celles qu'Alessandra a vues à Ravenne, pourtant c'est une œuvre d'art à sa façon.

Grace s'apprête à poursuivre son élévation, jusqu'aux cieux, lorsqu'elle remarque un trou dans la mosaïque, un vide, un manque. Elle comprend que c'est la place qu'elle occupait et qui brille par son absence à présent qu'elle s'est échappée. Comment l'hôtel survivra-t-il sans elle ? Elle sent une puissante force d'attraction soudain, une force à laquelle elle ne peut résister.

C'est de l'amour.

Grace ne peut pas partir déjà ! Magda et M. Winslow ont acheté l'hôtel, Lizbet a des tas de projets, parmi lesquels la rénovation du grenier. Et si le débarras de Grace était intégré à l'une des nouvelles chambres ? Ils pourraient l'appeler la suite Grace Hadley.

Grace redescend jusqu'à se retrouver au-dessus de l'île de Nantucket, puis directement au-dessus de l'hôtel et, enfin, bien en sécurité entre ses quatre murs.

Chez elle.

*Bon, d'accord,* pense-t-elle en récupérant la casquette sur le bar de la salle de repos et en la vissant sur sa tête bouclée. *Je reste.*

Un an de plus, quel mal ça peut faire ?

# Remerciements

J'ai reçu beaucoup d'aide pour la création de l'*Hôtel Nantucket.* Je me suis inspirée du Nantucket Hotel and Resort qui appartient à Mark et Gwenn Snider. Ils sont des exemples à suivre, et ils ont su s'entourer d'une équipe incroyable, dont beaucoup de membres travaillent dans l'établissement depuis son ouverture en juin 2012. Je tiens à remercier le directeur de l'hôtel, Jamie Holmes, qui a pris le temps de discuter avec moi. J'ai aussi eu une conversation extrêmement instructive avec LeighAnne McDonald, qui travaille à la réception. Dans le désordre, j'adresse également mes remerciements à Nicole Miller, Tim Benoit, Deb Ducas, Johnathan Rodriguez, Carlos et Fulya Castrello, John Vecchio, Sharon Quigley, Kate O'Connor, Matthew Miller et Rick James, Danilo Kozic, Patricia Dolloff, Frederick Clarke, Wayne Brown et Amy Vanderwolk. Comme le dit Shelly Carpenter : « Les hôtels, ce n'est pas une histoire de chambre. Ce n'est pas non plus une histoire d'équipements. C'est une histoire de personnes. » Et celles qui travaillent au Nantucket Hotel and Resort comptent parmi les meilleures du secteur hôtelier.

Pour leur aide concernant la décoration, je tiens à remercier Elizabeth Georgantas, Erin Gates et ma formidable belle-sœur Lisa Hilderbrand. Et je me dois de mentionner Elizabeth Conlon pour le mur en pièces cuivrées.

Plusieurs livres m'ont été utiles, *Heads in Beds: A Reckless Memoir of Hotels, Hustles and So-Called Hospitality*, de Jacob Tomsky, et *The Heart of Hospitality: Great Hotel and Restaurant Leaders Share Their Secrets*, de Micah Solomon. J'ai aussi écumé les sites Internet de la Cornell University School of Hotel Administration et de l'hôtel qui lui est rattaché, le Statler Hotel, mais la version que je propose dans ce livre de l'école hôtelière est romancée et fictive.

Pour tout ce qui touche au Minnesota et à la ville de Minnetonka, je remercie mes amis de (oups !) trente-sept ans, Fletcher et Carolyn Chambers.

Merci à Amy Finsilver et Pamela Blessing de l'hôtel XV Beacon à Boston de m'avoir littéralement sauvé la vie.

Merci à Ashley Lasota pour l'expression « *deep August* », je l'adore.

Merci au compte Instagram @Chadtucket. (Vous aurez compris pourquoi !)

Comme beaucoup d'entre vous le savent, je n'ai pas d'assistant, mais j'ai un « mari de travail ». Il s'appelle Tim Ehrenberg. Directeur marketing de Nantucket Book Partners et créateur du compte Bookstagram @timtalksbooks, il est aussi le secret derrière ma réussite. Avec Tim, nous travaillons sans relâche dans le sous-sol effrayant de la libraire Mitchell's Book Corner, où je dédicace des milliers de précommandes qu'il emballe ensuite avec amour puis expédie. C'est le meilleur des compagnons, travailleur discipliné, intervieweur hors pair, lecteur généreux et l'un de mes amis les plus proches. Je t'aime, Tim Ehrenberg ! Ne me quitte jamais !

Un immense merci à toi, mon éditrice, Judy Clain, qui a une fois de plus béni mon travail avec son intelligence, sa sensibilité affûtée, son humour et ce truc en plus insaisissable qui ressemble à de la magie.

Merci à mes agents, Michael Carlisle et David Forrer, de réaliser tous mes rêves d'écrivaine.

Merci aux incroyables Michael Pietsch, Terry Adams, Craig Young, Ashley Marudas, Lauren Hesse, mon attachée de presse Katharine Myers, Brandon Kelly, Bruce Nichols, Jayne Yaffe Kemp, Tracy Roe, Anna de la Rosa, Mariah Dwyer, Karen Torres et Sabrina Callahan. Je vous suis si reconnaissante de toutes les merveilleuses petites choses que vous faites en mon nom, et il y en a beaucoup !

Je n'oublie pas mon équipe à domicile : Rebecca Bartlett, Debbie Briggs, Wendy Hudson, Wendy Rouillard, Liz et Beau Almodobar, Margie et Chuck Marino, Katie et Jim Norton, Sue et Frank Decoste, Linda Holliday, Melissa Long, Jeannie Esti, la formidable Jane Deery, Julie Lancia, Deb Ramsdell, Deb Gfeller, Anne et Whitney Gifford, David Rattner et Andew Law, Manda Riggs, Helaina Jones, Heidi Holdgate, Matthew et Evelyn MacEachern, Holly et Marty McGowan (Marty a fait ce livre !), Richard Congdon, Angela et Seth Raynor,

Rocky Fox, Julie et Matt Lasota, ainsi que la talentueuse Jessica Hicks. Que ferais-je sans vous ?

Merci, Timothy Field, mon si tendre ami, pour ton amour pendant la folie.

Ma gratitude va aussi à ma famille : ma mère, Sally Hilderbrand, mais aussi Eric et Lisa, Rand et Steph, Todd, Doug et Jen. Le plus énorme des câlins à ma sœur, Heather Thorpe, qui est ma meilleure supportrice, ma meilleure amie et « la femme qui me raccompagne toujours à la maison ».

Enfin, je remercie mes enfants : Maxwell, Dawson, Shelby et, désormais, Alex. La plus grande chance de ma vie c'est de vous regarder devenir des adultes. Je vous aime tous plus fort que fort, et tous les mots que j'écris sont, comme toujours, pour vous.

## Dernières parutions

**Sarah Alderson**
*Week-end entre filles*

**M. J. Arlidge**
*Quand le chat n'est pas là...*

**Catherine Bardon**
*Une femme debout*

**Harold Cobert**
*Le Rouge et le Blanc*

**Frédéric Couderc**
*Hors d'atteinte*

**Jonathan Dee**
*Sugar Street*

**Laura El Makki**
*Combien de lunes*

**Lou Eve**
*Sous les strates*

**Dominique Fouchard**
*La Foire aux fiancés*

**David Gibbins**
*L'Héritage d'Atlantis*

**Emilia Hart**
*La Maison aux sortilèges*

**Victoria Hislop**
*La Statuette*

**Honorée Fanonne Jeffers**
*Les Chants d'amour de Wood Place*

**Rebecca Makkai**
*J'ai quelques questions à vous poser*

**Charlotte Mendelson**
*Accrochages*

**Lydia Millet**
*De l'espoir et autres créatures ailées*

**Grégory Nicolas**
*Mes sœurs, n'aimez pas les marins*

**Heather O'Neill**
*Perdre la tête*

**Daphne Palasi Andreades**
*Les Filles comme nous*

**Valérie Paturaud**
*La Cuisinière des Kennedy*

**Roland Perez**
*Ma mère, Dieu et Litzie*

**Julie Printzac**
*Guetter l'aurore*

**Catherine Shook**
*Les Magnolias de Myrtle Lane*

**Catherine Steadman**
*Emily a disparu*

**Emma Straub**
*Demain, même heure*

**Akli Tadjer**
*De ruines et de gloire*

**Rosa Ventrella**
*Les Enfants de Haretz*

**Alice Winn**
*Les Ardents*